KB044105

에스에프 에스프리   SF를 읽을 때 우리가 생각할 것들

SCIENCE FICTION: A GUIDE FOR THE PERPLEXED
By SHERRYL VINT

ⓒ Sherryl Vint, 2014

한국어판 일러두기

* 원서의 SF는 SF로, science fiction은 과학소설로 옮겼다. 하지만 이 책은 SF와 과학소설(science fiction)이라는 용어를 크게 구분하지 않는다. 사변소설의 약어 역시 SF(speculative fiction)인데, 이 경우 '사변소설'로 옮겼다.
* 인명, 작품명, 저서명, 전문 용어, 개념어 등은 한글과 함께 원어를 병기했다.
* 외래어 표기는 현행 어문규범의 외래어표기법을 따랐다.
* 장편소설, 단행본, 만화책, 단편소설집은 『 』, 단편소설, 단행본에 포함된 장, 논문은 「 」, 잡지, 신문, 팬진 등 매체는 《 》, 기사, 칼럼, 영화, 그림, 음악 등은 〈 〉, 시리즈는 ' '로 묶었다. 기업명, 단체명 등은 되도록 붙여 썼다.
* 본문 안의 대괄호는 옮긴이가 국내 독자들의 이해를 돕기 위해 추가한 것이다.
* 인용문 끝에 표기된 쪽수[p.]는 참고 문헌 목록에 포함된 해당 원서의 쪽수를 의미한다.
* 연대기에 포함된 작품 목록 중에는 아직 번역되지 않은 작품도 있다. 하지만 독자의 이해를 돕고자 원서 제목을 번역하거나, 외래어로 표기하고 영문을 병기했다.
* 각 장의 끝에는 SF 장르에 관해 더 깊게 생각해 보기를 원하는 독자를 위한 토론 질문이 마련되어 있다.

에스에프 에스프리

SF를 읽을 때 우리가 생각할 것들

셰릴 빈트 지음
전행선 옮김
정소연 해제

arte

차례

과학소설이란 무엇인가?

가까운 미래, 수많은 보행자가 이용하는 복잡한 컨베이어 벨트식 '도로' 장치의 관리 보수를 담당하는 정비공 길드의 노동자들이 총파업을 계획한다. 하지만 기민한 관리자는 이것이 쉽게 제거 가능한 어느 선동가의 소행이 분명하다는 사실을 깨닫는다. 노동자들의 진짜 핵심부에는 공공의 복지에 헌신하며 국가 경제를 최우선시하는, 거의 군사 정신으로 무장한 이들이 포진해 있다. 결국 파업은 저지되고 도로는 계속 굴러간다.

　　　아주 먼 옛날, 어느 멀리 떨어진 은하계에서 사악한 은하계 제국과 반군 동맹의 투쟁가들 사이에 전투가 벌어진다. 어느 외딴 별 출신의 청년 하나가 자신이 이 제국의 숨겨진 왕자라는 사실을 알게 된다. 사악한 통치자를 모시던 중위가 오랫동안 숨겨 온 아들이었던 것이다. 그는 반군에 가담해 아버지를 구하고 제국을 타도해 공화국을 재건한다.

　　　어느 젊은 여성이 일명 도플갱어라 불리는 자신의 다른 버전 세 명과 대면한다. 이들은 유전적으로는 같지만 각기 다른 삶의 경험 탓에 성격과 신체 발달 면에서는 완전히 다르다. 한 명은 오직 여성만이 사는 세상에서, 다른 한 명은 남성과 여성이 한창 전쟁을 치르는 세상에서, 그리고 마지막 한 명은 여전히 1930년대의 고정된 성 관념에 얽매인 세상에서 성장했다. 우리의 주인공은 1970년대의 페미니즘적인 욕망과 문화적인 반발 사이를 헤쳐 나가는 전문직 여성이다.

이 이야기들이 모두 과학소설, 일명 SF일까? 이 장르에 익숙한 독자라면, 첫 번째는 로버트 하인라인Robert Heinlein의 『길은 움직여야 한다The Roads Must Roll』(1940)의 줄거리이고, 두 번째는 '스타워즈Star Wars' 미디어 프랜차이즈[지적 재산권이 있는 원작 매체를 다양하게 변주하여 수많은 파생작을 만들어 내는 상업 전략] 에피소드 중 IV-VI 편(1977~1983)의 기본 서사 구조이며, 마지막은 조애너 러스Joanna Russ의 소설 『여성 인간The Female Man』(1975)의 내용이라는 사실을 알아차렸을 것이다.

비록 각각의 텍스트가 극단적으로 다른 이야기를 다루고 있기는 해도 이들이 과학소설을 이해하는 데 조금이나마 '중심'을 잡아 주는 역할을 할 수 있을 것이다. 하인라인의 이야기는 컨베이어 벨트 도로의 기술적인 업적과 그것이 만들어 내는 사회적인 혁신을 상세히 기술하면서, 합리적 운용을 가능하게 하는 기술관료제[정치적 성향이나 국정 능력보다는 과학적 지식과 기술을 바탕으로 의사 결정자를 선정하는 사회체제]의 가치와 천재적인 '능력주의'에 기반을 둔 계급제도를 찬양한다. 전미과학소설및판타지작가협회(SFWA) 그랜드마스터상의 첫 번째 수상자인 하인라인은 가장 위대한 SF 작가 중 한 명으로 꼽히기도 하는데, 이 특별한 이야기는 'SF 명예의 전당Science Fiction Hall of Fame' 1권(1970)에 포함되면서 역시 작가협회에 의해 '역사상 최고의 과학소설'[1] 중 하나로 명명되었다. 조지 루커스George Lucas의 장편 내러티브 영화 〈스타워즈〉는 긴장감 넘치는 우주 전쟁이나 영웅적인 남성성, 놀라운 기술력, 위험에 빠진 여성 같은, 초창기 SF 펄프 잡지[1800년대 후반부터 1950년대까지 출판된 값싼 통속 잡지로 주로 SF 계열의 단편소설이나 연재소설이 많이 실렸다] 스페이스 오페라[과학적인 요소보다는 우주에서 펼치는 활극에 방점을 둔 소설로, 일부에서는 SF물로 인정하지 않는다]의 특징을 상당 부분 공유하지만, 운명과 신비한 힘(일명 포스)처럼 SF물보다는 판타지물의 특징에 더 가까운 비유에도 의존한다. 하지만 적어도 SF 영화의 측면에서는, 〈스타워즈〉가 이 특정 장르를 재편성해 새롭게 활력을 불어넣는 데 지대한 영향을 미쳤다고 말하기에는 무리가 있다. 마지막으로 조애너 러스는 작가, 비평가, 혁신가 그리고 활동가로서 SF 장르 속 고정화된 성 역할에 도전하고 그것을 변화시키는 열쇠가 되었다는 점에서, 아마도 가장 중요한 페미니스트 SF 작가일 것이다. 많은 사람이 가장 중요한 페미니스트 소설로 『여성 인간』을 꼽으며, 이 작품은 포스트모더니즘 소설이 이루어 낸 현대적인 혁신과 유사한 방식으로 1960~1970년대 SF 장르가 심미적으로 변화하는 데도 결정적인 역할을 했다.

　　　사실 '과학소설'이라는 용어를 들으면 머릿속에 일련의 이미지, 도상icon, 주제theme, 서술적 공식 같은 것이 너무도 자연스럽게 떠오른다는 사실은 부인할 수가 없다. 하지만 이 장르를 정의하기가 어렵다는 건 거의 악명 높은 사실이다. 과학소설이라는 명칭과 1940년대에 미국 SF계를 장악했던 하인라인, 아이작 아시모프Isaac Asimov, 아서 C. 클라크Arthur C. Clarke, 레이 브래드버리 Ray Bradbury, 프레더릭 폴Frederick Pohl, 시어도어 스터전Theodore Sturgeon 같은 특정 인물을 SF 황금기를 대표하는 상징물로 간주하는 오랜 전통 덕에, 이 장르는 과학적 외삽[현재 사회의 양상이 미래까지 지속된다는 가정하에 미래의 한 지점에 어떤 특정한 요소를 끼워 넣어 사회의 변화상을 추론해 보는 것] 및 합리주의 논리와 특별한 관계를 맺어 왔다. 이런 관점에서 볼 때, 〈스타워즈〉 같은 미디어 어드벤처물은 SF의 요소는 가지고 있지만, 이 장르의 팬들이 SF의 핵심이라고 간주해 온 특징적인 요소가 작품 밑바탕에 깔려 있지는 않다.[2] 사실상 〈스타워즈〉가 할리우드 블록버스터 SF 영화의 수익성 높은 사이클의 포문을 열기 전에도, SF 장르는 1920년대와 1930년대 펄프 잡지의 주요 광고 형태뿐 아니라, '별들의 전쟁'과 '제국의 종말' 시리즈, 연재만화 그리고 관련 상품 등의 형태로 쉼 없이 미디어에 등장했다. 그와 비슷하게, 가부장제 아래서 여성의 투쟁을 그리는 조애너 러스의 철학적·논쟁적·상호텍스트적 이야기는 과학기술보다는 사회제도를 바꾸는 데 SF 기법을 사용하면서 장르의 경계에 훨씬 적극적으로 도전한다. 그렇다면 과연 어느 것이 '진짜' SF일까? 또는, 모두가 동등하지만 한편으로는 다른 SF라면, 이 장르는 대체 무엇일까?

장르의 기원

과학소설이라는 명칭이 대중화[3]된 것은 휴고 건스백Hugo Gernsback 덕분이었다. 그는 자신이 창간한 잡지 《어메이징 스토리

Amazing Stories》(1926)와 《사이언스 원더 스토리*Science Wonder Stories*》(1929, 기존에 사용하던 용어 '사이언티픽션scientifiction'을 이 잡지에서 건스백이 '사이언스 픽션science fiction'으로 바꾸었다)를 통해 육성하고 싶은 선구적인 새로운 소설을 '과학소설'이라는 이름으로 묘사했다. 일부는 이러한 전문 잡지의 등장과 과학기술 시대에 적합한 문학 형식을 창조하려 애썼던 건스백의 노력 덕에 이 장르가 출현했다고 생각한다. 또 어떤 사람들은 건스백이 환상적인 항해 문학, 유토피아 문학, 재난 소설, 발명 이야기 그리고 과학적 로맨스를 포함하여 이미 존재하는 문학 형태를 단지 성문화했을 뿐이라고 지적한다. 혹자는 성문화가 아니라 단지 상업화하거나 타협한 것이라고 주장할지도 모르겠다. 어쨌든 SF를 정의하고자 할 때 마주치는 몇몇 어려움 중의 하나는 정확히 언제 그 장르가 시작되었는가에 관한 합의가 이루어지지 않았다는 점이다. 일부 비평가는 이런 종류의 추측적 상상의 산물을 유서 깊은 서양 문화의 일부로 자리매김하려는 시도로, 되도록 오래전에 만들어진 작품에 최초라는 꼬리표를 붙이려 애쓴다. 달로 가는 항해에 관한 소설인 요하네스 케플러Johannes Kepler의 『꿈*Somnium*』(1600년경 쓰인 것으로 추정, 1632년 출간)은 달에서 지구의 움직임이 어떻게 보일지에 관한 아이디어 실험의 일환으로 쓰였는데, 때때로 최초의 SF 소설로 거론되기도 한다. 하지만 사실 이 작품 속에서 케플러의 여행자를 나아가게 하는 동력은 과학이라기보다는 초자연적인 힘이다. 또 다른 비평가들은 토머스 모어Thomas More의 『유토피아*Utopia*』(1516)가 시작한 유토피아적인 전통과 SF 사이의 유사성에 주목하거나, 『걸리버 여행기*Gulliver's Travels*』

(1726)와 같은 상상의 항해에 관한 풍자와 SF 사이에서 연관성을 끌어내기도 한다. 최초의 SF로 거론되는 가장 영향력 있는 후보 중 하나는 메리 셸리Mary Shelley의 『프랑켄슈타인Frankenstein』이다. 이 작품은 우리에게 과학적 이해의 범주라든가 창조된 존재와 인간의 관계 같은 장르 문학의 주요 선입견을 다양하게 심어 주었을 뿐 아니라, 초자연적인 것이 아닌 과학의 영역에서 그 혁신성을 확고히 했다.

셸리의 작품 속에 나타난 이러한 변화의 중요성에 주목하면서, 폴 앨콘Paul Alkon은 SF란 "상상력에 새로운 관점을 부여하는 신화를 창조하기 위해 과학을 서사적으로 사용하는 것이라고 정의할 수 있다"[p. 7]라고 주장한다. 이런 식의 개념화는 SF를 설명할 때 마주치는 여러 난관 중 하나를 협상하는 데 도움이 된다. 즉, 이 장르의 이름은 과학과의 특별한 관계를 암시하지만, 사실상 SF로 분류할 수 있는 대부분 작품을 자세히 살펴보면 많은 수가 과학적인 사실과는 단지 잠정적으로만 관련 있을 뿐이라는 것이다. 그러니 SF는 과학과 기술상의 발견이 인간의 사회생활과 철학적 개념에 어떤 영향을 미치는지 고심하는 문화적인 양식이라고 할 수 있다. 이 장르는 실제 과학에 흥미가 있다. 그 사실만은 확실하다. 하지만 앨콘이 주목한 대로, SF는 "과학에 대한 우리의 인식"[p. 85]과 과학의 혁신이 계몽주의와 산업혁명 이후 물질적·사회적 세계를 변화시켜 온 방식 사이의 변증법과 함께 과학의 신화에도 똑같이 관심이 있다. 일부 팬은 SF 장르에 대한 사랑을 이 장르가 불러일으키는 '경이감', 즉 일부 비평가가 숭고한 미적 경험과 연계하는 정서적인 반응에서 찾는다. 그러나 SF와 마찬가지로 『프랑켄슈타인』을 원형으로 간주하는 고딕 문학이 버크Edmund Burke와 칸트Immanuel Kant가 이론화한 자연의 숭고함에 관여하는 반면, SF 장르는 데이비드 나이David Nye가 기술적인 숭고함이라 명명한 측면에서 더 잘 이해할 수 있을 것이다. 데이비드 나이는 자연의 광활한 장관에 압도당한 사람이 느끼는 경이로움과 두려움이라는 숭고함의 낭만주의적 개념이 20세기 초 변화를 겪고 미국으로 건너가 새롭고 특별한 형태로 발전해 나갔다고 주장한다. 이제 인간은 거대한 자연에 직면할 때에도 신의 창조적 경이로움이나 인간의 보잘것없는 존재감 같은 것을 떠올리는 대신, 철도나 교량, 고층 건물 및 공장 같은 기술적인 대상물에 집중하게 되었다. 기술적인 숭고함은 인간적인 한계에 직면해서도 두려움과 경외심이 뒤섞인 감정을 불러일으키기보다는 "기계를 이해하고 제어하는 사람과 그렇지 않은 사람"을 구분한다. 그것은 "평범한 인간의 상상력을 압도하는 대상을 만들어 내는 기술자나 전문가의 뛰어난 상상력으로 가능해진 숭고함"[p. 60]이다.

　　과학소설은 이러한 기술적 숙달과 초월성에 관한 신화를 홍보하면서 동시에 그것을 허물어뜨리는 데 이바지한다. 또한 우리에게 언어와 이미지와 개념을 제공한다. 그것을 이용해 우리는 과학과 기술을 바라보는 우리의 문화적 선입견을 찬양하는 동시에, 과학과 기술이 우리의 세계와 우리 자신을 변화시키는 방식에 대한 걱정과 두려움도 표현한다. 우리는 과학이 지배적인 설명 담론이 되어 종교의 자리를 빼앗아 버린 세계, 다시 말해 과학기술의 산물이 일상생활 어디에나 널려 있는 세계의 진정한 모순과 긴장에 대한 가상의 해결책을 제공하는 방법으로 SF 신화를 생각해 볼 수도 있다. 게리 울프^{Gary Wolfe}는 SF의 도상이 "특정한 소설적 맥락"에서 떨어져 나와, "대중문화 속에서 통용될"[p. 88] 때 이러한 종류의 문화적 임무를 수행한다고 주장한다. 예를 들어 외계인과의 조우, 로봇 및 다른 창조된 존재들, 다른 시간이나 외계로 가는 여행, 종말론적이거나 완벽한 미래, 사후 인류의 후손 및 인공지능 같은 모티프로 인해 하나의 작품을 과학소설로 인지하게 된다는 것이다. 그러나 이런 요소들을 단순히 집계하는 것이 우리가 SF 장르를 정의하는 데 별 도움이 되지 않으리라는 사실만은 분명하다. 하나의 작품에 이러한 도상이 모두 포함되지는 않으며, SF라는 장르가 생성해 낼 수 있는 모든 도상의 목록을 완벽하게 만든다는 것 또한 불가능하다. 그 대신 그러한 도상들이 수행하는 문화적인 작업, 우리가 당연시하는 세상과는 조금 다른 어떤 세계를 상상하게 하는 역할, 그리고 과학적 사고가 지배하는 세상에서 우리가 인간의 경험을 이해하도록 도와주는 신화를 창조하는 힘 등에 관해 생각해 보는 게 더 생산적일 것이다.

장르의 정의

SF는 종종 '사실주의 문학 양식에서는 재현해 낼 수 없지만 그럼에도 사실인 어떤 것을 포착해 내는 세계를 구축하면서 은유를 문자화하는 힘을 가진 장르'라고 표현된다. 따라서 이 장르가 20세기에 공식화되고 명명되었다고 해도 놀랄 일은 아니다. 20

세기는 빠르고 실질적인 기술적 변화로 특징지을 수 있는 시대다. 예를 들어 고속도로 체계와 일반화된 자가용, 상업 항공 여행과 같은 새로운 교통망이 지원하는 도시화, 인위적인 냉동과 다른 여러 가전제품 등의 혁신을 통해 가정의 공간을 변화시키는 도시와 가옥의 전기화, 풍진과 소아마비 같은 질병 퇴치를 가져온 백신, 그리고 의술과 개인적인 건강을 변화시킨 면역억제제 같은 항생제의 발견, 제1차 세계대전의 독가스에서부터 현대전의 원격 유도 미사일에 이르기까지 심화된 전쟁의 기계화, 미국인들을 달에 보내고, 우주에서 바라본 지구의 모습을 통해 지구라는 행성과 맺은 우리의 창의적인 관계를 변화시킨 우주 프로그램, 그리고 개인 전자 장비와 소셜미디어를 통해 업무의 특성뿐 아니라 여가도 변화시킨 PC의 IT 혁명 등이다. 과학과 기술력은 거대과학 및 세계경제의 공공 문화에서부터 가족의 구조와 개인화된 미디어 환경이라는 사생활에 이르기까지 광범위하면서 동시에 친밀한 방식으로 우리 삶의 모양을 결정짓는다. 과학소설이 우리가 주장하는 미래를 예언하지는 않을지 몰라도, 기술 문화의 신화적 언어인 것은 사실이다. 따라서 우리에게 제공하는 꿈과 악몽을 통해 인간이 사색할 수 있는 미래를 만들어 내는 데 중심적인 역할을 한다. 1970년에 앨빈 토플러Alvin Toffler의 『미래 쇼크Future Shock』는 현대의 서구 문화가 기술 및 사회 변화의 신속성으로 인해 외상을 겪고 있으며, 우리는 이러한 새로움의 충격을 헤쳐 나가게 도와줄 일종의 문화적인 명소로 SF를 바라봐도 좋을 것이라고 제안했다. 따라서 이 장르는 단순히 설정, 플롯[plot, 'story'가 시간에 따른 이야기의 흐름을 의미한다면, '구성'이라고도 번역할 수 있는 plot은 목적에 따라 이야기를 재배치한 것을 의미한다] 및 이미지 등의 특정 배열이 아닌, 그 자체로 약간 기울어진 현실에 관해 생각하고 경험하는 방법이다.

경계가 모호하고[4] 참여자가 이질적이라는 면에서 SF는 다른 장르 범주와 그렇게 다르지 않다. 최근의 장르 이론, 특히 영화와 TV에서 끌어낸 이론은, 장르란 평가와 설명 과정으로 만들어지는 것이지 불변의 것이 아니기에 전 세계에서 발견되어 비평가들에 의해 연구되는 것임을 강조해 왔다. 예를 들어 『영화/장르*Film/Genre*』에서 릭 올트먼Rick Altman은 장르란 사후에 생겨나는 것이라고 주장한다. 일정한 양식을 찾는 관찰자들이 몇몇 텍스트의 특성을 다른 텍스트의 특성보다 더 우위에 두면서 생겨난다는 것이다. 올트먼은 대중에게 잘 팔렸던 영화의 특성을 재현하려는 마케팅 욕구가 이 과정의 핵심이라고 주장한다. 스스로 "새로운 종류의 잡지"[5]라고 칭한 것 쪽으로 전향하려 했던 건스백의 노력도 확실히 이러한 모델에 부합한다. 마찬가지로, 『장르와 텔레비전*Genre and Television*』에서 제이슨 미텔Jason Mittel은, 장르란 프로그래머, 관객, 학자, 마케팅 담당자 등이 사용하는 문화적 범주이기에 특정 텍스트의 고유한 특성의 집합이 아니라, "미디어 산업, 청중, 정책, 비평가 및 역사적 맥락이라는 문화적 영역 전반에 걸쳐 작동하는 … 일종의 범주화 과정"[c. ix]으로 설명할 때 가장 잘 이해될 것이라고 주장한다. 그러한 과정들이 그렇게 분류해서 범주화한 텍스트에 대한 우리의 경험을 적극적으로 형성한다. 그러한 맥락에서 이 책은 창의적인 힘(저자, 감독, 예술가)과 마케팅 필수 요건(제작자, 네트워크 브랜딩, 편집자)

및 청중(팬층 및 그 이상까지도)을 포함한 다양한 이해관계자에 의해 적극적으로(그리고 종종 경쟁적인 방식으로) 제작된, 항상 진행 중인 장르로서 SF를 탐구할 것이다. 그러므로 다양한 관점에서 이 복잡한 장르를 살펴보겠지만, '과학소설이란 무엇인가'라는 질문에 대한 포괄적인 답변에 도달하려 애쓰기보다는, SF의 다양한 비전을 동시에 볼 수 있게 해 줄 프리즘적인 시각으로 답을 찾아 나가려 노력할 것이다. 이때 각각의 비전은 이 장르의 부분적이고 단편적인 설명이 되고, 전체로서의 비전은 단순하거나 단일한 이미지가 아닌 오히려 복수의 이미지로서 때로는 생산적인 긴장 가운데 모순된 가능성을 제공하게 될 것이다.

「SF, 혹은 SF가 아닌 것의 정의On Defining SF, or Not」에서 존 리이더John Rieder는 이 장르를 정의하려 애쓰는 많은 노력에서 무엇이 가장 중요한지 탐구한다. 리이더는 장르를 역사적이고 가변적인 범주로 볼 때, 다시 말해 우리가 1940년에 '과학소설'이라고 부르던 것이 2014년에 '과학소설'이라고 부르는 것과 조금 다르다는 사실을 고려할 때 중요한 점은, 이런 식으로 SF의 틀을 짜는 방식이 우리에게 "이러한 텍스트를 포함하거나 포함하지 않기 위해 장르의 영역을 확장하는 방법과 이유"[p. 194]에 주의를 기울이도록 요청한다는 점이라는 사실에 주목한다. 이런 식의 틀 짜기는 우리가 장르를 형식적이고 심미적인 범주뿐 아니라 사회적·정치적 범주로 보도록 강요한다. 그러나 리이더가 지적한 것처럼, 이러한 정의는 동어반복으로 빠지는 경향이 있다. 언젠가 데이먼 나이트Damon Knight는 "과학소설은 우리가 그것을 말할 때 가리키는 것이다"[리이더, p.192 재인용]라는 재치 있는 말을 한 적이 있는데, 이 편리한 정의는 다음과 같은 질문을 끌어낸다. '우리'란 누구이고, 가리킴으로써 찾는 것은 무엇인가? 비록 단일 기원이라는 것이 첫 번째 씨앗에서 광범위한 파생물이 자라나게 할지라도 거기에 특권을 주는 모델을 거부하면서, 리이더는 SF의 역사가 그 장르의 특정 기원을 공고히 하는 데서 그만 관심을 거두고 대신에 "반복, 반향, 모방, 암시, 동일시 및 구별의 증식을 관찰하는" 전략을 수용해야 한다고 주장한다. 그것들의 관통이 "SF가 점차 가시성을 얻는 방법"[p. 196]이 되어 줄 것이라고 보기 때문이다. 이렇듯 SF에 가시성을 주는 작업은 이웃한 장르들, 예를 들어 SF가 때로는 그 자신과 구별하려고 하거나(1940년대 존 W. 캠벨John W. Campbell의 편집 비전에 따라 '적절한' 과학소설에서 과학 판타지를 소거했던 것처럼), 또 어떤 때는 동맹을 추구하려 했던(1960년대에 실험적인 형태와 메타텍스트성이라는 공통의 관심사를 가진 뉴웨이브 SF와 포스트모더니즘 문학처럼) 다른 불안정한 형성물들과의 관계와 어느 정도는 관련이 있다.

리이더는 특정 텍스트에 SF라는 꼬리표를 붙임으로써 작가, 비평가, 광고주 또는 편집자가 이 장르의 배포 및 수신에 수사적으로 개입한다고 설명한다. 그들은 특정 방식으로 읽게 훈련된 특정 독자 공동체가 그것을 읽도록 지지한다. 그 결과 특정 텍스트에 '과학소설'이라는 꼬리표를 붙이는 행위, 그러면서 특정 형태와 목적에 맞게 장르를 만드는 행위는 이 장르의 실천공동체[the community of practice, 공통의 직무나 관심사를 가진 사람들이 열정을 기반으로 함께 모여 일하며 학습해 나가는 과정에서 자생적으로 만들어진 비공식적 소규모 연구 모임을 일컫는 표현으로 'CoP'로 줄여 부르기도 한다]를 만드는 행위도 된다. 인기 있는 장르 중에서도 특히 SF는 작가와 독자 그리고 팬들 사이의 상호작용이 매우 활발한 것으로 유명한데, 특히 펄프 잡지의 초창기(당시 SF라는 꼬리표가 붙은 소설은 주로 소수의 열성 팬만 읽었다)에는 그 경향이 더욱 뚜렷했다. 펄프 잡지는 즉각적으로 독자들의 편지를 잡지에 게재하기 시작했고, 건스백은 장래의 출판물에 관한 독자들의 피드백을 적극적으로 수용했다(이것이 어느 정도까지 SF 장르에 관한 공유된 열정을 표현하는 것이고, 또 어느 정도까지가 안정된 독자층을 형성하기 위해 고안한 마케팅 전략이었는지 알 도리는 없다). 그러자 SF 토론 모임이 뒤따랐고, 얼마 지나지 않아 팬들은 그들 자신의 출판물인 팬진[Fan magazine의 줄임말로, 한 분야의 동호인들이 그 분야의 정보나 가십 등을 다루기 위해 직접 출간하는 잡지]을 제작하기 시작했다. 팬진은 초창기 SF 장르에 관한 중요한 반응을 볼 수 있는 장소이자, 오늘날까지도 사용되는 용어들이 생겨난 출처(가장 유명한 용어는 1941년 《르 좀비Le Zombie》 1월 호에 실렸던, 밥 터커Bob Tucker가 만든 '스페이스 오페라'이다)가 되어 주었다. 그러나 이러한 열정적인 동호회와 잡지 속 SF의 부상 사이의 밀접한 관계는, 그들만이 SF를 '실천하는' 것이 아니라는 사실을 모호하게 가려 버리는 경향이 있다. 이러한 버전의 장르 역사에 초점을 맞추어 비인쇄 매체에서의 실현이나 올더스 헉슬리Aldous Huxley의 『멋진 신세계』(1932)처럼 다른 장소[venue, 공간적인 개념보다는 의도된 특정 경험을 제공하는 목적지로서의 의미가 더 강하다]에서 출판된 소설의 SF 기법 활용 같은 가능성을 배제해 버린다면, SF 장르에 관해 통일되면서도 여전히 부분적일 수밖에 없는 설명만을 생산해 내는 데 그친다. 따라서 리이더는 SF 비평가들이 단순히 "작품을 쓸 때 작가가 하는 선택이나 독자가 그 텍스트를 해석할 때 하거나 해야만 하는 선택"에만 관심을 기울일 것이 아니라, 더 나아가 이 장르의 역사와 의미의 일부로서 고급문화와 저급문회 모두의 현장에서 "일반적인 속성을 실천"[p. 204]하는 것에도 관심을 기울이기 시작할 깃을 요구한다. 우리는 SF의 난제를 이해하기 위해 여러 실천공동체를 이해할 필요가 있을 것이다.

건스백이 만든 '새로운 종류의 잡지'

하지만 우리는 먼저 건스백과 그가 마케팅의 한 범주로서 만들어 낸 장르 레이블[genre label, 장르에 일종의 꼬리표를 붙여 하위 장르적인 특징이나 정체성 등을 규정한다는 말로 '정체화'라고도 할 수 있다]에서 비롯되었지만 이내 그 역할을 능가해 버린 실천공동체에서 이야기를 시작하기로 한다. 어느 날 건스백은 자신의 잡지가 새로운 종류의 소설을 연재하기 시작했다고 발표한다. 하지만 SF의 독창성을 홍보하는 그 순간에도, 그는 자신이 범주화해서 양성하고자 하는 이야기를 정의하는 데 기존의 출판물을 인용한다. "쥘 베른Jules Verne, H. G. 웰스H. G. Wells, 에드거 앨런 포Edgar Allan Poe 스타일의 이야기: 과학적 사실과 예언적 시각이 뒤섞인 매력적인 로맨스"[p. 3]. 리이더가 주장하듯이, 우리는 이러한 건스백의 발언이 그가 장려하고 창작하고자 하는 장르에 대한 단순 **설명**을 넘어서서, 독자가 이렇듯 꽤 개성 있는 작가들을 수용하도록 **개입**하고 있다는 것을 알 수 있다. 그 과정을 통해 건스백은 독자가 SF 구성물들 사이의 관계를 볼 수 있게 독려한다. 건스백이 사용하는 '매력적인 로맨스', '과학적인 사실' 그리고 '예언적 비전' 같은 기술어는 하나같이 그가 다른 사람들이 반복하고 모방하기를 원하는 특징들을 강조한다. 즉, 오락물로서 이야기 그 자체도 탁월하지만, SF는 과학을 이용할 것(그리고 여기서 우리는 경험적으로 건스백이 환기하는 게 과학적 **사실**이라기보다는 과학적 **인식**이라는 앨콘의 단서를 떠올릴 수 있다)임을 이야기하는 것이다. 마지막으로, 이것은 건스백의 특별한 공헌이자 집착이기도 한데, 이 장르는 과학과 기술의 경이로움을 통해 곧 이루어 낼 (경이로울 것으로 짐작되는) 세상을 상상하는 능력으로도 칭송받는다.《어메이징 스토리》의 초기 호에 실린 발행인의 편집 칼럼은 "오늘의 엄청난 허구가 … 내일의 냉정한 진실!"이라고 자랑스럽게 선포한다. 건스백에게 SF는 새로운 장르 이상이어야 했다. 그것은 "문학이나 소설에서뿐 아니라, 진보에서도 새로운 길을 개척해 나가기 위한"[p. 3] 것이었다.

　　그러나 겉으로 보기에 명백한 이 장르 정의의 순간에도, 다양하고 모순되며 서로 경쟁하되 특성이 겹치는 실천공동체들이 넘쳐 난다. 우리가 베른과 웰스를 둘 다 장르의 아버지라고 소급해 부르면서 그들이 유사한 프로젝트에 종사한 것으로 간주하기는 해도, 사실상 19세기 후반 문학 시장의 관점에서 보면 그들은 거의 공통점이 없다. 베른은 발견의 항해에 관한 많은 이야기를 체계화하면서 식민지 모험소설의 전통을 광범위하게 그려 냈으며, 측정의 정확한 세부 사항과 자신의 소설 기법에 관한 꼼꼼한 설명을 중시했다. 앨콘이 지적한 바와 같이, "베른은 노틸러스호[베른의 작품 속에 등장하는 잠수함] 같은 미래적인 장치들이 평범한 것으로 받아들여지는 상상 속의 다른 미래로 독자들을 데려가기보다는 그런 장치들을 동시대의 일부로 만든다"[p. 58]. 베른이 피에르 쥴스 헷젤Pierre-Jules Hetzel의 《일러스트 교육 및 레크리에이션 잡지Magasin illustre d'education et de recreation》에 자신의 작품을 게재한 것은 건스백이 틀을 잡아 놓은 과학교육과 오락거리 사이의 우선순위를 뒤집어 놓은 것이다. 그리고 대개 베른은 『지구 속 여행Voyage au center de la Terre』(1893)에서 묘사한 바다 내부의 모습처럼 과학적 사실이 약간 왜곡되더라도 소설 속 모험에 과학적 세부 사항이 정확하게 어우러지도록 할 방법을 찾으려 한다. 사실 베른은 그의 작품과 웰스의 작품 간 유사성을 일축하면서 다음과 같이 불평했다. "나는 물리학을 이용한다. 그는 발명을 한다. 나는 대포에서 발사된 포탄을 타고 달에 간다. … 그는 중력의 법칙을 거스르는 금속으로 만든 비행선을 타고 화성에 간다." 물론 모두 다 흥미롭다. 하지만 "그런 금속이 정말 있다면, 내게 보여 달라."[앨콘, p. 7 재인용]

　　베른이 지적하는 이런 차이는 옳다. 비록 그와 웰스는 둘 다 사실주의 소설이나 현대 유럽 세계와는 다른 세상에 관해 글을 쓰고, 둘 다 과학과 기술이 현대 생활에 미치는 영향에 관심이 있지만, 그들은 서로 다른 장소에서 서로 다른 실천공동체를 위해 글을 쓴다. 베른의 『경이의 여행Voyages Extraordinaries』[6]은 새로운 통신 및 교통 기술이 유럽의 식민 경제와 도시 생활을 급진적으로 재편하는 동안 그 엄청난 변화 속도에 맞서 분투한다. 그는 생물학, 지리학, 천문학, 해양학 분야에서 열심히 새로운 것을 찾고, 현대 과학과 발견의 경이로움 속에서 그와 그의 주인공 및 독자들이 마음껏 즐길 수 있는 모험 이야기를 만들어 낸다. 이와 대조적으로 웰스는 개인 영웅의 역할은 덜 강조하면서 장기적이고 진화적인 관점에 집중하는 과학 로맨스를 쓴다. 이 장르에 대한 그의 공헌 중 가장 잘 알려진 것은 지질학, 고생물학 그리고 특히 다윈 진화 이론의 형태를 한 생물학 분야의 새로운 발견이 암시하는 것들을 해결하려는 노력이다. 인간의 주체적 행위와 행동은 이러한 시간 척도에서 벗어나 있고, 비록 『타임머신 *The Time Machine*』(1895) 속의 임박한 미래가 나중에 펄프 잡지에서 기념되는 기술 혁신의 경이로움을 약속하기는 해도, 더 먼 미래는 인간의 암울한 양극화를 두 개의 다른 종으로 경고하고, 그보다 더 먼 미래는 인간성을 완전히 지워 버리고 전적으로 외계인과 외계 행성에 관한 비전만을 제공한다.

　　베른보다도 훨씬 노골적으로, 웰스는 사회 비평에 동원된 은유 그 자체의 방식으로 SF를 이용한다. 예를 들어, 몰로크인[웰스의 소설 『타임머신』에서 땅속에 사는 원숭이와 비슷한 종족]과 일로이 사람[『타임머신』에서 몰로크인의 노예로 사는 인종]으로 분열된 그의 미래 인간들은 차별과 진화 과정에 관한 단순한 사고 실험이 아니라, 더 중요하게는 동시대 영국에서 상반되고 고립된 두 계급의 정체성에 관한 논평이다. 작품 속에서 웰스는 귀족 계층에서 노동자 계층을 고립시키는 것이, 한 유기체의 분리된 개체군이 더는 같은 종으로 인식될 수 없을 때까지 각기 환경적으로 유리한 형질을 선택해 가는 종 분화 과정과 유사할 정도로 뚜렷해졌다는 사실을 암시한다. 또한 작품 속 시간 여행자는 미래로 여행하면서 미래에는 귀족 후손의 권력이 그리 지배적이지 않음을 알게 되는데, 이 경험을 통해 그는 자신이 품어 온 사회적 가치의 영원함(그리고 지혜)에 의문을 갖게 된다. 이 작품뿐 아니라 다른 작품에서도 웰스는 인간의 오만함에 도전하고 독자가 새로운 방식으로 세상을 볼 수 있도록 SF 기법을 효과적으로 사용한다. 웰스와 베른은 둘 다 과학의 신화라는 넓은 우산 아래서 글을 쓰고 있지만, 베른은 기술 과학이 일상에 일으킨 변화를 세밀하게 검토하는 데 공을 들이는 반면, 웰스는 과학적 발견의 철학적·사회적인 함의에 집중한다. 과학적 세계관이 빅토리아 사회에 스며들어 일반 상식을 다시 고쳐 쓰는 동안, 윤리적 선택에 대한 우리의 이해와 실세계에 대한 인식만이 정체된 채 남아 있을 수는 없는 것이다.

에드거 앨런 포의 작품은 건스백의 초기 모범이 된 SF 중에서 가장 소홀히 취급되었다. 그의 명성은 현대에 접어들면서 미국 고딕소설과 펄프 잡지 탐정소설이 인기를 얻게 된 것과 더 큰 관련이 있다. 비록 작법에 관한 포의 관심이 탐정소설의 법의학적 전통에 집중되는 경향이 있기는 해도, 과학은 포의 많은 작품에서 중심 주제이다. 한편 사회 비평에 관한 그의 관심은 많은 평범한 삶의 바탕에 놓인 폭력적인 공포를 폭로하는 데서 드러난다. 고딕 작가들의 작품은 종종 숭고함과 관련이 있지만, 포의 작품 속에서 숭고함은 그 모든 소름 끼치는 영광으로 표현되고, 인간의 인식을 압도하며, 과학을 통한 자연의 조작보다도 더 거대한 힘을 우리에게 상기시킨다.

이와 같이 포는 기술적 숭고함과 연관되는, 좀 더 위안이 되는 경이로움으로 변질되기를 거부하는 숭고함의 형태를 SF의 초기 구성으로 불러온다. 포의 작품들을 살펴보면, 우리는 그의 바로 다음 세대 SF에서보다 그의 작품 속에서 숭고함과 관련된 더 넓은 범위의 증거들을 발견할 수 있다(물론 이러한 감성이 더 최근의 SF에서 다시 돌아오기는 한다). 예를 들어, 「병 속에서 발견된 원고 M.S. Found in a Bottle」(1833)에서는 탐험을 떠난 모험 이야기가 빠르게 기괴한 이야기로 변해 버린다. 탐험가의 배가 폭풍을 만나 더 멀리 남쪽으로 밀려가면서 점차 일광이 사라지고, "짙은 우울과 흑단처럼 새까만 찌는 듯이 더운 사막"[p. 4]이 그들을 에워싼다. 거대한 파도의 심연에서 우리의 화자는 허리케인을 통과해 너무도 평온하게 항해하는 의문의 배와 마주친다. 그 배로 옮겨 타면서, 그는 선원들의 눈을 피해 숨을 필요가 없다는 것을 알아차린다. 왜냐하면, 이 "불가해한 남자들!"은 그를 "**보지 못할 것**"[p. 7]이기 때문이다. 하지만 배와 선원들의 낡고 노쇠한 상태를 본 그의 불안감은 커진다. 점점 대담해진 그는 배를 더 샅샅이 탐사하고 선원들과 대면한다. 처음에는 자신의 탐험을 합리화하고 상황을 잘 파악하기 위해서였다. 그러나 그는 아무것도 파악하지 못하고, 이야기는 언어의 붕괴로 끝이 난다. 화자는 "고함치고 으르렁대며 천둥 번개를 울려 대는 대양과 폭풍 한가운데에서 … 소용돌이의 손아귀"[p. 11] 속으로 그들이 곤두박질쳐 들어가고 결국 배가 가라앉는 상황을 묘사한다. 병 속의 원고만이 그 비현실적인 영토에서 돌아온 모든 것이다. 그것만이 그 경험, 그 숭고한 만남으로 끝이 나는 경험의 합리적인 설명이다.

비록 베른과 웰스가 SF의 창시자로서 포보다 더 자주 언급되기는 하지만, 아서 C. 클라크의 무시무시한 이야기 「파수병

The Sentinel」(1951)와 이 작품을 어쩌면 원작보다 더 강렬하게 영화로 확장한 스탠리 큐브릭Stanley Kubrick의 〈2001 스페이스 오디세이2001: A Space Odyssey〉(1968)처럼 근본적으로 불가해하고 잠재적으로 두려운 숭고함을 환기하는 작품들도 SF의 일부이다. 클라크의 원작은 화자가 달에서 인공물을 발견하고 느끼는 경이로움을 전달하는데, 자연물이라기보다는 제조물이 분명한 어떤 물건을 발견했을 때 화자는 "크나큰 희망과 함께 말로는 표현할 수 없는 이상한 기쁨"[p. 246]을 느낀다. 그러나 동시에 그 기원의 진화론적 시간대를, 다시 말해 그 기술은 인간이 이뤄 낸 성취를 훨씬 능가하고 우리가 **호모사피엔스**가 되기도 전에 달에 놓여 있게 된 것임을 곰곰이 생각해 보는 동안 그의 흥분은 두려움과 뒤섞인다. 비록 화자가 경외감을 긍정적인 형태의 경이감으로 변화시키려 애쓰기는 해도, 그는 그 우월한 종 앞에서 인간의 무력함에 사로잡힌 채 이러지도 저러지도 못한다. "어쩌면 그들은 아직 유아기에 있는 우리 문명을 돕고 싶어 할지도 모른다. 그러나 그들은 너무도 오래되어 늙은 문명이 분명하고, 종종 늙은 사람들은 젊은이들을 미친 듯이 질투한다."[p. 249] 큐브릭이 개작한 영화에서는 관객이 얻을 수 있는 힌트가 훨씬 줄어들고, 우리는 의문의 호텔방 같은 곳에서 새로운 인류인 스타차일드가 되어 서 있는 주인공 데이브(케어 둘리아Keir Dullea 분)와 마주하게 된다. 이것이 인류의 신격화인지 멸종을 의미하는 것인지는 불분명하다. 베른과 웰스에 의해 확립된 패러다임을 이용하는 SF 양식도 역시 적지 않은데, 예를 들어 래리 니븐Larry Niven의 '링월드 *Ringworld*' 시리즈(1970~)를 확립하는 데 사용된 신중한 공학적 세부 사항이나, 이언 맥도널드Ian McDonald와 귀네스 존스Gwyneth Jones 같은 뉴 스페이스 오페라 작가들이 스페이스 오페라 전통을 식민주의 비평으로 변모시킨 것 등이 그에 해당한다.

'특정' 장르를 넘어서

내가 베른과 웰스와 포의 다양성을 강조하는 것은, 건스백이 자신의 새로운 장르 명칭으로 그들을 식별하는 게 '틀렸음'을 암시하는 것이 아니며, 또 하나의 특정 유산에 다른 것보다 더 많은 특권을 주려는 것도 아니다. 오히려 SF에 대한 우리의 이해가 반드시 다중적이어야 하며, 나아가 이러한 이질성은 21세기에 존재하는 형태로서의 SF 장르뿐 아니라, 그 장르의 역사 속으로 소급해서 편입된 텍스트의 범위, 그리고 현대화를 위해 새로운 소설을 쓰자고 했던 건스백의 호소가 받아들여졌던 방식을 설명해 주어야 한다는 것이 요점이다. 리이더가 SF의 **특정** 기원을 찾는 대신, 이 장르의 역사에서는 어떻게 여러 가지 가능성이 특정한 형식적 특징과 시간에 따라 변하는 주제적 경향과 연관되어 있는지 탐구해야 한다고 주장했던 것처럼, 이 책은 과학소설이라는 이 **특정** 장르를 설명하고 옹호할 방법을 모색하지는 않을 것이다. 오히려 이 장르를 기술하기 위한 다양한 전략 사이를 이동해 다니면서 SF라는 장르의 총체적이지만 완벽하지는 않은 모습을 파악하려 노력하고, 그 과정에서 다양한 비평가들이 제공한 영향력 있는 여러 개념적인 해석을 탐구할 것이다. 이 책은 시간순보다는 개념적으로 정리되어 있다. 다양한 의미를 설명하기 위한 예로서 SF 텍스트를 다루게 될 테지만, 이 장르의 모든 주요 작가와 문학운동을 포괄적으로 다루는 것이라기보다는 사례 연구로서 기능할 것이다.[7] 논의된 다양한 예들이 어떻게 이 장르의 주요 텍스트, 운동 및 작가들의 더 큰 역사 안에 들어맞는지 독자들이 알 수 있도록 연대기를 부록으로 첨부했다.

　　　SF의 정의를 형성하는 여러 요인 중 하나가 역사적 맥락이기 때문에, 논의된 틀의 일부는 특정 역사적 시기와 더 잘 맞을 것이며, 예시들 또한 불가피하게 이러한 경향을 띨 것이다. 그러나 개념과 연대기 간의 상호작용은 고정되기보다는 유동적이라는 점을 명심해야 한다. 예를 들어, 장르에 관한 각각의 설명은 특정한 시기에 특정 개입으로 나타나지만, 건스백이 이전 세대 작가인 베른과 웰스와 포를 SF 작가로 꼽는 것을 보면, 장르를 정체화labeling하는 지적 작업의 일부는 이전 작품까지 통합하는 개념을 역방향으로 전파하는 것이라 할 수 있다. 그러니 이 책의 목적은 SF의 역사를 제공하는 것이 아니라, 다양한 SF 실천공동체의 범위를 알리는 것이다. 이 장르를 처음 접하는 독자들에게 이러한 실천공동체와 사례 중 일부는 놀라울지도 모른다. 그들이 지금껏 SF와 연관 지어 온 화려한 펄프 잡지 속 외계인과 거대한 우주 전쟁을 능가하는 어떤 장르를 소개하게 될 것이기 때문이다. 한편 이 장르에 더 익숙한 독자는 이러한 접근법이 하나의 패러다임에 특권을 주는 것을 거절한다는 점에서 좌절감을 느낄 것이다. 물론 나 역시도 더 좋아하는 것과 덜 좋아하는 것이 있기는 하지만, 나의 더 큰 목적은 과학과 문학 자본 및 문화 정치의 의미와 관련성을 놓고 진행 중인 문화 투쟁의 현장으로서 SF의 광범위한 의미를 전달하는 것이다. 과학소설이라는 장르를 개념화하는 각 방법이 특정 텍스트와 관점은 흐리게 하면서 다른 텍스트와 관점을 눈에 띄게 하는 효과를 내므로, 나는 독자가 그것을 단순히 받아들이기보다는 그 틀과 경계를 평가하고 거기에 도전하도록 독려받는 것이 지극히 당연하다고 생각한다. 또한 이러한 논쟁들을 동시에 이해하지 않고는 SF를 이해할 수 없다고 믿기에 이러한 다양한 관점을 제시한다.

과학소설은 '물건'이 아니지만, 항상 이질적인 재료로 활발하게 만들어지며, 시장·문화 정치·미학에 관한 더 큰 질문들이 과학소설을 정의 내리기 위한 노력에 영향을 미친다. 어떤 문학 텍스트를 '과학소설'로 부르는 것은 우리가 그 텍스트를 바라보는 방식을 바꾸는 일이자, 동시에 이 장르의 경계와 다른 장르와의 관계에 관한 전반적인 이해를 바꾸는 일이다. 우리는 SF를 기존 연결점 간에 새롭고 참신한 연결이 항상 가능하고 지금껏 연결되지 않았던 자료를 언제든 연결할 수 있는, 서로 관련 있는 텍스트·모티프·주제·이미지의 그물망으로 생각할 필요가 있다. 앞으로 각 장에서 검토할 패러다임들은 특정 종류의 대화는 가능하게 하고 다른 대화는 방해하는데, 우리는 이 각각의 패러다임을, 과학소설을 실천하는 집단적인 '우리'로 들어가게 해 주는 초대장으로 받아들여야 한다.

SF를 이해하기 위한 나의 첫 번째 프레임워크[framework, 복잡한 개념을 서술하거나 문제를 해결하는 데 사용할 수 있는 기본 개념, 구조, 틀, 뼈대 등]로 들어가기 전에, 이 책의 범위와 한계에 대해 마지막으로 한 가지 지적해야 할 사항이 있다. 나는 이 책을 강의실에서 교재로 쓰기 쉽도록 선집에 자주 포함되는 단편소설이나 정기적으로 인쇄되는 소설[8] 가운데서 주로 사례를 선택했다. 인쇄되지 않은 형태의 작품도 인쇄된 작품만큼이나 이 장르에 중요하다고 확신하지만, 그럼에도 내가 주로 인쇄된 출처에서 사례를 끌어온 것은 두 가지 이유 때문이다. 첫째, 이 책은 장르 문학 그 자체뿐 아니라 SF에 대한 비평적 반응들의 개요를 제공하는데, 학술 연구 대상이 되는 대부분 역사가 인쇄 양식에 중점을 두고 있기 때문이다. 둘째, 여전히 대부분의 대학 과정이 문학 관련 SF에 관심을 갖기 때문이다. 마지막으로, 비록 SF가 다양한 국가와 언어권에서 번창하기는 해도 이 책은 SF 및 SF 학문의 앵글로[Anglo, 영국계] 전통을 다룬다. 이 전통에는 영어로 번역되거나 영어로 작성된 SF에 지대한 영향을 미친 다수의 작가들(베른, 스타니스와프 렘Stanislaw Lem, 카렐 차페크Karel Čapek)도 포함되어 있다.

1 과학소설이라는 장르 명칭을 생각하면 무엇이 떠오르는가? 하나의 텍스트가 SF로 간주되기 위해 필수적으로 갖추어야 할 자질이 무엇이라고 생각하는가? SF는 당신이 정기적으로 소비하는 장르인가? 왜 그런가, 혹은 왜 그렇지 않은가? 이 책을 다 읽고 나면 이 질문으로 돌아와서 여전히 같은 식으로 답변할 수 있는지를 생각해 보자.

2 SF 학자인 닐 이스터브룩Neil Easterbrook은 차이나 미에빌China Miéville의 소설 『대사관 마을Embassytown』에 대한 평론 초반에서, 학자들이 과학소설의 아이디어와 모티프를 이용한 SF 비평 작업에 익숙하지 않을 때 생길 수 있는 문제들을 주제로 논의한다. 그는 그러한 평론가들은 종종 SF에 선입견을 품고 있으며, 따라서 만약 어느 작품이 마음에 들면, '그 작품이 SF를 사용하지만 사실상 SF는 아니다'라고 주장한다고 말한다. 이스터브룩은 "이것이 비평가들의 오래된 자만이다"라고 주장한다. "만약 그 작품 속에 외계인이나 워프 항법[warp-drive, 공간을 일그러뜨려 4차원으로 두 점 사이의 거리를 단축시켜 광속보다도 빨리 목적지에 도착하는 가상의 방법] 같은 게 나온다면 그건 SF가 맞지만, 인간 조건에 관한 감정이나 은유가 들어 있다면 그건 SF가 아니라고 한다. 만약 우리가 너그럽게 봐준다면, 이 소외estrangement에 따른 혼란derangement이 이 공식을 지속시키는 힘이라고 하겠지만, 그게 아니라면 그저 무지와 피상성일 뿐이다(http://lareviewofbooks.org/article.php?id=107에서 전체 리뷰 참조). SF기법을 사용하는 것과 SF인 것 사이에 차이점이 있는가? 진지한 문학 작품은 절대로 SF가 될 수 없는가? 왜 그런가, 혹은 왜 그렇지 않은가?

3 건스백의 잡지 《어메이징 스토리》의 첫 번째 논설 〈새로운 종류의 잡지 A New Sort of Magazine〉(각주 참조)를 읽어 보자. 아직 과학소설이라는 용어를 사용하지는 않았지만, 건스백은 SF가 될 수 있는 것과 될 수 없는 것에 대한 자신의 비전을 설명하고 있다. 오늘날의 SF는 그의 비전을 충족하는가? 왜 그런가, 혹은 왜 그렇지 않은가? 이것이 장르를 위해 좋은 전개인가, 나쁜 전개인가?

에스에프 에스프리

기술적으로 포화한 사회의 문학

기술적으로 포화한 사회의 문학 2

이전 장에서 보았듯이, '과학소설'이라는 용어는 19세기 후반의 사례를 바탕으로 20세기 초반에 두각을 나타내기 시작한 한 장르를 묘사하는 데 널리 사용되었다. 이 장에서 우리는 로저 럭허스트Roger Luckhurst가 장르의 문화사를 다룬 『과학소설Science Fiction』(2005)에서 피력했던 주장에 관해 검토할 것이다. SF란 후기 모더니즘의 한 장르이며, 과학기술과 관련된 일련의 문화적 변화가 현대 생활에 스며든 뒤에야 나타난 것이라는 주장이다. 그는 SF에 관한 토론을 풍부한 학문적 지식과 역사적 맥락의 네트워크상에 위치시키는 방편으로, SF를 후기 모더니즘의 특별한 선입견에서 나온 문학이라고 본다. 그는 SF를 "기술적으로 포화한 사회의 문학"[p. 3]이라고 정의한다. 또한 SF의 기원을 19세기 후반과 그 이후 시기에서 찾는다. 물론 그보다 훨씬 이른 시기에도 많은 작품이 나타나기는 했지만, 그는 이 장르의 출현을 이 시기에 만연한 문화적·지적 변화와 관련짓기 때문이다. 1장에서 개괄적으로 설명한 이 장르의 이질적이고 변화무쌍한 정의와 일관되게, 그의 논의는 SF의 출현을 문학과 관련된 문화와 시장의 변화, 해석학의 체계로서 과학과 종교 사이의 계급 변화, 그리고 일상생활과 일의 새로운 패턴에 관련짓는다.

SF가 태어나기 위한 첫 번째 조건으로 '노동계급을 포함한 대다수 인구의 문해력 및 초등교육의 확장'을 들 수 있다. 그러나 이는 오직 SF의 출현만이 아니라 오히려 대중문학이라는 더 넓은 개념의 출현을 위해서 필요한 조건이었기에, SF 장르의 이전 역사에서 과소평가된 사례이다. 이와 밀접하게 연결된 두 번째 조건은, 감각적인 삼류 소설과 선정적인 싸구려 소설 등 대중문학의 이전 형태가 새로운 전문 잡지에 의해 대체된 것이다. 일명 다임 소설[dime novel, 10센트짜리 동전 하나로 살 수 있는 싸구려 소설이라는 의미]이라 불리는 삼류 소설은 이미 프랭크 리드[Frank Reade, 다임 소설에 자주 등장한 가상의 인물]의 장치를 이용한 모험처럼 우리가 오늘날 SF로 인식하는 이야기를 그려 냈지만, 그렇다고 다른 양식의 소설들, 예를 들어 제시 제임스[Jesse James, 1847~1882, 미국의 무법자, 강도, 살인자이지만 전설 속에서는 의적으로 그려지는 민간 영웅]의 서부 이야기나 영웅적인 핑커톤[Allan Pinkerton, 스코틀랜드 태생의 미국 탐정으로 1850년 미국에 핑커톤 탐정 사무소를 설립했다]의 탐정 모험 같은 작품들과 다른 방식으로 판매되거나 배포되지는 않았다.《알고시*Argosy*》(1882~1978)나 《스트랜드*The Strand*》(1891~1950) 같은 초기 이야기 잡지도 마찬가지로 작품 유형을 혼합해서 실었다. 그러나 시장 경쟁은 곧 제품 차별화에 대한 욕구로 이어졌고, 이로 인해 서부, 탐정, 로맨스 그리고 다른 잡지들이 제작되었다. 나중에 《어스타운딩 사이언스 픽션*Astounding science fiction*》(1937년 존 W. 캠벨이 편집자가 된 이후 논쟁의 여지 없이 가장 영향력 있는 잡지가 되었다)을 인수한 스트리트앤드스미스 출판사가 이러한 혁신을 시작했으며, 그 후 탈바꿈한 시장에서 휴고 건스백이 SF를 '발명'하고 그 자신의 전문 이야기 잡지를 출간할 수 있게 되었다.

과학과 과학소설

럭허스트는 출판 환경의 변화뿐 아니라, SF가 성공적인 사업이 되기 전에 생겨난 과학과 일상 사이의 중요한 변화에도 중점을 둔다. 과학적 이해의 중요성과 그것을 기술적으로 구체화하려는 요구가 증가하면서 과학 종사자로 교육받은 인구가 필요하게 되었고, 이는 과학과 기술 기관의 출현으로 이어진다. 이러한 종사자, 학생, 교사 들은 SF라는 주제를 선호하는 준비된 청중을 형성했지만, 더 중요하게는 기술과 과학에 힘입어 대중문화가 가시적으로 변화했다는 사실을 보여 주는 징후이기도 했다. 초창기 과학적 실천 문화는 주로 자기 자본으로 연구를 수행하는 개인 연구자들의 고립된 연구소에 한정되어 있었는데, 그들이 가진 토지나 다른 형태의 부 덕택에 취미로 과학을 추구할 수 있었기 때문이다. 특히 미국에서 현대 과학은 자수성가한 개인의 신화에 통합된 일종의 민주적인 충동이었는데, 이를 통해 토머스 에디슨Thomas Edison 같은 천재가 노력과 공로로 부와 명성을 얻을 수 있게 되었다. 축음기, 영화 카메라, 대량 전기화 시스템 같은 에디슨의 발명품(몇몇은 기존 기술을 개선한 것이었다)은 우리가 그러한 장치를 당연시하는 시대에는 상상할 수도 없는 방식으로 일상을 변화시켰다. 에디슨의 동시대 사람들에게 그런 아이디어, 예를 들어 누군가의 목소리가 그 사람이 죽은 뒤까지도 보존될 수 있다거나, 움직임이 포착, 재생, 동결되거나 역전될 수 있다는 생각은 시간과 공간의 상식적인 이해에 도전하는 경이로움이었다.

하지만 에디슨의 진짜 천재적인 면은 특허에 세심한 주의를 기울인 결과 자기 자신의 재산뿐 아니라 일상생활의 빠른 변화도 보장해 주는 혁신성, 즉 새로운 기술의 대량 생산을 가능하게 했다는 데서 가장 잘 드러난다.[1] 비록 에디슨의 신화가 개인의 독창성을 강조하기는 해도, 진보와 변화의 진정한 원동력은 멘로파크에 있던 그의 신업 연구 센터였다. 에디슨 혼자의 공으로 돌려졌던 많은 혁신이 이곳에서 팀원들의 노력으로 이루어졌다. 에디슨은 미국을 전기화하는 데 자신의 특허였던 직류(DC)를 써야 할지, 라이벌 기업가이자 발명가였던 조지 웨스팅하우스George Westinghouse가 특허를 낸 교류(AC)를 써야 할지에 관해 웨스팅하우스와 충돌하며 갈등을 벌였는데, 그것이 기술력에 관한 대중의 관심을 끌어모으는 데 핵심적인 역할을 했다. 결국 AC가 그 뛰어난 효율성과 장거리성으로 인해 표준으로 책정되었지만, 에디슨은 전기의자를 개발하여 AC를 치사성의 상징으로 홍보해 대중의 공포를 조장하고, 조련사에게 폭력적으로 변했던 루나 박의 코끼리 톱시의 공개 처형을 조직하는 식으로, 상당 기간 자신의 DC 전력을 경제적으로 존속시키는 데 성공했다. 코끼리 톱시는 AC를 통해 1903년 공개 행사에서 처형되었고, 에디슨은 라이벌 AC의 '위험'과 자신의 영화 카메라의 '경이로움'을 동시에 보여 주고자 그 장면을 촬영해 널리 상영했다.

이 사건에서 에디슨이 자신의 발명품과 떠들썩한 홍보 활동과 경제적 문제들을 합쳐 놓은 것은, 과학과 과학에 관한 신화가 SF 출현의 비옥한 토대를 형성하면서 일상생활에 스며들 수 있게 하는 방식들의 전형적인 예가 되었다. 이는 무시무시하면서도 근사하고 경외감을 불러일으키는 동시대의 현실을 포착해서 제대로 그려 낼 심미적인 양식을 찾고 있던 당대 사람들의 요구에 부응했다.

　　　새로운 과학 패러다임은 기술로 인한 변화뿐 아니라 19세기 후반의 지적인 문화도 급진적으로 변화시켰는데, 그중에서도 가장 주목할 만한 것은 지질학적 시대에 관한 공통적인 이해에 도전했던 다윈의 진화론이었다. 다윈은 19세기 후반의 새로운 과학 기관에서 훈련받은 학생 중 한 명인 H. G. 웰스의 연구에 지대한 영향을 미쳤으며, 웰스의 연구 상당 부분은 기술적으로 포화한 사회의 문학으로 정의된 SF란 무엇인지 분명히 보여준다. 그의 작품 『우주 전쟁 *The War of the Worlds*』(1898) 또한 SF라는 장르의 핵심 원형 중 하나를 제공하는데, 이름하여 외계인 침략이다. 웰스는 화자가 외계인 침략의 충격으로 이전 세계관에서 벗어난 후 회고적 서술을 하는 것으로 틀을 짜서, 독자들이 인류 중심주의적 세계관에 관한 자신의 흔한 가정을 다시 생각해 보도록 권유하며 소설을 시작한다(이는 또한 식민지 건설을 뒷받침하는 자국 문화 중심주의에 대한 비판이기도 하다). 비록 진화론이 언급되지는 않지만, 기록된 인간의 역사를 훨씬 능가하는 어떤 광대한 것을 아우르도록 우리의 시간 감각을 재조정하며 소설은 시작된다. 이는 지질학 및 고생물학의 새로운 발견 덕에 웰스의 동시대인들이 지구라는 행성의 생명이 인류보다 훨씬 오래전부터 존재했음을 깨달은 것과 마찬가지다.

소설의 시작은 또한 이러한 변화된 사고방식의 열쇠는 과학적 관찰이라는 사실을 환기한다. 소설은 이렇게 시작한다. "19세기 말까지만 하더라도 아무도 믿으려 하지 않았을 것이다.", "인간과 똑같이 탄생과 죽음을 경험하면서도 인간보다 더 뛰어난 지능을 가진 존재가 예리하고 세밀하게 이 세상을 관찰하고 있다는 사실을."[p. 3] 화자가 계속 이야기를 해 나가면서 진화론적 시각과 과학적 시선이 하나로 수렴된다. "사람들은 지나친 자기만족에 빠져 앞뒤로 지구 위를 오가며 하찮은 일상사를 해결하면서 그들의 제국이 무슨 일이든 해결할 수 있다는 사실을 믿어 의심치 않았다. 현미경 아래 놓인 원생동물도 분명히 그럴 것이다."[p. 3] 우리는 신의 창조물의 정점이 아니라 여러 종 가운데 하나로서, 우리의 관점에서 보면 최상이지만 다른 관점에서 보면 단지 미생물에 불과하다는 사실을 깨닫게 되면서 인간의 오만함은 흔들린다. 그러나 이것은 단지 인류에 도전하는 철학적 진화론의 관점이 아니다. 이 소설은 또한 세계와 맺은 새로운 과학적 관계 아래에 놓인 위협을 암시하기도 한다. 프랜시스 베이컨Francis Bacon은 수동적인 자연의 지배로 이어질 과학적인 관찰과 분석을 통해 『새로운 아틀란티스The New Atlantis』(1624) 속 유토피아 창조를 그려 냈지만, 웰스는 우리의 패러다임이 허용하는 것보다 더 복잡하고 강력한 세계를 드러내면서 '우리의 제국이 무슨 일이든 해결할 수 있다'는 생각이 얼마나 잘못되었는지가 과학적 발견에 의해 종종 증명된다는 사실을 상기시킨다.

이 소설의 도입부 문단은 SF 역사상 가장 유명한 인용문 중 하나인데, 웰스가 화성인을 "광대하고 차갑고 무자비한 지식인들"로 묘사하면서 그들이 우리의 세상을 "시샘하는 눈으로"[p. 3] 바라본다는 내용으로 끝이 난다. 이 과정에서 웰스는 새로운 문학의 일부로 외계인 침략과 조우에 관한 이야기를 정립할 뿐 아니라, 과학적 이해의 중심성이 어떻게 과학적이고 심미적인 패러다임을 변화시키는지 보여 준다. 『우주 전쟁』은 속물적인 본성에 관한 소설이 아니라, 단순한 인간의 관점을 넘어 생각할 수 있는 문학적 상상력을 필요로 하는 작품이다. 따라서 사실주의 소설의 관습에 내재된 관점, 즉 너무도 당연시되는 세상을 이해하는 방식에 도전하는 것은 웰스의 주제와 기법 모두의 핵심이다. 이 소설은 일반적으로 영국 제국주의에 대한 비판으로 해석된다. 초토화된 런던의 왕실 중심부와 우월한 화성의 기술력에 압도적으로 제압당한 영국인을 묘사할 뿐 아니라, 독자들에게 몇 가지 사실을 분명히 상기시키기 때문이다. 다름 아니라 화성인이 인간 경험으로 판단할 때는 괴기스러워 보일지라도, 화성인 자신들의 처지에서 보면, 그들은 식민지에서 영국인이 저질렀던 행동과 딱히 다르거나 특별히 가증스럽게 느껴지는 행위는 아무것도 저지르지 않는다는 것이다. 따라서 우리는 인간 활동으로 멸종된 "사라진 들소와 도도새"뿐 아니라, "유럽 이민자들이 벌인 인종 멸종 전쟁에서 전멸해 버린"[p. 5] 태즈메이니아 사람들도 떠올리도록 강요받는다. 비록 여기서 웰스는 태즈메이니아인을 단순히 인간이라고 하기보다는 "인간과 닮은"이라고 언급함으로써 그의 시대의 편견에서 완전히 벗어나지는 못했음을 드러내지만 말이다.

이어서 『우주 전쟁』은 과학에 대한 사회적 태도 변화를 보여 주고, SF의 새로운 가능성(외계인 침략)을 이용하여 독자가 식민주의자들의 자원 축적에 대한 대외 인식과 마주하게 한다. 이 소설의 1부 「화성인의 침공The Coming of the Martians」은 영국이 기독교 신화가 아닌 과학으로 만들어진 세상의 결과에는 전혀 준비되어 있지 않다는 것을 보여 주는 일련의 목록이다. 이러한 대조는 위기에 직면한 목사의 무능함 때문에 특히 두드러지고, 이에 대해 화자는 "재앙으로 무너진다면 종교가 무슨 소용이 있는가?"[p. 70]라고 질문한다. 화자는 목사의 "무력한 탄식의 속임수, 그 어리석은 완고함"[p. 131]을 참을 수 없게 되어, 결국에는 목사의 한탄 때문에 그들의 위치가 화성인들에게 발각되는 위험을 감수하기보다는 차라리 목사를 죽여 버리는 게 낫겠다고 느끼게 된다. 하지만 소설이 그려 내는 과학적 세계관은 죄의 처벌이 화성인 치하에서 인간이 받는 고통에 대한, 불충분하고 심지어는 모욕적인 설명이라는 사실을 폭로하는 것에서 그치지 않는다. 기독교는 인류를 다른 모든 종보다 우월하게 보는 인간 중심주의적 관점을 장려하는 반면, 과학은 자연이 **호모사피엔스**에 특별한 관심이 없다는 것을 우리에게 깨우친다. 게다가 웰스의 관점에서 인간은 과학을 사용하는 능력에서도 그다지 우월하지 않은데, 이것은 우리가 이후에 만나게 될 SF에서도 발견되는 모티프이다. 과학은 군대나 성직자처럼 화성의 침공에 효과적인 저항 방법을 제공하지 않는다. 그 대신에 자연 세계의 능력이야말로, 우리가 과학을 통해 숙달하지 않고도 더 잘 이해할 수 있으며 인류를 구할 수 있는 능력이다. 인간들은 박테리아가 화성인 생태계의 일부가 아닐 것이라고 추측한다. "그들은 죽은 동료들을 파묻지도 않았고, 그들이 우리에게 저지른 무모한 살육은 부패 과정에 관해 완전히 무지함을 가리킨다."[p. 179] 따라서 화성인들은 미생물에 감염되기 쉽다. 인간의 지성이 아닌 부패와 감염의 생물학이 우리를 구한다.

웰스는 인간 중심을 너무도 당연시하는 종교의 세계관(그의 시대에는 과학으로 대체되는)뿐 아니라, 인간의 모습과 관심사에 특권을 부여하는 사실주의 소설 전통에도 도전한다. 우리의 화자는 관찰자이지 이러한 사건들 속의 행위자가 아니며, 그의 행동은 침략의 결과를 형성하는 데 아무런 역할을 하지 않는다. 소설 초반에 그는 "허영심에 눈이 먼", 절대로 "지적인 생명체가 저 먼 곳에서, 또는 지상의 차원을 넘어서는 곳에서 실제로 살고 있을 수도 있다는 생각을 표현"[p. 4]하려는 시도를 하지 않는 작가들의 인간 중심적인 오만을 혹평한다. 화성인들이 사망한 후 자신의 서술을 마무리할 때, 그는 연구실로 돌아가서 책상 위에 놓인 미완의 원고를 발견한다. 원고는 이렇게 시작한다. "약 200년 후에", "우리는 기대할지도 모른다 …."[p. 177] 외계인 침공 사건은 화자의 글쓰기를 방해했고, 침공을 경험한 후에 다시 예전의 원고로 돌아가면서 그는 자신이 더는 예전처럼 미래를 예측할 수 없다는 사실을 인정한다. 화성에도 생명체가 있다는 깨달음은 우주에 대한 그의 이해를 근본적으로 바꾸어 놓았고, "우리가 또 다른 침공을 예상하든 안 하든 간에 인간의 미래에 대한 우리의 견해는 크게 수정되어야 한다."[p. 181] 침략은 세 가지 결과를 가져온다. 첫째, 필요한 것과 피할 수 없는 것에 굴복하는 것이 아니라, 선택을 통해 더 의식적으로 미래를 만들어 가도록 인간의 행위를 자극해 "타락의 가장 생산적인 원천이라 할 수 있는 미래에 대한 평온한 자신감을 우리에게서 빼앗아 갔다."[p. 181] 둘째, 인간이 우주에 홀로 존재하는 게 아니라는 것을 깨닫고 "인류 공공의 복지라는 개념"을 촉발하면서 "인간의 견해를 넓히는"[p. 181] 결과를 가져왔다. 마지막이자 가장 적게 공을 들인 요점은 "침략이 인간 과학에 가져다준 선물"[p. 181]이 엄청나다는 것이다.

이상적으로 볼 때, 우리는 침략이 가져온 이러한 변화들이 SF가 가져나줄 수 있는 문화적인 이익과 유사하다고 생각할 수 있다. 상상의 미래나 다른 세상을 창조해 내는 기술을 통해서, SF는 우리에게 인간 행동과 사회구조 사이의 관계뿐 아니라 우리가 살고 싶은 사회와 함께 살고 싶은 사람들을 선택했던 방법, 앞으로 계속해서 그것들을 선택할 수 있는 방법에 관해 생각해 보기를 강요한다. SF 장르는 우리가 우리 자신의 문화와 가치의 좁은 틀 너머를 바라볼 수 있는 잠재력을 발현하고 최선을 다해서 더 포괄적이고 이질적으로 인류를 이해하도록 장려함으로써 사건 서술에서 인간 관점의 탈중심화를 돕는다. 마지막으로 이 장르는 세계를 이해하는 과학적 방식에 집중하면서, 웰스가 진보적인 것으로 묘사했던 자질인 과학적 소양을 좀 더 장려할 수도 있다. 『우주 전쟁』은 19세기 문학의 한계에 대한 비판과 미래를 개념화하는 이전의 방식들이 시대에 뒤떨어진다는 선언 사이에서 서술의 틀을 짜는데, 이는 화자의 이해를 바꾸고 미래를 다르게 생각하도록 이끌어 가는 과학적인 세계관이 당대의 영국 문화도 똑같이 변화시키는 효과가 있어야 한다고 암묵적으로 제안한다. 이 소설은 "인간의 미래에 대한 우리의 견해는 크게 수정되어야 한다"라고 제안하며 SF야말로 우리가 그것을 가능하게 할 문학 양식이라고 말한다.

하드 SF

웰스는 과학과 기술이 일상생활에 미치는 영향에 대한 관심을 주로 과학의 패권에 수반되는 철학적·문화적 변화와의 관련성을 통해 표현한다. 진화 및 생물학에 관한 과학적 이해가 그의 서술에 영향을 미치지만, 그 행위와 주제는 대체로 다른 곳에 집중되어 있다. 건스백이 펄프 잡지를 출시하고 '과학소설'이라는 용어를 쓰기 시작했을 때쯤, 그 레이블은 이 새로운 종류의 이야기가 과학과 어떻게 관련되어 있는지 이해하는 데 필요한 다양한 패러다임을 권장한다. 건스백은 자신의 잡지가 소설 기법을 다양하게 시도해 볼 수 있는 상상력의 시험장이 되어 주기를 기대했고, 그가 느낀 개념이 어쩌면 소설에서 현실로 옮겨질 수도 있으리라 생각했으며, SF 팬층은 이 장르에서 영감을 얻어 창작한 이야기를 실컷 만끽할 수 있으리라 생각했다. 이러한 관점에서 SF는 과학적 진보에 이바지한다. 즉, 과학의 언어에 명백히, 광범위하게 의존하고, 동시대 과학의 지식(그리고 그 너머의 외삽) 안에 플롯과 혁신성을 포함시키며, 그러한 과학적 데이터를 둘러싼 서사를 조직하는 SF가 바로 '하드 SF'로 불리는 하위 장르이다. 1950년대에 처음 등장한 이 용어는 1940년대 황금기 SF를 최근에 출판된 소설의 '가벼운Soft' 사회적 관심사보다 더 동시대 과학에 잘 통합되는 것으로 분류하기 위해 주로 향수를 불러일으키는 용도로 사용되었다.

『우주 전쟁』은 과학과 종교의 권위를 놓고 벌이는 지속적인 싸움에서 공고한 동맹이 유지되고 있지만, 동시에 과학 및 기술 발전으로 인한 변화가 전적으로 긍정적이지만은 않을 것이라는 인식 또한 유지한다. 이와 대조적으로, 초기 펄프 잡지에 실렸던 소설은 기술 낙관주의로 향해 가는 경향이 있다. 불가피하게도 세상은 신기술과 과학의 패권으로 개선될 수밖에 없다고 보는 시각으로, 이는 건스백이 펄프 잡지용 소설 쪽으로 돌아서기 전에 처음으로 출판했던 여러 기술 잡지 중 하나인 《모던 일렉트릭스*Modern Electrics*》에 처음 연재되었던 소설 『랠프 124C 41＋*Ralph 124C 41＋*』에서 전형화된 시각이기도 하다. 아마추어 과학과 발명에 대한 관심으로, 건스백은 자신이 기술 유토피아적인 미래의 전조가 되리라 믿었던 장르에 자연스럽게 투자하게 되는데, 전기 장치(일렉트릭스)와 소설 잡지 둘 다 바로 이러한 미래를 준비하기 위한 수단이었다. 『랠프 124C 41＋』는 전통적인 모험 이야기(탁월한 재능이 있는 랠프가 자신의 소녀를 무시무시한 악당에게서 구해 내는)이고, 서사는 텔레비전, 영상전화, 태양력 에너지, 합성 식품, 우주여행뿐 아니라 더 많은 상상의 것들이 등장하는 경이로운 미래 기술의 장면으로 랠프를 이동시키는 아주 미약한 구실만 할 뿐이다. 건스백은 상상력을 동원해 이러한 기술이 실현될 수 있는 방법까지 제공하지는 않지만, 이러한 경이로운 것들이 흔한 세상에서 사는 게 얼마나 놀라운 일일지 독자가 느낄 수 있도록 분위기를 조성하기 위해 노력한다.

황금기의 SF로 당연하게 기억되는, 1장에서 논의한 하인라인의 『길은 움직여야 한다』와 같은 작품도 이런 식으로 기술력에 열광한다. 과학이 종교를 대체하는 미래를 기꺼이 받아들이고 증가된 기술력과 부로 정의된 진보가 가져올 잠재적으로 해로운 사회적 결과에 대해서는 거의 걱정하지 않는다는 말이다. 따라서 과학은 서술이 구조화되는 논리, 즉 가설을 시험하는 이론이나 전제를 통해 논리적으로 작용하는 이론으로 많은 SF에 포함된다. 과학적 실천에 따른 관찰, 객관성 그리고 이성에 첨부된 가치들이 그런 이야기들을 과학 문화의 일부로서 표시하는데, 이 사실은 스탠리 G. 와인바움Stanley G. Weinbaum의 대중적인 펄프 이야기인 「화성의 오디세이A Martian Odyssey」(1934)에서 명백하게 드러난다. 한 가지 관점에서 보면 이 이야기는 사실상 과학과는 거의 관계가 없어 보이는데, 인간 탐험가들이 살면서 숨쉴 수 있는 화성이 배경으로 설정되어 있기 때문이다. 그러나 이 작품은 과학적 관찰과 방식의 세부 사항에 관한 호기심을 드러내고 있고, 과학이라는 렌즈를 통해 이 거주 가능한 화성의 세부 사항을 제시하는 데 매우 엄격하게 합리적이다. 아레스 탐사대 대원들인 화학자 자비스, 생물학자 르로이, 기술자 퍼츠 및 천문학자 해리슨은 "화성의 희박한 공기를 호흡하는 법을 배우기 위해 … 순응실"[p. 137]에서 혹독한 훈련을 받아야 한다. 중력의 차이에 관해서도 여러 번 언급되며, 독자는 속도, 고도, 날개, 공기 밀도와 그들의 정찰 여행을 촉진하는 "언더-제트"[p. 138]와 관련된 미묘한 방정식에 대해 정확한 세부 사항을 알게 된다.

이 이야기는 외계인과 소통하는 문제를 중심으로 구성되었는데, 와인바움은 그것을 과학적 조사의 문제로 설명한다. 따라서 신중한 과학적 관찰이 핵심이다. 자비스는 사고 후 낯선 영토에서 캠프까지 걸어 돌아가야만 했던 경험을 이야기하는 동안, 오직 그 당시 알고 있던 세부 정보만을 독자에게 공개하면서 자신이 만든 가설을 설명하고 객관성을 바탕으로 자신의 행동을 합리화한다. 자비스는 자신의 눈에 타조처럼 보이는 생물과 "검은 밧줄 한 다발"처럼 보이는 생물 사이의 투쟁이라고 짐작되는 것을 관찰하다가 타조 비슷한 존재인 트윌이 "자그마한 검은색 가방이나 용기"[p. 141]처럼 보이는 것을 가지고 있음을 알아차렸을 때, 그 싸움에 개입하지 않을 수 없게 된다. 이러한 기술력(제조)의 증거는 이들이 동물이 아니라, 동료가 될 수 있는 지적인 대상이라는 사실을 보여 주는 신호로 받아들여진다. 자비스가 트윌을 구해 주면서 둘은 여행 동반자가 된다. 그들은 통성명을 하기 위해 구두 언어를 사용하는데, 이때 몸짓도 그들의 협력에 도움이 된다. 수학 방정식과 천문학 도표에서도 약간의 행운을 얻기는 하지만, 그 이상의 언어 교환은 그들이 "그냥 똑같이 **생각**하지 않았다"[p. 142]라는 사실 때문에 좌절감만을 줄 뿐이다. 그래도 일단 트윌이 우주의 과학적 이해의 일부로 자기 자신을 나타내는 데 성공하자, 자비스는 비록 작용하는 방식이 다르기는 해도 트윌에게도 마음이 있으며 데이터를 처리해서 표현하는 그들의 방식도 인간의 방식만큼이나 유효하다는 것을 인정한다. 자비스가 우주선 동료들에게 자신의 이러한 경험을 들려주는 동안, 동료들은 계속해서 트윌의 천성에 관해 나름의 이론을 내놓는다. 하지만 사회적인(트윌은 자비스가 훨씬 갈등을 심하게 느낀다는 것을 알아차리고는 자신의 물을 포기한다) 설명의 틀보다는 과학적인(예를 들어, 트윌은 사막 생활에 적응한 생물이라 물을 마시지 않는다는 등의) 틀에 초점을 맞춘다. 트윌과 자비스는 함께 걸어가던 중에 피라미드 구조물을 만드는 건축자들을 목격하게 되는데, 트윌은 그들이 "사람"이 아니라 단지 동물이라는 사실을 자비스에게 "아니, 하나-하나-둘"[p. 148]이라는 말을 통해 성공적으로 전달한다. 즉, 이 동물들은 이성의 증거인 수학을 전혀 할 줄 모르는 존재이다.

가치 있는 삶의 징표로 그려지는 사고력이야말로 이 이야기를 과학적 세계관 속에 확고히 자리 잡게 한다. 비록 자비스의 모험이 작품 플롯의 세부 사항을 형성하기는 해도, 「화성의 오디세이」는 트윌의 지능을 평가해서 트윌 "및 그의 종이 [인간의] 친구가 될 가치가 있는"[p. 153]지의 여부를 평가하는 데 실로 큰 관심을 둔다. 자비스는 그의 우주선 동료들의 도전과 질문에 계속해서 증거를 제공한다. 트윌은 자비스에게 피라미드를 만드는 생물뿐 아니라, 먹잇감의 생각을 인지하고 투영함으로써 그들을 유인해 먹어 치우는, 밧줄 같은 팔을 가진 포식자 '꿈을 먹는 야수'에 관해서도 역시 경고하는데, 이 역시도 트윌은 "너 하나-하나-둘, 그 하나-하나-둘"[p. 152]이라는 구문을 통해 전달한다. 트윌은 그들이 마지막에 만나는 술통 모양의 화성 종을 "하나-하나-둘-맞아! 둘-둘-넷-아니야!"[p. 154]라는 말로 요약해 설명하는데, 이에 대해 자비스는 그들이 지적 생명체이기는 하지만, "우리의 체계가 아닌, 2 더하기 2는 4라는 논리를 넘어서는 뭔가 다른 체계"[p. 155]에 맞는 생명체라고 해석한다. 이 술통 모양의 생명체는 카트를 타고 돌진하며, 언어란 소통적이고 상호적이라는 사실을 전혀 의식하지 못한 채 자비스가 하는 말을 의미도 모르면서 그대로 따라 하는 등 이해할 수 없는 방식으로 행동한다. 그들은 이 작품이 과학적 세계관에 투자함으로써 입증해 낸 논리적인 방식으로 사고하지 않는 까닭에, 아무 생각이 없는 피라미드 짓는 생물이나 약탈적인 '꿈을 먹는 야수'와 마찬가지로 인류의 잠재적인 친구가 될 수 없다. 따라서 자비스는 그들에게서 "하드 엑스레이 또는 감마선의 특성을 가진" 크리스털 하나를 훔치는 것에 대해 조금의 거리낌도 느끼지 않는다. "그것은 건강한 조직은 전혀 손상하지 않으면서 병든 조직을 파괴했다!"[p. 157] 이야기는 그가 자신이 획득한 것을 보여 주면서 끝이 난다.

그리하여 「화성의 오디세이」는 그 서사 속에서는 물론이고 독자들도 그런 식으로 생각하도록 권장하는 이야기의 논리 속에서 과학적 세계관을 전적으로 인간적인 것의 징표로 정상화한다. 자비스의 동료들과 함께, 우리는 화성에서의 삶이 어떻게 작용하는지(예를 들어 피라미드 건축자는 실리콘으로 이루어져 있었고, 자비스는 그들이 어떻게 반응성 가스를 통해 번식한다고 생각하는지 설명한다) 질문하도록 이끌려 가고, 술통 모양의 생명체들을 통해 구체화한, 접근하기 어려운 세계관에 관해서는 더는 궁금해하지 말 것을 종용받는다. 그들의 서로 다른 논리가 어떻게 세상을 해석하고, 어떻게 그들의 무의미한 행동을 설명하는지 등에 얽힌 신비로운 매력 같은 것은 없다. 마찬가지로 존 리이더가 그의 통찰력 있는 읽기[2]에서 언급했듯이, 우리는 이 이야기를 읽으면서 식민주의적인 토대에 의문을 품거나, 결과적으로 크리스털을 훔치는 트윌과 자비스를 공격함으로써 술통 모양 생명체의 편을 들게 되지는 않는다. 또한 이 이야기는 사고력이 지능의 가장 중요한 기준이 되어야만 하는지(따라서 가치 있어야 하는지), 아니면 기술의 증거가 하나의 종을 자동으로 우월한 위치에 배치하는 것이 옳은지에 대해서도 절대로 의문을 품지 않는다. 예를 들어, 처음에 자비스는 피라미드 짓기를 건축 기술로 생각하면서 그 건축가에 관해 궁금해한다. 하지만 피라미드가 건축적으로 계획된 구조물이 아니라, 단순한 생물학적 기능의 흔적이라는 것을 알게 되자 모든 관심을 잃는다. 추상적 추론의 증거를 통해 평가되고 종종 수학을 통해 전달되는 지적 능력을 소유한 이러한 존재들은 SF 속 외계인의 묘사에 지배적인 모티프로 남아 있다. 「화성의 오디세이」는 하드 SF는 아니지만, 그럼에도 불구하고 과학과 기술에 의지하여 의미를 갖는다.

2011년, 닐 스티븐슨Neal Stephenson은 SF 황금기에 대한 웅대한 비전과 과학적 낙관론의 상실을 탄식하는 내용의 〈혁신 기아Innovation Starvation〉[3]라는 에세이를 게재했다. 그는 우리가 과학 및 기술력이 세계 변혁의 시책이라고 상상하는 능력을 잃어버렸기에, 과학기술을 이용해 세계를 실질적으로 변화시킬 수 있는 역량 또한 잃어버렸다고 주장한다. 그는 "20세기 전반기에 성인이 된 과학자와 기술자들은, 오래된 문제를 해결하고 지형을 바꾸고 경제를 건설하고 안정된 민주주의의 근간이 되는 신흥 중산층에 일자리를 제공할 수 있는 무언가를 고대할 수 있다"라고 주장한다. 스티븐슨은 2010년의 딥워터 호라이즌 오일 유출 사태[2010년 4월 20일 미국 멕시코만의 석유 시추 시설이 폭발하여 이후 5개월 동안 약 7억 7000만 리터의 원유가 유출된 사고]와 같은 재해가 엔지니어링 프로젝트에 대한 위험과 보상의 증거가 아니라 "우리가 중요한 업무를 수행할 능력을 상실했다"는 징후라고 본다. 예를 들어, 우리는 적어도 1973년 이래로는 석유에 대한 의존이 심각한 문제라는 사실을 알고 있었음에도, 과학적으로 해결할 방법을 찾을 수 없었다. 스티븐슨은 소위 상형문자 이론Hieroglyph Theory이라는 프로젝트를 제안했고, 더 최근에는 애리조나 주립대학교가 SF 상상력과 학술 연구 의제의 협력을 장려하고 촉진하기 위해 스티븐슨의 아이디어를 바탕으로 '프로젝트 상형문자' 웹사이트를 개설했다. 프로젝트 상형문자는 자신들의 임무를 다음과 같이 공표한다.

프로젝트 상형문자라는 명칭은 과학소설 속의 상징적인 발명품들, 예를 들어 아서 클라크의 통신위성, 로버트 하인라인의 지느러미로 착륙하는 로켓 우주선, 아이작 아시모프의 로봇 등이 현대의 '상형문자' 역할을 한다는 개념에서 비롯되었다. 마이크로소프트 리서치의 짐 칼카니아스Jim Karkanias는 상형문자라는 것이 모두가 그 중요성에 동의하는, 단순하고 쉽게 인식할 수 있는 상징이라고 설명한다. 과학소설과 그것이 만들어 내는 상징들이 다른 무엇보다도 더 잘해 낼 수 있는 것은 특정 기술 혁신에 대한 아이디어 제공뿐 아니라, 그 혁신이 사회와 경제 및 사람들의 삶 속에 통합되는 일관성 있는 그림을 제공하는 것이다. 이것은 종종 과학자, 수학자, 기술자 및 기업가

가 어떤 새로운 아이디어의 실현으로 첫발을 내딛기 위해 실
질적으로 필요하지만, 정작 가지고 있지는 않은 부족한 요소
이다.[4]

"혁신이 사회 속으로 통합되는 일관된 그림"은 과학과 SF의 관
계에서 가장 중요한 요소 중 하나이지만, 이때 일관된 그림이라
는 것을 『랠프 124C 41＋』의 기술 낙관주의나 「화성의 오디세
이」의 엄격하게 합리적이고 객관적인 과학관에 귀착시키는 것
으로 제한할 필요가 없다는 사실을 강조하고 싶다. 오히려 기술
적으로 포화 상태에 이른 사회의 문학으로서 SF도 과학에 비판
적으로 관여할 수 있는데, 『우주 전쟁』에서처럼 폄하가 아닌 평
가로서의 비판이 되어야 할 것이다. 과학의 실천과 역사를 연구
하여 동시대의 문화적 가치 내에서 그 설 자리를 보여 주는 학
자들과 마찬가지로, SF는 세계를 과학적으로 바라보면서 가능
하게 된 것과, 과학이 그 모델에서 무시하는 것이 무엇인지 질문
하고 그 두 가지를 전부 탐구하는 하나의 방식이다. 「화성의 오
디세이」 같은 작품은 우리가 이러한 질문을 던지기를 원치 않
지만, 조앤 슬론체프Joan Slonczewski의 『바다로 가는 문A Door into
Ocean』(1986)과 같은 SF 작품들의 서사는 행성에서의 삶에 생태
주의 방식으로 접근하는 것과 기술합리주의 방식으로 접근하는
것 사이에 어떤 차이가 있는지에 관한 내용이 그 중심을 이룬다.

캠벨의 황금시대

황금기의 SF 작품들은 특히 과학과 진보에 낙관적인 경향이 있는데, 이는 기술 전문가(주로 과학자와 엔지니어로 정의된다)들의 통치를 선호하고, 그들이 좌지우지하는 사회가 제한적이고 당파적인 견해를 넘어 가장 합리적이며 따라서 최고라 할 수 있는 아이디어로 이끄는 진정한 성과주의로 나아가게 될 것이라고 주장했던 현대 과학기술의 가치가 반영된 것이다. 존 헌팅턴John Huntington은 이런 종류의 SF를 설명하기 위해 '천재성을 합리화하는'이라는 표현을 사용하고, 다양한 방식으로 이를 분석한다. 그런 소설들은 "천재성"이라는 것을 지성의 척도로 상상되는 "하나의 분명한 이성적 범주로 만들려고 시도"한다. 또한 "천재성을 정당화하고 천재성에 이유를 가져다 붙이려고 시도"한다. 그리고 "변명을 하는 것처럼 '천재성'을 합리화한다."[p. 1] 헌팅턴은 이러한 얼개를 통해 수많은 황금기 작품들을 주의 깊게 읽고, 이러한 종류의 소설에서 주목할 만한 부분과 놓치는 점이 무엇인지 보여 주는데, 특히 그런 작품들이 보수적인 정책을 단순히 사물의 상태에 대한 비정치적이고 합리적인 묘사인 듯 치부하는 경향을 폭로한다. 이 기간 SF의 상대적인 일관성은 종종 존 W. 캠벨(1937년 《어스타운딩 스토리Astounding Stories》를 인수해 1971년 사망할 때까지 편집했다)의 편집 능력에 그 공이 돌아갔다.

캠벨은 특유의 엄격함 탓에 그의 경력이 끝나 갈 무렵 거의 모든 작가와 소원해졌지만, 그럼에도 현재 이 분야의 중심으로 간주되는 많은 작가의 경력에 큰 영향을 미쳤다. 캠벨은 장치에 대한 집착을 통해 기술력이 구축된 세상과 등장인물을 강조하면서 일반적으로 건스백 시대보다 SF를 더 성숙하게 만든 공로를 인정받는다. 그는 잡지의 이름을 《어스타운딩 스토리》에서 《어스타운딩 사이언스 픽션》으로 바꿨고, 1939년에는 잠시 다른 잡지인 《언노운*Unknown*》을 창간하여 판타지를 '진짜' SF와 분리하려고 노력했다. 그는 강하고 남성적인 영웅, 과학적 방식이 진리로 나아가는 데 신뢰할 만한 방법이 되어 줄 하나의 우주, 그리고 감정의 억압을 선호했다. 하지만 헌팅턴이 지적했듯이, 감정은 그러한 작품 속에서 완전히 제거되기보다는 대체로 설 자리를 잃거나 합리화된다.

편집장 시절 캠벨은 그 분야에서 엄청난 영향력을 발휘했고, 과학적 타당성과 기술적 합리주의라는 이상을 향한 그의 헌신 덕분에 SF는 과학과 공고히 연결되어 있던 초기 이미지를 그대로 유지할 수 있었다. 그가 옹호한 SF의 유형, 예를 들어 성과주의와 규율과 합리성이라는 테크노크라시[과학기술 분야 전문가들이 많은 권력을 행사하는 정치 및 사회체제] 이상을 공유하는 하드 SF와 군사 스페이스 오페라에서 그 맥을 이어 오는 하나의 전통인 이 유형은, 여전히 많은 사람들이 SF 장르를 이해하는 핵심으로 남아 있다. 캠벨은 우주를 잠재적으로 적대 환경으로 보는 경향이 있었고, 외계인과의 조우는 적대적이며 인류의 가치가 필연적으로 승리하는 이야기를 선호했다. 건스백의 이상이 SF 작가와 발명가가 공유하는 특허라면, 캠벨의 이상은 SF 작가의 두뇌 집단일 것이다. 이러한 캠벨의 비전은 레이건 정부 시절 전략 방위 구상[과학기술을 이용해 탄도미사일을 요격하려고 했던 미국의 군사 계획]의 중심이 되었던 '국가우주정책에 관한 시민자문위원회*the*

Citizen's Advisory Council on National Space Policy'에 우주비행사, 군 장교, 과학자 들과 함께 SF 작가도 참여하면서[5] 잠시 구체화되기도 했다. 이런 개입은 SF가 사회의 합리적이고 과학적인 운용의 문화적인 표현으로 개념화되는 사례의 극단을 보여 준다.

영화 〈괴물The Thing from Another World〉(1951, 니비·호크스), 〈괴물〉(1982, 존 카펜터), 〈더 씽〉(2011, 반 헤이닝겐) 등으로 여러 번 각색 제작되었던 캠벨의 단편 「거기 누구냐?Who Goes There?」(1938)는 합리주의적 세계관으로 여겨지는 SF의 가치를 압축해 보여 준다. 이 이야기는 남극에서 추락해 오랫동안 묻혀 있던 우주선의 발견과 외계인의 시신, 즉 괴물the thing을 조사하는 연구 기지에 주둔한 남성들 사이의 위기를 다룬다. 첫 번째 갈등은 미생물이 냉동 상태로 존재하여 잠재적으로 바이러스 위협을 일으킬 수 있기에 이 생물을 녹이는 것이 안전한지에 관해 물리학자 노리스와 생물학자 블레어가 논쟁을 벌이며 절정을 이룬다. 블레어는 일명 소프트 사이언스라 불리는 사회[행동]과학과의 연관성뿐 아니라, 다른 사람들, 특히 이 작품 속 영웅인 엔지니어 맥리디와 비교했을 때 전반적으로 유약한 탓에 이야기가 흘러가는 동안 오염되는 인물이다. 블레어가 "대머리"[p. 335]에 안절부절못하고 창백하고 뼈만 남은 "새 같은"[p. 363] 사람으로 묘사되는 반면, 맥리디는 "서서히 다가오는 살아 움직이는 청동상 같은, 어느 잊힌 신화 속의 인물"[p. 336] 같은 사람으로 묘사된다. 적어도 처음에는 블레어 역시 좀 더 지적인 호기심을 가지고 그 괴물을 연구하는 것이 과학적 가치가 있음을 주장하는 사람으로 그려진다. 하지만 그는 그 괴물의 추함을 악의 상징으로 읽기를 거부한다. 이와는 대조적으로 노리스는 상식이라는 게 있다면 추악한 것이 악의적이라는 결론에 이를 수밖에 없다고 주장한다. 블레어는 괴물의 추함을 "자연의 훌륭한 적응력의 또 다른 본보기"[p. 347]라고 부르지만, 작품은 독자가 자연의 유동성을 의심하고 물리학의 견고하게 고정된 방정식을 선호하도록 이끈다. 그러는 동안 이야기는 빠르게 두 번째 위기로 옮겨 간다. 바로 미생물만이 아니라 외계인의 시신 자체가 다시 살아나는 것인데, 그보다 훨씬 충격적인 사실은, 살아난 외계인은 무엇이든 접촉하기만 하면 그 생명체의 형태를 취할 수 있다는 것이다.

「거기 누구냐?」는 우리가 에드거 앨런 포의 작품 중 일부와 관련지을 수 있는 미지의 외계인에 대한 숭고한 공포를 계속 불러일으키지만, 위로가 되는 합리성을 통해 신속하게 이 공포를 담아낸다. 맥리디는 누가 '진짜' 인간이고 누가 그들을 모방하는 외계인인지 알아낼 수 없음을 깨닫게 되면서 공포심에 빠져드는 것을 거부하고 자신의 탁월한 차분함과 강한 정신력을 통해 거의 물리적으로 기지의 남자들을 두려움에서 벗어나게 한다. 기지 사람들은 계속해서 비합리적인 두려움에 빠져 망상을 일으키며 서로에게 등을 돌릴 위험에 처하지만, 캠벨은 인간과 인간을 모방하는 대상을 구분하는 논리적인 방법을 찾아내게 짜 놓은 플롯을 통해 이 작품이 호러가 아니라 테크노크라시 SF 소설이라는 사실을 신중하게 확인시킨다. 그들은 현미경으로 조직 샘플 검사를 실시하고(이는 외계인 세포핵의 완벽한 모방으로 방해받는다), 혈액 혈청 검사를 시도하고(시험에 사용할 수 있는 모든 동물을 외계인이 이미 오염시켰기 때문에 결정적이지는 않다), 행동 관찰

및 연역적 추론을 사용한다(외계인에 감염된 사람은 신의를 보이지 않으며, 또 다른 감염자나 '진짜' 인간을 기꺼이 죽이려 든다는 사실이 여기서 드러난다). 그러나 인간의 결속력과 대조적으로 외계인의 분산된 자아는 집단성을 갖지 못한다는 점이 외계인의 파멸을 증명하고, 맥리디는 그들의 취약점을 추론해 낸다. 즉, 각각의 개체는 그 자신의 생명을 보존하기 위해 노력할 것이므로, 하나의 외계인에게서 추출한 혈액은 인간의 혈액과는 달리 그 자신을 감전에서 구하려 애쓸 것이다. 이 계획으로 무장한 인간들은 비장하게 한 명한 명 시험에 동의하고, 맥리디는 외계인으로 증명된 동료들을 죽여야만 한다는 사실을 심히 유감스럽게 생각한다. 그는 자신에게서 그런 뛰어난 동료들을 훔쳐 간 괴물들을 "펄펄 끓는 기름 속에 던져 넣거나, 놈들 속으로 녹인 납을 부어 버리거나, 동력 보일러 속에서 천천히 구워 버리는 등"[p. 379] 더 폭력적인 방식으로 죽여 버릴 수 있으면 좋겠다고 소망한다.

이 이야기는 과학의 언어를 통해 전달된다. 블레어는 모든 세포는 "무한히 얇은 핵으로 제어되는 원형질로 구성되어"[p. 353] 있는데, 이 외계인의 경우에는 "의지대로"[p. 354] 통제할 수 있기에 희생자의 세포를 모방해 형성할 수 있다고 설명한다. 이러한 언어는 외계인이 불러일으킬 가능성이 있는 잠정적으로 괴기스러운 공포감을 담아내는 데 이바지하고, 등장인물들이 검사를 개발하면서 해결되는 합리적인 수수께끼 쪽으로 독자의 관심을 이끈다. 헌팅턴은 "과학소설은 감정이 유발하는 문제를 다루고 어떤 식으로든 감정을 방출하게 해 줄 심리적·사회적 모델을 개발하는 데 엄청난 에너지를 소비"[p. 69]하는데, 「거기 누구냐?」는 그러한 목적을 위해 과학의 수사적 권위를 이용한다고 주장한다. 따라서 남성들은 기지에 있는 대원들이 인간이 아닌 외계인으로 확인되면 서로를 무참하게 살해할 수 있는 권위를 부여받는다. 소설 속 대부분 남성은 이 시련을 겪으면서 함께 뭉치지만, 이미 여성스러움이 두드러져서 남성적 합리성의 동지애를 넘어서는 것으로 그려지는 블레어는 홀로 오두막 안에 자신을 격리한다. 고립이 생물학적 오염을 억제하는 데 실제로 과학적인 장점이 있다는 사실에도 불구하고, 블레어의 행동은 맥리디와는 달리 문제를 정면으로 직시하지 못하고 실용적인 해결책을 마련하는 데 실패함으로써 압도적인 두려움에 항복한 것으로 그려진다. 이러한 언어와 이야기의 틀을 일련의 가설 시험으로 사용함으로써, 캠벨은 이야기의 결론에 등장하는 과도한 폭력을 논리적으로 필요한 것으로 제시한다. 억눌린 분노가 이 그룹의 충분히 남성적이지 않은 한 구성원을 향한 것이기에, 그렇지 않았다면 '비이성적'으로 보일 폭력성을 **합리화**하는 것이다.

마지막 괴물은 블레어의 형태를 취한 채 오랫동안 오두막에 갇힌 채로 남극의 고립에서 벗어나 지구의 모든 생명체를 탈취하게 해 줄 반중력 기술을 연구하고 있었다. 이 괴물과의 마지막 대결 장면은 도끼와 화염방사기를 이용한 잔인한 살인으로, 이전보다 훨씬 극악하고 임상적인 폭력의 확장이라 할 수 있다. 시험 절차를 논의하는 신중한 토론에서 지속적으로 합리화되었던 남자들의 분노와 두려움은 괴물에 투사된다. 괴물의 얼굴은 "증오로 씻겨 있고" 비명 또한 "치명적인 증오"[p. 382]로 묘사되며, 그들이 마침내 괴물과 마주했을 때, 그것은 인간의 모습을 잃어버리고 진물이 줄줄 흐르는 살덩이와 촉수를 가진 덩어리로 존재할 뿐이다. 맥리디는 마침내 그가 이전에 표현했던 모든 가학적인 고문에 대한 욕망에 탐닉하면서, 괴물을 화염방사기로 무자비하게 불태워 죽여 버린다. 그동안 그것은 "쪼그라들어서 돌돌 말리는 촉수를 맹목적으로 흔들어 대면서 … 죽은 눈이 불타고 쓸데없이 부글부글 끓어오르는 동안 비명을 질러 댄다."[p. 382] 이야기는 모두의 감정이 안전하게 감춰지고, 개인적인 적대감의 동기는 흐려지고, 살아남은 자들이 외계인의 위협으로부터 지구를 구했다고 자축하는 것으로 끝이 난다.

과학과 젠더

「거기 누구냐?」 속 블레어와 맥리디의 대조적인 모습은 감정뿐 아니라, 동성애와 여성 그리고 여성성과 관련된 가정 내 관심사를 향한 적대감을 암시하는데, 여기서 읽히는 것은 연구 기지라는 남성 연대의 환경 속에서 대중적이고 과학적인 문화의 남성적인 관심사를 다루는 이런 식의 이야기에 관한 우호적인 태도다. 그러나 리사 야젝Lisa Yaszek이 『은하계 거주자Galactic Suburbia』에서 상기시켜 주듯이, 비록 우리가 기술적으로 포화 상태인 사회라는 개념을 글로벌 통신, 핵무기 및 컴퓨터 같은 거대 대중과학과 관련짓기는 해도, "많은 미국인은 가정 내 산업화를 통해 더 겸손하면서 심오한 방식으로 기술 문화생활을 처음 경험했다."[p. 8] 캠벨의 《어스타운딩 스토리》에 자주 실리지는 않았지만, 여성 작가들도 그 역사 내내 SF 창작에 참여했으며 과학과 기술이 일상생활을 어떻게 변화시켰는지에 관해 매우 다른 관점을 제시했다. 야젝은 가정용품과 새로운 가전제품의 산업 생산을 통한 여성 노동의 변화는 "가정 내 과학자"[p. 9]로서 주부의 이상을 만들어 냈다고 하면서, 가정이라는 공간을 테크노크라시 이상에 연결시켰다. 여성 작가들은 종종 SF에서 무비판적으로 기념하는 진보의 합리성과 이상에 비판적인 시각을 보였으며, SF 장르의 기술 과학에 대한 이해를 확장해 그 안에 대중문화뿐 아니라 가족 및 개인의 생활을 변화시키는 방법을 포괄하도록 했다.

아마도 주디스 메릴Judith Merril은 그녀 자신의 소설뿐 아니라 편집자 자격으로 출간했던 후기 저작물과 관련해서도 이 시기 가장 중요한 여성 작가일 것이다(이 점은 5장에서 살펴보도록 한다). 그녀의 가장 영향력 있는 이야기 중 하나인 「오로지 엄마만이 That Only a Mother」(1948)는 'SF 명예의 전당'에 포함된 유일한 여성 작가의 작품[6]이며, 공공 과학과 가정생활의 중요한 교차점뿐 아니라 캠벨리언[campbellian, 앞서 다루었던 캠벨의 견해나 이상을 공유하는 작품이나 사상을 표현하기 위해 만든 단어] SF가 추진한 테크노크라시 이상에 대한 그 영역 내의 저항도 적절히 증명해 보여 준다. 1940년대 후반에 발표된 많은 SF와 일관되게, 이 이야기도 히로시마와 나가사키 원폭 투하를 일으킨, 좁게 집중된 기술 합리성을 비판하고, 세계를 파괴하는 기술력으로 창조된 새로운 세상에 비관적이다. 이야기는 남편 행크를 집에서 참을성 있게 기다리며 그에게 편지를 쓰는 아내 매기의 시각에서 그려진다. 그녀가 아기가 돌연변이일까 봐 두려워하는 것이나, 남편이 "그동안 내내

지하에 있다가"[p. 218] 마침내 집에 돌아오면 얼마나 창백해 보일지 언급하는 것으로 미루어 볼 때, 행크는 핵전쟁과 관련된 비밀 시설에 배치되어 일하는 게 분명하다. 이야기의 초반부에서 매기는 꿋꿋하게 낙관적이려 애쓰다가 결국 불가피하게 불안감을 표출하는 말투를 사용하는가 하면, 두려움을 진정시키려고 일부러 충고하는 듯한 어조를 사용하기도 한다. 그녀는 스스로에게 **"좋은 신문의 내용을 믿어야 해"**[p. 212], 혹은 **"사회란이나 조리법을 읽어"**[p. 213]라고 강요한다. 매기는 돌연변이라는 최악의 경우가 "예측되고 예방"되었기 때문에 자신의 아이는 정상적일 것이라고 확신하지만, 그녀가 암묵적으로 전체 핵무기 프로그램에 의문을 제기하면서 **"우리는 그걸 예측했었어, 안 그래? … 하지만 그걸 막지는 못했지"**[p. 213]라고 생각할 때, 그 확신은 사회적이고 윤리적인 맥락과 분리된 과학에 대한 비판이 된다.

이 이야기는 핵무기의 사회적 결과에 대해 사회적으로 관여한 내재적 관점, 그리고 그것의 '논리적' 필요성에 관한 추상적이고 기술-합리주의적인 관점 사이에 어떤 차이가 있는지 탐구한다. 비록 독자는 행크의 답장을 볼 수는 없지만, 넌지시 암시된 대답으로 뭔가가 잘못되었다는 사실을 알아차릴 수 있다. 하지만 이야기가 진행되는 내내 우리는 갓 태어난 딸에 관한 매기의 생각만을 듣게 된다. 예를 들어, 그녀는 그들의 아기가 "실제로 인큐베이터에 들어가야**만** 하는 것은 아니었어. 그들은 단지 그게 '현명한' 판단이라고 생각했던 거야"[p. 215]라고 남편에게 말하고, 그녀의 다음 편지는 "글쎄, 그렇게 말했다면, 간호사가 틀린 거야"[p. 216]라는 단호한 반박으로 시작한다. 우리는 맥락상

아기가 돌연변이로 태어났다고 짐작할 준비가 되어 있고, 메릴은 아기가 말을 하게 해서 독자에게 잘못된 안도감을 심어 주며, 우리는 아이의 "네 살짜리 마음"과 "10개월짜리 몸"[p. 217]의 괴리를 알게 되는데, 이때 1940년 《어스타운딩 스토리》에 연재된 인기 작품인 A. E. 밴보트A. E. van Vogt의 『슬랜Slan』처럼, 인간이 뛰어난 지능을 발달시키는 수많은 초기 SF 이야기를 떠올릴지도 모른다. 『슬랜』의 엄청난 인기 덕분에 작품 속에 등장하는 초인적인 정신적 돌연변이들이 SF 팬 정체성의 유사체로 채택되기도 했었다. 그러나 매기가 아기의 기저귀와 기어 다니는 문제에 관해 언급할 때, 독자는 이 이야기의 마지막에 등장할 폭로를 조용히 대비하게 된다. 행크는 집으로 돌아와 딸아이를 안아 들고는 "주름이 없어. 발길질도 없어. 없어…"[p. 220]라고 말하며 충격받는다. 우리는 "아이를 꽉 조이고 있는 그의 손가락"[p. 220]이라는 최종적인 이미지와 함께 남겨지고, 매기가 읽고 있는 신문에 실린 소식에 따르면, 불가항력적으로, 아버지들이 돌연변이 아이들을 죽이고 있다.

젠더의 차이는 이 작품의 의미에서 핵심을 차지한다. 소설의 제목은 독자에게 조건 없는 모성애의 문화적 이상을 상기시키고, 적어도 행크가 느낀 충격의 일부는 매기가 사지 없는 아이에 대해 아무런 반응도 하지 않았던 데서 온 것이다. 감정에 압도당한 채 행크가 매기에게 "왜… 당신… 얘기하지 않았어?"라고 묻자, 그녀는 "우리 아기 쉬했어? 엄마가 몰랐네"[p. 220]라고 대답한다. 매기가 일찍이 예측과 예방에 관해 숙고했던 것처럼, 이 어구는 잠재적으로 이중적인 의미를 드러낸다. 즉, 매기는 말

그대로 아이의 육체적 돌연변이를 보지 못하는 것이다. 헌팅턴은 이 이야기에서 여성성과 감정, 그리고 남성성과 이성이라는 전형적인 관계를 본다. 헌팅턴은 우리가 매기를 망상에 사로잡힌 존재로 치부하기보다 조건 없이 아기를 사랑하기로 마음먹은 선택을 높게 평가할 수도 있지만, 그녀는 "감정에 근거한 현실의 해석"을 구현하고 있으며, 반면 행크는 "분명하게 보기"는 하지만, 이 이야기가 "행크의 합리성이 살인을 할 수도 있는 가능성"을 열어 둔다고 지적한다. 「오로지 엄마만이」는 이렇듯 SF가 어떻게 주변의 과학과 기술에 관여하는가에 관한 또 다른 모델을 제공한다. 가정이라는 공간을 배경으로 하고 서사의 초점을 가족에 맞추면서, 이 또한 실험실이나 군사시설만큼이나 과학과 기술이 일상을 변화시키는 현장이라고 주장한다.

우리가 SF를 기술적으로 포화한 사회의 문학이라고 생각하는 것은, 기술과 과학이 어떻게 우리의 실세계뿐 아니라 문화적 가치와 관습을 변화시키는지에 대한 문화적이고 심미적인 대응으로서 이 장르를 바라보게 한다. 이는 심지어 인간이라는 것이 무엇을 의미하는지 다시 생각해 보라고 요구하는 것일 수도 있다. 비록 SF 황금기의 테크노크라시 세상에 관한 예견이 이 장르의 대중적인 이해를 테크노필리아[새로운 기술력에 대한 사랑]로 이끌어 갔다고 해도, 이 장르와 과학의 관계는 축하에서 비판에 이르기까지 전 범위를 아우른다. 이러한 방식으로 장르를 개념화한다면, 우리는 SF를 과학의 지적 지배력에 대한 연결 고리, 그리고 필연적인 문화적 변화에 대응하는 데 초점을 맞춘 심미적인 방식으로 이해할 수 있다.

1 프로젝트 상형문자 웹사이트를 검토해 보라(각주 참조). SF가 기술의 발달에 중요한 역할을 한다는 것에 동의하는가? 이 장르를 정의할 때 과학과의 관계는 얼마나 중요한가?

2 이번 장에서 탐구한 SF의 정의에 따르면, 이 장르의 출현을 구체화한 조건 중 하나는 일상을 재구성한 많은 기술 변화였다. 열차 여행은 먼 곳을 더 가까워 보이게 했고, 전보는 광대한 거리를 가로질러 신속한 소통을 가능하게 했다. 축음기는 인간의 목소리가 보존되어 기계적으로 재현되는 경이로움을 선사했다. 당신의 일생에서 가장 중요한 기술적 혁신을 꼽으라면 무엇이 있을까? 그것이 당신의 일상생활을 어떻게 변화시켰는가?

3 SF는 기술력이 탄생시킨 경이로움에 관한 기념비적이고 낙관적인 묘사와 그것의 잠재적 위험에 대한 교훈적이고 비관적인 경고 양쪽에서 긴 역사를 이어 왔다. 오늘날 세계의 과학 및 기술 분야와 가장 관련 있어 보이는 입장은 어느 쪽일까? 과학이 어떤 현상이나 사물을 이해하는 가장 중요한 방법으로 보이는가? 아니면 SF가 제공할 수 있는 과학적 설명에 누락된 요소가 있는가?

에스에프 에스프리

인지적 소외

인지적 소외 3

이전 장에서 등장한 SF의 버전은 특히 인쇄물을 통해 장르 문학을 접한 팬들에게 친숙하다. 앞서 언급했듯이 SF에 관한 초기 학문적 논의는 팬 공동체에 뿌리를 두고 있고, 토머스 클레어슨 Thomas Clareson이나 제임스 건James Gunn 같은 그 분야의 많은 창시 학자들이 팬 글쓰기나 팬 조직 등에서 배출됐다. 1950년대 SF 연구는 저명한 학계의 변두리에서 서서히 진행되어 클레어슨이 《익스트래펄레이션Extrapolation》(1959)을 창간하고 과학소설연구협회(1970)를 설립하면서 좀 더 가시화되었다. 학문적 관심이 이 새로운 지적 영역으로 신속하게 옮겨 갔고 다른 전문 저널들이 그 뒤를 따랐는데, 그중 가장 유명한 저널은 1973년 R. D. 뮬렌R. D. Mullen과 다코 수빈Darko Suvin이 공동으로 창간한 《과학소설 연구 Science Fiction Studies》(SFS)이다. SFS는 당시 미국의 펄프 및 페이퍼백 작가들에게만 주로 집중되어 있던 SF 논의가 이 장르의 공식적인 특성을 이론화한 환상적인 유럽의 출판 전통 쪽으로 옮겨 가도록 이끌었다. 그 후 학술적 연구를 통해 장르 문학을 접하게 된 독자들은 팬 공동체가 양성한 독자들과는 다른 식으로 SF를 느끼고 다른 질문과 우려에 직면했다.

　　이 장르의 시학에 관해 연구한 다코 수빈의 『과학소설의 변신Metamorphoses of Science Fiction』(1979)이 아마도 SF의 학문적 이해에 가장 큰 영향을 미쳤을 것이다. 수빈은 SF란 경험적 세계와의 급진적인 불연속성을 전제로 한 문학이지만, 그것의 특징들은 경험적 세계 속에서도 "불가능하지 않다"[ch. viii]라고 주장한다. 그는 SF가 "체제 전복적인 사회 계층의 부상과 관련이 있다"라고 느끼고, "도피주의를 신비화하는 반대의 경향"[ch. ix]과 대조하는데, 이는 내세에서의 성취라는 종교적 비전과 장르적 환상을 관련짓는 경향을 말한다. 그러나 수빈은 당시 SF라는 레이블 아래 출판된 작품 중 적어도 90퍼센트가 "소멸"의 가능성이 있다고 치부하면서, "경험적 현실"이 아닌 "역사적 잠재력"[ch. viii]에 따라 SF 장르를 정의하는 어려운 도전을 자초한다. 그는 대부분의 펄프 SF가 장르 문학에서 길을 잘못 들었다고 깎아내리고, 대신 어슐러 K. 르 귄Ursula K. Le Guin, 스타니스와프 렘, 필립 K. 딕Philip K. Dick과 같은 작가의 텍스트를 높이 평가했다. 이들 작품은 수빈이 사실주의 작품과 관련짓는 "정적인 미러링"보다는 세상의 "역동적인 변화"를 제시하기 위해 장르 소설의 기법을 이용한다. 수빈의 관점에서 과학소설은 "현실의 반영일 뿐 아니라 현실에 관한 것"[p. 10]이다.

　　수빈은 SF를 "인지적 소외의 문학"[p. 4]으로 정의한다. 이것은 연극에서의 관객 소외에 관한 베르톨트 브레히트Bertolt Brecht의 서사 기법에서 발전시킨 개념인데, 관객 소외란 관객들이 극의 설정이 단순히 현실 그 자체가 아니라, 현실의 구성이라는 것을 깨닫게 하는 것이다. 수빈은 실험적인 방식보다 뭔가 더 광범위한 것을 의미하고자 할 때 '과학'이라는 말을 사용하지만, 그럼에도 그는 인지를 과학의 또 다른 말로 제안한다. 그는 텍스트의 세계와 우리가 사는 세계의 차이는 단순한 공상이 아니라, 합리적인 외삽에 바탕을 두고 있다는 점이라고 주장한다. 수빈에게 진정한 SF란 사회적으로 변화 가능한 완전한 세상살이의 미래상을 제시하는 것으로, 그는 이야기가 "작가의 현실 속에서, 그리고/또는 그가 몸담은 문화의 과학적 패러다임에 따라 가능할 수도 있는 하나의 '실제 가능성'"에 부합하도록 요구하는 하드 SF의 제한적인 태도에 회의를 보인다. 수빈은 "이상적인 가능성," 다시 말해, "그 전제 그리고/또는 결과가 내부적으로 모순되지 않는, 개념적이거나 생각해 낼 수 있는 모든 가능성"[p. 66]을 선호한다. 인지와 소외는 우리가 작품 속 이야기의 세계를 인식하게 할 뿐 아니라 그것을 이상하게 바라보게 하고, 텍스트의 세계와 우리 자신의 세계 사이의 차이에 대해 창의적으로 이해하고 비판적으로 성찰하게 촉구하면서 SF 속에서 변증법적으로 상호작용한다.

인지적 소외를 일으키는 작품은 노붐novum을 통해 이 효과를 성취한다. 노붐이란 텍스트의 세계와 독자의 세계 사이에서 차이를 불러일으킬 촉매제로 작용할, 텍스트의 세계에 도입된 새로움을 의미하는 용어다. 수빈은 노붐이 "SF 서술이라고 부를 수 있을 만큼 서술에서 지배적이어야 한다"[p. 63]라고 주장한다. 다시 말해, 노붐은 우리의 세계와 텍스트의 세계 사이의 차이가 되어야만 할 뿐 아니라, 그 새로운 것의 함축적 의미도 총체적 방식으로 처리되어야 한다. 소외는 변함없는 사회적 세계 속에도 똑같이 설정할 수 있는 모험 이야기를 위한 단순한 눈속임 역할만 할 게 아니라, 소설 속의 세상을 반드시 변화시켜야 한다. 노붐은 "존재할 수도 있는 불순물과 관계없이, 전체 서술 논리(적어도 최우선 서술 논리)를 결정할 만큼 너무도 중요하고 중대한 것"[p. 70]이어야 한다.

수빈은 SF를 유토피아와 디스토피아 글쓰기에서 확립된 전통과 연결할 방법을 찾고 있었기에, 사회 비평의 도구로서 SF의 이상을 특별히 높게 평가한다. 따라서 하나의 작품을 SF로 이해하는 데는 특정한 설정, 기술력 또는 존재(외계인이나 로봇)의 목록 이상의 것이 필요하다. 수빈에게 SF란 실제 경험한 현실과 사실주의 소설에서 재현된 현실 모두를 비스듬히 기울어진 관점으로 바라보는 것이다. SF는 우리에게 다른 전제에 기초한 세계를 제공하면서 자연스럽고 불가피한 것처럼 **보이도록 해 놓은** 아이디어와 관습에 맞서도록 강요한다. 친숙한 것과 낯선 것 사이의 변증법적 상호작용은, 일상 경험의 친숙한 세계를 형성하는 기초 구조물에 대해 더 결정적으로 이해할 수 있도록 해 준다. 이상하게 보이기 시작하는 평범한 세계, 그리고 SF 세계에 몰입해 들어갈수록 점점 더 정상화되어 가는 이상한 세계 사이를 오가는 이러한 움직임은, 현실을 반영할 뿐 아니라 현실에 **관해** 숙고하는 이 장르의 능력의 원천이다.

인지 대 볼거리

2009년에 상영된 두 편의 외계인 조우 영화인 닐 블롬캠프Neill Blomkamp의 〈디스트릭트 9District 9〉과 제임스 캐머런James Cameron의 〈아바타Avarta〉를 서로 비교해 보면서, 인지적 소외로 간주되는 SF의 "역사적 가능성"에 관한 수빈의 희망과 SF로 명명된 많은 "경험적 현실"에 관한 수빈의 실망감 사이에 어떤 차이가 있는지 검토해 볼 수 있다. 표면적으로 두 영화는 즉시 SF를 떠올리게 한다. 등장인물에 외계인이 포함되어 있고, 인간/외계인의 갈등이 플롯을 이끌어 가기 때문이다. 따라서 두 영화 모두 우리의 친숙한 세계로부터 소외된 세계를 묘사한다. 하지만 이 소외가 인지적인 게 맞는지, 다시 말해 이 차이가 세상을 역동적으로 변화시켜 영화가 현실의 반영이면서 현실에 관한 숙고가 될 수 있을지 그 여부를 질문하는 순간 우리는 두 영화의 차이를 알아볼 수 있다. 우선 각각의 영화 속에서 무엇이 **노붐**을 구성하는지 생각해 보고 다음의 질문에 답을 해 보자. 영화의 서술 논리를 결정하는 차이점은 무엇인가? 이러한 차이가 논리적으로 **노붐**이 수반하는 차이점을 설명하는 방식으로 해결되는가? 아니면, 그 차이가 소설 속의 세상을 우리의 세상과 단순히 피상적으로만 다르게 보이도록 만들 뿐 인지적으로는 소외되지 않은 색다른 세부 사항에 지나지 않는가? 작품 속의 **노붐**은 세상에 필연적이고 중대한 변화를 가져와야만 한다. 그렇지 않으면 수빈의 기준에서 그 작품은 진정한 SF가 아니라, SF를 주제로 한 전통적인 소설에 지나지 않는다.

〈디스트릭트 9〉에서 **노붐**은 요하네스버그 근처 군대화된 빈민가에 있는 외계인 피난지의 등장이다. 이곳 상공에는 거대한 우주선이 작품 속 세계와 우리의 실제 세계 사이의 차이를 보여 주는 가시적인 상징으로 자리해 있다. 친숙함과 소외 간의 변증법은 남아프리카라는 장소와 시간적인 설정 모두에서 강조된다. 비록 영화 속 사건이 그 출시일과 거의 동시대이기는 해도, 영화는 이 우주선이 등장한 1982년 당시 세계의 대체 역사를 제시한다. 그 당시 현실은 남아프리카공화국의 인종차별 정책에 대한 세계적 반대가 있었고, 시위대와 군대 사이에도 상당한 폭력이 난무했다. 영화는 관객이 인종차별 정책과 외계인의 곤경을 "인간 전용" 영역을 나타내는 표지판으로 가득 찬 화면 구성으로 보게 할 뿐 아니라, 영화의 일부를 인간/외계인 상호작용의 역사를 분석하는 다큐멘터리로 바라보도록 권한다. 영화 속 한 인터뷰 대상이 언급하듯이, "전 세계가 요하네스버그를 지켜보고 있다."

영화는 또 다른 위기로 시작한다. 정부는 9번 구역의 빈민굴에서 경멸적으로 '새우prawn'라고 불리는 외계인을 격리하는데 필요한 지략과 폭력에 지쳐 가고, 고립과 빈곤 탓으로 인한 범죄에 속수무책이다. 그래서 그들을 다른 곳(새로운 주거지인 양 열렬히 묘사되지만, 수감 지역이 분명해 보이는 캠프)에 수용하기 위해 다국적 연합(MNU)과 계약을 맺는다. MNU의 백인 직원인 위커스(샬토 코플리Sharlto Copley 분)는 이 강제 이주를 기록한 "다큐멘터리" 영상에서 회사의 얼굴 역할을 한다. 그는 이 계획을 그의 통속적인 청중과 그가 퇴거 통지를 전달하는 외계인들에게 똑같이 합리화하고, 관객은 인간이 보기에는 도저히 이해도 안 되고 종종 무섭기까지 한(예를 들어 고양이 먹이를 캔까지 다 먹어 치우는 것 같은) 행동의 묘사를 통해 외계인을 위험하고 미개한 대상으로 설명하는 그의 초기 관점에 공감할 수밖에 없는 처지에 놓인다. 그러나 동시에 남아프리카 인종차별 정책과의 명백한 유사점에 관객은 불편함을 느끼고, 외계인의 이상한 점에도 불구하고 필연적으로 그들과 공감하게 된다.

〈디스트릭트 9〉의 관객은 〈이티E.T.〉(1982, 스필버그)를 볼 때처럼 의인화한 귀여운 외계인들에게 동일시할 수도 없고, 〈괴물〉을 볼 때처럼 위협적인 외계인들을 향한 철저한 증오라는, 동등하지만 정반대인 쾌감을 얻을 수도 없다. 그 대신 인간이 아니라는 이유로 새우들을 하찮은 존재로 바라보는 위커스의 관점을 공유하는 경향과, 이 새우들이 인종차별 정책 아래서 차별받는 비백인과 유사하다는 깨달음 사이의 놀이에서 우리는 인지적 소외와 맞닥뜨리게 된다. 우리는 외계인이 곤충과 같은 외모와 이해할 수 없는 언어 때문에 인간 이외의 존재로 남아 있음을 인정해야 한다. 하지만 그들도 인간과 마찬가지로 사고하는 존재인 것은 분명하고, 인간은 종의 차이를 넘어 그들과 대화를 할 수 있으며, 실제로 대화가 일어나고 있다는 것도 확실하다. 그 것은 위커스가 외계인과 서로 소통하는 것을 보면 알 수 있는데, 처음에는 위커스가 외계인에게 뇌물이나 위협적인 방법을 써서 퇴거 통지서에 서명하도록 강요한다는 점에서 교묘하지만, 나중에 위커스가 생명공학으로 생성된 용액에 감염되어 외계인이 되기 시작한 후에는 훨씬 협조적인 소통이 된다. 이 영화는 외계인의 고통을 볼 수 없는 MNU 앞잡이였던 위커스가 자신의 특권을 잃고 외계인의 삶을 밖에서가 아닌 그 내부에서부터 바라보게 되면서 완전히 다른 방식으로 세계에 대한 이해를 구축하게 되는, 훨씬 인간미가 있는(만약 덜 인간이었다면) 대상으로 변해가는 이야기로 이해할 수 있다. 그리고 독자들에게도 위커스와 비슷한 변신을 제공하도록 구성되어 있다.

〈디스트릭트 9〉에서는 인지적 소외의 중심이 되는 세계를 되돌아보는 과정이 주로 두 양식의 혼합, 다시 말해 내러티브 영화(카메라가 있다는 사실을 잊어버리고 화면 속 장면이 마치 현실인 것처럼 바라보게 유도되는 영화)처럼 직설적으로 촬영한 부분과 위커스의 변신을 둘러싼 사건들을 다큐멘터리의 일부처럼 촬영한 장면들을 결합하는 방식을 통해 이루어진다. 다큐멘터리 영화 형식 부분에는 다수의 전문가와 위커스 가족 및 동료들과의 인터뷰, UKNR 뉴스 수석 특파원 그레이 브래드남(제이슨 코프Jason Cope 분)의 논평, 퇴거 임무에 투입된 기자들이 찍은 영상, 군이나 뉴스 헬리콥터 촬영, MNU의 실험실에서 만든 녹화분, 그리고 이전에 TV 뉴스에 방영된 것처럼 꾸며진 장면들이 포함된다. 이렇듯 흘러넘치는 다양한 종류의 장면들(신중하게 짜 맞춘 말을 인터뷰에서 쉼 없이 늘어놓는 사람들, 화면에 등장하는 사건에 반응하는 파견 기자들의 미친 듯 흔들리는 카메라)은 사건들에 관한 서로 다른 이해(브래드남이 논평하는 외계인 기술에 대한 MNU의 관심, 뉴스 보도가 외계인 폭력을 전달하는 선정적인 방식)를 묘사하고 있기에, 관객은 모든 장면에서 자신이 단지 이야기의 한 부분, 즉 그것을 구성하고 이해하는 한 가지 방법만을 보고 있다는 사실을 지속적으로 상기하게 된다. 위커스가 외계인으로 변하면서 MNU 당국을 피해 도망 다니기 시작하면, 영화는 다큐멘터리 형식의 장면들은 덜 사용하고 대신 위커스의 세상 속 사람들에게는 허용되지 않는 경험들을 관객에게 보여 주며, 절정의 전투 장면을 통해서는 영화적인 볼거리라는 마케팅 요구를 수용하면서 훨씬 전통적인 할리우드 스타일의 내러티브 영화로 옮겨 간다. 그러나 우리는 CCTV 카메라로 찍거나 다른 내재된 출처[diegetic source, 영화 속 세상에 존재한다고 가정되는 장면이나 음악, 소리 등을 의미한다. 예를 들어, 영화 속에서 배우가 직접 부르는 노래도 이에 해당한다]에서 나온 것처럼 보이는 장면들의 설정 샷[관객의 이해를 돕기 위해 앞으로 전개될 사건과 사건이 벌어지게 될 장소, 극적 분위기 등을 미리 알려 주는 기능을 하는 도입부 장면]을 자주 볼 수 있다. 영화 속에서 위커스의 변신과 두 가지 표현 방식의 결합은 외계인의 능력과 동기에 관한 진실, 위커스가 겪는 고난, MNU의 악덕 등을 다루는 할리우드 양식의 서사 부분이 마치 단순히 '사실'인 것처럼 보이는 효과를 낳는다.

이 영화는 우리가 그러한 장면에서 얻은 이해와 다큐멘터리 부분이 전달하는 사건 해석 사이의 긴장감을 이용해, 미디어에 의해 우리가 당연시하게 되는 현실을 비판적으로 숙고해 보도록 촉구한다. 다큐멘터리 양식의 초기 장면들은 인류에게는 외계인에 대한 동정심이 거의 없다는 사실을 강조한다. 거리에서 인터뷰에 응하는 사람들은 범죄에 대해 불평하면서 사실상 우주선이 작동하지 않아 외계인들이 그들의 행성으로 돌아갈 수 없다는 것을 알고 있음에도 외계인들이 "돌아가야만 한다"라고 주장한다.[1] 위커스의 회사 대변인은 문제가 되는 난민이 요하네스버그에서 멀리 떨어진 곳으로 재배치될 예정이므로 "남아프리카인들"이 곧 편히 쉴 수 있게 되리라는 사실을 시청자에게 기쁘게 확신시킨다. 그리고 누구도 외계인을 살아 있는 존재로서 걱정하지 않는다. 서술적 장면과 '다큐멘터리' 장면 사이의 단절은 종종 인간이 외계인에 관해 얼마나 모르고 있는지 강조한다. 예를 들어, 한 곤충학자(팀 고든Tim Gordon 분)는 그들이 생각이라는 걸 할 수 없는 무기력한 노동계급이라고 설명하지만, 관객은 그들이 인간의 능력을 훨씬 능가하는 정교한 기술력을 가지고 있음을 보게 된다.

외계인 등장인물 중에는 오직 크리스토퍼 존슨만이 개인화되어 있지만, 동료들과 상호작용하는 간단한 장면들은 그가 다른 외계인들보다 반드시 더 유능하지는 않으며 인간과 의사소통을 할 수 있다는 점에서만 약간 더 나은 정도라는 사실을 암시한다. 그와 위커스는 주로 몸짓으로 나누는 대화를 통해 일종의 짧은 동맹 관계를 형성하며, 우리가 알게 되는 그의 유일한 이름은 정부가 부여한 인간화된 이름뿐이다. 크리스토퍼 역을 연기하는 제이슨 코프는 MNU의 외계인 처분에 가장 비판적인 견해를 보이는 뉴스 특파원 브래드남 역도 연기한다. 이러한 배역 설정은 위커스의 생물학적인 변형과 결합해서 외계인을 인간화(우리가 그들을 감정뿐 아니라 사유 능력이 있는, 살아 있는 존재로서 가치 있고 존중받을 자격도 있는 우리와 같은 존재로 바라본다는 점에서)하기 위한 것이지만, 그렇다고 그들을 인격화하지는 않는다(실제로 위커스는 인간의 모습을 잃어 갈수록 점점 더 외계인들에게 동정적이 되어 간다). 결국 그 외계인이 자기 자신일 수밖에 없으므로 조화를 상상하기보다는 아예 차이를 넘어 연대를 형성하는 이 능력이 바로 인지적 소외로 기능하는 〈디스트릭트 9〉의 핵심이다. 외계인과 남아프리카공화국의 인종차별주의 역사 사이의 유사점은 이 과거의 풍자를 MNU에 대한 비판(경제적 이득을 위해 9번 구역의 토지와 외계인의 무기 기술력을 탐내는)과 결합하는 서술을 통해, 새로운 신자유주의 세계화의 흐름 속에서 계속되는 인종차별적 경제 착취 속에 스며든다.

　　이 영화는 남아프리카 인종차별 정책의 역사뿐 아니라, 더 중요하게는 계속되는 경제 착취를 새로운 시선으로 바라볼 것을 촉구한다. 그것이야말로 식민주의의 계속되는 유산이며, 인종차별주의 같은 경제적 배제의 영역을 계속해서 만들어 내고 있기 때문이다. 〈디스트릭트 9〉의 등장인물들이 외계인에 관한 그들 자신의 역사적 선택의 결과에 직면하는 것처럼, 우리도 이러한 맥락에서 윤리적 행동을 결정해야 한다. 우리는 MNU 위커스 팀의 뛰어난 일원이자 유색인인 펀디스와 플랭가(맨들라 가두카Mandla Gaduka 분)의 운명을 통해 이 영화가 경제 및 인종적 착취의 광범위한 맥락에 관심이 있다는 증거를 확인할 수 있다. 초반 장면에서 그는 다른 사람보다 소외되고 더한 위험에 처하게 되는데, 예를 들어 모두 착용하는 방탄조끼도 없이 현장에 들어가야 한다. 그 사건 이후 다큐멘터리 영상 속에서, 그는 MNU의 불법적이고 종종 치명적인 외계인 실험(수사되지 않은 범죄들)에 관한 파일을 누출하여 기업 기밀을 침해한 죄목으로 투옥된다. 영화에서 비판받는 착취가 탈-인종차별주의-시대 남아프리카공화국 내에서 여전히 자행되고 있다는 것은, 영화 속 퇴거 장면이 최근 거주자들이 모두 추방된 실제 판자촌에서 촬영되었다는 사실에서 잘 드러난다. 안타깝게도, 〈디스트릭트 9〉은 나이지리아 이민자들(외계인을 비인간화하는 데 사용된 것과 동일한 많은 고정관념의 희생자들)의 모습을 그려 내는 데 크게 실패한다. 영화 속에서 그들은 백인들과 똑같이 폭력적이고 비합리적이며 위험한 것으로 그려지는데, 이는 상당히 비판적인 논평에 원인을 제공해 온 잘못된 조처였다.[2] 이 실패가 중요하게 다뤄져야 하는 이유는, 일부 관객이 보기에는 그것이 외계인의 이야기 속에서 수행된 비판을 훼손하기 때문이다.

　　〈아바타〉 역시 처음에는 외계인이 인간의 이익대로 움직이게 강제하는 역할을 하도록 보내진 한 인간의 이야기이다. 그도 역시 변형을 거쳐서 외계인의 일원이 되지만, 이 영화의 이야기는 소외와 세계 건설이라는 다른 논리를 중심으로 구성된다. 〈디스트릭트 9〉은 관객이 이 영화가 만들어 놓은 세계와 뉴스 매체가 만든 일상 경험의 세계를 비교할 수 있도록 하기 위해, 카메라의 존재를 미리 보여 주는 양식을 포함해 다양한 촬영 장면을 혼합해 사용한다. 그러나 〈아바타〉는 압도적이고 몰입감 넘치는 SF 볼거리를 제공하는 영화이며, 처음으로 스크린은 물론이고 관객의 공간까지 사용해 영화 속 세상을 확장하는 새로운 3D 기술을 사용했다. 이 영화의 즐거움 중 상당 부분은 이 기술로 만든 외계 세계인 판도라의 환경을 단순히 경험하는 데 있다. 한편 외계인과 크게 공감하는 쪽으로 나아가는 위커스의 변신은 자신의 사회적 세계를 더 많이, 이전과 다르게 보면서 이루어지지만, 〈아바타〉의 제이크 설리(샘 워딩턴Sam Worthington 분)는 외계인들의 방식을 배우고 그들과 함께 살면서, 자신의 방식을 소원하게 보기보다는 아예 다른 세계의 일부로 원주민 나비와 같은 존재가 된다. 영화의 전반부는 플롯이 아니라 볼거리에 몰두하는 동안 흘러간다. 그러는 동안 제이크와 관객 모두가 디지털로 표현된, 환상적으로 아름다운 판도라의 경이로움을 경험한다.

　　이 영화는 제이크가 자신의 존재를 망상 또는 꿈으로 치부해 거부하고 나비족의 방식을 현실 세계로 포용하는 결론으로 움직이면서, 그의 경험을 명시적으로 꿈의 관점에서 짜 맞춘다. 영화 오프닝에 나오는 그의 보이스오버[Voice-over, 화면에 나타나지 않는 인물이 들려주는 정보나 해설]는 그가 전쟁에서 입은 부상으로 한쪽 다리를 사용할 수 없게 되었기에 종종 날아다니는 꿈을 꾼다는 사실을 알려 준다. 다리를 다치기 전처럼 삶을 살아갈 수 없으므로, 그는 "깨어나서" 자신에게 장애가 있다는 현실을 받아들이려고 애쓴다. 제이크의 장애는 그가 전적으로 건강한 아바타 나비의 몸으로 판도라에 뛰어들 때, 그와 관객이 함께 느끼는 놀라움을 고조시킨다. 이 더 나은 몸은 나비족이 대표하는 더 나은 삶의 상징으로 작용한다. 제이크가 그들의 방식으로 훈련해 나가는 동안, 우리는 그가 나비족의 문화를 형성하는 '세계정신과의 조화'라는 개념에 관해 보이스오버로 이야기하는 것(그의 연구 일지 내용)을 듣는다. 하지만 그가 겪는 진정한 변화는 판도라 행성의 아름다움과 아바타로 변신한 건강한 신체 경험의 유혹이다. 그 행성에서 제이크의 존재는 처음부터 타자성으로 특징 지어진다. 그는 판도라의 신 에이와에게 선택되고 나비족은 그를 훈련시킨다. 그리하여 마침내는 완전히 아바타의 몸으로 변신해 손상된 인간 존재를 뒤로하고 떠나게 된다. 늘 꿈꿔 왔듯이 그는 새로운 삶 속에서 다른 원주민처럼 날아다니는 종들을 타고 다니며, 마침내는 위험한 토룩[Toruk, 영화 속 판도라 행성에서 가장 강력한 생물]을 탈 수 있게 되어 인간의 위협에서 판도라 사람들을 구할 수 있는 유일한 존재가 된다. 그리고 그것이 원주민 문화와 부의 진정한 계승자인 백인 남성들의 안정적으로 확립된 식민지 전통 속에 제이크를 데려다 놓는다.[3]

그러나 〈아바타〉는 사악한 기업을 탄생시킨 물질적 부가 아닌, 판도라의 살아 있는 생태계라는 다른 종류의 부를 제이크가 가치 있게 여기는 법을 배운다는 점에서, 이 전통을 따르는 다른 영화들과는 차별화된다.

자원 개발청(RDA)이 아바타 행성의 광물인 언옵테늄[unobtanium, '구할 수 없는'이라는 뜻의 영어 'Unobtainable'에서 온 단어로, 거의 불가능할 정도로 구하기가 어렵거나 과업을 거쳐야 얻을 수 있는 광물을 의미한다]을 발굴하기 위해 찾아간다. 이 이름은 기업의 음모가 영화의 맥거핀[MacGuffin, 소설이나 영화에서 어떤 사건이나 대상이 매우 중요한 것처럼 꾸며 독자나 관객의 주의를 엉뚱한 곳으로 돌리게 하는 속임수]과 같은 것이라는 사실을 누설한다. 즉, 광물의 가치는 절대로 설명되지 않는다. 대신 그것은 두 가지 삶의 방식, 즉 분기별 이익을 위해 행성을 파괴하는 인간적 방식과 세상과 조화를 이루며 사는 나비족의 방식을 대조하기 위한 장치로 작용한다. 인간 세상에서 돈은 지속해서 강조된다. 예를 들어, 인간 세상에도 제이크의 손상된 척추를 치료할 수 있는 기술이 있지만 "저렴한 재향군인 연금"으로는 도저히 감당할 수 없는 금액이다. 또한 그가 판도라에 있는 건 그의 쌍둥이 형제를 대신해서일 뿐인데, 지갑 속의 현금

을 강탈당하다가 살해된 과학자인 그 형제의 DNA는 "말도 안
되게 비싼 가격"이라서 아바타를 만드는 데 낭비할 수 없다.

제이크는 오직 한쪽 세상에서만 의식이 있는 채로 깨어
있을 수 있다. 그가 인간의 몸에서 깨어나면 그의 아바타 몸은
무의식 상태에 빠지고, 아바타 몸으로 돌아가는 과정은 잠이 들
어 꿈의 세계로 들어가는 것과 같다. 그가 자신의 충성심을 나비
쪽에 바치기로 했을 때, 약하고 지저분한 몰골의 인간 제이크는
자신의 영상 일기에 "그곳에서의 삶이 진정한 삶이고, 이곳에서
의 삶은 꿈이다"라고 말하고, 관객 또한 활기 넘치는 아바타 제
이크와 풍성한 색채로 그려지는 판도라의 미장센을 지구 연구
시설의 차가운 모습보다 더 현실적인 것으로 인식한다. 영화가
끝날 무렵, 시각적으로 놀랄 만큼 경이롭게 그려지는 전투와 나
비족의 승리 이후, 제이크의 마지막 보이스오버는 인간으로서
자신의 과거가 아니라 나비족의 일원으로 사는 미래에 맞춰진
다. 그는 "외계인들은 그들의 죽어 가는 세상으로 돌아갔다"라
고 결론짓는다. 위커스와 마찬가지로 제이크도 다른 존재가 되
지만, 이 경우 변신은 이전 현실에서 소외된 존재들의 관점으로
현실을 새롭게 보는 것이 아니라, 다르고 더 나은 현실로 탈출하
는 것이다. 인간 세상은 그가 변신을 꾀할 방법을 찾아볼 수 있
는 정치적 참여의 장소가 아니라 그가 깨어난 나쁜 꿈이며, 이제
그는 인류를 자신의 동족이 아니라 외계인으로 간주하며 비난
한다. 인지적 소외의 관점에서 평가하자면 〈아바타〉는 수빈이
옹호했던 목적, 즉 현실에 대한 비판적인 반영을 달성하지 못하
고, 그 대신 그가 비난한 현실 도피를 신비화하는 사례로 보인다.

〈디스트릭트 9〉의 모호한 결론(우주선을 타고 탈출한 크리스토퍼가 다른 동족을 구하기 위해 돌아올지, 아니면 인간에게 복수하기 위해 돌아올지, 그것도 아니면 아무것도 하지 않을지)은 영화 속 허구의 세계와 관객의 세계 사이의 변증법을 보존한다. 〈아바타〉의 제이크는 인간 세계에서 했던 참여(전쟁에서 입은 부상)의 결과와 배신자가 될 때의 결과(인간은 그를 배신자로 간주하지만, 그들은 일차원적인 악당이며 판도라 행성을 떠난다)에서 벗어날 수 있다. 〈아바타〉는 제이크가 이제는 나비족으로서 바라보는 생태학적 불의를 바로잡기 위해 현실의 인간 경험을 어떻게 변형시킬지와 관련한 복잡한 문제들을 해결할 방법을 제시하지 못한다. 즉, 그는 단순히 이쪽 세상 또는 저쪽 세상에 있거나, 꿈을 꾸거나 깨어 있을 뿐이다. 대조적으로 위커스는 크리스토퍼의 탈출을 도와주기로 한 자기 결정의 결과를 그다지 쉽게 초월할 수 없다. 인간이 외계인을 부당하게 차별한 결과를 피할 수 없는 것과 마찬가지다. 〈아바타〉의 관객도 제이크와 함께 나비족의 삶의 방식을 정서적으로 받아들이는 경험을 하지만, 곧 정신을 차리고 극장을 떠나 판도라와 연결되지 않은 현실로 돌아가야 한다. 반면 위커스와 함께한 청중은 빼앗김에 대한 우리의 일상적인 사고방식에서 인지적 치환을 경험한다. 즉, 우리는 크리스토퍼에 공감하게 되지만, 추측건대 더는 난민들의 곤경이 그들의 관심사가 아니라고 생각하는 다큐멘터리 영상에서 인터뷰에 참여한 사람들의 견해를 공유하지는 않을 것이다.

인지적 소외의 한계

이런 식으로 이해하자면, 〈디스트릭트 9〉의 외계인 노붐은 수빈이 추구하는 방식의 총체다. 크리스토퍼의 귀환이 가져올지 모를 위협은 인간과 외계인의 미래 관계에 관해 긴박하게 사고하도록 강요하고, 영화가 외계인과 인간 난민 같은 소외된 사람들 사이에 만들어 내는 비유는 이런 식의 가능한 미래에 대해서도 생각해 보라고 우리에게 촉구한다. 〈디스트릭트 9〉은 그 자체로 이러한 현실의 반영일 뿐 아니라, 우리가 비인간적인 다른 대상을 발견하기보다는 어떻게 그런 대상을 만들어 낼 수 있는지, 위커스의 경험을 통해 바라보도록 이끌어서 현실을 숙고하게 한다. 〈아바타〉는 제이크가 식민지 최초의 접촉이라는 또 다른 경험을 하도록 허락하면서, 역사를 재설정하는 하나의 방식으로 노붐을 이용한다. 이때 나비족은 우리가 말살해야 하는 대상이 아니라, 우리가 배움을 얻을 수 있는 대상으로 기능한다. 이 작품이 강력하고 즐거운 판타지이기는 하지만, 그 속에서 제이크는 자신의 문화를 변화시키보다는 자신이 원치 않는 방향으로 역사가 전개되는 현실에서 달아나 버린다. 〈아바타〉의 외계인들은 우리가 제이크와 함께 현실에서 달아나고 싶게 만드는 것 같다. 이는 판도라의 시각적 연출이 너무도 아름답고 효과적이라고 느낀 관객들이 경험한 아바타 "우울 증후군" 현상으로 입증되기도 했는데, 그들은 제이크가 나비족이 되는 것을 자신은 결코 기뻐할 수 없다는 사실을 깨닫고 상실감에 빠져 버리거나 심지어는 자살까지 감행했다. 이것이 과장된 서술이든 뭔가 더 중요한 것이든 간에,[4] 이 감성적인 반응은 〈아바타〉가 사회 변화에 대한 비판적인 성찰보다는 도피성 환상의 신비화를 불러일으킨다는 것을 암시한다. 따라서 이 작품과 〈디스트릭트 9〉과의 대조는 수빈이 다른 소외 방식보다 인지적 소외를 더 우위에 둘 때 무엇을 중요시하는지 보여 준다. 그러나 〈아바타〉에 대한 다른 반응들은 인지적 소외가 정치적으로 힘을 부여하는 유일한 종류의 추측이라는 주장에 문제를 제기한다. 예를 들어 많은 원주민 단체가 자원과 토지 권리를 얻기 위한 그들의 투쟁에 대중의 관심을 끌어오기 위해 나비족 분장을 포용해왔다. 영화가 불러일으키는 정서적인 변화도 수빈이 우위에 두는 인지적 변화만큼이나 중요하다. 어쩌면 〈아바타〉는 제임스 채프먼James Chapman과 니컬러스 컬Nicholas Cull이 제안했듯이, 킹즐리 에이미스Kingsley Amis가 "영웅으로서의 아이디어"에 관한 허구라고 정의한 SF의 개념을 "영웅으로서의 이미지"[p. 199]를 가진 새로운 종류의 미디어 SF로 갱신했다는 점에서 주목되는지도 모르겠다.

SF를 본질적으로 더 정치적인 성찰 양식으로 정의한 수빈의 개념이 지금까지 매우 큰 영향력을 미치기는 했지만, 그렇다고 별다른 도전 없이 통과되어 온 것은 아니었는데, 특히 비평 이론이 정서적인 쪽으로 방향을 틀어 가고 있는 최근에 와서는 그 도전의 경향이 더욱 두드러진다. 칼 프리드먼Carl Freedman은 『비평 이론과 과학소설Critical Theory and Science Fiction』(2000)에서 최초로 수빈의 정의에 관해 주목할 만한 재구성을 시도했다. 그는 "**인지 효과**"라고 부르는 것을 포함하는 "순수 인지"[cognition proper, 의지에 반하거나 의지가 개입되지 않은 지식][p.18]라는 엄격한 매개변수를 조정하고, 인지능력과 논리적인 외삽의 일치에 의해서가 아니라, 텍스트 자체 내에서 취해진 소외에 대한 태도로 그 작품의 소외를 측정했다. 그러기 위해 그는 다음과 같이 질문한다. 이 작품 속의 소외는, 비록 그것이 과학적 오류라고 알려진 가정에 의존한다고 할지라도, 외계 또는 초자연적인 수단으로 생겨난 것일까, 아니면 우리가 인지와 관련지어 온 엄격한 논리를 사용했을까? 인지 효과는 사실성이 아닌 태도의 문제이며, 따라서 차이나 미에빌의 '바스라그 연대기*Bas-Lag*' 3부작 속에서 마법이 연구나 공학의 주요 방식처럼 그려졌듯이, 심지어 마법도 일종의 과학이 될 수 있다.

인지 효과의 관점에서 바라보면, 〈아바타〉의 경우는 훨씬 문제적이다. 예를 들어 판도라의 외계 생명체의 설계는 과학에 크게 기반한 외삽이 개입했지만, 그 주된 효과는 시각적이고 감정적인 충격이다. 다시 말해, 관객은 그들에게 적용된 과학을 인식할 필요가 없다. 또한 제이크가 자신의 인간 몸에 대한 의존에서 단절된 것처럼 보이는 환상적인 과정도 정확히 과학적 설명이라고 할 수는 없어도 어쨌든 과학적 **언어**로 설명된다. 그것은 그레이스(시고니 위버Sigourney Weaver 분)가 이론화한 연구 자료로, 판도라 행성의 모든 생명체는 서로 간의 에너지 전달을 통해 모두 연결되어 있음을 암시하는데, 이는 신경전달물질의 작용과 유사하며, 나비족이 그들의 뇌에서 신성한 나무를 통해 판도라 행성으로 데이터를 보내고 받을 수 있게 해 준다. "나는 어떤 신성한 부두교 의식 같은 걸 말하는 게 아니에요." 그녀는 연구를 계속하기 위해 광물 채굴 작업을 막으려고 애쓰면서 화가 나 소리친다. "나는 생물학을 통해 측정할 수 있는 실제적인 걸

얘기하는 겁니다." 그러나 영화에서의 이러한 인지 효과에도 불구하고, 우리는 현실을 비판적으로 반영하는 두 영화 〈아바타〉와 〈디스트릭트 9〉의 상대적인 능력의 차이점을 계속해서 인식한다. 이는 어쩌면 수빈이 특혜를 주고자 하는 자질의 열쇠는 '인지'가 아닐 수도 있다는 사실을 암시한다.

「이데올로기로서 인식Cognition as Ideology」이라는 비평문에서 미에빌은 이러한 인지 감각을 만들어 내는 핵심은 텍스트의 **"카리스마적 권위"**[p. 238]라는 사실을 증명해 보인다. 즉, 텍스트가 과학**처럼 들릴수록**, 우리는 그것을 더욱 논리적인 것으로(더 나아가 사실로) 받아들인다는 것이다. 미에빌의 이 아이디어를 발전시킨다면, 인지 효과는 텍스트의 과학적 논조와, 더 나아가 광범위한 해석이 가능한 기술적 전문 지식의 권위에 기꺼이 굴복하려는 독자의 의지에 뿌리를 두고 기꺼이 불신을 보류하는 것과 같다. 이러한 관점에서 보면, SF를 판타지보다 더 선호하는 이미 확립된 체계가 완전히 뒤집힌다고 미에빌은 주장한다. 사실 우리가 SF라는 장르를 이미 확립된 과학적 합리성의 패권에 굴복하는 것으로 본다면, 판타지는 현상에 저항하고 혁명적인 비전을 촉진하는 장르가 된다. 하지만 우리가 이 단순한 반전에 쉽게 마음을 놓기에는 미에빌은 너무도 예리한 평론가다. 그는 이러한 경직된 반전이 아무리 "유혹적인" 것이라 해도, "완전히 우스꽝스러운"[p. 242] 것이며, 비평에 필요한 것은 SF와 판타지 둘 다 그들의 조직 이념에 동등하게 제약받고 있다는 이해라는 사실을 재빨리 지적한다. 즉, 비평은 시간이 지나면서 변하는 장르의 개별적인 서술 논리와 "그 영역을 가로질러 공유되는 근본적인 소외로서 타자성"[p. 244]에 대해, 더욱 미묘하고 구체적인 조사를 할 필요가 있다.

비평 이론으로서 과학소설

이러한 공유된 소외는 우리의 사회 세계에 비판적으로 반영할 수 있는 문학의 핵심이다. 프리드먼은 "비평 이론과 과학소설의 결합은 우연적인 게 아니라 본질적이다"[p.23]라고 주장한다. 비록 형식주의자의 기준(이 기준을 통해 수빈은 오직 표면적으로만 SF인 소설에서 정치적으로 관여하는 "진짜" SF를 구별해 내려 애쓴다)이 불안정한 기초라는 사실이 증명되었음에도, 이 장르에 대한 학문적인 취급은, 당연시되는 현실에 대한 우리의 가정에 의문을 제기하고 종종 지역사회, 주관성 및 사회적 의미에 관한 다양한 가능성을 장려하기 위해 SF 시나리오와 기술을 사용하는 텍스트 정전에 특권을 부여해 왔다. 프리드먼은 SF와 비평 이론은 둘 다 세상을 읽는 비슷한 방법을 전제로 하고 있으며, SF는 "역사적인 구체성과 비판적 이론의 엄격한 자기 반영성에 가장 헌신적인" 장르라고 주장한다. 우리가 비평 이론을 '이데올로기가 어떻게 특정한 가치와 정체성으로 세계를 창조하는지 이해하는 데 도움을 주는, 또한 그게 어떻게 우리가 특정한 것을 자연적이고 고정된 것으로, 그 외의 다른 것은 역사적이고 가변적인 것으로 이해하도록 만드는지 인식할 수 있게 하는 일련의 도구와 기법'으로 생각한다면, SF는 우리가 이러한 이념적인 작품의 흔적을 볼 수 있게 해 줄 장르라고 생각할 수도 있을 것이다. 미에빌이 강조하는 용어인 얼터러티[Alterity, 다름·남·타자성 등을 의미하는 용어로, 타자성이라는 의미로 주로 사용되는 'otherness'와 구분하기 위해 원어를 살려 적는다]는 이러한 SF의 질에 중요하다. 프리드먼은 "과학소설의 세계는 우리 자신의 세계와 비교했을 때 오직 시대와 장소에서만 차이가 나는 것이 아니라, 그러한 차이점이 만들어 내는 차이가 바로 주요 관심사인 세계"[ch. xvi]라고 주장한다. 이러한 공식이 SF가 아닌 작품과 '진짜' SF를 구분하게 해 주는 형식주의의 엄격함을 가지고 있지는 않지만, 많은 학계의 흥미를 불러일으키는 SF의 특성을 더 분명하게 해 준다.

　　미래에서 떠나는 시간 여행에 관한 이야기인 C. L. 무어C. L. Moore의 『기념할 만한 계절Vintage Season』(1946)은 미래 인간들의 눈을 통해 우리 세상의 모습을 엿볼 수 있게 하면서 SF 세계와 우리 자신의 세계 사이의 차이에 관한 관심을 포착해 내는데, 미래 인간들의 눈에 우리의 현재는 움직이는 예술 작품 그 이상도 이하도 아니다. 이 이야기는 친숙한 관점에서 시작해 점차 이러한 관점으로 이동해 가면서 원하는 효과를 얻는다. 집주인 올리버는 방문객들의 흠잡을 데 없는 완벽함을 보며 "자기 존재의 모든 단계에서 완벽하게 자신 있을 때 나오는 특이하게 오만한 확신"[pp. 517~518]이라고 표현하면서 내심 꺼리고 불안해한다. 그들이 외국인이 분명하다고 믿으면서, 그는 방문객들의 다른 점을 부의 특권과 관련짓는다. 올리버는 이 이상한 손님들에게 자신이 점차 매료되는 것을 느낀다. 그는 "마치 거울이 평범한 일상의 모습을 비추었는데, 거울에 비친 모습에는 표준과 다른 이상한 변형이 나타나기라도 한 것처럼 그들이 말하고 행동한 모든 것에는 묘한 반전이 있다"[p. 520]라고 생각한다. 그는 이 낯선 사람들이 그의 세계를 관찰하는 것을 관찰하면서, 자기 자신의 세상을 다르게 보게 되고 그들이 사소한 것에 비정상적으로 관심을 기울이는 모습에 흥미를 느낀다. 그는 또한 클레프라는 여성에게 성적으로 매혹되는데, 그녀의 이국적인 매력 탓에 이제 자신의 약혼녀인 수는 지루하고 평범하다고 느끼며 관심을 기울이지 않게 된다. 이러한 대조는 올리버가 자신의 가치관과 관점이 영구적이 아니라 임시적임을 깨닫게 한다. 예를 들어 질투심을 느낀 수는 클레프를 찾아가 그녀를 노려봐서 당황하게 하려고 시도하지만, 전통적인 관점에서는 자신이 더 매력적인 여성임에도 어쩐 일인지 먼저 시선을 돌려 버린다. 이 비교는 올리버에게 일시성에 관한 새로운 경험을 선사하고, 그는 "유행은 영원한 게 아니다. 클레프의 특이하고 시대에 뒤떨어진 몸매가 갑자기 일반적인 것이 되어 버렸고, 그녀 옆에서 수는 이상하고 각지고 반쯤 남성적인 생명체가 되어 버렸다"[p. 532]라는 사실을 깨닫게 된다.

올리버가 그들의 가장 존경받는 예술가 중 하나인 센베의 "특정 형태의 재앙 해석"[p. 548]에 관한 다중 감각적 교향곡에 노출되면서, 취향 면에서 매우 광범위하게 해석된 유행의 시간차가 재빨리 이야기의 중심 무대를 차지하게 된다. 이 작품을 듣고, 보고, 냄새 맡고, 맛보면서 올리버는 "슬픔과 질병과 죽음으로 일그러진 인간의 얼굴들, '진짜 얼굴들'을 언뜻 바라보게 되고"[p. 534] 두려움에 압도당하지만, 클레프에게는 이 작품이 "오직 장엄하고도 장엄한"[p. 535] 경험에 불과하다는 사실을 알게 되면서 더욱 충격에 휩싸인다. 즉, 그들의 취향은 다르다. 또 다른 단서들을 통해서 올리버는 이들이 역사 속에서 최고로 기념할 만한 사건들이 벌어지는 각 계절, 제프리 초서[Geoffrey Chaucer, 1343~1400, 영국 문학의 아버지로 불리는 인물이며 『캔터베리 이야기』로 유명하다]의 가을, 올리버와 함께하는 봄, 그리고 샤를마뉴대제의 대관식이 열리는 겨울 등을 여행해 다니는 시간 여행자라는 사실을 깨닫게 된다. 또한 그들은 재앙을 목격하기 위해 오는 관광객이기에 올리버의 집에 관심을 갖는 이유도 바로 그것이다. 이제곧 유성이 떨어져서 도시 전체가, 올리버의 집 문 앞까지 파괴될 예정이다. 올리버는 "사이렌의 비명과 휘몰아치는 파도 소리"에 뒤섞인 "짧고 날카로운 비명"에 압도당한 채 "몇 분 동안 이게 꿈인지 생시인지 확신도 못 하면서" 유성이 일으키는 파괴에 정신이 팔려 있고, 그 모든 경험은 올리버가 들었던 미래의 음악처럼 "나름의 방식으로 이상하고 비인간적인 아름다움을 내포한 끔찍한 교향곡"[p. 544]이 된다. 클레프와 그녀의 동료들은 "열광적이고 비인간적인 호기심"[p. 545]을 보여 주지만, 그 이상으로 동요하지는 않는다. 이 재앙이 그들에게는 이미 오래전에 끝나 버린 것이며 추상적이고 미적인 사색에 의해서만 경험할 수 있기에 두 배쯤 멀게 느껴지기 때문이다.

그리하여 이야기는 독자가 자신의 시간적 경험을 소원하게 보도록 만든다. 올리버는 방문자들에게는 과거에 개입하지 못하게 하는 그들만의 규칙이 있으며, 이는 곧 그들이 역사를 바꿀 수도 있다는 의미임을 깨닫는다. 그들은 올리버에게 미리 경고할 수도 있었고, 운석이 가져올 전염병에 대한 예방접종을 제공할 수도 있었다. 이번 재난을 다음 번 작곡에 사용하기 위해 온 센베는 차분히 설명한다. "우리가 만약 과거를 바꿨다면, 우리의 현재도 바뀌었을 겁니다. 그리고 우리의 시간 세계는 전적으로 우리의 취향에 달려 있습니다."[p. 548] 올리버는 마침내 "센베가 어딘가 멀리에서 그를 지켜보고 있었다"[p. 549]라는 사실을 이해하게 된다. 시간 여행자는 그들의 비인간적인 예술처럼 냉담하고 비인간적이다. 올리버가 그들을 위해 겪는 고통은 시간상으로 너무 멀기 때문에 비현실적이다. 그리고 그들은 올리버를 인간이라기보다는 어떤 추상적인 대상으로 간주한다. 따라서 그런 존재를 구하겠다고 자신들의 안위를 위험에 처하게 할 이유가 없다. 시간적 경험을 소외시킴으로써, 이 이야기는 우리가 우리 자신의 관심사를 외부에서, 즉 우리에게 아무런 관심도 없는 다른 사람의 관점에서 바라볼 것을 촉구한다. 올리버가 그 자신의 곤경이 시간 여행자들에게는 실체가 없는 막연한 것이라는 사실을 이해하는 것처럼 말이다.

인지와 소외, 즉 독자에게 친숙한 세계와 이야기 속 다른 세계 사이의 변증법은 시간적 거리와 물리적 거리의 유사성에 달려 있다. 센베와 다른 방문자들이 멀리 떨어져 있는 과거의 고통에 무관심하듯, 서구 자본주의 문화도 노동계급을 빈민가로 내몰든, 글로벌 무역으로 생겨난 지리적 기반의 경제적 불평등에 따라 격리하든 간에, 특권층에서 멀리 떨어져 있는 이 사람들에게 자신들이 끼치는 해악에는 무관심한 태도를 보인다. 이러한 유사성은 클레프를 나머지 일행과 구분 짓는 것이 부유함이라는 올리버의 원래 결론에서 암시된다. 시간 여행자들이 과거의 고통을 바꿀 수 있는 것처럼 우리는 현재 세계의 불의를 바꿀 수도 있지만, 두 경우 모두 개입이 파생시킬 완전한 결과는 분명하지 않으며, 개입할 경우 이미 확립된 특권은 필연적으로 위험에 처할 수밖에 없다. 『기념할 만한 계절』은 우리의 생활 방식을 지탱하는 고통에 대해 추상적으로 생각할 수 있는(물론 아예 생각하지 않을 수도 있고) 특권 계층의 세계관이 아니라 소외된 세계관을 통해 우리에게 맞서는 작품이다. 둘 사이의 거리는 이 이야기 속에서 명백히 비인간적이며, 독자는 연약하고 인간적인 관점에 자리 잡고 있다. 그러니까 프리드먼이 "(우리의 세계와 이야기 속 세계 사이의) 차이가 만들어 내는 차이"라고 부르는 것에 관해 생각해 본다면, 어쩌면 우리는 멀리 있는 인간의 고통을 추상적인 것으로 간주하려는 우리 자신의 성향에 저항하고, 더 공평한 세상을 위해 기꺼이 기존의 안락한 조건을 무릅쓰게 될지도 모른다.

기업 문화의 비인간적 효과를 가시적으로 드러내기 위해 현대적 맥락에서 과장된 SF 기법을 사용하는 제프 리먼Geoff Ryman의 「예기치 못한 상황을 위한 죽은 공간Dead Space for the Unexpected」(1994)에서 허구적 세계와 물질적 세계의 격차는 더 좁아진다. 영업 담당 이사인 조너선은 생산성 향상을 위해 시간을 합리적으로 사용하는 전형적인 인물이며, 그의 일과는 매 순간이 효율적으로 계획되어 있는데, 이 계획에는 예기치 못한 상황이 발생할 때에 대비해 할당된 "죽은 공간"도 포함된다. 그는 경영 성과에 거의 광적으로 집착하는데, 그의 회사는 다양한 경영 연구에서 가장 효과적인 것이라고 정립해 놓은, 시선 맞춤의 종류와 지속 시간, 사람들을 편안하게 하기 위해 상대의 신체 언어를 따라 하는 방식(일명 신체 언어 미러링), 그리고 "긍정적인 팀 유대감 창출"[p. 823]을 위해 시도해 볼 만한 "적당히 끌어당기는 매력" 같은, 정서적이고 내재된 반응까지도 계량화하고 평가할 수 있는 방법을 찾아냈다. 조너선의 하루는 "반응 시간이 느린"[p. 837] 사이먼을 해고하는 것으로 시작하는데, 조너선은 사이먼과의 미팅도 한 달 전 그가 능숙하게 의무적인 경고를 전달했을 때처럼 높은 업무 성과로 이어지기를 희망하고 있다. 당시 조너선은 "동정심, 유감, 그리고 그의 안에서 반향을 일으키는 정리해고의 아프고 슬픈 공황 상태 같은 모든 적절한 감정"을 밖으로 드러내 보이며 "상담 사례의 개인 최고 점수인 10점 만점에 9.839점"[p. 826]을 기록한다. 그는 실업이 사이먼을 "깨끗한 셔츠, 음식 얼룩이 묻지 않은 넥타이, 책상, 가끔 마시는 와인, 자존감"이 없는 삶으로 내몰게 되리라는 사실을 냉정하게 관찰하지만, 점수에 대한 자신의 정서적 집착은 감추지 못한다.

이 이야기 속의 **노붐**은 아주 작은 차이다. 조너선의 회사는 눈 움직임을 기록하는 눈금이 매겨진 콘택트렌즈, 관찰을 위해 호흡 패턴을 강조하도록 특수 문양을 적용한 셔츠, 전기 피부 저항성을 분석하는 시계 끈 등을 이용해서 그의 감정적 반응에 나타나는 아주 미세한 차이까지도 수치화한다. 조너선은 회의 형식("토론과 발표의 차이는 가능성 있는 절차와 이미 정해져서 동의를 얻은 절차 사이의 차이다")에 동의하는 것에서부터, 대답하기 전에 커피를 한 잔 더 마시는 것("너무 많은 자극제를 이용하면, 점수가 깎인다")[p. 830]에 이르기까지 각각의 행동을 평가하는 식으로 삶의 세부적인 부분까지 매우 공들여 분석하면서 이 정신을 완벽하게 내면화한다. 좌절감이나 두려움과 같은 진정한 감정은 끊임없이 억압되고, 더 생산적이라고 판단되는 반응으로 연결되며, 결과적으로는 인지 부조화의 문화를 초래한다. 조녀선은 라이벌인 샐리와 작업 할당량을 놓고 싸움을 벌이는데, 이 과정은 군사작전 언어로 전달된다. 그러나 두 사람 다 겉으로는 따뜻함, 개방성, 신뢰 및 협력 같은 우수한 경영 자질을 표현한다. 이 공격적인 세계에서 "눈에 보이는 성실함"은 점수를 매길 또 하나의 척도에 지나지 않는다.

감정을 수치화할 수 있다는 그 사실만 바꾸면, 리먼의 이야기는 효율적인 경영의 현대적 관념이 요구하는 반사회적 공격성을 드러낸다. 조녀선의 하루는 거의 처참하게 빗나가지만 "약간 재수없는 놈이 되는"[p. 836] 그의 기술이 그를 구해 낸다. 사이먼의 처지에 공감하는 두 명의 직원이 조녀선의 사무실로 찾아가 부적절한 행동으로 그의 일일 평가 점수를 위협한다. "직원들의 나쁜 행동은 그들 자신의 점수를 떨어트리지만, 불복종은 그들 관리자의 점수를 삭제해 버리기"[p. 836] 때문이다. 물론 조녀선은 자신의 공격성을 표출해 낼 방법을 찾아서 재빨리 그들의 위협에서 벗어난다. 우선 그는 항의하는 직원 중 한 명에게 "재정 목표를 확실히 달성할 책임이 있다"라는 사실을 상기시킨다. 하지만 그 직원은 방금 자신은 청구 주기 관련 사항을 다룰 만한 능력이 부족하다고 설명한 참이다. 그리고 조녀선은 다른 한 명의 직원에게는 그녀의 혈압 상태를 들어 "병가를 권장"할 수 있다는 사실을 상기시키는데, 이는 "당신은 직장을 잃을 수도 있다"[p. 836]라고 해석할 수 있는 회사의 정책이다. 조녀선은 사이먼이 회사에서 해고된 후 감정이 점수와 직결되는 "산업 사보타주[고의적인 방해 행위나 파괴]"[p. 833]로 프로파일링된다는 것을 알게 된다. 사이먼은 점수를 바꾸고 그렇게 했다는 흔적을 지울 수도 있는 매우 높은 수준의 암호에 접근할 권한을 얻는데, 그것은 조녀선을 쉽게 파괴할 수도 있는 힘이다. 다시 한 번, 조녀선의 이중성이 그 자신을 승리로 이끌어 간다. 조녀선은 사이먼과 대립하고 암호의 무단 사용이 그의 해고 이유라고 주장한다. 비록 사이먼이 업무방해 행위를 인정하지는 않지만, 그의 "침묵은 부정도, 그렇다고 충격을 받아 놀란 것도 아닌"[p. 837] 것이기에, 매트릭스[업무 수행 결과를 보여 주는 계량적 분석]는 조녀선을 지지한다.

이 작품은 합리적인 효율성의 언어를 통해 그 자신을 드러내는 기업 문화에 대한 공격성을 드러내면서 그 위선 쪽으로 우리의 관심을 끌어 이 세상에 대한 우리의 경험을 소외시킨다. 리먼은 인류보다 효율성을 중시하고 시간이 지날수록 조금의 가책도 없이 사람들을 희생시키는 체제에서 자행되는, 노동자의 삶과 존엄성에 대한 폭력을 가시화한다. "죽은 공간"이라는 문구는 이야기가 끝날 때까지 여러 의미를 갖는다. 우리가 보았듯이 일정상 비어 있거나 죽은 공간은 기업 문화와 그 명령에 따라 스스로를 감시하고 관리하는 사람들의 죽은 것이나 다름없는 상태를 전형적으로 묘사하면서 인간적인 연민이 결여된 행위를 하는 데 사용된다. 집에 돌아가면 조녀선은 "세상살이가 힘들지만, 그건 회사였다. 집은 다르다"라고 자신을 위로한다. 그러나 이야기는 재빨리 그의 망상을 무너뜨린다. 그의 딸 크리스틴은 비디오게임을 하고 있고, 아이가 자랑스럽게 자신의 점수를 발표하는 동안 "그의 마음 한쪽은 천천히 어두운 목소리로 말한다. 어릴 때 따 두렴."[p. 838] 그날 밤 그는 자신이 늙고 여전히 고용 상태인 꿈을 꾼다. 신문의 직업 광고란을 더듬는 그의 나이 든 손가락은 무감각하기만 하다. 만약 리먼의 이야기가 SF가 아닌 현실이 되는 데 필요한 짧은 거리를 우리의 세상이 옮겨 갈 수 있게 놔둔다면, 미래 역시 죽은 공간이라고 할 수 있다.

SF를 인지적 소외의 문학으로 정의하는 것은 현대의 물질적 현실에 대한 비판적인 성찰을 촉진하는 텍스트들의 기준을 탄생시킨다. 이런 방식으로 고안된 장르는 독자의 세계와 물질적인 설명이 필요한 허구의 세계 사이의 괴리에 의존하며, 이러한 서술 경향은 우리가 주어진 현실을 새로운 방식으로 보게 촉구한다. 인지적 소외의 틀은 인간의 주체적 행위가 우리의 사회 세계를 창조한다는 믿음을 전제로 하며, 따라서 SF를 하나의 수단, 우리가 우리의 사회 세계를 창조하는 방식을 더 선명하게 볼 수 있도록 도와주는 수단으로 이해한다.

1   이 장에서 논의한 영화 <디스트릭트 9>을 시청하고 영화가 나이지리
    아의 갱단을 나타내는 방식과 외계인의 모습을 나타내는 방식을 비교해
    보자. 이 영화가 인종차별에 대한 당신의 인식을 인지적으로 소외시키
    는가? 어떤 방식으로 그러한가? 전반적으로 이 영화가 인종차별에 대
    해 더 많이 의문을 제기한다고 생각하는가, 아니면 그것을 더 강화한다
    고 생각하는가?

2   수빈의 SF에 대한 정의는 2장에서 논의했던 두 개의 텍스트 H. G. 웰스
    의 『우주 전쟁』과 스탠리 웨인바움의 「화성의 오디세이」에 적용될 수
    있다. 두 텍스트를 인지적 소외의 문학으로 고찰해 보라. 이 두 작품이
    현실에 대한 숙고이자 현실의 반영이기도 한가? 그것들의 주제가 텍스
    트 세계와 우리 세계 사이의 차이의 중요성에 의존하는가?

3   『기념할 만한 계절』은 1666년 런던 대화재에 대한 당신의 경험을 인지
    적으로 소외시키는가? 르완다에서 계속되는 내전이 개인 전자 장비 제
    조에 사용되는 광물 지배권과 관련이 있는가? 시간적 거리 소외가 공간
    적 거리 소외와 다르게 기능하는가? 왜 그런가, 혹은 왜 그렇지 않은가?

에스에프 에스프리   메가텍스트

그 명확한 정의에 관해서는 아직 상당한 논쟁이 있기는 해도, SF 라는 레이블을 듣는 순간 우리 머릿속에는 확실하게 떠오르는 많은 이미지가 있다. 잘 알려진 이 장르의 상징들은 많은 비평가에 의해 구성되고 분류되어 왔다. 그리고 그들은 우리가 SF라고 부르는 효과를 얻기 위해 특정한 언어를 사용하는 데 집중해 왔다. 예를 들어 마르크 앙주노Marc Angenot는 이 장르가 구조주의 언어학을 통해 그가 발전시킨 아이디어인 "부재하는 패러다임"의 기호학적 실천으로 가장 잘 이해된다고 주장한다. 기호(언어)는 두 가지 출처에서 그 의미를 얻는다. 하나는 독자와 작가가 공유하는 관습(예: 영어 사용자들은 'cat'이라는 단어가 집고양이를 포함해 사자, 호랑이, 새끼 고양이 등을 포함하는 개체의 한 부류를 의미한다는 사실을 안다)이고, 또 하나는 차이(이 분류 속의 언어는 크기, 색상, 가축화의 차이뿐 아니라, 'cat'이라는 단어는 'dog'라는 단어가 아니라는 의미를 함축한다)이다. 독자는 "주어진 기호를 보완하는 모든 부류"를 알고 있어야만 "텍스트의 일부 기호의 의미를 재구성"[p. 12]할 수 있다. SF에서는 이러한 체계 일부가 늘 부재한다. 독자는 자신의 물질적 세계에서 찾을 수 있는 유사물을 능가하는 지시 대상물의 세계를 덧붙여야 하며, 이런 식으로 특정 단어를 읽고 그 주위에 더 큰 의미의 틀을 만드는 행위를 통해 소설의 더 큰 세계가 만들어진다. 이 장르는 그것이 상상하는 새로운 것들을 언급하기 위해 새로운 단어를 발명하고, 이 단어 중 많은 것이 텍스트들 사이를 천천히 오가면서 공유된 언어 관습의 새로운 공동체를 만들어 낸다.

마찬가지로 새뮤얼 R. 델라니Samuel R. Delany는 SF 독자는 언어를 다르게 읽도록 훈련받았다는 사고방식에 의존하면서, 과학소설이 사실주의 소설에서 가능한 의미와는 다른 의미를 만들기 위해 언어를 사용하는 특정 방식으로 정의된다고 주장한다. "그녀의 세상이 산산이 부서져 버린"[p. 43] 같은 진술은 이제 더는 SF 속에서 단순한 은유일 수 없지만, 델라니의 가장 확장된 예시 중 하나인 "붉은 해는 높이, 푸른 해는 낮게 떠 있었다"[p. 44]의 경우, 이 단어들이 하나씩 차례로 등장할 때 독자들은 그 배경이 지구가 아니라 두 개의 태양을 가진 외계 세계라는 사실을 쉽게 알아차리게 된다. 델라니는 소설 속에서 사용된 언어를 그 언어의 주관적인 수준에 따라 구분한다. 이에 따르면 SF는 아직 **발생하지 않은** 상황을 그린 소설로, **발생할지도 모르는, 발생하지 않을지도 모르는, 아직은 발생하지 않은, 과거에 발생했거나 그렇지 않을 수도 있는** 상황을 포함하는 양식이다. 이러한 양식은 자연주의 소설의 **일어날 수도 있었던** 상황과 판타지 소설의 **일어났을 리 없는** 상황과는 구분된다. 델라니는 SF의 특정 가정법 수준은 "다른 단어 그룹을 의미 있게 따를 수 있는 단어 선택의 자유를 확장한다. 하지만 그것은 우리가 그들 사이를 이

동해 다닐 때, 수정 절차를 채택하는 방식을 제한한다"[p. 44]라고 주장한다. 다시 말해, SF는 자연주의의 **일어날 수도 있는**의 제약을 넘어서 **일어날지도 모를** 영역으로 그 한계를 넓히지만, 실제 세계로 알려진 것을 판타지의 **일어날 수 없는** 영역으로 변하게 할 수는 없다.

좀 더 최근 논의인 「은유는 직역의 꿈을 꾸는가?Do Metaphors Dream of Literal Sleep?」에서 추서영은 SF의 시학을 사실주의와는 **다른 문학**으로 이해하기보다는 사실주의의 **강화**로 이해할 것을 제안한다. 그녀는 SF가 "표현의 대상이 상상 속에만 존재하는 것은 아니지만, 인지적으로는 소외된, 모방적인 담화"[pp. 44~45]라고 주장하며, 따라서 SF의 주요 프로젝트는 구체적인 재현과 이에 대한 이해, 그리고 사실주의 언어에 사용할 수 있는 지시 대상을 능가하는 경험을 가능하게 할 방법을 찾는 것이라고 주장한다. 언어는 SF의 특수성의 핵심이지만, 언어만으로는 그 미학을 포착할 수 없다. 이슈트반 치체리로나이 주니어Istvan Csicsery-Ronay Jr는 그가 SF의 일곱 가지 아름다움이라고 부르는, 이 장르를 별개의 "사고와 예술의 양식"[p. 5]으로 만드는 특성에 관한 자기 생각을 정리한다. 이 아름다움은 SF의 언어 사용 방식, 즉 **가공의 신조어**에서 시작하지만, 이 장르가 만들어 내는 "분위기나 태도, 판단력이 보류되는 부조화의 경험을 즐기는 방식"[p. 3]으로까지 확장되어 나아간다. 이러한 태도는 **가공의 노붐, 미래의 역사, 상상 과학, 과학소설적인 숭고함** 및 **과학소설적인 기괴함**(둘 다 "습관적인 인식"에서 어긋나 있다)[p. 147]과 **테크놀로지에이드**[technologiade, 기술 혁신을 통해 인간 사회의 혁신을 지향하도록 기존의 이야기 구조를 수정하는 것]를 통해 생겨난다.

SF를 개념화하는 각각의 방법은 우리가 SF로 인식하는 텍스트에서 반복되는 몇 가지 특성, 즉 이것이 특정 모티프 또는 도상의 조합인지, 언어 사용의 고유한 방식인지, 또는 주제적 선입관 및 비판적 방향의 반복되는 조합인지 등에 중점을 둔다. 물론 장르의 예측 가능성은 SF에만 국한된 것이 아니다. 대중적인 장르는 어떤 것이든 상업적으로 성공한 특징을 반복해 형성되며, 실제로 최근 장르와 다른 소설들 사이에 줄어든 서열은, 문학은 혁신적이고 놀랍지만 장르는 공식적이고 예측 가능한 것이라는 믿음에 기초한다. 그럼에도 불구하고 과학소설은 작가, 독자, 편집자 및 팬 들 사이에 비정상적으로 밀접한 관계가 있으므로, 반복 문제에서 다른 인기 장르와는 조금 다른 위치에 놓인다. SF가 처음 펄프 잡지에 등장했을 때 형성된 팬 공동체가 오늘날까지도 계속 그 명맥을 이어 오고 있으며, 그 자체의 역사도 매우 잘 알려져 있다. 이 장르의 이러한 자기 반영성을 "SF 메가텍스트[megatext, 과학소설이나 판타지 서술 같은 사색적 소설이 공유하는 공들여 만든 허구의 배경, 비유, 이미지, 관습 등을 묘사하는 용어]"라고 하는데, 이것은 SF가 "비유와 기능적인 장치들에 특화된 상호텍스트적인 백과사전 내에서 … 생성되고 수신되는"[ch. xi] 방식을 설명하기 위해 데이미언 브로데릭Damien Broderick이 만든 용어이다. 포스트모더니즘 메가텍스트(자신을 허구라고 다시 지칭하는 소설)와의 비교를 통해 자신의 용어를 도출해 낸 브로데릭은 SF 메가텍스트는 SF가 그 자신의 이전 사례를 명시적으로 참조하는 방식을 보여 준다고 주장한다. 이때 각각의 텍스트는 SF의 공유된 세계를 구성하는 상징과 이미지와 시나리오의 더 큰 몸체에 추가되고 재생된다.

SF 메가텍스트의 아이디어는 단순히 언급을 넘어서서 SF 작품 간 상호텍스트성이 다른 장르와 어떻게 다르게 작용하는지 포착하려 한다. 메가텍스트는 작가들이 사이보그나 초공간 또는 초광속 여행처럼 이미 확립되어 있으나 어느 작가 개인에게 속한 것이 아닌, 서로 공유되는 이미지와 모티프의 특정 집합 내에서 작업하는 상황을 설명한다. 이때 각 이미지와 모티프의 새로운 반복은 확립된 의미와 연관성 둘 다에 의존하고, 또한 그것들에 새로운 가능성을 열어 보이면서 어떤 단일 텍스트에 나타나는 것을 능가하는 광대하고 서로 연결된 의미의 그물망을 생성해 낸다. 몇몇 뛰어난 특정 텍스트들은 필연적으로 도상의 의미를 그들의 영향력 있는 공식으로 끌어들이면서 밀도 높은 무게중심이 된다. 예를 들어 SF 속에서 창조된 거의 모든 존재는 『프랑켄슈타인』이 만들어 낸 창조물의 흔적을 지니고 있으며, 외계인 침략에 관한 모든 이야기는 『우주 전쟁』이 확립해 놓은 외계인 침략과 식민주의 사이의 연관성에 따라 형성된다. 과학소설 장르의 이런 구성을 이해하려면 독자는 물론이고 작가도 일종의 수습 과정을 거쳐야 한다. 그래야만 작품의 단어, 이미지 및 시나리오를 통해 환기되는 복잡하게 얽힌 의미를 완전히 이해할 수 있다. 따라서 브로데릭은 반드시 필요한 기법의 완전한 목록을 편집하여 SF를 정의하는 것은 불가능하다고 말한다. 그 대신 우리는 그것을 "쓰기와 읽기의 게임 속에서 그 움직임을 이해하는 분석 장치이자, 독자와 텍스트 사이의 계약 조건을 규정하는 사회적 기관에서의 협상 같은 것"[p. 39]으로 파악해야 한다고 본다. SF를 읽는 즐거움의 상당 부분은 개별 텍스트와 SF의 더 큰 역사 사이의 상호작용으로 생성된 친숙함과 참신함 간의 작용과 반작용에서 비롯된다.

메가텍스트의 로봇들

아이작 아시모프의 로봇 이야기야말로 이 게임의 가장 두드러진 예라 할 수 있다. 로봇이 도처에 존재하는 미래를 배경으로 하는 그의 연작 작품들은 로봇 3원칙(캠벨이 제안한 공식)에 따라 구성되는데, 이 원칙은 아시모프의 이야기뿐 아니라 거의 모든 후속 SF에서 로봇 존재의 제약이 되어 버린다. 아시모프의 세 가지 원칙("하나, 로봇은 인간을 다치게 하는 행위를 해서는 안 되고, '행위를 하지 않음'으로 인해 인간이 해를 입게 해서도 안 된다", "둘, 로봇은 첫 번째 원칙에 상충하지 않는 한 받은 명령에 복종해야 한다", "셋, 로봇은 첫 번째와 두 번째 원칙에 상충하지 않는 한, 자신의 존재를 보호해야 한다")[p.37]은 「스피디: 술래잡기 로봇Runaround」(1942)에서 처음으로 완전하게 명시화(먼저 발표된 다른 작품들 속에도 다른 버전으로 등장한다)되었다. 이 작품의 절정은 두 번째 두 원칙 사이의 갈등으로 인해 로봇이 인간을 위험에 빠뜨림으로써 피드백 루프에서 벗어나도록 하는 데 중점을 두고 있다. 이러한 원칙을 명확하게 표현함으로써 아시모프는 인간이 예측 가능한(주로 안전한) 방식으로 로봇과 상호작용할 수 있는 허구의 세계를 만들어 냈으며, 이 소설의 엔진 역할을 하는 일련의 논리 퍼즐 또한 생성해 냈다.

예를 들어, 「허비: 마음을 읽는 거짓말쟁이Liar!」(1941)에서는 RB-34 "또는 허비라고 불리는"[p. 285] 마음을 읽는 로봇 때문에 일련의 오해가 벌어진다. 우선 허비는 평범한 로봇 심리학자인 수전 캘빈이 동료인 피터 보거트가 자신에게 연애 감정이 있다고 오해하는 것을 바로잡아 주지 않는다. 또한 야심이 강한 보거트에게는 '미국 로봇 및 기계 인간'의 감독인 알프레드 래닝이 곧 사임하게 될 테고, 그러면 보거트 자신이 그 자리를 차지할 수 있게 되리라고 확신하게 한다. 그리고 마지막으로 허비는 마음을 읽는 자신의 독특한 능력이 생겨나게 된 조립 과정의 오류가 무엇인지 자신은 전혀 알지 못한다고 주장하면서, 래닝의 지적 능력이 뛰어나다고 아부한다. 보거트가 약혼을 발표했을 때, 캘빈 박사는 자신이 속은 것을 알게 되고 첫 번째 원칙 때문에 로봇이 거짓말을 했다는 사실을 재빨리 알아차린다. 허비는 "감정에 상처를 주는 것", "자존심을 저하하는 것", "희망을 날려 버리는 것"[p. 293]을 포함해 인간에게 그 어떤 해도 가할 수가 없다. 따라서 허비는 캘빈의 사랑과 과학에 대한 갈망에서부터, 허비의 능력에 영향을 미친 조립 과정의 수학적 오류를 자신 외에는 아무도 찾을 수 없다고 믿고 싶어 하는 래닝의 욕망에 이르기까지, 인간의 마음이 원하는 모든 것을 말해 준다. 이 이야기는 특히 캘빈의 좌절된 욕망을 묘사하는 대목에서 조금 잔인해진다. "서툴게 바른 립스틱"은 "그녀의 백묵 같은 얼굴에 한 쌍의 추잡하고 커다란 얼룩"[p. 291]처럼 남아 매력적으로 보이고자 하는 그녀의 시도를 가엾고 가망 없는 것으로 만들어 버린다. 그럼에도 불구하고 로봇이 한 거짓말의 미스터리를 푸는 것은, 그럴듯한 가능성의 희망을 넘어 명확하게 사리를 분별할 수 있는 그녀의 뛰어난 추론과 능력이다. 남자들은 냉정한 사실에도 불구하고 꿈을 포기할 의향이 별로 없다. 허비와 자기 자신 둘 다에게 착잡한 감정을 느끼면서 캘빈은 불가능한 양자택일의 해결책을 제시하는 것으로 무자비하게 로봇과 대적한다. 이제 허비는 제조 과정의 실수에 대한 해결책을 밝혀내면서 남성들에게 상처를 주거나(자존심에 타격을 가함), 그 해결책을 밝히는 것을 거부하면서 그들에게 해를 입히거나(재정에 타격을 가함), 둘 중 하나를 선택해야 한다. 캘빈은 감정적인 반응에 희생되어 우울증에 빠지기보다 황금기 SF에서 높이 평가받는 논리적인 능력을 포용하여, 남성들이(또는 로봇이) 하는 것보다 더 성공적으로 자기 자신을 정의하고, 도저히 해결할 수 없는 주문, 즉 "그들에게 말하지 않는다면, 넌 상처를 주는 거야. 그러니까 반드시 그들에게 말해야만 해. 그리고 만약 네가 말한다면, 넌 상처를 주게 될 테니 절대로 말하면 안 돼, 그러니 넌 말할 수 없어. 하지만 말하지 않는다면, 넌 상처를 주는 거야, 그러니까 반드시 해야만 해. 그러나 한다면, 넌 상처를 주게 될 테니 절대로 말하면 안 돼⋯⋯"[p. 295]라는 말을 반복해서 로봇을 광기로 몰아넣는다.

다른 능력들을 넘어서는 논리의 가치는 또 다른 아시모프의 로봇 이야기인 「큐티: 생각하는 로봇Reason」(1941)에서 위험에 처한다. 5번 태양 에너지 충전소 기술자인 파월과 도너번은 새롭게 조립된 로봇 QT-1(큐티)에게 인간이 태양에너지를 지구로 보내는 작업장에서 일할 인력을 대체하기 위해 그를 만들었다고 확신시키려 애쓴다. 이성과 감각 자료에 의지하여, 큐티는 인간이 그를 창조하는 것이 불가능하다고 결론짓는다. 그는 "너희들을 봐. 너희를 구성하고 있는 물질은 에너지를 생산하기 위해 유기물의 비효율적인 산화에 의지하기 때문에 물렁하고 흐느적거려. 그리고 지구력, 힘도 없어"라고 주장한다. 게다가 인간은 주기적으로 "혼수상태에 빠지며 온도, 기압, 습도 또는 복사강도의 아주 적은 변화에도 효율성이 떨어진다." 간단히 말해, 인간은 "**임시변통**"이며, 큐티는 능력 있고 내구성 있고 효율적인 "완제품"[p. 165]이다. 이야기는 큐티가 파월과 도너번의 소원을 수행하는 것으로 끝나지만, 그는 결코 두 사람의 상황 해석에 굴복하지 않는다. 자신뿐 아니라 인간도 자신이 마스터라고 부르는 제3의 실체에 의해 창조되었다고 이론화하면서, 큐티는 마스터의 지시를 이행하기 위해 굴복한다. 큐티는 도너번과 파월의 입장에서 본 사건의 버전은 그들의 뒤떨어진 추리력의 산물이지만 자신은 "선험적인 원인으로부터 진실을 추론할 능력"[p. 173]이 있기에 근거 없는 믿음 같은 것은 필요 없다고 결론짓는다. 전자 폭풍의 위기는 큐티가 태양에너지 빔을 수신국에 집중시키지 못해 지구에 막대한 피해를 줄 가능성이 있다는 우려를 낳고, 파월과 도너번의 "우리가 너의 상사야"[p. 170]라는 주장은 노골적으로 무시된다. 그러나 폭풍이 지나간 다음 날 아침, 그들은 모든 것이 순조롭게 되어 가고 있다는 사실을 발견한다. 큐티가 자신의 임무에 대한 나름의 해석을 통해 "모든 다이얼은 마스터의 의지에 따라 균형을 유지"[p. 175]하게 하고, 그것이 같은 목적을 달성했기 때문이다.

따라서 제목이 가리키는 "이성, 즉 생각하는 능력"은 이성이 감정보다 특권을 누리고 인간과 로봇 간의 위계가 유지되는 이상을 강화하는데, 이 이야기는 그러한 견해의 안정성을 압박하는 모순과 긴장을 동시에 드러내 보인다. 인간이 가진 다른 여러 능력보다 논리를 가장 중요시하는 데 따르는 한계성은 큐티가 추론하는 부조리한(인간의 관점에서 보았을 때) 결론에서 암시되며, 인간의 패권을 강화하는 이야기의 결론에도 불구하고 큐티는 일부 맥락에서는 로봇이 우월하다고 간주할 만한 충분한 이유를 제시한다. SF 메가텍스트는 C. L. 무어의 『여자는 태어나지 않는다No Woman Born』(1944)처럼 손상되지 않는 로봇의 몸체로 다시 태어나는 무용수에 관한 이야기나, 브라이언 올디스Brian Aldiss의 「슈퍼토이의 수명은 여름 내내 간다Super-Toys Last All Summer Long」(1969)처럼 엄마가 자신이 유기체 소년이었다면 사랑했을 테지만 그렇지 않아서 사랑하지 않는다는 사실을 알고 나서 자신이 진짜인지 아닌지 고심하는 아이 대체 로봇 소년에 관한 이야기에서 암시된 경로를 취하고 탐색해 나갈 것이다. 영화 〈금지된 행성Forbidden Planet〉(1956, 윌콕스)에는 로비Robby라는 로봇이 등장하고(아시모프의 첫 번째 로봇의 이름이 로비Robbie였다), 다음과 같은 장면도 포함된다. 인간들은 이 로봇에게 자신들이 괴물이라 생각하는 것을 공격하게 하지만, 그는 인간을 해할 수 없다면서 명령을 거부한다. 지구 공격의 배후에 한 인간이 있다는 사실을 알아차리기 때문이다. 결국 로봇 메가텍스트의 개정은 메가텍스트의 새로운 개념, 다시 말해 사이보그든 AI든 간에 인류를 대체하겠다고 위협하는 우월한 존재로 통합된다. 이전의 텍스트들에서 탐구되거나 비평되었던 이러한 더 큰 규모의 작업에 대한 인식은, 각각의 새로운 반복이 해당 아이디어의 지속적인 탐구를 이상적으로 혁신하고 거기에 이바지하면서 SF 장르를 더욱 강화한다.

아시모프의 이 두 가지 이야기의 반향은 '스타 트렉: 오리지널 시리즈*Star Trek: The Original Series*' 에피소드 중 〈체인질링 The Changeling〉(1967년 9월 29일)에서 들을 수 있다. 엔터프라이즈호의 승무원들은 21세기에 지구에서 파견한 노마드라는 탐사선을 발견하는데, 그것은 자신의 탐사 임무를 모든 생물학적 생명체의 특성인 불완전함을 멸균하는 것이라고 해석한다. 커크(윌리엄 샤트너William Shatner 분)대위를 자신의 창조자인 잭슨 로이커크 박사로 착각한 노마드는 기꺼이 그의 명령을 받아들일 의향이 있지만, 앞서 큐티가 파월과 도너번의 권위에 의문을 제기하는 것과 마찬가지로 이 생명체의 형태적인 한계에 회의를 품는다. 노마드는 우후라(니셸 니컬스Nichelle Nichols 분) 중위의 마음을 스캔해 불완전함의 표시인 "상충하는 충동의 덩어리"를 발견하고 그녀의 기억을 지운다. 스팍(레너드 니모이Leonard Nimoy 분)은 농업 탐사선과 마주친 노마드가 원래의 탐사 임무와 토양 표본을 소독하는 임무를 결합했다는 사실을 발견한다. 그러나 메가텍스트의 지식은 이러한 특성 부여에 더하여, 노마드를 창조자의 권위에 의문을 제기하는 다른 로봇들과 연결한다. 커크는 앞서 캘빈이 허비를 파괴한 것처럼 노마드를 물리친다. 커크는 노마드에게 노마드가 여러 가지 오류를 범했다고 말한다. 즉, 커크를 자기 제작자로 착각하고, 이 실수를 되돌리지 못하고(또 다른 실수), 커크를 즉시 죽이지 않은 것(세 번째 실수)이 그것이다. 오직 불완전한 존재만이 실수를 범하고, 불완전한 것을 파괴하는 것이 노마드의 임무라면, 노마드는 스스로를 파괴해야만 한다.

이 에피소드를 이해하기 위해 아시모프의 로봇 이야기를 알아야 할 필요는 없지만, 그것들을 안다면 이 에피소드의 의미에 대한 우리의 감각이 풍부해진다. SF 메가텍스트를 앎으로써 우리는 이 에피소드가 인간과 로봇 사이의 관계, 감정보다 이성의 추구, 인공 생명체보다 생물학적 가치 같은, SF에서 반복되는 문제들과 대화를 나누고 있음을 이해할 수 있다. 이 장르는 아시모프의 가장 유명한 몇몇 작품 속에 들어 있는 질문들, 예를 들어 필립 K. 딕의 『안드로이드는 전기 양의 꿈을 꾸는가?Do Androids Dream of Electric Sheep?』(1968)에서 현상금 사냥꾼 데커드를 괴롭히는 일회용 안드로이드 같은 그런 질문들로 다시 돌아간다. 데커드와 안드로이드의 차이는 이성에 대한 전형적인 선호를 뒤엎는 것이자, 안드로이드에게는 결핍된 능력이라고 알려진 감정 이입의 문제에 놓여 있다. 러스의 『여성 인간』에서 다른 여성들을 공포에 떨게 하는, 침팬지 DNA로 만든 야엘의 인공 연인에서부터, 이언 M. 뱅크스Iain M. Banks의 '컬처Culture' 시리즈(1987~2012)에서 완전히 통합된 사고를 하는 드론과 AI 마인드 시민들에 이르기까지, 인공적인 존재들의 권리 또는 결핍은 나중에 나오는 SF 작품들에서 탐구되고 정제된다.

스타 트렉의 우주는 아시모프의 미래상에 대한 직접적인 경의로, '스타 트렉: 넥스트 제너레이션'에서 다시 이 주제로 돌아오는데, 등장인물 데이터(브렌트 스파이너Brent Spiner 분)는 아시모프의 꿈을 현실화한 양전자 두뇌를 가진 안드로이드로 묘사된다(〈데이터로어Datalore〉, 1988년 1월 16일). 이 시리즈는 수많은 에피소드에 걸쳐서 〈형제들Brothers〉(1990년 10월 6일)에서 그린 정서와 인간애 사이의 관계 같은 다양한 메가텍스트 문제를 탐구하는데, 〈형제들〉속에서 우리는 불안정한 동생 로어와 데이터를 구분해 주는 것이 정서적 잠재력이라는 사실을 알게 된다. 데이터는 〈인간의 척도The Measure of a Man〉(1989년 2월 11일)에서 그가 기계이기는 해도 재산은 아니라는 것을 재판을 통해 판단받고 자율적 존재로서 신분을 부여받는다. 또한 〈삶의 질The Quality of Life〉(1992년 11월 14일)에서는 엑소콤프라고 불리는 기계가 의사 결정 및 자기 보존 능력을 가지고 있다는 사실을 알게 된 후, 그들이 단순한 도구 취급을 받지 못하게 방어하면서 자율적인 생명체가 된다는 것이 무엇을 의미하는지 질문한다. 시리즈는 각각의 에피소드 속에서 이 프로그램의 역사(〈삶의 질〉에서 데이터는 〈인간의 척도〉에서 있었던 그의 재판에 관해 언급한다)뿐 아니라, SF의 더 넓은 메가텍스트에 관한 사전 지식을 활성화한다. SF 메가텍스트에 추가된 사항은 우리가 이전 작업을 새로운 시각으로 보는 데 도움이 되도록 소급해 적용된다. 예를 들어 데이터의 신분을 결정하는 재판은 가이난(우피 골드버그Whoopi Goldberg 분)이 언급하듯이 이미 인류 역사에서 일어났던, 재산으로 간주될 운명을 타고난 인종으로 "온 세대가 일회용이던 사람들"의 망령을 불러일으킨다. 이러한 노예제도와 로봇 사용에 대한 직접적인 비유는, 아시모프의 작품에서 아마도 눈에 띄지 않았을지도 모를 인종적인 우화, 예를 들어 첫 번째 원칙 아래 비굴하게 억눌림당하던 로봇의 잠재적인 분노가 「네스터 10호: 자존심 때문에 사라진 로봇Little

Lost Robot」(1947)에서 간략하게나마 탐구되었다는 사실을 상기시킨다.

포물선 서술

이 방대하게 공유된 이미지와 아이디어는 SF 최고의 작품들은 항상 허구적이고 비판적이며, 그 영역의 새로운 추가물이자, 장르의 역사에 관한 비평적인 논평임을 의미한다. 브라이언 애트버리Brian Attebery는 메가텍스트의 아이디어를 다듬어 SF 플롯이 포물선처럼 구성되어 있다고 주장하는데, 여기서 포물선이란 SF의 다양성을 포착하는 데 **장르** 공식의 개념만으로는 불충분하다는 사실을 설명하기 위한 이미지다. SF의 서술적 궤적은 한쪽 끝이 무한대로 열린 호 모양인 포물선으로 묘사할 수 있다. 작가는 이 궤적 속에서 특정 도상으로 촉발된 배경 정보를 독자에게 전달할 수 있고, 그러고 나면 이야기는 여러 즉흥성의 가능성, 즉 애트버리가 재즈 연주에 비유하는 과정으로 들어서게 된다. 애트버리가 메가텍스트로서의 SF에서 포물선으로서의 SF로 옮겨 가는 요지는 동작motion이다. SF 포물선은 자기 의식적이고 사회적이다. 그것은 장르의 형식적인 특성에 관한 것이지만, 거대한 데이터베이스의 고정된 항목이 아니라 유동적인 역학이다. 애트버리는 몰리 글로스Molly Gloss의 작품 『눈부신 날*The Dazzle of Day*』(1997)을 여는 다세대 우주선을 예로 든다. 이 작품에서 기술적인 언어는 우주정거장을 한 번도 직접 언급하지 않고 우주정거장이라는 배경을 설명하지만, 그럼에도 숙련된 독자들이 기계 장치의 적절한 이름과 같은 단서들(일시적인 서식지가 아닌 영구적인 장소이고, 기술적이라기보다는 시적인 특성을 가진 사회라는 사실을 지적해 보이는)을 통해 그 배경과 그곳에 생겨난 사회의 종류를 해독해 낼 수 있게 한다. 더 나아가 일단 배경이 다세대 우주선 generational starship이라는 사실을 인식하면, 실천적인 독자는 이 포물선에 의해 탐구된 주제와 관련된 일련의 서사를 제공할 것이다. 예를 들어, 어떤 사건이 이 사람들을 살던 곳에서 탈출하도록 했을까? 거주하는 사람들은 그들의 세계가 인공적이라는 것을, 즉 자연적이지 않다는 것을 알고 있을까? 사람들이 이 항해에 포함된 기준은 무엇이었을까?

　　이 메가텍스트성 인식의 중요성은 장르 독자들에게 "오래된 의미들이 사라지는 게 아니라, 차후에 다시 상상함으로써 복잡하고 모호해지고 역설적이 되어 버리는"[p. 15] 이 서술의 흔적에서 탐구된 자명한 이치를 상기시키는 친숙하고 즐거운 게임을 넘어선다. 포물선은 정형화되어 있는 것이 아니다. 그것은 SF 이야기의 시작을 구성할 수 있지만, 결말을 예측하거나 제한하지 않는다. 작가는 다양한 요인에 따른 반응으로 특정 포물선에 통상적으로 부착된 의미와 관련을 맺고 그것을 변경한다. 그 요인에는 사회적·정치적 맥락의 변화(예를 들어 시민권 운동 시대 이후의 '스타 트렉: 넥스트 제너레이션' 시리즈는 1940년대 아시모프의 작품들보다 자유민의 노동, 인종, 착취에 관한 다른 대화를 강조한다), 특정 포물선의 인지된 한계에 관한 그 영역 내의 대화(조애너 러스의 『이제 막 시작하려는 우리⋯⋯We Who Are About To⋯⋯』(1976)는 여성들을 양육자로 전락시키는 방식을 비난하면서, 문명을 다시 시작한 좌초 생존자들의 모험 포물선을 약화한다), 그리고 심미적 전통의 변화(단편집 『잔혹 전시회*The Atrocity Exhibition*』(1970)에 포함된 J. G. 밸러드J. G. Ballard의 전위적이고 응축된 소설들은 현대 모더니즘 문학 실험과 소통한다) 등이 포함된다. 그렇다면 진화하는 포물선을 통해 SF를 이해하는 것은 이 장르의 다중적이면서 시간을 두고 끊임없이 변하는 역사를 개념화하는 한 가지 방법이 될 수 있다. 애트버리는 "비록 다른 장르들도 마찬가지로 그들의 근본적인 공식을 확장하거나 수정할 수 있겠지만", "혁신은 게임의 일부"라는 점을 고려할 때, "제아무리 양식을 확장한다고 해도 작품들을 그 범주 밖으로 던지기에는 충분치 않기"[p. 23] 때문에 SF 장르가 눈에 띈다고 주장한다. 앨프리드 베스터Alfred Bester의 이야기 「즐거운 기온Fondly Fahrenheit」(1954)은 메가텍스트 지식으로 독자에게 보상할 뿐 아니라, 포물선의 힘을 사용하여 SF가 이성적인 설명에 대한 애착 탓에 간과해 온 것에 관해 논평한다. 제임스 반달뢰르는 자기 안드로이드가 저지른 살인 탓에 계속해서 자기 신분을 버리고 새로운 신분을 차용하느라 유산을 탕진하는 유한계급의 특권층 구성원이다. 이 안드로이드 모델은 "현재 거래가가 5만 7000달러에 달하는 희귀 다중 적성 안드로이드"[p. 286] 중 하나이며, 그것이 주는 위험에도 불구하고 반달뢰르는 그것의 노동력을 팔아서 얻는 수입에 의존하고 있는 까닭에 신고하기를 꺼린다. 그는 "만약 그들이 뇌엽절리술과 신체 화학반응과 내분비샘 수술로 장난을 치기 시작했다면, 그것의 능력을 파괴해 버릴지도"[p. 289] 모르기에 수리를 맡기는 위험도 감수할 수 없다고 자신을 합리화한다. 그의 안드로이드는 기계가 아닌 "합성 조직의 화학적 생성물"[p. 287]이지만, 이 이야기 속에서 그것은 아시모프의 세 가지 로봇 원칙에 따라 제조되었음이 분명하다. 이 이야기는 반달뢰르가 안드로이드의 노동력을 착취하는 것이 사실상 반달뢰르가 그것의 범죄를 은폐하면서 그것에 봉사하는 결과를 불러오게 된다는 점에서, 아시모프의 세 가지 원칙으로 보호받는 주인/노예의 관계에 대한 우리의 일상적인 이해를 장난스럽게 뒤집는다. 실제로 그의 좌절감이 절정에 달해 안드로이드를 헐값에 팔아 버리거나 경찰에 넘겨 버리겠다고 선언하는 시점이 오자, 안드로이드는 "나는 가치 있는 자산입니다. … 귀중한 재산을 위태롭게 하는 것은 금지되어 있습니다. 당신은 나를 파멸시키지 않을 것입니다"[p. 294]라고 말하며 그 원칙을 뒤집어 버린다.

헌팅턴은 이 작품이 "SF 장르의 과거와 관련해서만 의미가 있다"[p. 173]라는 점에서 이 이야기의 출판은 SF 역사상 중요한 순간을 의미한다고 지적한다. 적절한 메가텍스트 양식 속에서 베스터는 안드로이드는 해를 끼치거나 살인을 저지를 수 없는 것으로 추정된다고 간단히 언급하고, 이 구조가 요구하는 인간과 안드로이드 사이의 암묵적인 관계에 관한 나머지 정보는 독자에게 맡긴다. 메가텍스트 지식에 따라 「즐거운 기온」은 누가 살인을 저질렀는가가 아니라, **어떻게** 그것이 가능했는가에 관한 이야기가 된다. 이 이야기는 주로 스타일을 통해 혁신적인 효과를 얻는데, 한 예로 서술자의 흥미로운 목소리(1인칭에서 3인칭으로 혼란스럽게 오가며 종종 "그he", "그것it", "나I"를 한 문장 안에 모두 결합한다)가 독자를 퍼즐 풀이 속으로 끌어들인다. 아시모프의 로봇 이야기의 합리적인 논리 퍼즐과는 달리, 언어를 가지고 노는 베스터의 방식은 허구의 세계에서 존재론적인 불안감을 조성한다(딕의 작품에서 광범위하게 탐구된 SF 메가텍스트의 또 다른 모티프이다). "그는 요즘 우리 둘 중 누가 나인지 모르지만, 그들은 하나의 진실을 알고 있다"[p. 284]라는 작품의 첫 문장은 한 사람이 묘사되는 것인지 여러 사람이 묘사되는 것인지도 확신할 수 없는 이상한 세계 속으로 독자를 내던진다. 반달뢰르가 안드로이드와 함께 비행하는 장면에 관한 설명은 독자가 기본적인 플롯을 따라가기에 충분한 서술적 설명(살인이 일어나고, 반달뢰르가 분노하고, 그가 안드로이드를 폭행한 후 다음으로 넘어가고, 그리고 이 상황이 다시 발생하고)을 포함하지만, 행위를 하는 자가 누구인지는 결코 명확하지 않다. 안드로이드가 다음 번 고용주인 보석 디자이너를 용해된 황금 한 컵으로 살해할 때, 그 둘은 서둘러 도망가고, 독자는 "그는 흐느끼면서 그의 돈을 셌고, 나는 다시 안드로이드를 때렸다"[p. 290]라는 혼란스러운 내용을 듣게 된다. 한 가지 변함없는 사실은 매 사건 후의 온도가 항상 화씨 90도를 넘는다는 것이다.

가장 전통적인 서술 부분에는 안드로이드에게 남자를 공격하고 가진 것을 강탈하라고 명령하는 반달뢰르의 필사적인 모습이 포함되어 있다. 그것은 "나는 생명이나 재산을 위험에 빠트릴 수 없습니다. 그러니 그 명령에는 순종할 수 없습니다"[p. 294]라고 고지식하게 말하며 그의 명령을 거부하고, 그것이 저지른 수많은 살인에 대해 알고 있는 반달뢰르는 당황한다. 그들이 맞서는 남자 블레넘은 "숫자 이론의 마법사"[p. 295]임이 증명되고, 강도 사건은 교환으로 바뀌게 된다. 그들은 블레넘에게 새로운 목적을 부여하고 은신처를 제공받기로 한다. 블레넘의 새로운 목표는 반달뢰르가 모아 놓은 모든 자료 중에서 안드로이드의 살인에 관한 의문을 풀어 줄 숫자를 찾아내는 것이다. 블레넘의 살인은 일단 그가 온도의 중요성을 깨닫고 나서 차분한 환경에서 저질러진다. 이 살인으로 의문은 더 깊어진다. 반달뢰르는 또 다른 범죄 직전에 안드로이드를 괴롭혔던 아무 의미도 없는 운율을 노래로 부르기 시작하고, 안드로이드는 처음에는 블레넘에 대한 폭력에 참여하기를 거부하지만, 애매한 대명사들로 인해 마지막 사건은 모호한 채로 남게 된다. 대명사 "우리"는 그들이 집을 불태우고 달아나기 전에 이 살인을 은폐하는 모든 행위를 묘사하는 데 사용되지만, 단락의 마지막 문장은 "아니, 내가 그 모든 것을 저질렀다. 안드로이드는 거부했다. 나는 생명이나 재산을 위험에 빠트릴 수 없다"[p. 297]이다. 더 나아간 연구는 안드로이드 오작동이 공감각 때문이었다고 진단한다. 즉, 한 가지 인지 경로의 자극이 의도하지 않게 다른 경로의 반응으로 이어지는 감각의 혼란이 그 원인이라는 것이다. 열기의 촉감이 공격성의 내분비 반응을 유발한다. 이러한 감각의 혼란은 새로운 인식을 자극하기 위한 교차 감각cross-sensory 은유의 시적 기법을 기술하는 데도 사용되고, 「즐거운 기온」에서는 이 용어의 문학적·과학적 의미가 충돌한다.

　　퍼즐의 마지막 열쇠는 자기 생각이나 충동을 다른 사람에게 심리적으로 귀속시키는 현상인 투사이지만, 이야기가 끝날 때까지도 우리는 반달뢰르가 그의 살인적인 충동을 안드로이드에 투사하여 안드로이드가 자극을 받으면 특정 행동을 하게 한 것인지, 아니면 오작동에 의해 정신병을 일으킨 안드로이드가 반달뢰르에게 그 자신의 감정을 투영한 것인지 확실히 알지 못한다. 어느 쪽이든 간에 이야기가 끝나 갈 때쯤에는 둘 다 정신병적이며, 원래의 안드로이드는 경찰에 추격당하는 동안 화재로 사망하지만 이야기를 서술하는 반달뢰르는 살아남는다. 하지만 반달뢰르는 "나는 요즘 우리 둘 중 누가 나인지 모르지만, 그들은 하나의 진실을 알고 있다"[p. 284]라고 말한다. 반달뢰르는 새로운 동료로 단순한 "서보 기구(servo motor, 자동제어 장치)"에 불과한 "값싼 노동 로봇"을 갖게 되는데, 그것 역시도 어린 소녀들을 납치하기 시작했으며, 온도는 단지 "즐거운 화씨 10도"[p. 302]에 불과하다. 투사의 위험성은 "암시되는 것을 믿는"[p. 298] 것이고, 당신에게 투사된 그것이 된다는 것이다. 헌팅턴은 이 이야기가 "다른 이야기 속에서 작용하는 것처럼 투사에 관한 이야기일 뿐 아니라, 스스로를 공상하는 과정에 관한 이야기"라고 말한다. 그는 이 이야기가 "투사와 동일시가 어떻게 한 사람이 극악에 깊숙이 참여하면서도 계속 순수함을 유지할 수 있는지 보여 준다"[p. 176]라고 주장한다. 메가텍스트 내에서 이 주제를 검토해 보면, 우리는 이 이야기가 SF 장르의 좀 더 폭력적이고 착취적인 모티프에 저항하고 있음을 알 수 있다. 그것은 잔혹함에 탐닉하면서도 그 자체의 순진무구한 태도를 유지하는 SF에 대한 비판이다. 반달뢰르가 안드로이드의 행위의 결과에 직면하지 않고 쉽게 안드로이드의 노동력에서 이익을 얻고 싶어 하는 것처럼, 몇몇 SF의 대중적인 환상 덕분에 우리는 어두운 이면은 무시한 채 상상 속에서 식민지 점령과 같은 행위에 참여할 수 있다. 따라서 「즐거운 기온」은 아시모프의 세 가지 원칙뿐 아니라, 예속의 전체 개념도 무사히 다시 고쳐 쓴다.

메가텍스트에서의 외계인 침공

다세대 우주선이나 인공물의 주제와 함께 가장 흔한 SF의 포물선 중 하나는 우월한 외계 종과의 접촉이다. 이 접촉은 나중에 외계인 침략이라는 더욱 불길한 형태로 가지를 뻗어 나가지만, 좀 더 자비로운 버전에서 우월한 존재들은 인간의 초월을 더 높은 삶의 형태로 간주거나, 기술 또는 영적 개입을 통해 파괴적인 궤적에서 우리를 구원한다. 아서 C. 클라크의 『유년기의 끝 *Childhood's End*』(1953)은 자비로운 외계인 침략 포물선의 가장 영향력 있는 비전 중 하나다. 그것은 우월한 기술 덕분에 인간의 눈에 신처럼 보이는 외계인 지배자들의 등장을 이야기하는 내용으로 소설의 중심에는 종교적 암시가 자리해 있다. 그들은 평화와 번영과 공평한 세계정부 수립을 통해 지구에 황금시대를 수립한다. 어떤 이는 지배자들이 인간 문화를 어린애 취급한다는 좌절감을 표현하지만, 대부분은 그들이 가져온 발전을 받아들인다. 이야기가 진행되면서, 초광속 여행의 상대적 시간 경험을 통해 단 한 명의 인간이 평범한 인간 수명을 초월하여 살 수 있게 된다. 이 책의 마지막 부분에서, 그는 새롭고 텔레파시적이며 집단적인 종으로 진화한 인간 어린아이를 목격한다. 지배자들은 이런 초월적인 존재가 될 수 있는 인간의 잠재력을 발견하고 키워 내면서 인간과 지배자들을 넘어서는 능력을 가진 새로운 종의 탄생을 보호하기 위해 애쓰며, 폭력적인 시기를 통과해 우리를 조심스럽게 이끌어 간다. 제한된 관점을 가진 소수의 오해에도 불구하고 지배자들의 내정 간섭적인 식민지 정책은 모두 최선이었고, 이야기는 최초의 외계인 접촉 포물선의 중심을 차지하고 있는 제국주의 이념을 자세히 살펴보기보다는 그것을 용서하며 막을 내린다.

한편 윌리엄 텐William Tenn의 동시대 작품인 「지구 해방The Liberation of Earth」(1953)은 『유년기의 끝』과 거의 동일한 오프닝의 이야기 호를 상당히 다른 주제의 끝으로 끌어간다. 즉, 지배자들의 방식으로 식민지 개척자의 목적을 위해 봉사하는 것이 식민지화한 사람들에게 최고의 미래를 가져다준다는 믿음을 장려하는 식민지 담론의 방식을 풍자하는 내용이다. 언뜻 보기에 이 작품은 미개한 선조들의 세상이 쌓아 올린 "누적된 세부 사항의 놀랄 만한 덩어리"에 비해 "현대의 숨 가쁘고 장엄한 단순성"에 노골적인 찬사를 보내며 첫 번째 외계인 접촉을 돌아보는, 자비로운 외계인 침략에 관한 또 다른 이야기인 것처럼 보인다. 클라크의 지배자들처럼, 이들 외계인도 인간에게는 무서워 보일 수도 있지만(텐의 외계인들은 곤충과 비슷하고, 클라크의 외계인들은 악마를 닮았다), 오직 비합리적인 편견만이 이러한 피상적인 결론에 탐닉할 뿐이다. 이 호의적인 침략은 우리가 은하계 간 연합에 포함되도록 보증할 수 있는 지적 성장을 이룰 때까지 "우리를 일종의 호의적인 배척 상태에 놓이게 했고"[p. 270] 그동안 그들은 우리의 영토 정복을 꾀하는 "끔찍한 벌레 같은 유기체 종"[p. 271]에게서 지구를 보호한다. 전체 은하계는 이 트록스트들 간의 투쟁이 벌어지는 전쟁터다. 트록스트는 "도덕적 발달이 지체된 만큼, 기술적으로는 진보"했고, 반면 우리의 해방자인 덴디는 "문명화된 우주에서 가장 오래되고, 가장 사심 없지만, 가장 강력한 종 중 하나다"[p. 271]. 덴디가 지구상에 기지를 설립하지 않는다면, 트록스트가 지구를 차지할 위험에 처한다. 따라서 인간의 땅과 인력을 전투에 참여시키는 방식으로, 덴디는 우리를 해방시킨다.

「지구 해방」은 덴디의 임무를 칭찬하는 과장된 어조를 유지하면서도 초월적 존재들 사이의 투쟁 속에 말려든 인간의 고통(당대 미국과 소련이라는 각각의 초강대국이 자신들의 이데올로기로 세계를 지배하려고 들면서 남미, 남아시아, 아프리카 국가에 대한 착취가 벌어지던 상황과의 유사성이 노골적으로 드러난다)을 서술하면서, 『유년기의 끝』에서 나타난 초월(그리고 식민주의에 수반되는 면죄부)과의 주제적 관련성을 허문다. 덴디가 그들의 변형 기술 조각들을 부주의하게 폐기하면서 의도치 않게 야기된 혼란으로 경제가 파탄나고 인간은 "비등하는 전쟁의 역류 속에서 수없이"[p. 276] 죽어 나가는 동안, 지구 지도자들은 덴디 지배자들의 지시를 기다린다. 제국주의 선전을 세심하게 모방한 목소리의 역설은, 트록스트가 덴디를 물리치고 "두 번째 해방의 거룩한 날"[p. 277]의 경이를 찬양할 때조차 이야기의 어조가 변하지 않는 것으로 더욱 분명해진다. 인간은 덴디가 더는 이타적인 경찰력이 아니라, 오히려 그들의 속국에서 "장래 일어날지도 모를 반란이라는 만일의 사태에 대비한" 직업군이라는, 은하계 역사의 새로운 버전을 배운다. 예상대로 구정권에 대한 숙청이 뒤따르고, 전 지구가 "다른 세상의 군비" 생산을 지향하면서, 인간은 위험한 광업 활동에 그들의 경제와 건강을 기꺼이 희생한다. 이 이야기는 "우리가 미래의 은하계 정부에서 합법적인 위치를 차지했고, 심지어 지금은 민주주의를 위해 우주를 안전하게 만드는 것을 돕고 있다는 것"이 "무척이나 흥분된다"[p. 279]라고 서술한다.

『유년기의 끝』이 지배자들에 대한 일련의 인간적인 의혹을 서술함으로써 그러한 두려움이 미개척 인류의 제한된 관점에서 나온다는 것을 증명했다면, 텐의 이야기는 이 자비로운 외계인의 개입이라는 환상이 그것이 풍자하는 제국주의 이데올로기의 조작에 연루되어 있음을 냉소적으로 규명한다. 이 이야기의 마지막 페이지는 덴디와 트록스트 점령 사이의 역전 속도를 가속화하면서, 인간의 삶이 외계인의 목적을 수행하느라 끊임없이 착취당하는 동안 "두 번째 해방"과 "이 시기에 ⋯ 일어날 가능성이 있는, 또는 해방이나 그 이후에 일어날 수 있는"[p. 281] 다른 사건들에 관해 언급하면서 진영으로 나뉘지 않으려 애쓰는 모습을 그려 낸다.

애트버리의 포물선 이론이 예상하듯이, SF는 이러한 호의적인 침략 이야기의 요소로 계속해서 다시 돌아가 이야기를 정교하게 다듬는다. 예를 들어 옥타비아 버틀러Octavia Butler의 강력한 시리즈 '완전 변이 세대Xenogenesis'는 핵무기 대학살에서 살아남은 몇 명의 생존자를 구한(그리고 이종교배한) 종족인 완칼리와 인류의 상호작용을 그리는 이야기 속에서 동질적인 공동체를 구축하려는 투쟁과 편견의 문제를 탐구한다. 버틀러는 차이를 두려워하는 인간의 경향과 인종차별 역사를 탐구하기 위해 추악하지만(인간의 기준에서) 자비로운 외계인의 이미지를 이용한다. 따라서 초기 서술의 사소한 부분을 이 포물선의 새로운 주제

궤도로 변화시킨다. 그 자신의 가장 파괴적인 충동으로부터 인류를 구해 내는 이상화된 외계인의 주제는 핵 군비 경쟁에 대해 경고하는 유명한 SF 영화 〈지구가 멈추는 날The Day the Earth Stood Still〉(1951, 와이즈)에서도 사용되는데, 스콧 데릭슨Scott Derrickson의 2008년판에서는 인간의 환경 파괴가 지구에 계속 제기하는 위험을 드러내는 내용으로 수정되었다.

　　『화이트 퀸White Queen』(1991), 『북풍North Wind』(1994), 『피닉스 카페Phoenix Cafe』(1997)와 같은 귀네스 존스Gwyneth Jones의 중요한 3부작 '알류샨Aleutian'은 그러한 재작업의 가장 비판적이고 기민한 사례 중 하나로, 투사와 편집증으로 인해 발생하는 문화적 차이와 오해에 관한 복합적인 탐구이다. 외계인의 문화와 의도에 관한 정확한 정보는 오해에 기초한 많은 사건을 통해 이미 인간과 외계인의 상호작용이 이루어진 후에야 이 시리즈에서 점차적으로 드러난다. 심지어 알류샨이라는 이름조차도 알류샨 군도에 외계인이 도착했기 때문에 붙여진 이름이며, 인간은 마지막까지 그들의 이름 하나도 알아내지 못한다. 인간은 차이를 가정해서 알류샨들을 탐구하지만, 알류샨은 유사성을 기대하며 인간을 읽는다. 인간은 SF의 환상을 통해 이들과의 접촉을 이해하는데, 예를 들어 "착륙한 외계인이 누구든 간에 그들이 **우월해야만 한다**는 것은 너무도 뻔한 사실이었다. 그렇지 않으면, 우리가 그들을 방문했을 테니까"[p. 7]라고 말하면서 알류샨이 불멸이며(인간은 개별화된 독특한 환생에 대한 알류샨의 믿음을 이해하지 못한다) 텔레파시를 사용할 수 있다(알류샨의 미묘하고 생화학적인 몸짓언어를 읽을 수 없었기 때문이다)는 잘못된 결론에 도달한다. 『화이트 퀸』의 이야기 중 상당 부분은 그들이 어떤 SF 포물선에 들어가 있는지 알아내기 위한 인간의 탐색에 초점을 맞춘다. 예를 들어 이 외계인들은 자비로운가, 적대적인가? 이것이 새로운 황금시대의 시작이 될까, 아니면 인류 문명의 종말이 될까? 이 소설은 이러한 양극단 중 한쪽이 허락하는 것보다 더 미묘한 현실을 증명하면서, 알류샨과 인간 사이의 최초 접촉이 어떻게 양쪽 모두의 변증법인지 보여 준다.

존스의 3부작은 두 문화 충돌의 결과를 탐구하는데, 그 결과가 전적으로 유익하거나 치명적이지 않음을 이해하는 것이 이 SF 포물선의 식민지 시대의 토대에 대한 미묘한 평가이다. 인간 문화는 알류샨의 출현으로 돌이킬 수 없는 변화를 겪는데, 그 변화는 "인류가 정치적 해결책으로 이루어 낼 수 있던 것보다 훨씬 크고 빠른, 가난한 사람들에게 엄청난 영향을 미치게 된"(『북풍』, p. 107) 외계인 기술력의 새로운 경제학부터, 알류샨의 자웅동체 형태를 더 잘 모방하기 위해 자신의 몸을 개조한 혼혈인들이 수용하는 새로운 정체성에 이르기까지 다양하다. 알류샨을 두려워하는 사람들은 그들의 도착이 우리가 알고 있는 인간 문화의 종말을 의미하는 것은 맞지만, 이러한 변화는 종말도 초월도 아니라고 생각한다. 이들 외계인은 인간이라고 부르는 "주민들"과 무역을 모색하기 시작했으며, 인간이 그들을 자신들이 기다리고 있던 "외계에서 온 중요한 사람들"(『화이트 퀸』, p. 93)로 오인하고 있음을 깨닫고는, 얻을 수 있는 이점을 신속하게 포착한다. 300년의 접촉 과정에서 인류는 외계인이 우리가 처음 상상했던 것만큼 우리와 크게 다르지 않다는 깨달음을 얻게 되고, 이는 알류샨의 세균무기 기술력이 파국적으로 사용되는 것을 막으려면 차이가 아닌 유사성을 이용하는 편이 인간에게 훨씬 도움이 되리라는 통찰력으로 우리를 이끌어 간다. 시리즈의 끝에 알류샨이 지구를 떠날 때, 그들의 유산은 해결책과 새로운 문제를 둘 다 제공한다. 그들은 초월적인 SF 포물선의 뛰어난 외계인도 아니고, 외계인 침략 포물선의 파괴적인 정복자도 아니며, 단지 문화적 차이를 드러내 보인 행위자들이었을 뿐이다. 이 3부작은 외계인은 우리를 구원하지 못할 것이며, 우리가 이것을 인식하고 우리 자신을 구원해야 한다고 말한다.

변증법으로서의 메가텍스트

로버트 실버버그Robert Silverberg의 「우리가 세상의 종말을 보러 갔을 때When We Went to See the End of the World」(1972)는 독자가 SF 장르의 주제를 실제 세계 속에서 행동할 기회와 연결하도록 장려하기 위해, SF 메가텍스트에 장난스러우면서도 진지하게 관여한다. 퇴폐적이고 피상적인 가까운 미래를 배경으로 하는 이 이야기는, 이제 막 중산층이 이용할 수 있게 되어 과시적 소비 행태로 자리 잡은, 세상의 종말을 보러 떠나는 새로운 패키지 시간여행에 관한 것이다. 처음으로 그 여행을 떠난 제인과 닉은 게처럼 생긴 생명체를 바라보며 이야기한다. 그들은 그것이 해변을 절뚝이며 걸어가다가 마침내 쓰러지자, "확성기에서 우리가 지구의 마지막 생명체의 죽음을 보았다는 설명이 흘러나왔다"[p. 563]라고 말한다. SF에 익숙한 독자라면 웰스의 『타임머신』(1895)

에서 80만 2701년으로 여행한 시간 여행자의 인유를 알아볼 것이다. 거기서 그는 비슷한 존재로 대체된 인류의 모습을 목격한다. 그들의 기괴한 변화는 우리 스스로를 진화의 정점으로 생각하는 인류의 오만함에 대한 경고다. 그러나 실버버그의 이야기 속 칵테일 파티 관객들은 그러한 불길함은 알아차리지 못하고, 오직 여행 경비나 아이 보는 사람을 구하느라 겪어야 했던 귀찮은 일들 같은 실용적인 질문으로 이 죽음에 반응한다. 그들의 사회적 배경에 속한 사람들이 여행을 떠나 있는 동안, 묵시록적인 종말이 퍼져 간다. 일부는 엄청난 홍수를, 또 다른 사람들은 빙하기를, 어떤 사람들은 태양이 초신성이 되는 것을 목격한다.

그들은 근시안적으로 사회의 계층 사다리를 올라가는 것에만 집착한 채 누가 가장 흥미롭고 진정한 휴가 패키지를 받게 될지 걱정하지만, 세상의 종말 같은 개념에는 아무런 정서적 관심도 기울이지 않는다. 닉은 "우리 각자가 아주 먼 미래에 관해 진짜 귀한 경험을 했다는 것을 확신합니다. … 말하자면, 세계는 다양한 자연재해를 겪고 있고, 세상의 종말은 **한 가지만** 있는 게 아니고, 그 재해가 계속 뒤섞여서 사람들을 다른 재난으로 보내고 있는 거죠"[p. 566]라고 말한다. 그러나 그의 개입은 그의 이야기가 관심의 중심이었을 때 자신이 얼마나 기분이 좋았던가를 다시 느끼고자 시도한 것일 뿐이다. 그러나 실버버그는 그들의 휴가 기간에 벌어지는 재난의 세부 사항과 시간 여행에서 펼쳐지는 종말 장면들을 명확하게 뒤섞는다. 한 부부의 열두 살짜리 아들은 "돌연변이 아메바가 정부 연구 기관에서 탈출해 미시간 호수에 도착했대요. 그것들은 조직 용해 바이러스를 가지고 다닌대요"[p. 563]라는 말을 하며 파티를 방해한다. 한 남자는 그들이 여행한 날을 "어쨌든 그들이 루이스 성인을 화형시켜서 큰 폭동이 일어났던 날"[p. 564]과 연결해 기억하려 애쓴다. 또 다른 여성들은 "로스앤젤레스 대부분을 휩쓸고 해안을 따라가서 사실상 몬테레이까지" 영향을 미쳤으며 "모하비 사막의 지하 폭탄 실험"[p. 565]과 관련이 있는 듯 보이는 지진 이후, 언니의 안부를 확인하기 위해 동생이 걸어온 전화를 받으러 대화 자리를 떠난다. 한 부부는 먼 미래에 대한 그들의 관점을 "노조가 포드를 폭파해 버린 후의 디트로이트처럼"[p. 566] 묘사한다. 세상의 종말을 오직 먼 미래의 가능성으로만 받아들이면서, 그들은 현재 그들의 선택이 적극적으로 종말론적인 미래, 즉 계속해서 더 가깝게 다가오는 중인 그 미래를 만들어 내고 있다는 사실을 알아차리지 못한다. 이 이야기는 쓰디쓴 풍자로 끝을 맺는다. 시간 여행 회사의 임원은 텔레비전 인터뷰에서 "사업이 엄청나게 잘되고" 있으며, 세상의 종말로 가는 그들의 여행은 "이런 시대"에 대단히 인기가 있다고 열광한다. 리포터가 그에게 '이런 시대'가 어떤 시대인지 자세히 설명해 달라고 하지만, 그에 관한 깊은 토론은 "광고 탓에 중단"된다. 실버버그의 이야기에 등장하는 등장인물들이 그들의 인식이나 행동을 바꾸지는 못하지만, 시간 여행의 SF 주제에 붙어 있는 의미에 대한 독자의 인식은 그들이 놓친 인과관계를 보는 데서 그치지 않을 것이다.

　　SF를 메가텍스트로 생각하는 것은 이미지, 아이디어, 주제를 수정하고 갱신하기 위해 지속적으로 함께 작동하는 여러 텍스트 집합의 관점에서 항상 이 장르를 생각해 보게 한다. 의미는 단일 텍스트만으로는 완전히 해독될 수 없으며, 작가와 독자 모두 특정 읽기 규약과 이전에 확립된 제약 또는 특정 SF 주제 및 시나리오에서 생겨나는 패러다임 변화 혁신에 친숙해져야만 한다. SF 메가텍스트는 이 장르에 속한 모든 작품이 각자 독립적인 소설이면서 동시에 SF 자체의 더 크고 포괄적인 텍스트에 새롭게 추가된 작품임을 시사한다.

1
  아바타 인물을 통해 삶을 살아야 한다는 생각은 SF에서 자주 사용하는 메가텍스트 아이디어이다. 케이트 윌헬름Kate Wilhelm의 「자기야, 당신 대단했어Baby, You Were Great」, 윌리엄 깁슨William Gibson의 「크롬 태우기Burning Chrome」, 제임스 팁트리 주니어James Tiptree Jr.의 「접속된 소녀Girl With Plugged In」, 팻 카디건Pat Cadigan의 「프리티 보이 크로스오버Pretty Boy Crossover」를 읽고 비교해 보라. 각 작품이 해당 메가텍스트를 어떻게 다른 목적에 사용하는가? 이런 다양한 텍스트를 통해 이 이미지를 공유하면 어떤 이점이 있는가? 이 메가텍스트 주제를 사용하는 다른 예를 생각해 볼 수 있는가?

2
  데버라 카트멜Deborah Cartmell과 이멜다 웰레한Imelda Whelehan은 그들의 책 『스크린 개작: 혼합 시네마Screen Adaptations : Impure Cinema』 (2010)를 통해, 개작 연구란 그들이 개작하는 소설에 따라 영화를 판단하고, 기초하는 영화에 따라 텔레비전 시리즈를 판단하면서, 텍스트의 의미 최종 결정인자로서 순수한 '원본' 텍스트의 아이디어를 넘어서야 할 필요가 있다고 주장한다. 그리고 개작이 그 자체로 연구되어야 할 새로운 무언가를 만들어야만 한다고 제안한다. SF 메가텍스트 및 포물선과 관련해 이 아이디어가 사용될 수 있는 방식에 관해 토론해 보자.

3
  제임스 팁트리 주니어의 이야기 「그리고 깨어나 보니 나는 이 차가운 언덕에 있었네And I Awoke and Found Me Here on a Cold Hill's Side」(1972)는 인간과 외계인이라는 다른 두 문화가 만날 때 어떤 일이 일어나는지 탐구하는 SF 문화 접촉 포물선의 일환이다. SF 포물선의 한 예로서 이 이야기를 논의하고, 특히 이 이야기가 어떻게 독자가 특정 배경지식을 채우도록, 또는 이미 확립된 포물선을 기반으로 특정 기대를 하도록 만드는지 생각해 보라. 팁트리 주니어는 어떤 새로운 목적을 위해 이 이야기를 개작하는가?

사변소설 **5**

SF 제작 조건은 1950년대 들어 크게 바뀌었다. 출판업계는 새로운 회사들이 페이퍼백(문고판)으로 원작뿐 아니라 재판도 찍어 내는 추세에 맞추어 대중적 양식을 잡지에서 독점하는 방식을 벗어나 많은 전문 장르 시리즈를 확립했다. 프레데릭 폴Frederik Pohl과 도널드 A. 월하임Donald A. Wollheim 같은 초기 SF 페이퍼백 담당 편집자는 팬 공동체와 긴밀한 유대 관계를 맺고 있었다. 초기 SF 소설의 일부는 원래 펄프 잡지에 연재되거나, 단편 이야기 형태로 실렸다가 아이디어를 확장시킨 것이었다. 그렇게 해서 점차 《어스타운딩 스토리》의 캠벨 같은 편집자 손에서 벗어나 독창적인 작품을 출판할 기회가 페이퍼백 시장에 열리게 되었다. 펄프 잡지를 통해 크게 성공한 작가라 할 수 있는 하인라인과 아시모프 같은 많은 작가가 새로운 페이퍼백 장소 쪽으로 그들의 관심을 옮기기 시작했고, 필립 K. 딕과 어슐러 K. 르 귄처럼 이후 그 분야에서 가장 중요한 작가로 성장할 신예 작가들도 펄프에서 시작해 페이퍼백에서 그들의 명성을 확립하게 될 예정이었다. 이렇듯 새로운 길로 접어들면서 SF 장르는 변하기 시작했다.

《갤럭시 사이언스 픽션*Galaxy Science Fiction*》(1950~1980)과 같은 새로운 경쟁 잡지는 기술적 이슈보다는 사회문제에 중점을 두면서 《어메이징 스토리》와 《어스타운딩 스토리》(하드 SF 기원을 반영하기 위해 1960년에 《아날로그 사이언스 픽션 앤드 팩트*Analog Science Fiction and Fact*》로 이름을 바꾸었다) 같은 장수 잡지의 패권에 도전했다. 그와 동시에 할리우드 제작 조건이 변화하면서 〈금지된 행성〉(1956, 윌콕스), 〈신체 강탈자의 침입Invasion of the Body Snatchers〉(1956, 시겔) 그리고 〈그들!Them!〉(1954, 더글러스) 같은 SF 영화의 새로운 시장성이 발견되었다. '별들의 전쟁*Buck Rogers*'(1939)과 '제국의 종말*Flash Gordon*'(1936) 같은 초기 영화 연작이 이미 SF를 멀티미디어 장르로 확립해 놓기는 했지만, 팬 공동체에 속한 많은 이들이 시각적 SF가 본질적으로 인쇄물보다 덜 중요한 제작물이라고 주장했다. 우리가 그 둘의 상대적인 장점에 관해 어떤 결론을 내리든 간에, 매체가 달라지면 필요한 전략도 달라질 수밖에 없다. 따라서 1950년대(〈스타워즈〉가 SF-할리우드 블록버스터의 새로운 현상을 불러일으키기 전, SF 영화사에서 가장 중요한 시기)의 인기 SF 영화들은 이 장르 레이블과 일련의 다른 연관성을 만들어 냈다. 관객을 중심으로 새로운 참여의 장이 나타났고, SF는 '우주 사관생도 톰 코벳*Tom Corbett, Space Cadet*'(1950~1955), '환상특급*The Twilight Zone*'(1959~1964)과 '스타 트렉: 오리지널 시리즈'(1966~1969) 같은 성인 시청자를 대상으로 한 TV용 작품은 물론이고, '우주 레인저 로키 존스*Rocky Jones, Space Ranger*'(1954)와 같은 어린이를 겨냥한 TV 시리즈를 대체하면서[1] 작은 화면 속으로도 빠르게 이동해 갔다. '스타 트렉: 오리지널 시리즈'는 20세기 후반의 미디어 SF

를 향한 지속적인 움직임의 좋은 예이다. 원작 시리즈는 그다지 큰 인기를 끌지 못해서 후속 제작이 거의 취소되었지만, 1979년 로버트 와이즈Robert Wise에 의해 장편영화로 다시 태어나면서 4개의 스핀오프 TV 시리즈와 10편의 영화(일부는 원작 시리즈의 배우들을 캐스팅했고, 일부는 스핀오프 배역을 가지고 갔다)가 제작되었다. 그리고 2009년에는 J. J. 에이브럼스J. J. Abrams가 원작 캐릭터들의 대체 우주 버전을 그린 새로운 영화 시리즈를 제작해 전체 '스타트렉' 우주를 재가동했다.

새로운 물결

SF 관련 아이디어는 빠르게 증식해 나갔고, 이 장르의 많은 예는 초기 펄프 잡지의 소규모 팬 공동체에 의해 확립된 장르 정의와 해석 규약을 능가하는데, 이러한 움직임은 1960년대까지 이 분야를 급진적으로 변형시킨 1950년대의 변화와 함께 시작되었다. 인쇄물에서는 캠벨과 같은 편집자들이 공언한 표준에 대한 노골적인 저항으로 나타나기 시작했다. 즉, 많은 이들이 이 장르는 그 표준을 넘어선다고 느꼈다. "소설이라기보다는 소설에 딸린 일련의 주석이라고 볼 수 있는"[p. 7] 배리 말츠버그Barry Malzberg의 메타픽션[metafiction, 작품 속에 극의 창작 과정 자체를 노출해 인공적인 성격을 드러냄으로써 작품의 내용이 허구라는 사실을 독자나 관객에게 환기시키는 일종의 자의식적인 경향의 작품]적인 『갤럭시 Galaxies』(1975)는 "기술의 확장이 의식의 한계를 설정해서 소외감, 무력감, 절망감 등의 감정을 더욱 크게 불러일으킬 뿐"[p. 22]이라는 사실을 확신했을 때, 테크노필리아 정서를 담은 하드 SF를 쓰지 않을 수 없게 되는 딜레마를 전달한다. 그는 주제와 양식의 제한된 지평 때문에 1960년대에 《아날로그*Analog*》[이 분야에서 가장 오래된 미국의 펄프 잡지로, 1930년 《어스타운딩 스토리》로 창간돼 몇 차례 이름을 바꾸었다]를 버렸다는 사실을 인정한다. "우리는 임의의 편집증 환자의 관점이 아닌, 더 체계화된 관점에서 기계가 무엇을 하고 있는지 우리에게 보여 줄 수 있는 작가가 필요하다"라고 그는 통탄한다. "현대 소설의 기법과 진정한 과학적 능력을 겸비한 작가라면 불과 몇 년 지나지도 않아 이 분야의 최고가 될 수 있을 것이다. 그렇게 되면 그를 따를 자 또한 없을 것이다."[p. 13]

서술자는 "중성자별이야말로 이 소설이 가질 수 있는 주인공에 가장 가깝다"[p. 116]라는 말로 SF의 얄팍한 성격화를 공격하고, 일반적인 규범에 어긋난다는 것을 알면서도 비행사의 섹슈얼리티를 부정하지 않을 것을 선언한다.

마찬가지로, 이 비사실주의 장르의 창의적인 가능성을 제한하는 일반적인 관습에 좌절한 1960년대 작가들은 출판 시장의 확장에 발맞추어 새로운 종류의 SF를 쓰기 시작했다. 이 제한들이 특히 켐벨과 그의 테크노크라시와 하드 SF에 대한 선호에서 비롯된 듯 보였기 때문에, "**사변소설**"이라는 용어가 "과학소설"의 대체물로서 통용되게 되었다. "**과학소설**"이 이제는 상상력의 문학 분야를 설명하기에는 너무 좁은 것처럼 보였기 때문이다. 1956년에서 1968년까지 '올해의 최고*The Year's Best*' 문학 선집 시리즈를 편집하고, 『잉글랜드 스윙 SF *England Swings SF*』(1968)를 통해 미국 관객들에게 영국 작가들의 아방가르드 SF

를 소개한 주디스 메릴은 철학적 추측뿐 아니라 문학적이고 미학적인 혁신의 현장으로서 SF를 구축하는 데도 핵심적인 역할을 했다. 할런 엘리슨Harlan Ellison의 선집 『위험한 비전*Dangerous Visions*』(1967)은 이 장르의 미국적 혁신의 중심이었다. 사변소설을 논하면서 엘리슨은 1960년대 사회 현실과 동떨어진 건스백과 캠벨 양식의 SF를 크게 혹평한다. 그는 이 분야에 선집이 필요한 이유를, 잡지에 싣기에는 "너무 논쟁의 여지가 많은"[ch. xlii] 이야기들이 있기 때문이라고 간략히 설명한다. 그리고 그 결과물은 비표준의 섹슈얼리티 같은 주제를 다루는 SF 공간을 마련하면서 부르주아와 기독교적인 도덕 감수성에 도전하는 선집이었다.

SF의 의미를 사변소설이라는 용어로 더 잘 정의될 수 있는 어떤 것으로까지 확장하는 데 가장 큰 역할을 한 것은 1964년부터 1971년까지 영국 잡지 《뉴 월즈*New Worlds*》의 편집자로 일했던 마이클 무어콕Michael Moorcock이다. 그는 《뉴 월즈》를 뉴웨이브라고 불리게 된, 실험적이고 미학적으로 복잡하며 사회적으로도 관여하는 새로운 형태의 SF 양식을 위한 중심으로 탈바꿈시켰다. 무어콕은 잡지에 실릴 이야기뿐 아니라 잡지의 형식(모양도 더 크고 광택이 나게 바꾸었으며, 삽화도 더 많이 집어넣었다) 및 주제의 범위(초현실주의와 관련하여 현대미술에 대한 평론도 발행했다)도 변경했다. 무어콕은 첫 번째 사설 〈우주 시대를 위한 새로운 문학A New Literature for the Space Age〉(1964)에서 SF가 우주 시대의 현실을 조율하고 제시할 수 있는 쓰기 기법을 개발해야 한다고 촉구했다. 그는 윌리엄 버로스William Burroughs의 작품이야말로 필요한 혁신의 모범을 보여 주며 SF의 침체뿐 아니라 소설 자체의 침체에 대해서도 해답을 제시한다고 주장한다. 그러나 그 새로운 소설에 이상적인 역할을 한 것은 무어콕이 《뉴 월즈》의 편집자가 되기 바로 직전 그 잡지에 게재되었던 J. G. 밸러드의 초기 사설 〈어느쪽이 내부 공간으로 가는 길인가?Which Way to Inner Space?〉(1962)였다(물론 J. G. 밸러드의 소설 작품도 마찬가지 역할을 했다). 밸러드가 보았듯이, 현대 SF의 어려움은 한때 경이로움을 자아냈던 미래상을 현실이 따라잡고 뛰어넘었다는 사실이었다. 즉, 우주 계획은 우주 소설의 비판적인 소외의 능력을 고갈시켜 버리고 그와 동시에 유치한 모험 판타지와 SF의 대중적인 결합을 확고히 하면서, 똑같이 퇴보한 공산주의(라고 쓰고 전체주의라고 읽는)와 민주주의(라고 쓰고 자본주의라 읽는) 사이의 이념 투쟁의 살육장이 되었다. 그러는 동안, 다른 매체(조각품, 그림, 영화)와 주류 작가(윌리엄 버로스, 앤서니 버지스)들은 "낡은 것이 효력을 상실하는 곳에서 새로운 상징과 언어를 구축하면서, 새로운 마음 상태, 새로운 의식 수준에 점점 더 큰 관심을 갖기"[p. 117] 시작했다.

　　밸러드는 이 장르가 유의미하게 남기 위해서는 변화가 필요하기에, 우주 공간, 은하 전쟁, 외계인에서 눈길을 돌려 현대 문화의 혼란과 부조리 같은 "내부 공간"[p. 117]의 탐사 쪽으로 향해야 한다고 주장한다. "나는 S-F가 완전히 새로운 상황과 맥락을 고안해 내서 추상적이고 '시원시원cool'하게 변해 가는 모습을 보고 싶다. 또한 더 많은 정신-문학적인 생각, 더 많은 메타-생물학적, 메타-화학적인 개념, 사적인 시간 체계, 합성 심리학 및 시공간, 그리고 조현병 환자들의 그림에서 엿볼 수 있는,

더 많은 외지고 음울한 반세계가 모두 다 한 편의 과학에 관한 사변적인 시와 판타지 속에 완벽하게 들어가 있는 것을 보고 싶다."[p. 118] 비록 밸러드가 훗날 이 장르 레이블과 거리를 두기는 하지만, 여기서 그는 "나는 오직 과학소설만이 미래의 문학이 되기에 충분한 자격을 갖추었을 뿐 아니라, 그것이 급속한 기술 변화, 증가하는 사회적 고립, 그리고 후기 자본주의의 비인간화 효과로 구성된 현대 산업화 세계의 소외를 이해할 수 있는 적절한 사상과 상황의 어휘를 가진 유일한 매체라고 굳게 믿는다"[p. 118]라고 단언한다. 이러한 도전에 나선 것이 뉴웨이브였다. 뉴웨이브는 소설적 소외와 화학적으로 변화된 마음 상태 사이의 동질성을 모색하고, 기술적으로 포화 상태에 이른 사회가 환경적 황무지로 변한 것을 디스토피아적인 관점으로 바라보고, 광고와 유명 인사가 창조해 낸, 세상 곳곳에 널린 환상에 가까운 친밀한 이미지의 미디어 문화에 의해 야기된 편집증의 내적인 상태를 탐구했다.

위험한 기술 문화

밸러드의 소설 작품은 SF의 소외시키는 분위기에 영향받은 현대 문화를 점점 더 실험적인 산문체로 탐구해 나가면서 내부 공간을 다루는 이 새로운 SF의 전형적인 예로 자리 잡는다. 그의 작품은 대중적인 사건들의 세계(그는 엘리자베스 테일러Elizabeth Taylor, JFK의 암살, 로널드 레이건Ronald Reagan, 닉슨Richard Nixon 등으로 돌아온다), 그의 등장인물과 가까이에 있는 주변 환경(기술 문화의 이상하고 불길한 환경), 그리고 정신의 내부 세계(인식과 합리주의의 한계를 드러내는)를 가로지르는 초자연적인 의미의 패턴을 탐구한다. 우주 시대에 관한 몇몇 역설적인 작품 중 하나인 「모래로 만든 새장The Cage of Sand」(1962) 속에서, 밸러드는 우주 개발 경쟁에 관한 동시대의 영웅적인 기념을 삼가고, 대신 오랫동안 방치된 상태에서 상처 입은 개인들이 사는 케이프커내버럴[Cape Canaveral, 케네디 우주 센터가 있는 곳으로 미국의 우주선 대부분이 이곳에서 발사된다] 유적지를 묘사하면서 쉽게 잊히지 않는 향수 어린 분위기를 창조해 낸다. 화성 최초의 도시 건설 계약이 다른 기업과 체결되자 사임한 "대형 우주 개발 회사"[p. 344]의 건축가 브리지먼은 미래를 설계하려던 자신의 꿈이 이제는 절대로 실현되지 않으리라는 사실을 알지만, 좀 더 평범한 삶을 위해 다른 곳으로 떠나가지도 못한다. 마지막 순간에 자신감을 잃어 우주로 나가지 못한 시험 비행사 트래비스는 "망해 버린 지 몇 년이 지난 유령 휴양지에 오랜 세월이 걸려 도착한 관광객"[p. 339]처럼 그 부지를 차지한 채 머물러 있다. 그리고 타이밍 오류로 인해 캡슐에서 사망한 우주 비행사의 미망인 루이스 우드워드는 하늘에 떠 있는 그 섬뜩한 위성을 "표면상으로는 … 남편의 기억을 유지하기 위해" 바라보고 있지만, 이야기가 진행됨에 따라 "그녀가 무의식적으로 영원히 간직하기를 바라는 기억은, 20년 전 남편이 유명 인사였고 그녀 자신은 잡지 칼럼니스트와 TV 기자들에 에워싸여 있던 시절의 기억이었다"[pp. 342~343]라는 것이 암시된다.

　　「모래로 만든 새장」에는 몇 가지 플롯이 있다. 당국이 격리 구역 밖으로 사람들을 내쫓으려 하는 상황이나, 캡슐 중 하나의 감쇄 궤도가 루이스의 남편이 마침내 지구로 돌아오게 될지도 모른다는 긴장감을 조성하는 것 등이 그것이다. 하지만 작품의 의미는 그것이 창조해 내는 비전, 즉 오래전에 죽은 테크노필리아의 꿈을 향한 비전 및 그러한 꿈의 아름다움과 인간을 우주에 보내는 것(그것은 유명 인사가 되고자 하는 욕망으로 불 지펴진 환상이며 궁극적으로는 카니발의 관객몰이용 쇼에 지나지 않는다)이 대단히 위험하다는 가혹한 현실을 동시에 환기하는 능력에서 찾을 수 있다. 브리지먼의 벽들은 그가 건설했을지도 모를 도시의 건축 도면으로 장식되어 있는데, 그 도시는 "주황색 사막에서 굴광성 보석처럼 솟아 있는 유리 첨탑과 외벽"이 있는 "거대한 보석 조각"이지만, 그것이 닮은 왕관처럼 "생명이 없다."[p. 341] 아름다움과 공포는 이제는 관이 되어 버린 캡슐이 지나간 자리에 남은 "환상의 항적 속에" 열린 "부채꼴 모양의 넓은 은빛 스프레이"[p. 354] 속에서 충돌한다. 궤도를 선회하는 죽은 우주비행사들은 인류의 오만함을 끊임없이 상기시킨다. 그들은 "별보다 더 복잡하지만, 훨씬 더 실재적인 주기성과 전개를 보이면서 제2의 별자리 체계"[p. 346]를 만들어 낸다. 한편 그 지역 환경은 "영원히 화성으로 남을[빈번한 로켓 발사로 인해 지구의 중력 질량이 감소하는 것을 피하고자 화성에서 모래를 가져와 뿌려 놓았기 때문에] 지구의 한쪽 귀퉁이"[p. 349] 테마파크가 되었는데, 그것은 웰스가 미생물 진화라는 우발적인 상황을 통해 인류를 구원하는 상황을 역설적으로 뒤집어 놓은 것이다. 밸러드의 이야기에서, 모래주머니로 사용되었던 모래와 함께 돌아온 화성 미생물은 플로리다반도를 생명이 없는 사막으로 만들어 버린다. "에버글레이즈의 늪지대 정글은 … 표백되어 말라 버리고, 쩍쩍 갈라진 강줄기 위에는 악어와 새들의 반짝이는 해골이 흩어져 있고, 숲은 석화되었다."[p. 351] 「모래로 만든 새장」의 전반적인 효과는 작품 출간 당시 한창이던 우주 시대를 축하하기는커녕, 이 오염된 지역을 울타리로 막아 버리듯 "조용히 과거를 봉인하는 것"[p. 349]이다.

장르 경계의 확장

밸러드의 훨씬 더 이해하기 쉽고 실험적인 작품 『터미널 해변 *The Terminal Beach*』(1964)은 제3차 세계대전 이후 에니웨톡[2] 환초에 갇힌 고독한 생존자 트라번의 경험과 추억을 되짚어 보는 일련의 짧은 단편들을 통해 핵 종말 이후의 황무지를 탐구한다. 비연대기순으로 배열된 이 단편들은 기억과 투사 사이를 옮겨 다니다가 핵폭발의 영향을 관찰하는 데 이용되었던 지하 벙커의 잔해인 '블록들'로 강박적으로 되돌아가는데, 그 평평한 콘크리트 표면은 밸러드의 작품을 채우는 현대적 사디즘의 다른 이미지인 익명의 고층 아파트 블록이나 광란적이고 치명적인 고속도로 등과 벙커를 연결시킨다. 또 하나의 죽어 있는 '합성' 풍경인 버려진 섬은 원자열에 의해 유리에 융합된 모래 조각으로 두드러지는데, 이는 "20세기 인간"[p. 923]의 정신적 내용이 외부로 현시된 것이다. 심지어 시체조차도 합성물이다. 트라번이 처음으로 시체라고 생각하는 것은 무기 실험에 사용된 플라스틱 인체 모형의 "게슴츠레 찡그린 표정의 반쯤 녹아 버린 얼굴들"[p. 925]이다. 이 훼손된 합성 인간들은 계속 살아남지만, 섬에 남아 있는 인간 삶의 흔적이라고는 모두 시험장 녹화탑의 "양식화된 자세로 남은 인간 형태의 희미한 외곽선, 즉 시멘트에 타들어 간 표적 공동체의 그림자뿐이다."[p. 927] 벙커의 규모는 자신들의 비이성적인 잠재의식을 알아차리지 못하는 비이성적인 종의 기술 과학이 초래한 엄청난 파괴의 정도를 보여 준다. 약 2000개에 달하는 벙커가 "높이 4.5미터, 폭 10미터 간격으로 질서정연하게 배치되어"[p. 927] 경관 위로 우뚝 솟아 있다. 아주 약간 풍화된 채로, 산산조각난 세상 속에서 그들만이 유일한 영속성의 증거이다. 투시 관점의 속임수 탓에 트라번은 "끝없이 이어지는 모퉁이 뒤에 숨겨진 닫힌 출구들"[p. 928]의 풍경 속에 갇힌 채, 어느 시점에서든 벙커의 문들 중 오직 일부만 볼 수 있다.

영양실조, 환각, 향수가 트라번과 이야기를 따라잡기 때문에 사건들이 외부 현실에서 일어나는 것인지 열에 들뜬 환상인지는 명확하지 않고, 더 중요하게는 어느 한 국가의 편집증적인 환상이 세계를 영원히 바꿀 수 있는 세상에서 그러한 구분이 과연 조금이라도 의미 있기는 한지 그 여부가 분명하지 않다. 폐허에서 트라번을 발견한 사람 중 한 명인 오스본 박사의 일기에서 발췌한 내용은 다음과 같다. "어떤 면에서 (섬의) 풍경은 특정한 무의식적 시간 개념과 특히 우리 자신의 죽음에 대한 억압되고 불길한 예감이 될지도 모를 것들과 관련이 있는 것으로 보인다."[p. 929] 이 새로운 도착자들은 종말 이후의 이야기에 등장하는 인물들처럼 행동하지 않는다. 그렇다면 제3차 세계대전은 실제로 일어났던 것일까? 아니면 트라번은 자신이 가장 두려워하는 웅장한 벙커의 풍광과 그 자신의 개인적인 판타지를 섞어 "개인적인 신화"[p. 931]를 외부로 드러낸 것일까? 그는 1945년부터 1965년까지의 기간을 "그 도덕적, 심리적인 역전"[p. 923]으로 정의되는 제3차 세계대전 이전 기간이라고 부르는데, 이 시기에는 전체 과거 및 가능한 모든 미래가 임박한 핵전쟁이라는 단일한 위협에 에워싸인다. 그는 연도가 특정되지 않은 8월 5일에 발견되는데, 이 사실이 핵 시대의 시작(1945년 8월 6일 히로시마가 폭격되기 전)과 끝(섬이 케이프커내버럴처럼 핵실험장으로 사용된 후 버려지고 비워진 시기) 사이에 트라번의 경험이 존재한다는 비현실적이고 비인지적인 가능성 쪽으로 이야기를 열어 놓는다. 이것은 영양실조와 죄의식에 시달리는 트라번의 환각적인 상상이자 사실주의를 뛰어넘는 진리에 대한 상상, 즉 시공간을 넘어서는 장소이자 핵 파괴로 인해 새롭게 타락한 세상이 탄생하게 될 "존재론적 에덴동산"[p. 936]으로서 이 섬에 대한 환상이다.

이 단편집의 소품 중 하나인 「트라번: 덧붙이는 이야기 Traven: In Parenthesis」는 밸러드의 완곡하고 시적인 스타일을 요약해 보여 준다.

> 양자 세계의 요소들:
> 터미널 해변.
> 터미널 벙커.
> 블록들.
> 풍경은 코딩된다.
> 미래로의 진입 지점 = 등뼈 모양 풍경의 수준
> = 중요한 시간대.[p. 929]

이 풍경에서 코딩된 것은 정확히 무엇일까? 그것은 바로 트라번이 "호모 하이드로제네시스, 에니웨톡 인간"[p. 923]이라고 부르는 새로운 종의 내적인 삶의 외부화이다. 그것은 새로운 양자적 세계이다. 양자란 핵 연쇄반응을 일으키는 단일 원자처럼, 아주 작고 더는 나눌 수 없는 입자다. 그것은 또한 양자역학의 세계, 가능한 세계와 상대적인 시간의 분기점이 되는 세계다. 다시 말해 그것은 항상 도래하고, 항상 이미 일어나고 있으며, 항상 이미 끝나 버린 핵전쟁에 갇힌 트라번의 세계다. 터미널 벙커와 터미널 해변은 이중적인 의미를 지니고 있다. 잠수함 대피소 연구 기지의 환승 지점으로서의 터미널이라는 의미와, '마지막' 벙커와 '마지막' 해변의 상징적 의미 두 가지 모두를 나타내기 때문이다['terminal'에는 종착역, 터미널, 끝, 말기 등의 의미가 있다]. 풍경은 복수의 진입 지점을 미래의 가능성으로 코드화(암호화)하면서, 우리가 트라번이 말하는 "떨쳐 버리기 쉽지 않은" 살인의 "이 뿌리 깊은 습관"[p. 935]을 포기하도록 부추긴다. 초기 과학소설과는 달리 밸러드의 사변적 이야기는 미래의 발전을 추측하기 위한 것이 아니라, 현재 그것의 목적을 윤리적으로 논평하기 위해 과학의 언어와 이미지를 활용한다.

장르 경계를 흐리는 실험들

파멜라 졸린Pamela Zoline의 『우주의 엔트로피성 종말*The Heat Death of the Universe*』(1967)도 이러한 과학기술적인 개념과 더 큰 사회 세계 사이의 연결 고리를 명확히 하기 위해, 그리하여 우리가 SF라고 부르는 것의 경계를 확장하기 위해, SF에 널리 퍼져 있는 과학의 이미지인 엔트로피[우주의 모든 현상은 본질적으로 더 무질서한 방향으로 진행된다는 이론. 이 법칙에 따르면 자연계는 시간이 지날수록 쓸모없는 것으로 가득 차게 된다]를 사용한다. 이 작품은 일련의 단편들로 구성되어 있는데, 각 단편의 복잡한 연결망은 선형적인 서술의 능력을 능가한다. 어린아이들과 씨름하며 힘들게 집안일을 해 나가는 가정주부 사라 보일의 일상 풍경은 예술과 문화의 본질에 대한 철학적 추측과 존재론, 엔트로피, 빛의 과학적 본질 같은 주제에 관한 기술적인 "삽입(설명)"과 상호작용한다. 밸러드와 마찬가지로 졸린은 기술과 그것이 일상에 미치는 영향으로 포화한 문화에서나 나올 수 있는 부류의 소설을 쓰지만, 이러한 맥락을 다양한 각도에서 조사하고, 무엇이 합리성을 능가하는가보다는 무엇이 그것을 강화하는가에 더 관심을 둔다. 졸린의 이야기는 "존재 또는 존재의 본질에 관한 문제와 관련이 있는 형이상학 분야"[p. 416]라는 존재론의 정의로 시작해서, "활기차고 지적인 젊은 아내"[p. 418] 사라 보일의 존재론을 고려해 보는데, 그녀는 상당히 지적인 여성이지만, 해도 해도 끝이 없는 집안일과 육아의 잠식적인 혼란에 대항해 "항상성, 즉 내적 환경의 일관성 있는 유지"[p. 419]를 획득하려는 헛된 시도에 자신의 지성을 쏟아붓는다. 엔트로피에 관한 삽입(설명)은 그것이 하나의 체계 내에서 "무질서의 정도"를 측정하는 척도이며, 우주와 같은 폐쇄된 시스템의 총체적인 엔트로피, 즉 무질서는 필연적으로 "최대치를 향해 가는 경향"[p. 419]이 있다는 사실을 우리에게 알려 준다. 이 최대치에 가까워질수록, 그 시스템의 "사용 가능한 에너지 양은 최소치로 향하는 경향이 있"[p. 420]기에 이론화된 우주의 열역학적인 사망(실제로 열역학적으로 폐쇄된 시스템인 경우)을 초래하게 된다.

이 이야기는 우주와 사라 보일의 교외 생활이 평행을 이루며 전개된다. 여기서 우주는 열 사망으로 치달아 가는 폐쇄적인 시스템으로 여겨지고, 사라 보일의 교외 생활은 또 다른 최대 무질서/최소 에너지 및 그녀의 정신분열로 향해 가는 경향을 보이는 또 다른 폐쇄 시스템으로 표현된다. 사라는 예술, 특히 음악에 관심이 많지만, 그녀의 일상은 매우 세심하고 정확하게 묘사된 가사 노동 쪽으로 그녀의 주의를 이끌어 갈 뿐 아니라, 그런 사소한 일에 정신적인 에너지를 집중하는 데서 오는 피곤한 효과를 독자들에게 그대로 재현해 준다. 사라가 "시리얼 상자가 완전히 다른 문화 속 구성원의 눈에는 추상적인 대상으로 간주된다고 상상할 수 있다면, 시리얼 상자도 아름다운 것으로 보일 수 있을 텐데[p. 417]"라고 생각하거나, 또는 "바닥 빗자루질"을 "포도잼을 바른 삼각형 모양의 토스트 한 조각, 보비 핀, 녹색 반창고, 콘플레이크, 인형 눈, 먼지, 강아지 털, 그리고 단추 하나"[p. 418]를 포함하는 작곡이라고 묘사할 때, 그 설명은 예술 비평의 언어 쪽으로 흘러가고, 사라의 성향은 그녀의 기회들과 명백한 긴장 관계 속에 놓이게 된다. 사라는 엔트로피와 그녀 자신의 지루함에 맞서 즐거운 것과 끔찍한 것 둘 다를 범주화하는 게임을 하기 시작한다. 그녀는 기저귀 보관함에는 "질소 순환은 지구상의 유기물과 무기물 교환에 중요하다"라는 메모를 달아 놓고, 세탁기 위쪽 벽에는 음양을 상징하는 기호를 붙여 놓으며, 스토브 위에는 "살려 주세요, 살려 주세요, 살려 주세요, 살려 주세요, 살려 주세요"[p. 419]라고 휘갈겨 적어 놓는 등 집 안 이곳저곳에 자신에게 보내는 메모를 남겨 놓는다. 그녀는 "거실에서 움직일 수 있는 물건"의 총 개수와 같이 몇 가지 물품에 번호를 매기고, 빗에는 "빗"이라고 적어 놓고 CAT이라는 상표의 핸드크림 병에는 "CAT"[p. 419]이라고 적어 놓는다.

　　　상업 문화의 백치 같은 짓들은 졸린이 풍자를 일삼는 또 다른 표적이다. 거기에는 어린이용 시리얼 상자 뒤쪽에 셰익스피어와 모차르트의 가면을 쓰고 등장하는 고급문화에서부터, 일반화된 인위적인 경박함에 이르기까지 다양하게 포함되어 있다. 이 경박함은 그녀가 이른바 "서구 문화의 전이"라고 부르는 다음과 같은 환경에서 전형적으로 볼 수 있다.

> 캘리포니아처럼 변해 버린 온 세계. 모든 지형적인 불완전함이 달콤한 냄새가 나는 성형외과 의사의 수술용 연마기 진동음과 함께 갈려서 날아가 버린 곳. 분홍과 연보라색 머리칼에 모조 다이아몬드가 박힌 선글라스를 끼고, 항상 다이어트 중이고 휴가를 즐기는 전 세계 대중. 여성의 은밀한 부위의 분홍색과 아보카도의 녹색, 슈퍼 고속도로의 괴물 같은 복잡함으로 브래지어를 하고 거들을 착용한 땅 캘리포니아, 영원하고, 끊임없고, 전 세계를 포용하고 변형하는, 캘리포니아, 캘리포니아![p. 418]

졸린은 SF 기법을 통해 독자가 주부의 일상을 낯설게 바라보도록 한다. 내용이 중간쯤 진행되면, 이야기는 다시 한 번 사라가

"아주 가끔씩 시간/엔트로피/혼돈과 죽음에 관한 강박을 느끼는", "생기 있고 재치 있는 젊은 아내"[p. 423]라는 사실을 우리에게 상기시킨다. 그녀가 온종일 해야 할 힘겨운 일들은 그녀의 몸과 마음 사이의 괴리를 만들어 내는데, 그녀의 몸은 끊임없이 반복되는 진부한 일상에 갇혀 있고, 마음은 인식을 변화시키는 예술의 힘에 관심을 기울인다. 그리고 그 힘은 "새로운 교향곡이다. 피 흘리는 균열을 치유할 수 있으며 모든 범위에 걸맞고 모두가 쉽게 이해할 수 있는, 기계류 실험실과 모든 발명된 악기를 사용해 만든 교향곡이다. 그것은 또한 일련의 그림들이다. 열광적인 예술 세계를 그 숨 막히는 경주에서 변형시키고 놀라게 하고 진정시켜 주는 그림들이다. 그리고 그것은 언어를 새롭게 할 새로운 소설이다."[p. 426] 예술은 일시적으로 엔트로피를 벗어날 수 있고, "대체로 우주의 방향과는 반대되는 것으로 보이며, 조직이 증가하는 경향이 제한적이고 일시적인 지역적 영역"[p. 427]을 만들 수도 있다. 비록 사라는 자신의 폐쇄적인 시스템을 결코 벗어나지 못하지만, 과학의 언어를 이용한 졸린의 혁신적인 놀이는 SF가 "단순한 복제, 동류의 복제품"[p. 423]을 넘어 확장되게 한다. 그녀는 낯설고 새로운 세계를 창조하는 대신, 우리가 익숙한 세상에서 무엇이 이상한지 볼 수 있게 해 준다. 사회적 배경과 주제에 대한 이러한 참여는, 이 장르의 향후 모습을 형성하게 될 것이다.

말츠버그, 메릴, 밸러드, 졸린과 같은 작가들은 메가텍스트에서 주제와 시나리오를 재창조하는 것을 넘어 SF의 역사에 관여하고, 문학의 더 큰 프로젝트의 일부로서 그 위상을 자각하는 상상적인 문학을 만들어 낸다. 메타픽션, 모방, 단편화 같은 주류 문학의 새로운 기법들과 유사한 뉴웨이브의 출현과 관련된 심미적 변화는, 오래된 서술 형식과 주제는 현재의 경험을 다룰 수 없다는 일반적인 생각을 반영한다. 영향력 있는 에세이, 「소진의 문학The Literature of Exhaustion」(1967)에서 존 바스John Barth 는 제2차 세계대전 전에 구상된 문학 프로젝트는 끝났고, 이제는 문학과 삶의 새로운 통합이 필요하지만, 앞으로 새로운 양식과 주제가 발견될 것이기에 "특정 형태의 고갈이나 특정 가능성에 대한 피로감"은 "결코 절망의 원인이 될 수 없다"[p. 64]라고 주장한다. 훗날 비평가 이합 핫산Ihab Hassan이 포스트모더니즘이라고 명명하게 되는 이 스타일은 종종 기계와 융합된 인간의 사회적 세계를 묘사하기 위해 기술 문화의 이미지를 끌어다 쓴다. '노바 3부작The Nova Trilogy'(1961~1964)에서 윌리엄 버로스는 비선형식 서술의 잘라 내기 기법[텍스트를 잘게 잘라 뒤섞어 새로운 텍스트로 만드는, 우연성에 기댄 문학 기법]을 사용해 화학물질의 중독, 억압적 사회 통제, 사회 혁명의 이상성에 관한 편집증적인 텍스트에서 우주시대의 신화를 창조해 낸다. V2 로켓의 디자인에 관한 이야기인 토머스 핀천Thomas Pynchon의 『중력의 무지개Gravity's Rainbow』(1973)는 전형적인 SF 시나리오임에도 그 양식 면에서는 이전의 소설들과 차별화된다. 이 작품은 400명이 넘는 인물이 등장하여 자칫 지엽적으로 흐를 수도 있는 구성이지만, 환각제 복용의 경험을 전달하는 구절에서 냉철한 철학적인 대화로, 다시 기술적인 세부 사항을 전달하는 간결한 설명으로 계속해서 어조가 바뀐다. 이 소설이 네뷸러상 후보로 지명되었으나 클라크의 더욱 전통적인 작품인 『라마와의 랑데부*Rendezvous with Rama*』(1972)에 상을 내주고 말았다는 사실에서, SF의 미래를 놓고 벌였던 당시의 투쟁이 잘 드러난다.

　　일부 현대 SF 작가들의 실험적 산문 스타일은 이 장르의 경계 밖에 있던 작가들이 기술 과학적인 주제로 돌아선 것과 결합하여, 그동안 SF와 다른 문학을 구분하는 뚜렷한 경계로 여겨왔던 것을 흐리게 만들었고, 새로운 장르 레이블인 '사변소설'은 다양한 현실-탈피 형태를 포괄하려고 시도했다. 훗날 브루스 스털링Bruce Sterling의 "슬립스트림"[Slipstream, 장르와 주류 사이 어딘가에 위치하는 소설을 가리키는 용어] 같은 신조어가 입증하는 것처럼 장르 문학과 다른 문학은 한 번도 완전히 합쳐진 적이 없었지만, 과학소설이라는 용어에서 과학보다는 소설(과학이 종종 추측으로 변형되는)이라는 부분을 더욱 강조하게 되면서 장르 소설과 다른 문학 작품 사이의 왕래가 증가했다. 뉴웨이브 감수성이 SF 글쓰기의 초기 형태를 대체하지는 못했지만, 산문에 관한 자의식이 더욱 커지면서 덜 노골적인 실험적 작품에도 지속적인 영향을 미쳤다는 것이 훗날 명백하게 드러나게 된다. 새로운 문학의 시대정신과 출판 장소의 다양성은 남성 잡지 《로그*Rogue*》에 처음 실렸던 프레데릭 폴의 『데이 밀리언*Day Million*』(1966)에 반영되어 있다. SF의 발달에 관한 연구라 할 수 있는 이 작품은 한때 지배적이었던 기술 혁신에 기인한 모험담의 양상과 이 형식의 '고갈'에 대항하려 안간힘을 쓰는 메타픽션적인 장난기를 결합하고, SF가 계속해서 번성할 수 있는 새로운 가능성을 모색한다.

　　『데이 밀리언』은 "소년, 소녀, 그리고 한 사랑 이야기"[p.

380]를 약속하지만, 이야기가 끝나 갈 무렵에는 각각의 이야기가 서로 완전히 소외되어 독자들은 젠더와 섹슈얼리티에 관해 너무도 당연히 여겨 온 관습에 의문을 품게 된다. 동시에 사랑 이야기나 모험담 어느 한쪽으로도 장르의 관습을 충족시키지 못한 이 작품의 실패는 먼 미래가 경이롭고 새로운 기계 장치로 가득 차 있음에도 사회적 관계는 정체된 채로 남아 있게 되리라는, 그동안의 단순한 SF의 미래주의를 거부하면서, 그 두 가지 내러티브의 일반적인 규범에 의문을 제기한다. 마찬가지로 이 작품은 전통적인 사랑 이야기를 부정하는 것은 아니라고 주장하면서 "현재 우리가 그러한 사안에 관해 이해하는 것을 진술하고자 하는 본능을 훼손하고 유예하려는 충동을 이상화하지도 않을 것"이라고 경고한다. 『데이 밀리언』은 독자들에게 매우 공격적인 말투를 사용한다. 그것은 작품 속의 소년 돈이 "당신과 내가 일반적으로 소년이라고 생각하는 그런 존재가 아니다. … 소녀 역시 그런 소녀가 아니다"[p. 380]라고 경고하는 데서도 드러난다. 또한 모든 규범은 개정될 수 있다는 사실을 받아들이지 못하는 사람들에게도 경고를 날린다. 소녀 도라가 실은 소녀가 아니라 소년이라는 사실을 설명하면 독자들 사이에서 동성애 혐오증이 나타나리라는 사실을 예상하면서, 이야기는 "여기엔 뜨거운 입김을 뿜어내는 변태 성욕의 비밀 같은 것은 없고", 사실상 "꼬리나 부드러운 가죽, 또는 귀 뒤의 아가미 때문에 소녀가 어떤 종의 여성인지 당신이 혼란스러워할 수 있다는 것도 부인할 수는 없지만", 그럼에도 소녀는 "단번에 여성"[p. 380]으로 인식되리라는 사실을 확신시킨다. 전통적인 도덕성에 충격을 주는

진술(아마도 동성 파트너보다 꼬리가 독자들을 덜 당황스럽게 했을 것이다)과 그 근간을 없애 버리는 맥락 설명 사이를 오가면서, 이 이야기는 종래의 성적 관습이 이 백만 번째 진화의 날에는 그저 미래의 임의적인 성적 관습으로 보이게 만든다.

 이 이야기의 진정한 전복은 "신체의 여러 부분은 훨씬 더 영속적이고 사용성도 좋은 메커니즘으로 대체한 지 오래된"[p. 382] 인공두뇌를 가진 돈과 생체공학적인 도라의 새로운 섹슈얼리티를 독자가 받아들이도록 부추기는 데서 나오는 것이 아니라, 이러한 미래가 표면적인 세부 사항들이 암시하는 것처럼 우리의 경험에서 그리 멀리 있지 않다는 사실을 아는 데서 온다. 이 이야기는 "유전적으로는 남성이지만 신체적으로 여성인" 도라 같은 사람들은 "심지어 우리 자신의 시대에도 그리 낯선 대상은 아니다."[p. 381]라고 말하면서, 역설적으로 독자들을 달랜다. 즉, 우리에게 이것은 단지 "자궁 속의 환경 탓에 우연히 일어난 일"이고, "데이 밀리언에 사는 사람들"에게는 의도적인 일이라는 차이가 있을 뿐이다. 마찬가지로 작가는 "곡예사의 공연 같기도 하고, 전통적인 발레 같기도 한" 도라의 춤이 비록 상징적이기는 해도 "빌어먹을 만큼 섹시"하다고 독자들에게 확신시키지만, 결국 "우리가 '섹시'하다고 칭하는 모든 것이 상징적이다."[p. 381] 서로의 "정밀한 아날로그 장치"를 교환하는 그들의 성적 관행이 독자에게는 이상하게 보일 수 있지만, 독자가 즐기는 성적인 흥분보다 더 가상적인 것이라고는 할 수 없다. "나는 도라의 황홀경이 제임스 본드의 여성 스파이들이 느끼는 것만큼이나 부드럽고 열정적이며, '실생활'[p. 383]에서 찾을 수 있는 그 어떤 것보다도 훨씬 만족감이 크리라는 사실을 장담할 수 있다."[p. 383] 이야기가 끝날 때쯤에는 도라와 돈의 미래적이고 가상현실적인 성관계가, "온종일 책상에 앉아 서류와 씨름을 하다가 애프터셰이브 로션 냄새를 풍기며 작고 빨간 차를 타고 나가 밤새 여자들 뒤꽁무니나 쫓아다니는"[p. 384] 독자들의 전통적인 구애와 더 이상 달라 보이지 않는다.

제임스 팁트리 주니어의 「접속된 소녀」(1973) 또한 독자들에게 직접적으로 말을 건다. 이것은 전통적인 이야기 전개에서 구체화한, 종종 순진한 환상을 인정하라고 부추기는 방식이자 소설 속 세계의 이상함과 독자가 현실로 받아들인 더 이상한 전통들 사이의 유사성을 강화하는 방식이기도 하다. 마찬가지로 공격적인 어조를 사용하는 이 이야기는 "들어 봐, 좀비"라는 말로 시작해서, 주식 포트폴리오와 "미래의 도시"[p. 343]에 대한 맹목, 그리고 아름다움과 명성 및 상품으로 변해 버린 사람들을 향한 숭배에 대한 우려를 내비치며 잠재적인 독자들을 조롱한다. 이렇듯 직접 독자에게 말을 거는 것은 "미래"에 대한 지대한 관심을 가정하지만, "여기에도 마음에 드는 게 많을 거예요. 그리고 그렇게 먼 미래의 일은 아니에요, 아빠"라고 인정하면서 우리의 관심을 도시가 아니라 사람의 이야기 쪽으로 집중시킨다. 하지만 우리에게 "예를 들어, TV와 라디오를 박물관으로 보내 버릴 홀로비전 기술 같은, 과학소설에나 나올 법한 얘기들은 일단 접어 두라"[p. 344]라고 조언한다. 왜냐하면 필라델피아 버크, 또는 P라고 불리는 소녀의 단순한 이야기와 관련해서 더 흥미로운 것들이 많기 때문이다. 소녀는 자신을 버크라고 불러 주는 것을 선호한다. 인위적으로 강화된 부유한 엘리트의 미디어 세상에 푹 빠져 있는, 뇌하수체 질환의 희생자인 소녀는 손쉽게 아름다움을 거머쥘 수 있는 세상에서 흉측한 외모를 하고 살아가야 한다. 자살을 시도하지만 계획이 틀어져 살아난 소녀는 GTX 미디어 기업의 제안을 받아들이게 되는데, 이제 그녀는 합법적으로 죽을 기회를 얻어 두뇌 제어 임플란트가 이식된 "수정된 배아"로 만든, 당신이 살면서 본 가장 사랑스러운 소녀 … 천사들을 위한 포르노"[p. 347]인 아름다운 미디어 아바타의 인공두뇌 운영자가 된다. 이 미래 세상에는 광고가 금지되어 있지만, 델피(아바타가 받은 이름)에 적용된 기술은 바로 그런 상황을 회피하게 해 준다. 즉, 유명 언론의 시선을 끌기 위해 고안된 그녀는 "멋지고 신나는 삶"을 살아가고, 팬들은 그녀가 "사람들이 알게 되면 기뻐할 훌륭한 제품들"을 사용하면서 "그것을 만든 좋은 사람들을 돕는"[p. 350] 모습을 지켜보게 된다.

이것은 사랑에 관한 또 하나의 역설적인 이야기다. 화자의 목소리는 "트랜지스터화한 신데렐라"[p. 346]라는 조롱을 받는 P. 버크가 행복한 결말을 맞이하게 되리라는 기대를 하지 말라고 독자들에게 경고한다. 화자의 역설적인 거리는 델피가 그녀의 추종자들에게 가치 있는 상품을 추천함으로써 "진정한 사회 공헌"[p. 350]을 하고 있다는 P. 버크의 진심 어린 믿음과, 정서적으로 굶주린 이 소녀가 전통적인 해피엔딩을 맞이하길 바라는 독자들의 욕구를 둘 다 풍자한다. P. 버크는 "그 상품화한 소녀와는 너무도 다른 존재다. 물론 그녀도 여성이기는 하다. 하지만 그녀에게 성Sex이란 고통의 다른 표현일 뿐이다."[p. 352] GTX와 같은 회사들은 이제 변덕스러운 소비자 욕구에 대해 걱정할 필요가 없다. 델피의 작품 속 광고로 후원받는 생활을 통해 안전하게 흘려보낼 수 있기 때문이다. 마찬가지로 P. 버크도 자신이 홍보하는 "꿈은 이루어진다"라는 구호를 자신이 예시해 보여 준다고 믿으면서, 이전 삶의 "악몽에서 깨어나"[p. 355] 델피 이야기로 만들어진 현실 대용품을 포용한다. 그녀의 대본화한 삶으로 만든 방송용 프로그램은 GTX에게 "델피가 Y 염색체를 가진 사람뿐 아니라, 여성은 물론이고 그 둘 사이의 모든 존재에게도 성적으로 어필함을 의미한다"라는 피드백을 제공하면서 대박을 터트린다. 사람들은 P. 버크를 알아본 것만큼이나 델피도 "알아본다."[p. 357] 이것은 현실과 미디어 서술 사이의 경계를 모호하게 한다. 다시 말해, 그녀와 대중 둘 다 GTX의 목적에 맞는 세상을 보게 된다. 광고는 금지됐을지 몰라도, 이제 15억 명의 소비자가 홀로그램 쇼에 들러붙어 앉아 있다."[p. 353]

그러나 팁트리 주니어의 풍자의 궁극적인 목표는 다른 곳에 놓여 있다. 이 작품은 독자를 유혹하는 이야기의 힘에 관한 이야기다. 따라서 GTX의 노골적인 조작에 관한 이 비평은, GTX와 마찬가지로 비판적 감성을 무디게 하고 독자 멋대로 현실적인 가능성에 대한 환상을 갖도록 유도하는 이전의 몇몇 SF와 같은 정형화된 소설에 대한 암묵적인 비평이기도 하다. 등장인물을 은근히 전형으로 묘사하는 빈번한 서술적인 개입은 독자가 감상적 희망에 사로잡혀 해피엔딩을 기대하게 허락하지 않는다. 그런 환상이 예측할 수 있고 어디에나 널려 있다는 사실을 끊임없이 독자에게 상기시켜 주기 때문이다. 델피는 회사

CEO의 아들로 특권을 누리는 이상주의자 폴 이샴을 만난다. 그는 "명석하고 조리 있고 섬세한 영혼을 가진, 부단히 활동적인 사람으로 그와 그의 친구들은 아버지들이 만들어 놓은 세상에 소름 끼쳐 하고 숨 막혀 한다."[p. 359] 그는 일명 "'주변부의 창의성 후원' 비슷한 명목으로 지원되는" GTX 연구비를 받아 "기묘한 기법과 사회 저항의 의미가 담긴 불안한 왜곡을 바탕으로 하는" 비디오 프로젝트 작업을 하는데, "그건 당신네들 표현으로는 언더그라운드가 될 것이다."[p. 360] 폴은 자신이 읽었던 감상적인 소설 속에서 순교한 등장인물인 리마와 델피의 존재를 융합하고, 작품의 서사가 우리에게 상기시키는, 타락에서 순수를 구해 내는 피상적이고 순진한 오이디푸스 콤플렉스 드라마를 실연해 낸다. 화자는 항변한다. "사랑스러운 소녀가 노란 벽돌길에서 남자를 만날 때는", "정말이지 이런 건 다 건너뛰어도 괜찮다. 분노한 연민으로 불타고 인간의 정의에 깊이 근심하는 진정한 인간 남자를 만날 때는 말이다."[p. 360] 이러한 판타지가 P. 버크를 유혹하고 "리마가 GTX, 내 아버지를 위해 몸을 파는 불협화음"[p. 360]에 고뇌하는 폴의 내적 불안감과도 충돌한다. 폴과 P. 버크의 낭만적인 판타지의 양립 불가능성, 즉 그는 그녀의 진짜 모습을 사랑할 수 없으며, 이 웅장하고 낭만적인 몸짓은 철저히 상업화된 세상을 변화시킬 수 없다는 사실은 예측 가능한 결과를 향해 나아간다.

젊은 폴은 자신이 대본화한 세계의 이데올로기를 꿰뚫어 볼 수 있다고 믿고, 그 허구 속에 더는 참여하지 않으려 애쓰면서 델피에게 열정적으로 설명한다. "그들은 모든 사람의 마음에 선을 연결해서 그들이 보여 주는 것만 생각하고, 그들이 주는 것만을 원하게 하는 거야. 그리고 사람들이 원하도록 프로그램화된 것만 그들에게 주는 거라고."[p. 362] 물론 그의 말이 맞지만, 환상의 힘을 인지적으로 인식하는 것은 그 힘의 손아귀에서 감정적으로 달아나는 것과는 또 다르다. 폴의 반란은 그 자체가 언론에 영향받은 영웅적인 한 개인의 판타지일 뿐이라서, 그가 비난하는 기업의 세계를 바꾸는 데 아무런 영향도 미치지 못하고, 실제로 P. 버크의 경우에는 착취를 완화하기보다는 오히려 강화한다. 개입하는 서술자의 목소리는 변한 것이 거의 없다는 사실을 강조한다. 비록 P. 버크만큼 뛰어난 기량을 발휘하는 새로운 운영자를 구하지는 못하지만, 어쨌든 "델피는 다시 살아난다." 그리고 그것은 GTX에는 좋은 일임이 증명된다. 폴은 "어렸다. 추상적인 불의에 맞서 싸웠을 뿐이다." 하지만 세월과 함께 인생의 우여곡절을 겪어 가면서 "인간의 지혜와 결단력"을 얻게 되고, 이제 이 반역자는 다른 곳에 있다는 것을 알게 된다. "어디? GTX 이사회, 이 멍청아."[p. 370] 독자들은 폴과 P. 버크의 위안을 비극으로 받아들이도록 허락받지도 못한다. 폴의 삶이 이토록 진부하게 변해 가는 것이 모든 것을 웃음거리로 바꾸어 버리기 때문이다.

우리가 작품의 마지막에 알게 되는 것처럼, 이 이야기의 진정한 승자는 델피 프로젝트의 완벽한 수익성을 위해 배경에서만 일하는, 이름도 공개되지 않은 채 단지 흰 담비 같은 뾰족한 얼굴의 족제비 같은 청년(아마도 화자가 분명한)이라고만 언급되는 사람이다. 그는 다음으로 "시간 교란기 프로젝트"를 수행하게 되는데, 그러던 어느 날 〈닉슨의 2단계 정책, 베일을 벗다〉[3]라는 신문의 머리기사 옆에서 깨어난다. 하지만 이야기의 마지막 몇 줄은 독자에게 모든 게 다 잘될 테니 걱정하지 말라고 안심시킨다. 그리고 "뾰족한 얼굴의 젊은이"가 "빨리 배우는 친구"라고 말하며, "내가 성장을 말할 때는 진짜 성장을 말하는 거지. 가치 상승으로 인한 이익 말이야. … 저기 위대한 미래가 있지 않나"[p. 370]라는 말로 끝맺는다. 좀 더 유토피아적인 미래에 대한 반문화[기성 사회의 가치관을 타파하려던 1960~1970년대 젊은이들의 문화]적 꿈이 점차 사라져 감에 따라 현대의 비관론을 수용하는 「접속된 소녀」는 도피주의로서 모험 서사의 한계에 관해 메타픽션적으로 논평하는 한편, SF의 기법이 어떻게 더욱 정치적으로 유의미한 목적을 향해 전개될 수 있는지 보여 주는 본보기 역할을 한다. 마지막으로 사실과 허구에서 곧 따르게 될 사이보그 신체의 네트워크화된 시대에 관한 초기 전망으로서, 해당 산업이 아직 생겨나기도 전에 사이버-유토피아주의의 순진함을 잔인하게 해부한다. 또한 팁트리 주니어의 이야기는 현실과 시뮬레이션의 경계를 희미하게 하는 방식을 통해, (필립 K. 딕의 많은 현대 작품들과 마찬가지로) 포스트모더니즘 문화 이론가 장 보드리야르Jean Baudrillard가 초현실[4]이라고 진단하게 될, 다시 말해 우리가 더는 실제와 시뮬레이션된 것을 의미 있게 구별할 수 없게 될 현실을 경험하는 방식을 예측해 낸다. 델피는 대본화된 홀로그램 쇼 속에서 자신의 삶을 살면서(가상) P. 버크에게 진정한 영향을 주는 경험을 한다(실제)는 점에서, 물질(실제)과 식물인간 상태의 자동 장치(가상) 둘 다에서 그러한 시뮬레이션의 이상적인 모범이다.

인간 잠재력의 개조

포스트모더니즘 이론과 소설이 세계를 건축하고, 문화적인 신화를 다시 쓰고, 종종 여러 예기치 못한 관점에서 경험을 서술하는 것에 보이는 관심은, SF와 다른 소설 문학 간의 차이를 줄이는 자질(문예 미학에 대한 SF의 새로운 관심과 함께)이다. 존 발리John Varley의 『잔상』(1978)은 시각 예술 쪽으로도 다리를 놓는다. 이 작품의 제목[원제는 'The Persistence of Vision'으로, '시력(비전)의 지속' 또는 '시각의 지속'으로 번역할 수 있다]은 우리에게 살바도르 달리Salvador Dali의 유명한 초현실주의 회화 〈기억의 지속The Persistence of Memory〉(1931)을 상기시키는데, 이 작품은 깨어 있는 인식과 무의식적인 꿈의 경계를 흐리게 하여 우리의 일상적인 염려보다 훨씬 복잡한 현실을 만들어 낸다. 작품의 제목은 또한 자극이 제거된 후에도 짧은 시간 동안 밝은 빛의 이미지가 망막에서 지속되는 현상을 설명한다. 좀 더 적절하게는 파이 현상으로 설명되기는 하지만, '비전의 지속'이라는 용어는 일반적으로 초당 24프레임으로 투사되는 경우, 일련의 정지된 이미지가 영화 속에서 움직이는 듯한 환영을 만들어 내는 현상을 설명하기 위해 널리 사용된다. 이 이야기는 섹슈얼리티의 솔직한 묘사 속에서 SF의 경계를 밀고 나가고, 따라서 사변소설로 더 널리 받아들여지는 이 장르의 또 다른 양식의 모범이 된다. 작품의 주제는 특정 종류의 판단 지속성에 관한 것이고, 이는 상습적인 지각 습관과 그 습관이 재현할 수 있는 제한된 가능성에서 벗어날 것을 우리에게 요구한다.

발리의 이야기는 경제적으로 황폐해지고 방사선으로 오염된 가까운 미래의 미국에서 의미를 찾아 헤매는 실직한 떠돌이 일꾼의 이야기로 시작한다. 그는 다양한 실험 공동체에 매료되고 과학(임신부의 풍진 전염)과 사회(낙태 금지)에 의해 똑같이 양산된, 시청각 장애인으로 구성된 유토피아 공동체에 합류한다. 의사소통의 상투적인 수단에서 차단된 채, 그들의 사회는 언어 대신 성행위를 포함한 접촉에 의존한다. 그러나 발리는 다음의 깨달음으로 독자를 천천히 이끌어 간다. 처음에 그는 지역사회를 형성하는 다른 차이점(생태 농업, 생활공간의 건축 및 설계, 법률의 사회적 체계, 성장보다는 지속 가능성의 경제적 목표)을 보도록 독자를 격려한다. 그들의 사회는 "듣지도 보지도 못하는 이들이 괴로움을 겪지 않는 다른 인간들을 모방"하게 고안된 것이 아니라, 대신 "완전히 새로운 출발, 시청각 장애인에 의해서, 그들을 위해 만들어진 삶의 방식"[p. 783]이다. 그들의 구현된 언어는 단순히 "입으로 하는 말"[p. 786]의 번역이 아니라 완전히 또 다른 존재를 가능하게 하는 언어다. 그것은 비장애인 대 장애인 신체 모델에 도전하고, 다른 방식으로 건강하거나 일시적으로 건강한 것 같은 개념을 제안하는 장애 분야의 최신 연구를 기대하게 한다. 황금기의 정통 SF와 마찬가지로, 발리는 공동체가 시력이나 청력 없이 농장 운영 문제를 해결해 가는 방법을 엄격한 논리로 작업한다. 하지만 이 이야기는 또한 그들의 대안적 생활 방식에 관한 그의 비전에서 사변소설의 새로운 영역과 관련을 맺는다. 몸으로 하는 대화에 갈수록 능숙해짐에 따라, 화자는 차츰 "손가락으로 먹고, 손으로 말"[p. 788]하는 지저분한 방식에 당황했던 처음의 관습적인 반응과, "대화가 진행되어 상대와 성기로 이야기를 나누어야 할 필요를 느끼는"[p. 790] 시점에 도달했을 때 느꼈던 불편함을 잃어버린다.

『잔상』은 두 가지 축에 대한 우리의 상투적인 인식에 도전한다. 첫 번째는 47세의 서술자와 캠프에서 그를 담당해 가르치는, 공동체에서 태어난 13세 핑크의 성적인 관계이다. 핑크는 다른 공동체 일원들과 달리 보고 들을 수 있지만, 몸으로 하는 대화에도 능숙하다. 이 공동체는 "빈 서판[blank slate, 편견이나 선입견으로부터 자유로운 상태를 의미한다]"으로 시작해서 도덕적 규범을 발전시켜 나가는 동안 "항상 도덕적인 것은 아무것도 없고, 올바른 상황에서는 무엇이든 도덕적이다"[p. 792]라는 맥락의 중요성에 깊이 헌신한다는 사실을 독자들은 알게 된다. 몸으로 하는 대화에 능숙해지면서 화자는 "몸으로 사랑 나누기"와 말하기가 서로 상응하는 동등한 단어라고 생각하기 시작한다. 이 새로운 언어의 힘에 의해 또 다른 주관성으로 변화한 그는 이제 "순수"하면서 동시에 "성적인 존재"인 핑크와의 상호작용에서 "그녀가 손으로 내 성기에 건넨 대화의 결과는 또 다른 종류의 대화"이고, 공동체 내에서 그녀는 성인이며, "문화적 조건 때문에 그는 그녀가 하는 말에 눈멀 수밖에 없었다"[p. 799]라는 사실을 이제는 지극히 당연한 것으로 보게 된다. 발리는 독자가 화자와 함께 성적인 행위의 상투적인 이해로부터 멀어지는 사변소설을 창안해낸다. 이야기가 끝날 무렵, 화자는 인간 성욕의 모든 편견을 넘어서고, "남성과 여성에게 똑같이, 같은 언어로"[p. 802] 이야기한다(일반적인 의미의 이야기가 아닌, 그가 의미하는 바로).

두 번째 축은 전통적인 도덕성을 재고하는 것을 넘어서, 인간의 언어로는 대체할 수 없는 "***ing"[p. 801]라는 집단 경험을 시사한다. 화자는 "마음의 시각적 지향이 계속되기"[p. 806] 때문에 뒤로 한발 물러선 채 ***ing에 완전히 참여하지 못한다. 그 공동체는 화자가 참여할 수 없는 집단 정체성으로 초월해 들어가고, 그는 바깥세상으로 돌아가기로 마음먹지만, 이제는 "전처럼 살아갈 수 없다"[p. 808]라는 사실을 깨닫는다. 팁트리 주니어와 마찬가지로 발리도 가장 의미 있는 도발은 마지막을 위해 저장해 둔다. 공동 집단 섹스를 통한 의사소통은 이 공동체가 "인간의 본성에 의해 야기되는 문제 대부분을 해결하는"[p. 807] 방식이지만, 다시 세상으로 나간 화자는 경제 위기, 노숙자 문제, 폭력 범죄로 돌아가고, 세상은 "다하우 강제 수용소의 무한궤도 트랙터처럼"[p. 809] 2000년까지 굴러간다. 다시 그 공동체로 돌아갔을 때, 그는 시청각 장애를 안고 태어난 사람들이 일종의 신의 경지에 도달해 사라졌다는 소식을 듣게 된다. 핑크는 그를 환영하고, 그는 "그녀는 장님이었다. 그녀는 귀머거리였다"[p. 810]라는 사실을 발견한다. 다른 가치에 따라 생활하면서 그녀는 시각의 지속성에서 벗어날 수 있었던 것이다. 그녀의 변화는 인류가 다른 종류의 상투적인 반응과 인식을 포기할 수도 있다는 희망적인 가능성을 시사하고, 따라서 화자의 세계가 직면하고 있는 것과는 다른 새천년에 접근한다.

'사변소설'이라는 범주는 기술적 변화만큼, 혹은 기술적 변화보다 더 사회·문화적 변화를 강조한다. 사변소설은 상상력이 풍부한 스토리텔링의 미학에 관심이 있으며, 그 주제는 과학 기술 신화의 문화적 힘에 관한 것이다. 사변소설은 논리적 외삽은 물론이고 비합리적이고 정서적인 경험의 차원에 대한 조사를 장려하는, SF를 구상하는 방식이다. 함께 등장한 포스트모더니즘 문화와 마찬가지로, 사변소설은 우리가 평범한 현실을 이해하기 위해 나누는 담화를 비판하고 다시 생각해 보게 한다. 따라서 그것은 단지 허구의 세계와 우리 자신의 세계 간 차이에 관해 그리는 소설이 아니다. 그 속에서는 '현실' 그 자체의 존재론도 불안정하다.

1 　우리는 이제 아주 흔히 볼 수 있는 개인용 컴퓨터, 소셜미디어, 양방향 리얼리티 쇼, 한 번도 직접 만난 적 없는 페이스북 '친구들'이 존재하는 웹 2.0 세상에 살고 있다. 팁트리 주니어의 풍자가 암시하는 것처럼, 오늘날의 우리는 더 이상 실제 인간관계를 이해하지 못하는 피상적 상업 문화의 디스토피아에 사는 것일까? 이것이 보드리야르가 이론화한 초현실주의의 예인가? 아니면, 이러한 교류에도 팁트리 주니어나 보드리야르가 예상하지 못한 뭔가 가치 있는 것이 있는가?

2 　J. G. 밸러드의 단편 「다운힐 자동차 경주로 살펴본 존 피츠제럴드 케네디 암살 사건The Assassination of John Fitzgerald Kennedy Considered as a Downhill Motor Race」을 들어 보라(www.miettecast.com/2007/12/04/the-assassination-of-john-fitzgerald-kennedy-considered-as-a-downhill-motor-race/). 이 이야기는 어떻게 내부 공간에 관한 뉴웨이브적인 주제를 예시하는가? 경주와 케네디 암살 사이의 관계는 무엇인가? 이 이야기는 현대 기술 문화에 대한 밸러드의 우려를 어떻게 반영하는가?

3 　존 발리의 『잔상』은 성도덕에 대한 우리의 전통적인 이해에 도전한다. 이러한 소외 기법은 SF 작가들이 동성애 혐오증이나 혼혈 출산 문제, 즉 인종이나 민족 정체성을 뛰어넘는 성적 파트너십 같은 편견에 도전하기 위해 성공적으로 사용해 왔다. 『잔상』에서 발리는 특정 연령의 금기시 또한 비합리적인 편견일 수 있으며, 문화적 맥락은 도덕성을 결정하는 데 중요하고, 시청각 장애 공동체에서는 핑크가 성인이어서 합의를 통해 성관계를 가질 수 있다고 제안한다. 문화 이론가 게일 루빈Gayle Rubin도 자신의 에세이 「성을 사유하기: 급진적 섹슈얼리티 정치 이론을 위한 노트Thinking Sex: Notes for a Radical Theory of the Politics of Sexuality」(www.feminish.com/wp-content/uploads/2012/08/Rubin1984.pdf)에서 비슷한 요점을 주장하며, 더 나아가 차별과 사회적 불의를 없애기 위해서는 젠더에 관한 정치학뿐 아니라 섹슈얼리티에 관한 정치학도 필요하다고 강변한다. 루빈의 에세이를 읽고 성적 선호에 관한 정치적 문제를 토론해 보라.

실천공동체

장르에 대한 욕구가 뚜렷한 다양한 실천공동체가 존재하는 까닭에 SF를 설명하고 이해하는 데도 다양한 방식이 있다. 우리는 이전 장들을 통해 캠벨과 같은 편집자, 수빈과 같은 학자, 또는 밸러드처럼 전통에 역행하는 작가들이 수행해 온 강력한 역할을 살펴봤다. 이번 장은 SF를 다른 대중문화와는 별개의 것으로 만들어 주는, 특별하지만 배타적이지는 않은, 공식적인 팬덤 조직으로서 SF 소비자의 역할에 초점을 맞춘다. 비록 다른 장르에도 팬덤이 있기는 하지만, SF의 역사는 팬들이 수행하는 두드러진 역할과 팬과 다른 역할 간의 이동 용이성 면에서 다른 장르와는 확연히 구분된다. 휴고상(건스백의 이름을 따서 붙임), 대대적인 연례 월드콘과 기타 여러 소규모 모임, 그리고 지금도 진행 중인(현재는 주로 웹을 기반으로 한다) 자가 출판 팬진 문화와 같은 오늘날 SF 산업의 주요 행사의 일부는 모두 팬덤에서 비롯되었다. 오직 SF 내에서만 팬이 빅네임팬[Big Name Fan(BNF), 활발한 활동을 통해 팬덤 내에서 명성을 얻는 팬]으로 유명해질 수 있고, 이 빅네임팬 중에서도 가장 활동적인 몇몇, 예를 들어 'sci-fi'라는 명칭을 만들고《영화 속 유명한 괴물들*Famous Monsters of Filmland*》을 창간한 포레스트 에커먼Forrest Ackerman 등은 오늘날 널리 알려진 여러 SF 전통(작품 속 주인공의 모습으로 외모를 꾸미고 코스프레라 불리는 행사에 참석하는 등)을 만들었다.

조직화된 팬덤은 이 장르의 역사 초기에 나타나서 그 근원과 상업적 유산이 명확하지 않다. 건스백은 잡지의 서신란(서신 왕래를 독려하고자 모든 주소를 다 실어서 출간했다)과 글쓰기 대회 및 여론 조사와 같은 홍보 활동을 통해 독자들과 상호작용하는 것을 장려했다. 그는 경쟁 잡지들이 생겨나는 동안(그리고 그가 경쟁지인 《사이언스 원더 스토리》를 설립하면서, 《어메이징 스토리》의 재정적인 통제력을 잃어 가는 동안) 자신의 특정 SF 브랜드에 대한 충성도 높은 고객층을 키우기 위해, 1934년 최초로 공식 팬 조직인 과학소설리그(Science Fiction League, SFL)를 시작했다. 샘 모스코위츠Sam Moskowitz와 같은 주요 팬들은 이 클럽을 열정적으로 홍보했는데, 그것이 단지 과학적 취미를 실천에 옮기는 것(초창기 로켓 공학 클럽 또한 SF 잡지 서신에서 유래했다)이 아닌, 소설 홍보를 위한 긍정적인 단계라고 보았기 때문이었다. 하지만 도널드 월하임 같은 다른 사람들은 잡지사 수익을 위해 팬 자체 조직을 이용하는 것에 비판적이었다. 따라서 즉시 분파가 생겨났다. 예를 들어, 윌리엄 시코라William Sykora 같은 사람들은 SF를 주로 과학적 소양을 증진하는 방식으로 보았고, 또 다른 사람들은 SF를 독특한 문학 형태로 보고 더 정교한 글쓰기를 장려하고자 했다. 1937년 필라델피아에서 최초의 SF 행사 중 하나가 열렸을 때, 이러한 긴장감이 노골적으로 분열을 일으켰다. 거기서 분리되어 나와 SF 장르의 문학적 자질과 사회 비판을 위한 능력에 투자한 한 집단은 결국 미래주의과학문학협회Futurian Science Literary Society 또는 퓨처리언 Futurians이 되었는데, 그 초창기 회원에는 아시모프, 시릴 콘블루스Cyril Kornbluth, 폴, 월하임(메릴과 데이먼 나이트는 나중에 합류했다) 등이 포함된다. 폴은 1960년대의 훨씬 광범위한 사변소설의 주요 장소인 《갤럭시》를 편집하게 된다. 이 시기의 SFL과 퓨처리언 사이의 경쟁에서 명백하게 드러나는 긴장감은 서신란, 특히 팬진을 통해 분명히 볼 수 있다. 1937년 필라델피아 회의에서 SF 팬 공동체는 SF 최초의 세계 대회(World Convention, 일명 월드콘)가 1939년 뉴욕에서 '내일의 세계'라는 주제로 열리게 될 세계 박람회와 함께 개최되어야 한다고 결정했다. 퓨처리언은 노골적인 좌파 성향의 그룹이었고, 그들의 SF 버전은 모스코위츠 같은 좀 더 보수적인 팬들을 놀라게 했다. 따라서 모스코위츠는 다른 부류의 SF를 홍보하기 위해 신속하게 새로운 팬덤을 조직했다.

출판 시장에서도 비슷한 분열이 일어난다. 1940년대에는 캠벨의 통제하에 《어스타운딩 스토리》가 시장을 장악했으며, 이 분야에 관한 그의 견해가 황금기 SF 버전의 틀을 형성하는 데 매우 중요하게 작용했다. 그러나 동시에 퓨처리언과 그들의 문화적 후손들도 경쟁 잡지인 《갤럭시》에 등장한 반문화 SF를 체계화하고, 밀퍼드콘퍼런스와 클라리온워크숍 같은 중요한 기관을 창설해 계속해서 SF 작가를 양성한다. 변화하는 출판 상황과 뉴웨이브의 부상은 심미적으로 더욱 모험적이고 정치적으로 관여하는 SF의 번창을 의미했다. 데이먼 나이트는 여기서 한발 더 나아가 1965년 전미과학소설작가협회를 설립하고 이 협회를 통해 네뷸러상을 창설했다. 휴고상과 마찬가지로 네뷸러상도 오늘날까지 SF의 우수성을 측정하는 중요한 지표로 남아 있다. 이러한 초창기 팬과 편집자의 전투는 다음의 사실을 지적해 보여 준다. 처음 그 이름이 붙여진 순간부터, SF는 그 장르가 관여해야 할 문화적 개입에 관한 적극적인 투쟁의 장소였다.

과학소설의 물질문화

1939년 세계 박람회장을 제1회 월드콘의 개최지로 선택하면서, SF 팬덤은 이 장르에서 찾던 기술화된 미래의 경이감과 낙관적 비전이 다른 문화의 현장에서도 유통된다는 사실을 알게 되었다. 따라서 지금껏 SF와 동일한 이미지를 사용해서 산업 및 혁신을 통해 기술적 진보의 꿈을 장려하는 데 오랫동안 기여해 온 세계 전시회 및 박람회 주변의 더 큰 문화는, 인쇄된 SF물을 중심으로 조직된 팬덤 공동체에도 역시 중요하게 받아들여졌다. 예를 들어 코니아일랜드에 있는 루나 파크[Luna Park, 뉴욕에 있는 놀이공원으로, 'Luna'는 '달'을 의미한다]는 1901년 버펄로에서 열린 범아메리카 전시회에 설치되었던 달나라 여행A Trip to A Moon이라는 놀이 기구에서 그 이름을 얻었다. 브루스 프랭클린Bruce Franklin은 "1939년 과학소설의 주요 형식"[p. 108]은 그해의 세계 박람회라고 주장했는데, 예를 들어 박람회의 상징적인 구체 디오라마[박물관 등에 있는 실물을 축소해 만든 입체 모형]로, 미래의 유토피아 도시를 묘사한 데모크라시티가 과학소설이 표현하고자 하는 바를 담아내고 있기 때문이었다. 데모크라시티는 H. G. 웰스의 『다가오는 것들의 모양*The Shape of Things to Come*』(1933)을 영화화한 윌리엄 멘지스William Menzies의 〈다가오는 것들Things to Come〉(1936) 속에 나타난 도시와 많은 특징을 공유한다. 경이로운 통합 고속도로 교통 덕에 통일된 내일의 세계상을 에어뷰로 보게 해 준 제너럴모터스의 전설적인 미래 생활 전시회인 퓨처라마의 영향은 그보다 오래 지속된 사례로 꼽힌다. 그것은 1964년 세계 박람회에 전시된 퓨처라마 II, 즉 동명의 텔레비전 시리즈(1999~2003, 2008~2013)를 패러디한 미래의 모습에 영감을 주었을 뿐 아니라, 가장 중요하게는 당시 계획 중이던 미국 내 주간 고속도로의 실제 시스템이 대중의 지지를 끌어모으게 도와주었다. GM의 1939년 홍보 영화인 〈새로운 지평으로New Horizons〉는 SF 화법과 플롯이 기업 서비스에 어떻게 적용될 수 있는지, 정확히 팁트리 주니어의 「접속된 소녀」에서 풍자한 기술적 진보와 수익 창출의 교묘한 결합을 솜씨 좋게 증명해 보여 준다.

　　SF 상상력으로 표현해 낸, 기술력이 탄생시킨 더 나은 미래와 기업 광고의 형태로 표현되는 특정 기술 적용 상품이 만들어 내는 더 나은 세상의 경이로움은 SF 모티프를 더 넓은 문화 속으로 전파한다. 에디슨 전기 회사를 전신으로 하는 제너럴일렉트릭(GE)은 1979년 GE의 가정용 기술을 진보와 미래주의로 연결하기 위해, "우리는 삶을 풍요롭게 합니다We Bring Good Things to Life"라는 과학소설에 나올 법한 구호를 도입했다. GE의 SF적인 상상력의 사용은 1964년 세계 박람회에 설치된 진보의 회전목마Carousel of Progress 구조물에서 그 기원을 찾을 수 있다. 그것은 전형적인 애니메트로닉[Animatronic, 영화에 사용할 목적으로 사람이나 동물과 닮은 로봇을 만들고 조작하는 일]으로 구현된 미국 가정의 변화된 일상생활의 모습을 관객에게 제공하는데, 이는 가스램프와 축음기를 특징으로 하는 20세기 초반의 기술에서부터 텔레비전과 식기세척기 같은 20세기 중반의 기술을 통과해, 마침내 1964년 시장에 새롭게 등장한 절정의 기술로까지 바뀌어 간다. 이 구조물은 1967년에 디즈니랜드 투모로우랜드의 일부로 재개되어 1975년 디즈니월드로 이동했으며, 현재까지도 꾸준히 그 기술력(현재는 고화질 텔레비전과 가상현실 게임을 갖추고 있다)을 업데이트한다. 광고는 계속해서 SF 이미지를 사용하여 제품을 미래와 관련짓는 데 영향을 준다. 여기에는 SF 블록버스터 영화에서 따온 듯한 시나리오로 만든 최근 미 공군 모집 동영상도 포함되는데, 영상 속에는 다음과 같은 슬로건이 등장한다. "이것은 SF 영화가 아닙니다. 우리가 매일 하는 것입니다."

사이버공간과 사이버펑크

기술 혁신에 기인한 제품 광고와 SF 사이의 밀접한 연관성은 부분적으로 이러한 미래 비전이 신제품을 고안하는 데 항상 중요한 역할을 해 왔다는 사실에서 잘 드러난다. 이러한 교류의 핵심 장소 중 하나인 개인용 컴퓨터 사용과 온라인 문화의 세계는 SF와 특히 밀접한 관계를 맺고 있으며, 이 장르와 관련해서 또 다른 실천공동체를 양산해 낸다. 윌리엄 깁슨은 자신의 이야기 「크롬 태우기Burning Chrome」(1982)에서 '사이버공간'이라는 용어를 대중화했으며, 그 뒤를 잇는 SF의 사이버펑크 하위 장르는 이후 이 장르와 사이버 문화 공동체를 형성하는 데 영향을 미쳤다. 1980년대의 사이버펑크 SF는 현대 포스트모더니즘 문화 및 이론과 이 장르의 교차점을 탐구했던 동시대 학자들에 의해 열광적으로 받아들여졌는데, 당시 이 장르가 학계 독자에게 인기를 끌면서 상대적으로 다른 형태의 SF에는 그림자가 드리워졌다. 깁슨의 작품은 또한 가상현실 기술과 온라인 사교 공간 관련 작업을 하는 현대 컴퓨터 과학자들에게도 영향을 미쳤으며, 알뤼커 로잔 스톤Allucquere Rosanne Stone은 이 분야의 연구자들이 "개념 혁명"[p. 98]이라고 부르는 것을 촉매로 삼아서, 이 새로운 프로젝트의 "기술적이고 사회적인 상상력"[p. 99]을 정확히 표현해 냈다. 『스노 크래시Snow Crash』(1992)는 저자인 닐 스티븐슨이 프로그래머로 일했었고 이러한 환상을 실현하기 위해 직면해야 하는 도전들에 좀 더 구체적으로 관여할 수 있었던 까닭에, 세컨드 라이프[Second Life, 린든 랩이 개발해 2003년에 시작한 인터넷 기반의 가상 세계이나, 일반적으로 아바타를 만들어 활동할 수 있는 인터넷상의 모든 가상 세계를 통칭하기도 한다] 건축가들이 성취하고자 했던 비전을 제공하는 것으로 널리 받아들여진다.

프레드릭 제임슨Fredric Jameson의 비평이 증명해 보이는 것처럼, 사이버펑크는 IT 연구자들에게 기술적 상상력 이상의 것을 제공했다. 또한 신자유주의 규제 완화의 가혹한 경제적 현실뿐 아니라, 기술-광고가 약속했던 경이로움과는 정서적으로 다른 미래에서의 불안정한 인간 삶에 대한 동시대의 불안감을 분명히 표현했다. 사이버펑크 미래는 디스토피아이다. 그것은 기업과 경제적 우선순위가 정부를 대체하고, 가족과의 삶은 존재하지 않으며, 단순한 인간 신체화[embodiment, 육화나 체현 또는 신체 구현 등으로 옮기기도 한다]를 초월하려는 욕구가 보편적이고, 영웅은 이 장르에 스며들어 있는 누아르 정신을 반영하는 역설적인 외부인들이다. 예를 들어 깁슨의 「크롬 태우기」는 사이버공간 해커인 보비 퀸과 오토매틱 잭이 벌이는 강도 사건 이야기인데, 이 두 명의 패배자들은 마지막으로 크게 한탕 할 기회만 엿보고 있다. 보비는 자신의 전설에 부응하기 위해 필사적으로 노력하지만, 28세는 "콘솔 카우보이에게는 늙은 나이"[p. 550]라는 사실을 잘 알고 있는 대담한 주인공이다. 그는 여자들과 일련의 피상적인 관계를 이어 가며 위안을 찾는데, 그들을 마치 "개인적인 타로"[p. 550]쯤으로 취급하면서, "그의 사기꾼 삶의 지도에 찍힌 도장, 신비의 표지, 또는 그가 술집과 네온의 바다를 헤쳐 나가는 것을 도울 항해용 신호등"[p. 554] 같은 것으로 간주한다. 잭은 키예프 근처의 전투에서 팔을 잃고 그것을 다양한 도구로 대체해 놓아서 오토매틱이라는 별명을 얻게 되는데, 그 사건은 사기꾼의 게임으로 판명된 이상주의적 자기희생의 비극적인 과거를 대변하는 것처럼 완곡하게만 암시된다. 보비와 잭은 둘 다 보비가 최근 유혹해서 정복한 리키라는 여성을 이상화하는데, 이 소녀는 자이스 이콘의 눈을 얻어 심스팀 스타가 되는 데 집착한다. 심스팀이란 "시뮬레이션 된 자극: 리키의 우상인 탈리 아이셤이 인지한 세상, 즉 온갖 흥미로운 부분"[p. 559]을 일컫는다.

　　미래에는 화려하게 빛날 것이라던 약속과는 달리 도시들이 현재의 사회 및 경제적 소외의 암울한 장소가 되었다는 사실을 인정하면서, 깁슨의 이야기(그리고 그것이 전달하는 누아르 영화들)는 냉혹한 현실에 섬뜩한 아름다움을 덧씌워 불운한 주인공들을 낭만화한다. 보비와 잭은 마약 밀매자 출신 마담 크롬이 운영하는 매춘업소를 습격하는 마지막 강탈 작전을 수행한다. 이때 그들은 해킹 방지 전자 장치(ICE)를 무력화해 그녀의 계정을 해킹할 목적으로 인수한 러시아 프로그램을 사용한다. 그들은 마담 크롬이 보복해 올 가능성을 아예 없애 버리기 위해 그들이 감당할 수 없는 돈을 쓰면서 그녀를 불태워야만 한다. 이 이야기는 데이터 코어를 공격하는 그들의 가상 경험을 서술하면서 완전히 새로운 영역의 경험을 창조해 낸다. "깜빡거리며 희미해지는 얼음 그림자가 러시아 프로그램에서 회전해 나오는 글리치 시스템에 의해 집어삼켜지면서, 우리의 중심 논리 추력에서 벗어나 얼음 그 자체의 구조를 감염시킨다."[p. 553] 그들의 성적인 언어, 예를 들어 "러시아 프로그램을 그 구멍에 쑤셔 넣는다", 그리고 나중에 그 데이터가 "나타나서 노출되고 상처 입기 쉬운 상태가 되기 시작한다"[p. 555] 등의 언어는 관련 게임 문화(깁슨이 재현해 낸 아케이드 게임은 훗날 비디오게임으로 변화하고, 그 이후에는 몰입형 디지털 게임으로 변형되었다)의 남성적이고 공격적인 정신을 반영하고 강화하는 가상의 사이버공간 위에 젠더 이분법을 대입해 넣는다. 사이버펑크에 관한 광범위한 비평적 전통이 탐구되는 동안, 젠더를 반영하는 이러한 언어는 남성성을 육체와 분리된 지능에, 여성성은 감정과 육체적인 구현에 연관시키는 서구 문화의 경향을 이어 간다. 이것은 감정보다 논리를 특권화하려는 SF의 전반적인 성향과 관련된 이분법이다. 악당 크롬은 이러한 신체화의 두려움을 강화한다. 그녀는 "혈청과 호르몬을 다루는 어떤 거대한 프로그램에서 만들어 낸 정상적인 신진대사와 비슷한 무언가로 과장되었고"[p. 557], 뇌하수체 호르몬 거래상으로 시작해서 지금은 블루라이트 하우스 매음굴을 운영 중인 그녀의 재산은 육체의 약점을 이용해 쌓아 올린 것이다. 괴물 같은 여자, 그녀는 파괴되어도 싸다.

깁슨은 사이버공간 밖의 세계에 대한 잭의 성찰에 할애된 공간에서 이러한 신체화 및 여성의 힘에 대한 두려움에 관해 질문하고 재현한다. 잭은 리키가 보비에게 한 인간이 아닌 하나의 상징으로 기능한다는 사실을 볼 수 있다. 보비는 "여자들을 게임에서의 점수로 사용한다. 보비 퀸 대 돈, 보비 퀸 대 시간과 도시의 밤." 그러나 보비는 리키가 "그가 원하지만 절대로 가질 수 없는 모든 것의 상징"[p. 554]이기도 하다는 사실은 알지 못한다. 보비와는 달리, 잭은 리키의 인간적 존엄성에 진정한 관심을 보인다. 잭에게 리키는 하나의 관념일 뿐이지만, 잭은 "그에게 고함을 질러 대고 싶은 기분이었다. 그녀는 바로 거기에 살아 있었다. 진짜 인간으로 배고프고 회복력 있고, 지루하고 아름답고 신이 난 채로. 그녀의 존재 그 자체로…."[p. 554] 잭이 리키에게 느끼는 열광은 그의 육체와 "탄소 섬유 래미네이트" 부품을 똑같이 받아들일 수 있는 그녀의 능력과 관련이 있다. 리키를 개념화하는 두 남자의 다른 방식은 가상과 실제 세계 사이의 긴장감을 가리킨다. 보비에게 리키는 그가 사이버공간을 계속 지배한다는 상징이지만, 잭에게는 현실 세계에서 구현된 인간관계의 상징이다. 이 이야기는 실제 세계에 대한 잭의 향수에 더 공감하지만, 낭만주의가 그의 팔을 잃게 한 군 복무의 이상만큼이나 부적절하다는 사실 또한 보여 준다. 나중에 잭은 리키가 크롬에 반대되는 인간적이고 이상화된 인물로 남지 않는다는 사실을 알게 된다. 그녀는 블루라이트 하우스에서 자동화된 매춘부로 일하기 위해 자신의 몸을 판다. "그녀의 몸과 조절된 반사신경다발이 일을 하는 동안, 그녀는 램수면과 비슷한 상태로 3시간 동안 누워 있다가 교대하면 된다."[p. 565] 자이스 이콘 눈을 구매한 비용을 갚기 위해서인데, 리키는 그것이 자신을 차세대 탈리 아이셤으로 만들어 주길 기대한다. 게다가 잭은 크롬을 불태워 버린 것을 정의로운 행위로 합리화하려 하지만, "도저히 그 말을 인정할 수가 없었다."[p. 561]

　　깁슨의 역설적인 비전은 기술적 초월의 약속을 "누군가를 필요로 하면서 동시에 혼자 있기를 원하는"[p. 565] 고객들의 열망이라는 이상을 마침내 달성해 내는 것으로 축소해 버린다. 그러나 사이버펑크의 비관주의는 이 타락한 세상에서 나름의 사적인 도덕규범을 참고 지키는 잭과 같은 남성들의 영웅적 고통에 관한 낭만주의에도 동시에 물들어 있다. 「진보 대 유토피아: 또는, 우리는 미래를 상상할 수 있습니까?Progress versus Utopia; or, Can We Imagine the Future?」(1982)라는 동시대 소론에서 제임슨은 그 자신이 일명 자본주의의 현대적 순간에 관한 "정치적 무의식"[p. 878]이라고 부르는 것을 SF 속에서 찾아내는데, 그 정치적 무의식 속에서는 자본주의의 대안 같은 것은 가능하지도 않고, 이미 "다른 일시적 경험"[p. 881]이 확립되어 있다. 사이버펑크 디스토피아는 마침내 SF의 일시성에 관한 진실을 가시화한다. SF의 기능은 미래를 위해 우리를 준비시키는 것이 아니라, 오히려

"우리 자신의 현재 경험을 낯설게 하고 재구성하는 것"[p. 883]이다. 이러한 공식에서 보면, SF의 미래주의는 가능한 미래의 이미지가 아니라, 장차 일어날 허구적인 미래의 역사인 것처럼 현재를 경험하게 하는 소원한 방법이 된다. 제임슨의 주장에 따르면 SF의 기능은 "미래를 상상할 능력이 없는 우리의 무능함을 증명하고 극화하는 것"인데, 그 무능함은 "우리 시대의 … **유토피아적인 상상력**, 다시 말해 타자성과 급진적인 차이에 관한 상상력 … 의 쇠퇴"[p. 885]에서 나온다. 따라서 우리는 오직 현재와 거의 비슷한 미래, 과거를 볼 수 없는 현재의 논리적인 결과, 이제 다가올 역사로 바뀐 현재에 관해서만 상상할 수 있을 뿐이다. 깁슨의 사이버펑크가 이 폐쇄된 미래의 길을 열어 주지는 못한다. 하지만 제임슨은 자신이 보기에는 그럴 수 있다고 생각되는 텍스트들을 칭찬하면서 자신의 에세이를 결론짓는다. 그가 칭찬하는 텍스트들은 "불가능한 것으로 인식되지만" 불가해하게도 어쩌면 그 내부의 모순을 통해 등장할 수도 있는 "그들 자신의 생산 과정"[p. 890]에 관한 유토피아적인 비전을 담고 있는 작품들이다.

  팻 카디건의 사이버펑크 이야기 「프리티 보이 크로스오버Pretty Boy Crossover」가 이러한 양가적 가치를 일부 증명해 보인다. 마찬가지로 기업과 미디어의 강한 정신을 배경으로 하기는 해도, 이 작품은 이들 세력에 대한 불운한 항복을 미화하는 대신, 예기치 않게 열리는 선택과 미래에 초점을 맞춘다. 작품의 제목에 등장하는 프리티 보이는 클럽 문화에 매료되어 그곳에서 스타가 되고 16세의 나이에 벌써 자신이 필연적으로 나이를 먹으면 외모 덕에 얻은 혜택을 다 잃어버리게 될 테니 "이런 생활을 과연 얼마나 오래할 수 있을까"[p. 589]에 관해 걱정한다. 그의 가장 친한 친구 보비는 이미 사망 한계 나이를 초월해서 자신을 클럽 시스템의 일부가 되도록 업로드했고, 현재는 "5미터 높이 의 스크린에서 살고 있는데, 심지어 살아 있는 사람들 사이에 있 을 때보다 훨씬 '예쁜' 모습을 하고 있다."[p. 590] 프리티 보이도 같 은 불멸성을 제안받지만, 그는 이 기술력에 힘입은 초월이 실재 가 될 수 없음을 우려한다. 그에게 손짓하고 미소 짓는 보비의 버 전은 그의 진짜 친구가 아니다. **"이건 너일 수가 없어. 결코 늙지 않고, 절대로 피곤하지 않고, 마지막도 없고, 네가 원하지 않는 한은 절대로 아무 일도 일어나지 않잖아."** 그는 보비의 이미지 에서 그의 입술을 읽으며 궁금해한다. **"너 정말로 날 볼 수 있기 는 한 거니?"**[p. 591] 프리티 보이가 자신의 삶을 가상화하는 데 서 명하도록 설득하려 애쓰는 노화 기술력 기업 경영자는 인간의 몸 을 "덜 효율적인 형태"라고 부르지만, 자신은 변화하기를 거부한 다. 그녀는 "이쪽에도 반드시 수행해야 할 일들이 있단다"[p. 593] 라고 말하면서, 프리티 보이에게는 "네가 스물다섯 살이 되기 전 에, 뇌가 다 자라기 전에"[p. 595] 전환을 하는 게 좋다고 권장한다.

　　마지막에 프리티 보이는 스크린 속에서 완성되기를 바 라는 삶, 즉 자신이 바라는 대로 욕망을 초월하는 삶을 살 수는 없지만 그 욕망을 전환하여 자신의 미래를 열린 채로 놓아둔다. 그는 자신을 디지털화하는 것을 거부하여 그들에게 완전히 소 유되는 상황을 피해 간다. 그래서 그들은 계속 그에 대한 소유 욕구를 유지하게 되는데, 프리티 보이는 이것이야말로 자신이 차이를 만들어 낸 것이라고 스스로를 합리화한다. 이 사소한 저항의 순간은 별로 대단하지 않지만, 그것은 변화와 성장이 "그들이 '프리티 보이들'에서 벗어나 다른 유형의 소년들을 찾게 될지도 모른다"라는 위험보다 좀 더 많은 것을 수반할 수도 있다는 가능성을 열어 둔다. 자신의 현재 상태를 "S-A-D(Self-Aware Data) … 자기 인식 데이터"[p. 595]로서 살아가게 될 불가피한 미래에 대한 단순한 역사로 인식하는 대신, 그는 "피부가 피부를 문지르는 느낌, 정말 오랜만에 처음으로 그것을 느끼면서" 데이터화가 아닌 신체화 상태로 살아 있음을 인식한다. 그러면서 그는 "한 번에 1600만 가지쯤 되는 생각을 하는데, 어쩌면 그가 사용하는, 혹은 아직 생겨나지도 않은 뇌세포 하나당 한 가지 생각을 하고 있는지도 모른다."[p. 597] 카디건의 이야기도 깁슨의 작품과 마찬가지로, 육체를 가진 존재라는 현실에서 일시적으로나마 벗어날 수 있게 해 주는 떠오르는 디지털 미디어 문화, 예를 들어 1990년대 초에 설립된 모험 기반 내러티브 사이트(〈월드 오브 워크래프트World of Warcraft〉와 같은 오늘날 엄청나게 인기 있는 대화형 게임 환경의 조상들이다) 역할을 하는 다중 사용자 온라인 프로그래밍 환경인 MOO[객체 지향 프로그래밍을 도입한 가상 사회형 게임으로 참가자가 직접 객체를 만들고 그 속성과 행동을 정의한다]와 MUD[텍스트를 기반으로 하는 온라인 게임으로 명령어 입력을 통해 게임이 진행된다], 또는 세컨드 라이프와 같은 사회화의 새로운 가상공간 등과 협상한다. 1990년대에 사이버 문화가 발달하고 사이버 공동체가 출현하면서, 이 소설에서 탐구된 것과 같은 신체 구현과 정체성의 관계에 관한 쟁점은 그러한 기술력을 실제로 사용하는 이들에 관한 대화의 핵심 주제였는데, 이는 셰리 터클Sherry Turkle의 『라이프 온 더 스크린

Life on the Screen(1995)에서 자세하게 탐구된다. 21세기의 관점에서 보면, 그 당시 논쟁을 불러일으켰던 LambdaMOO[MOO 게임의 일종]에서의 사이버 강간과 같은 사건은 기이한 것처럼 보일지도 모르지만, 그 시기에 가상현실을 구현하기 위한 사회적 절차가 개발 중에 있었다. 현재 우리가 당연시하는 웹 2.0 문화는, 그것이 사이버펑크 소설에 기반을 둔 뿌리에서 멀리 진화되어 나왔다고는 해도, 일종의 SF 문화라 할 수 있다.

포스트휴먼의 삶과 특이점 소설

코리 닥터로Cory Doctorow의 『마술 왕국에서의 다운 앤 아웃*Down and Out in the Magic Kingdom*』(2003)은 자신들의 성격과 추억을 백업 복사본으로 만들어 불멸의 삶을 살아가는 미래의 포스트휴먼에 관한 이야기 속에서 세계 박람회와 놀이공원의 물질적 SF 문화와 사이버 SF 문화 속 도덕적 환상의 초월성을 연결한다. 이 작품 속 포스트휴먼들의 백업본은 디즈니월드에 사는 새로운 클론의 몸속으로 다운로드할 수 있다. 이 유토피아적인, 결핍을 모르는 미래는 돈과 물질적 욕구는 초월해 있지만, 개인의 카리스마와 공공의 지지에 대한 평가를 기반으로 한 후피라고 불리는 명성의 경제는 여전히 존재한다. 작품의 플롯은 살인 사건 희생자인 쥘이 성격과 추억을 백업해 놓은 사본에서 다시 인간으로 복원되어 자신의 살인 사건을 수사하는 내용이다. 그는 놀이동산에서 놀이 기구 타는 방법에 관한 서로 다른 관점을 두고 다툼을 벌인다. 작품에 등장하는 디즈니월드는 더는 영리 기업

이 아니다. 많은 사람이 배우로서의 정체성을 통해 무한한 삶에 의미를 부여하고자 그곳에서 배우로 부업을 한다. 살인자 데브라가 관련된 한 그룹이 체화된 반응(예를 들어 애니메트로닉 대통령 관저에서 느낄 수 있는 경이로움이나 유령의 집에서 경험하는 두려움 등)을 불러일으키는 옛 기법으로 이식된 경험을 대체하여 놀이 기구를 변경하려고 한다. 그들은 링컨이 했던 발언을 흉내 내는 것보다는 링컨이 되는 가상의 경험을 제공하도록 대통령 관저를 개정하는 것이 "누군가의 뇌에 건조한 사실을 주입하는 것보다는"[p. 58] 경험을 "**인간**에 … 감정이입"하게 한다고 주장한다. 쥘의 경쟁 그룹은 사실을 이식하는 데브라의 기술이 인간을 파괴해 버릴 "벌집형 사고[hive-mind, 하나 된 마음, 집단 지성 등을 의미하지만, 개인의 독립적 사고와 의지를 '군중의 지혜' 등으로 뭉뚱그리는 개념이라는 비판도 있다]식 헛소리"이고 구식 "놀이 기구는 인간"이기에 "우리 각자가 우리 자신의 경험을 통해 그들을 중재해야 한다. 우리는 물리적으로 그들 안에 들어가 있고, 그들은 우리의 감각을 통해 우리와 이야기한다"[pp. 63~64]라고 주장한다.

　　이 소설의 진정한 관심사는 인간이 된다는 것은 무엇을 의미하는가이다. 기술이 우리를 변화시켜 인간이 아닌 다른 무언가가 되게 하는 것일까? 반대로 기술이 가능하게 한 경험의 변화에도 불구하고 우리가 인간으로 남아 있기를 원한다면, 반드시 보존되어야 하는 인류의 필수적인 요소는 무엇일까? 텍스트 내의 놀이 기구에 대한 양극화된 태도는 기술이 인간의 삶과 인류의 의미를 어떻게 바꿔 왔는지, 그리고 미래주의 서술이 어떻게 같은 일을 하는지에 관한 상징으로서 이중적인 기능을 한다.

제임슨이 주장했듯이, 미래를 더 나은 상품들이 성취해 낸 정형화된 유토피아의 모습으로 서술하는 것은 인간의 가능성에 대한 우리의 감각을 지나치게 좁혀 미래를 상상하는 것을 불가능하게 만들고, 이러한 디즈니 놀이 기구로서의 미래에서 "이기는 법칙"에 대한 닥터로의 풍자는 이 가능성의 종말을 전형적으로 보여 준다. 포스트 엡콧 센터[미국 디즈니월드 안에 있는 미래 도시]의 신조는 다음과 같다.

> 처음에 우리는 원시인이었고, 다음에는 고대 그리스가 있었고, 그다음에는 로마가 있었지만, 불타 버렸다(유황 냄새 특수효과 신호). 그다음은 대공황이 있었고, 마침내 우리는 현대에 이르렀다. 미래의 일을 누가 알 수 있을까? 우리는 안다! 우리는 모두 비디오폰을 가지고 해저에서 살고 있을 것이다. 처음은 귀여웠다. 심지어 흥미진진했고 고무적이기도 했다. 하지만 여섯 번은 당혹스러웠다. 모두와 마찬가지로, 일단 이메지니어링[imagineering, 놀이공원의 놀이 기구 아이디어를 구체화하는 것]이 좋은 망치를 갖게 되자, 모든 것이 못을 닮아 가기 시작했다.[p. 168]

이 소설은 마침내 쥘이 디즈니월드에서 사는 꿈을 포기하고 제3-수명-연장 사춘기에서 성장해 더 넓은 우주로 나가 구체적으로 상상하거나 예상할 수 없는 미래를 탐험하는 것으로 끝이 난다. 제품 실험실로서 SF의 상업 문화는 쥘의 디즈니월드 속 인생만큼이나 공허하다.

닥터로의 소설은 SF 저자이자 컴퓨터 과학자인 버너 빈지Vernor Vinge의 에세이 「다가오는 기술적 특이점The Coming Technological Singularity」(1993)[1] 에서 가져온 용어인 '특이점 소설' 하위 장르의 초창기 작품이다. 이 에세이에서 빈지는 특히 인공지능, 두뇌- 컴퓨터 인터페이스 그리고 인간의 생물학적 발전과 같은 영역 에서 기술 변화의 속도가 가속화되고 있기에 곧 어떤 전환점(특 이점)에 도달하게 될 것이고, 그렇게 되면 인간의 삶은 이전과 같 은 모습으로 유지될 수 없으리라는 사실을 이론화한다. 그 특이 점 이후에 우리는 포스트휴먼이 되어(또는 뭔가 다른, 인간보다 훨씬 우월한 존재로 대체되어) 있을 테고 세상도 너무나 달라져 있어서, 우 리 즉 특이점 이전의 인간들은 다가올 미래가 어떤 모습일지 이 해할 수 없을 것이다. 앞서 나온 사이버펑크처럼 특이점 소설도 다가올 기술력의 세상을 상상하고 탐문하며, 그것의 비전을 분 명히 드러내 보일 방법을 적극적으로 찾아 헤매는 사람을 위한 영감과 지침을 혼합해 놓은 역할을 한다. 특이점 소설의 가장 유 명한 전도자는 레이 커즈와일Ray Kurzweil로 그의 작품 『지적 기계 의 시대The Age of Intelligent Machines』(1990), 『21세기 호모사피엔스 The Age of Intelligent Machines』(1999), 『특이점이 온다The Singularity Is Near』(2005)는 인간-컴퓨터 통합의 미래를 상상한다. 그러한 미래 속에서 지능형 기계와 기술적으로 강화된, 거의 불멸의 인간들 은 우주 전체로 퍼져 나갈, 끊임없이 확장되는 새로운 지능의 사 회로 융화되어 들어간다.

　　포스트휴먼 미래를 위해 헌신하는 사람들은 많은 문화· 연구 기관을 만들어 이러한 목표 달성에 모든 것을 쏟아부었다.

예를 들어 자기 주도적이고 기술적으로 강화된 진화를 찬양하는 트랜스휴머니즘[transhumanism, 과학기술을 통해 인간을 정신적·육체적으로 개선하려는 지적·문화적 운동] 철학에 기초한 엑스트로피 연구소 Extropy Institute 또는 인류가 직면하고 있는 정치적·경제적·물질적 위기를 해결하는 데 필요하다고 믿어지는 기계 초지능을 개발하는 특이점 연구소(Singularity Institute, 현재는 기계 지능 연구소) 등이 그것이다. 한때는 주로 컴퓨터 과학자들의 소규모 문화였던 포스트휴머니즘은 생체 의학과 게놈 연구를 통해 맞춤의학 같은 분야로 확대되었다. 옥스퍼드대학교의 인류미래연구소 역시 이 대화에 철학을 도입한다. 다음에 제시한 이 다원적 연구 센터의 목표 선언은 SF가 수행하는 지적이고 문화적인 작업을 위한 또 다른 정의가 될 수 있을 것이다.

> 인류미래연구소는 인간 문명에 대한 전반적인 문제를 바라보는 선도적인 연구 센터이다. 지난 몇 세기 동안 우리는 엄청난 변화를 겪어 왔고, 이번 세기는 더욱 근본적인 방식으로 인간 조건을 변화시키게 될지도 모른다. 수학, 철학 및 과학의 도구를 사용하여, 우리는 기술 변화에서 비롯될 위험 및 기회를 탐구하고, 윤리적 딜레마를 따져 보고, 전반적인 우선순위를 평가한다. 우리의 목표는 인류의 장기적인 미래를 형성할 선택들을 명확히 하는 것이다.[2]

이처럼 다양한 포스트휴먼 사고 현장은 현대의 현실에서 표면화된 또 다른 SF 문화이다.

이러한 조직들은 자신들이 SF 문화의 일부로 여겨지는 것을 마땅찮게 여길지도 모른다. 인류의 미래에 관한 "진지한" 사색을 자신들이 SF 장르에 투영하는 사소함에서 분리해 내길 원하기 때문이다. 이런 점에서는 주류 문학 작가들도 마찬가지인데, 그들은 SF라는 레이블을 거부함으로써, 자신들이 SF 기법을 사용하는 것이 장르 작가들이 작업해 놓은 것보다 훨씬 중요하다는 사실을 넌지시 드러내고 싶어 한다. 이런 식의 부인에도 불구하고, SF는 "인류의 장기적인 미래를 형성할 선택들"에 대해 냉철히 반성해 온 오랜 역사를 가지고 있다. 물론 반성뿐 아니라 다른 일에서도 마찬가지로 오랜 역사를 자랑한다.

'사실'로서의 과학소설

포스트휴머니즘이 '순수하게' 과학소설적인 것에서 '실제로' 가능한 것으로 변화함에 따라, 과학적 지식으로 간주하는 것의 불안정한 위상이 위기에 처한다. 부분적으로 이런 불안감은 SF가 일반적으로 합법화된 과학만큼이나 사이비 과학과도 관련되어 왔기 때문에 나타나지만, 로저 럭허스트가 지적하듯이, 사실상 과학의 역사 자체가 초자연으로부터 이성을 가려내려고 애쓰는 동안 경쟁 집단들 사이에서 벌어지는 투쟁의 이야기이기 때문이다. 럭허스트는 한때는 유효한 과학적 패러다임으로 여겨지고 조사되었으나 그 후로는 논박되고 무시된 ESP[초능력], UFO 연구 등과 같은 개념을 기술하기 위해 "경계 과학marginal science"("의사 과학Pseudoscience", p. 405)이라는 용어를 선호한다.

예를 들어 초심리학[일반 심리학으로 설명할 수 없는 정신 영역이나 심령 현상들을 과학적으로 다루는 학문]의 의사 과학은 1930년대부터 1960 년대까지 부분적으로 미군의 자금 지원을 받아 듀크대학교의 조지프 뱅크스 라인Joseph Banks Rhine이 수행한 과학 연구의 바탕을 이루었다.[3] 19세기 후반 이후 SF의 주제는 좀 더 과학적으로 변해 가는 듯 보였다. 캠벨이 열정적으로 라인의 연구를 수용하고 1940년대와 1950년대 초심리학에 기반을 둔 추측을 장려한 결과이기도 했다. A. E. 밴보트의 『슬랜』(1940)과 시어도어 스터전의 『인간을 넘어서*More Than Human*』(1953) 같은 이 장르의 가장 사랑받는 텍스트는 인간이 진화의 다음 단계에 이르면 초자연적 능력이 발달한다는 아이디어를 전제로 한다. 하지만 초심리학이 정식 과학과 분리되면서, SF는 실제적 가능성은 아니더라도 강력한 은유라 할 수 있는 초자연적 능력에 근거한 추측적 외삽을 계속 생산해 냈고, 과학계 외부의 사람들은 ESP, 텔레파시 또는 예지와 같은 현상을 계속 믿었다. 이러한 경향을 허구와 현실을 구별하지 못하는 정신 나간 실패로 간주하던 지배적인 문화는 SF도 그와 유사하게 혼란스러운 것으로 보았기에, 자신들의 추측이 과학으로 진지하게 받아들여지기를 바라던 사람들의 눈에 이 장르 레이블은 훼손된 것이었다.

　　과학적인 것과 상상적인 개념의 융합에 자기 신화의 기원을 둔 다른 주변부 문화 집단에서도 비슷한 역사를 찾아볼 수 있다. 예를 들어 UFO 목격의 문화는 과학적 확증이 없음에도 고집스럽게 그 명맥을 이어 오는데, 1940년대 후반과 1950년대 초반에는 이 현상에 대한 진지한 과학적 조사가 있었다. 실제로 그러한 프로젝트를 폐쇄하고 UFO 연구의 새로운 문화와 거리를 두려 했던 미 공군과 같은 기관의 노력은 외계인의 존재를 정부가 은폐하려 한다는 음모론을 낳았고, 그것은 UFO가 존재한다는 초기 아이디어만큼이나 끈질기게 증명되어 왔다. UFO 연구는 그 자신을 일종의 과학으로 제시하는 거대한 성문화된 지식을 만들어 냈는데, 여기에는 다양한 종류의 만남과 목격을 문서로 만드는 데 필요한 증거의 기준을 범주화하는 것도 포함된다. 그것은 종종 SF와 섞이는 또 하나의 비주류 활동이며, 이 문화적 연계는 SF 장르의 허구적 형식에 익숙지 않은 사람들의 마음에 경멸적인 이미지를 만들어 냈다. 다른 세상에서 온 생명체의 존재와 그들이 지구로 여행할 수 있을지도 모른다는 가능성은 이 장르의 초창기부터 SF 메가텍스트 레퍼토리의 일부였는데, SF가 그러한 아이디어를 웰스의 『우주 전쟁』 속 식민주의 비평처럼 은유적으로 사용한 반면, UFO 연구는 실제로 외계인과 접촉하기 위해 애를 써 왔다. 하지만 최근 들어 UFO 연구에 관한 믿음은 정부의 부패를 탐구하는 주제를 용이하게 하는 상징으로 다시 이 장르 속에 반복적으로 짜여 들어간다. 지나치게 권위주의적인 정부의 힘에 대한 저항의 현장으로서 외계 존재의 가장 유명한 사례는 스티븐 스필버그Steven Spielberg의 〈이티〉(1982)이고, 텔레비전 시리즈 'X-파일'(1993~2002)과 그것의 영화 각색 버전(1998, 2008)은 정부가 국민을 배척하고 베일에 싸인 기업 이익을 위해 일한다는, 사이버펑크 SF에 의해서도 공유되는 일반적인 의혹을 표현하는 데 UFO 연구를 사용한 전형적인 사례이다.

비록 'X- 파일' 시리즈가 외계인 존재에 관한 조사로 시작하기는 해도, 점차 정부의 음모를 구체화하는 쪽으로 발전해 나가는 동안, UFO에 대한 진실보다는 정부 부패의 진실을 찾는 쪽에 점점 더 가까워진다. 예를 들어 시즌 2와 3의 몇몇 에피소드에는 제2차 세계대전 당시 은폐된 외계인 차량에서 나온 방사능, 외계인 감염을 인간에게 옮기는 것으로 보이는, 유성 충돌에서 나온 의문의 검은 기름, 그리고 현재에도 진행 중인 생물 무기나 인간-외계인 번식 프로그램과 관련된 정부의 민간인 실험의 전체적인 역사가 더해진다. 에피소드 〈공포의 지하세계〉(1996년 2월 16일)는 이러한 아이디어를 이란 콘트라 사건[4]에 연루된 용병과 관련지을뿐 아니라, 외계인 우주선을 숨기는 데 사용하기 위해 노스다코타의 미사일 사일로 폐기 조항을 준수하지 않는 것과도 관련짓는다. 따라서 진행 중인 정부의 음모가 외계인 음모라는 틀에 묶이게 되고, 덕분에 이 시리즈는 정부의 투명성과 의도에 정당한 우려를 표명하는 데 UFO 연구를 사용할 수 있게 된다.

　　UFO에 대한 믿음이 없다 하더라도 이러한 편집증이 합리적이라는 느낌은 시즌 4의 강력한 에피소드인 〈존재의 저편〉(1996년 11월 17일)에서 더욱 발전한다. 우리는 그림자 정부 간섭의 중심 요원(윌리엄 B. 데이비스William B. Davies분)에 대한 뒷이야기를 그의 경력을 개괄적으로 소개하는 내용을 통해 알게 된다. 그의 경력은 JFK와 마틴 루서 킹Martin Luther King의 암살에서부터 아니타 힐Anita Hill을 둘러싼 최근의 추문, 로드니 킹Rodney King을 폭행한 LAPD 경찰들의 재판, 그리고 마침내는 이 시리즈에서 계속되는 외계인 은폐에 이르기까지 모든 것과 관련되어 있다. 이 시리즈 속에서 담배 피우는 남자 또는 캔서맨Cancer man 등으로 불리는 그는 젊은 장교 시절 대통령을 죽이는 임무를 맡게 된 후 관련 사실을 그럴듯하게 부인할 방법을 묻는다. 그때 유머러스하게 제안된 한 가지 내용이 "외계인들이 저지른 행위라고 그들에게 말하라"이다. 물론 이 제안은 실행에 옮겨지지 않지만, 정부가 대중의 관심을 조작해 실제 벌어지는 음모에서 멀어지도록 하기 위해 외계인 음모 이론을 처음 만들어 냈을 수도 있다는 생각은 <u>으스스</u>할 정도로 그럴듯하다. 더욱이 캔서맨이 소설가로서 실패한 경력에 관한 장면들도 이러한 비전을 강화하는데, 그는 자신의 활동에 기반을 두고 쓴 『잭 콜퀴트의 모험』 이야기를 출간하려 하지만, 대부분의 편집자가 널리 이해하기 어렵다는 이유로 그의 작품을 거절한다. 그러다가 마침내 기회를 잡았을 때, 작품 게재를 제안한 그 잡지는 캔서맨의 소설 제목을 '실화 소설Roman a Clef'[프랑스어 관용구로, 실제 사건을 인물과 장소 등에 가상의 이름을 붙여 묘사하는 소설이라는 의미이다]이라고 건조하게 붙여 놓는다.

이 시리즈의 가장 효과적인 에피소드 몇 편은 정부가 특정 UFO 연구 이론이나 내용에 관한 별로 신빙성 없어 보이는 주장에 맞서 싸우기보다는 오히려 국민에 맞서 싸우는 것처럼 보인다는 정서적인 진실을 강조하면서, 이 음모론이라는 하위문화를 다시 장르의 소재로 전환한다. 정부와 외계인의 음모/은폐 이야기로 다시 돌아가는 시즌 4의 에피소드인 〈죽음의 돌〉(1996년 11월 24일)과 〈끝나지 않은 냉전〉(1996년 12월 1일)에서는 스컬리(질리언 앤더슨Gillian Anderson 분)가 의회 테러리즘 분과위원회 앞에서 증언을 한다. 정부는 멀더와 스컬리의 조사를 금지할 방법을 모색 중이다. 한편 멀더(데이비드 듀코브니David Duchovny 분)는 미국 정부와 KGB와 외계인 내부의 비밀 결사단을 위해 일하는 듯 보이는 인물인 크리섹(니컬러스 리Nicholas Lea 분)에게 "국가의 법률이 이 사람들을 국가 안보라는 이름으로 보호한다"라는 경고를 듣는다. 〈끝나지 않은 냉전〉 크레디트에서 이 시리즈의 태그라인('X-파일'은 맨 마지막에 작품의 주제를 집약해 보여 주는 태그라인이 지나가는데 보통은 "진실은 저 너머에 있다"이지만, 이따금씩 주제별 효과에 따라 다른 내용이 올라가기도 한다)은 "E Pur Si Muove"("그래도 그것은[지구는] 돈다"라는 의미의 라틴어이며 'eppur si muove'라고 적는 게 더 정확할 듯하다)이다. 이 구절은 갈릴레오가 그의 (정확한) 행성 운동 이론이 교회 교리와 상충하기 때문에 철회해야만 하는 상황에 몰리기 직전, 심리 청문회에서 중얼거렸다고 회자되지만 출처는 불분명한 문구이다.

시리즈의 시간 설정보다 앞선 시간을 배경으로 하는 〈음모 속의 여인〉(1997년 11월 16일)은 실제 UFO 음모가 정부의 부당한 지시에서 나왔다는 암시와 함께 정부의 불법 행위를 비판하는데 UFO 연구를 은유적으로 이용한다. 이 에피소드에서는 앞으로 반복적으로 등장하는 론건맨과 멀더의 첫 만남에 관해 이야기하는데, 론건맨은 음모론자들인 존 피츠제럴드 바이어스(브루스 하우드Bruce Harwood 분), 리처드 랭글리(딘 해글런드Dean Haglund 분), 멜빈 프로하이크(톰 브레이드우드Tom Braidwood 분)이다. 이 에피소드는 멀더와 론건맨이 망상을 유발하는 생물무기 실험 계획을 시민들에 폭로하려 하는 전직 무기 연구 과학자(현재 그는 비밀에 싸인 결사단에 쫓기는 중이다)를 추적하는 동안 서술을 전환하는 역할을 한다. 어느 시점에서, 약에 취한 멀더는 생물무기를 은폐하려고 노력하는 요원들의 왜곡된 이미지를 몽롱한 상태에서 보게 되고,

뿌연 안개 속에서 그 형체들은 인기 있는 외계인 납치 도상인 작은 회색 남자들로 보인다. 이렇게 'X-파일'은 어떻게 SF의 은유가 그것을 사실로 받아들인 UFO 연구 속에서 그 자체의 삶을 연장해 가면서, 동시에 현대의 UFO 연구 문화를 현대의 지배 구조에 관한 사변적 성찰로 변화시키는지 우리가 볼 수 있도록 도와준다.

종교는 SF 미래상과 현대의 실천 사이의 또 다른 교차점이다. 물론 이것의 가장 악명 높은 사례는 L. 론 허버드L. Ron Hubbard의 『다이어네틱스*Dianetics*』(1950)와 사이언톨로지[Scientology, 론 허버드가 창시한 신흥 종교로 과학기술을 통한 정신 치료를 추구한다] 및 유사한 관행들의 확립이다. 오늘날 사이언톨로지는 그 기원이 SF에 있다는 사실을 은폐하고 싶어 하지만, 허버드는 펄프 잡지에 실린 이야기 속에서 마음의 특정 상태를 수양하는 것에 관한 여러 아이디어를 처음으로 탐구했고, 다어어네틱스[사이언톨로지의 하위 연구로 부정적인 생각과 심상을 제거해 정신 건강을 도모하는 일종의 심리요법]에 미치는 영향의 하나인 일반 의미론 또한 A. E. 밴보트의 동시대 SF 속에서 탐구되었다. 론 허버드는 소설보다는 신학과 지침서를 쓰는 쪽으로 재빨리 돌아섰지만, 그의 작품 역시 SF 제작의 중심 기법이라 할 수 있는 현대의 과학 패러다임에 대한 연구와 향상된 인류를 위한 새로운 응용과 유토피아적인 미래로의 외삽을 통해 나온다. 다이어네틱스와 사이언톨로지는 일반적으로 SF의 일부로 간주되지 않지만, 그들도 SF 장르에서 출현하여 일종의 SF 감수성을 보급한 문화다. 유사한 아이디어가 SF 속에서 계속 다루어지고 있는데, 예를 들어 로버트 하인라인의 『낯선 땅 이방인*Stranger in a Strange Land*』(1961)에서 분명하게 설명하는 그로킹[grokking, 어떤 것을 직감적으로, 또는 공감하여 이해하는 것]이나, 프랭크 허버트Frank Herbert의 『듄*Dune*』(1965) 같은 작품에 등장하는 베네 게세리트[Bene Gesserit, 여성이 주축이 되어 '인류를 올바른 방향으로 이끌어 나가는 것'을 지상 목표로 삼은 사회적·정치적·종교적 핵심 세력]와 멘타트[Mentat, 일종의 정신 수련법으로, 이것을 수련한 인간들이 기존에 컴퓨터가 하던 일을 수행한다] 규율/제도의 결합된 능력 등이 그것이고, 이 두 소설은 SF 팬덤을 넘어 반문화에서도 널리 읽히고 있다. 둘 다 실천공동체에서 높은 평가를 받았으며, 전자는 휴고상을, 후자는 휴고상과 네뷸러상 둘 다를 받았다.

비평으로서의 팬 문화

비록 이러한 다른 문화들이 SF 덕에 형성되어 SF에 관한 몇몇 대중적 이해를 형성하고 있기는 해도, 이번 장을 연 팬 실천공동체는 SF의 중심적인 대중문화로 남아 있다. 오늘날 팬 문화는 초기 잡지 팬덤보다 훨씬 더 다양하다. 초창기 팬들 간의 갈등은 경쟁 그룹 간에 공유했던 하나의 문학 장르를 위한 최고의 방향을 정의하는 것과 관련이 있었다. 하지만 오늘날에는 많은 팬 공동체가 SF 미디어 팬덤에서 출현한다. 이것은 SF 장르 쪽에 더 많은 여성 팬을 데려온 현상으로 널리 알려져 있지만, 동시에 여전히 일부 팬덤에서는 인쇄된 SF보다 더 열등한 것으로 여겨지기도 한다. 비록 다른 장르에도 팬덤이 있기는 하지만 팬 문화에 관한 학문적 연구는 SF 팬덤을 바라보는 사람들에 의해 개척되었다. 헨리 젠킨스Henry Jenkins의 탁월한 작품인 『텍스트 밀렵자들 Textual Poachers』(1992)이 좋은 예이다. 팬들을 진절머리 나는 광신 자쯤으로 치부하는 고정관념에 항의하면서, 젠킨스는 그들을 적 극적인 독자로 바라본다. 즉, 그들은 대중 산업이 제공하는 것을 수동적이고 무분별하게 소비하기보다는 대중문화의 재료를 받 아들여서 나름의 의미를 구축해 가는 존재들이며, 팬진과 팬픽 그리고 비슷한 공동체에 속해서 스스로 새로운 텍스트를 생산 해 내기도 한다. 팬 연구는 젠킨스가 환히 밝혀 놓은 길을 따라 크게 발전했으며, 현재는 업계의 패권과 지적재산권 문제, 팬 문 화의 독창성과 원문을 비판적으로 다시 쓰는 것 사이의 복잡한 교류를 미묘한 차이와 함께 조사하는 정교한 작업이 진행 중이 다. 최고의 팬 픽션[소설 등의 팬이 작품 속에 나오는 인물을 등장시켜 새롭 게 써 나가는 작품]은 사랑의 삼각관계 같은 서사적 시점이 만족스 럽게 해결되지 않았을 때, 팬이 스스로 공식 텍스트를 변경해 감 정적인 성취를 얻는 것에만 국한되는 것이 아니다. 팬 픽션은 또 한 대중문화가 제공하는 비전에서 인종 또는 성적 지향이 배제 된 사람들을 위해, 자신이 사랑하는 텍스트에 공간을 만들어 내 는 일종의 치유 활동이 될 수도 있다.

콘스탄스 펜리Constance Penley의 슬래시 픽션에 관한 연구도 마찬가지로 영향력이 있다. 슬래시 픽션이란 미디어 텍스트에서 두 명의 이성애자 등장인물을 취해 그들 사이의 노골적인 성적 활동에 관해 쓰는 팬 픽션으로, 펜리가 분석한 슬래시 커플 가운 데 가장 유명한 것은 K/S 또는 커크/스팍 슬래시이다. 펜리는 가 부장적이고 이성애적인 관계의 제한된 성 역할과 많은 여성의 감정적 만족 결여를 비평하는 방식으로서 그러한 팬 픽션을 이해하기 위해 정신분석 이론을 사용한다. 슬래시 팬 픽션을 포함해서 모든 팬 픽션은 상업 SF 텍스트를 더하고 수정하여 새로운 의미를 만들어 내면서 종종 또 다른 문화 비평 양식의 역할을 하기도 한다. 과학기술의 변화와 함께, 그 기술을 통해 많은 사람이 미디어 텍스트를 소비하는 오늘날에는 더 이상 TV 편성 시간이나 극장에서 보는 영화에 의존하지 않고, 자신의 미디어 텍스트를 더욱 쉽게 만드는 기술력에 접근하기가 훨씬 편해지면서, 팬과 산업 생산의 교류는 더욱 유동적이 되었다. '바빌론 5 *Babylon 5*'(1994~1998)의 창작자인 J. 마이클 스트러진스키J. Michael Straczynski 같은 장르 작가는 웹상의 게시판에서 벌어지는 대화에 팬을 참여시키는 전술을 개척했으며, 편지 쓰기 캠페인으로 팬덤 내에서 유명한 협업 양식인 제작자와의 협상을 위해 적극적으로 팬의 지원을 구했다. 이 협상은 진 로든베리Gene Roddenberry[스타 트렉의 아버지로 불리는 최초의 창작자]에 의해 부분적으로 조율되기는 했지만, 팬 대행사가 영향을 미친 것으로 널리 기억되기도 하는데, 덕분에 두 번째 시즌 이후 취소될 뻔했던 '스타 트렉: 오리지널 시리즈'를 구해 낼 수 있었다. 업계는 새로운 아이디어를 발굴하기 위해 팬 프로덕션 쪽에 의지하기 시작했다. 판타지에 바탕을 둔 팬 픽션으로 가장 유명한 '그레이의 50가지 그림자50 Shades of Grey' 시리즈는 2011년 상업 소설로 출간되었으며 현재는 영화로 제작 중[한국에서는 2015년 처음 개봉했으며, 2017년과 2018년 속편이 개봉했다]이다. 또한 한때 팬 활동의 영역이었던 일련의 부수적인 텍스트, 예를 들어 단역이나 시리즈가 전개되는 시간대 이전의 역사에 관한 이야기를 채우는 웨비소드[webisodes, 온라인상에서 보거나 다운로드할 수 있는 텔레비전 프로그램의 에피소드], 또는 출간 서적이나 텔레비전 세계에 기반한 만화책 및 디지털 게임 같은 스핀오프 상품을 포함하기 위해 업계 자체에서도 활동을 확장했다.

전형적으로 SF의 일부로 간주하지는 않지만, 또 하나의 커다란 팬 공동체인 디지털 게임계의 어마어마하게 수익성 높은 문화도 SF의 설정을 자주 사용한다. 물론 일반적으로 이러한 1인칭 슈팅 게임 활동은 다른 설정의 게임에서 하는 활동과 그다지 다르지 않다. 그럼에도 불구하고 '헤일로*Halo*'와 같이 대단히 인기 있는 게임 프랜차이즈는 SF 세계에 자리 잡고 있으며, 전통적으로 더 SF에 가깝다고 여겨지는 소설로 만들어지는 등 부수적인 제품을 생산해 왔다. 최근 스티븐 스필버그는 이 게임을 바탕으로 실사 TV 시리즈를 개발할 계획이라고 발표했다. 근래의 또 다른 시장 혁신은 SyFy 네트워크 시리즈 '디파이언스*Defiance*'(2013~)이다. 이 게임은 관련 디지털 게임과 함께 "하나의 세계: 자신을 몰입하는 두 가지 방법One World: Two Ways to Immerse Yourself "[5] 이라는 태그라인과 함께 출시되었다. 비록 각 탐험 모드와 관련된 뚜렷한 시각적 이미지들, 즉 시리즈의 서사를 제안하는 미래 도시와 게임의 1인칭 슈터를 제안하는 무기와 적들은 이 두 가지 방식이 서로 관련이 있지만 다르다는 것을 증명한다.

따라서 우리는 이러한 모든 실천공동체가 SF의 일부로 적절하게 간주되는지에 의문을 갖게 된다. 국제 우주정거장으로 떠나는 여행에 참가하고, 뉴멕시코 로스웰의 UFO 연구 관광 산업에 참여하며, MMORPG(대규모 멀티 플레이어 온라인 롤플레잉 게임)

또는 세컨드 라이프의 온라인 문화에 참여하는 활동 등도 이 장르의 일환으로 간주해야 할까? 아니면 그것들은 단지 부산물에 해당할 뿐, 실천공동체가 점점 성장하고 있다고는 해도 더는 SF의 일부가 아닌 것일까? 실천공동체를 통해 SF를 생각하는 것은, 우리가 더는 어떤 단일한 것을 SF라고 부를 수 없으며, 따라서 다양한 수준의 헌신을 아우르면서 여러 매체에 등장하는 다양한 SF를 이론화해야 할 필요가 있다는 사실을 증명해 보여 준다. 확실한 것은 팬 공동체가 다른 대중적인 장르보다 SF 장르를 형성하는 데 크게 기여했다는 점이다. 이것이 트랜스미디어 [Transmedia, 하나의 이야기나 경험을 다양한 매체와 형태를 통해 전달하는 기술] 제작 환경에서 SF의 미래에 어떤 의미를 갖는지 아직은 두고 볼 일이다.

1   1939년 퓨처라마 전시를 홍보하는 제너럴모터스의 단편영화 <새로운
    지평으로>을 보라(http://youtu.be/tAz4R6F0aaY). 이 영화를 일종의 물질문
    화 SF라고 간주해 본다면, 이 영화의 수사학과 SF 기법 사이에 어떤 유
    사점이 있는가? 이 영화는 어떤 종류의 미래를 꿈꾸며 지지하는가?

2   www.fanfiction.net에서 온라인 팬 픽션 보관소를 방문하여 알고 있는
    SF 텍스트에 관한 팬 픽션을 읽어 보라(어떤 매체 형태로든). 그 팬 픽션은
    그 업계의 텍스트에 관해 어떻게 언급하고 어떻게 그것을 바꾸는가? 그
    것은 어떤 종류의 개정이나 비평을, 어떤 목적에 부합하도록 재현하는
    가? 팬 픽션이 인기 있는 텍스트의 소비에서 통제력을 주장하는 효과적
    인 방법으로 보이는가? 그것이 대중매체의 경제가 포함하지 못하는 전
    망을 가능하게 하는가?

3   인류미래연구소 같은 조직의 업무와 SF를 연결하는 것이 공정한가? 그
    들은 SF와 유사한 지적 프로젝트에 종사하고 있는가, 아니면 그들의 작
    업을 지칭하기 위해 뭔가 새로운 단어가 필요할 정도로 SF와는 현저하
    게 다른 무엇과 관련되어 있는가? 연구가 더 나은 인간을 만드는 것 같
    은 기술(그 기원에서부터 SF 장르에 포함되어 있던 비전)을 구체화하기 시작한
    다면, 그런 일이 SF가 되는 것을 멈출 수 있을까? 인간이 달에 간 이후
    로 우주여행이 더는 SF가 아니게 되었는가? 여러분도 역시 바이오해킹
    [DNA나 생체 기능에 관련된 조작 등]에 관한 연구를 하고, 그것이 팬 픽션에
    의해 수행되는 문화적 작업과 동등한 생명과학으로서 이해될 수 있는지
    여부를 고려할 수도 있을 것이다.

신념의 문학

팬과 학계 공동체 내에서, SF는 종종 신념의 문학으로 언급된다. 이 공식은 SF 장르에 관해 널리 알려진 다음과 같은 뻔한 사실을 시사한다. 우선 SF는 논리적으로 문제를 해결한다. 또한 그것은 내면을 다루는 주류 문학과 구별되며 더 넓은 세상에 대한 질문을 탐구한다. 그리고 **만약?**을 묻는 사고 실험이며, 가능한 결과를 찾아 나아간다. 가상 세계의 어떤 면이 설명되고, 어떤 면이 말할 필요도 없이 전달되는지 확인하는 데 초점을 맞추는 SF의 비판적 독서를 통해, 우리는 텍스트가 현실 사회 구축에 특정한 개입을 한다는 것을 이해하는데, 이는 우리가 불가피하고 자연스러운 것으로 여기는 현실을 다시 생각하게 하는 방법이다. 신념의 문학으로서 SF는 심미적 양식이라기보다는 사회적 힘과 문화적 의미라는 어려운 문제들을 다루기 위한 해석적 틀에 가깝다. 테레사 드 로레티스Teresa de Lauretis는 SF가 "잠재적으로 새로운 형태의 사회적 상상력을 발현할 수 있도록 하는 창의적인" 방식으로 상징들을 사용한다고 주장하는데, 여기서 창의적인 방식이란 "문화적 변화가 일어날 수 있는 지역을 지도화한다는 의

미에서 창의적"[p. 161]이다. 페미니스트들은 SF를 현재의 사회적 형태를 비판하고 대안을 제시하는 수단으로 빠르게 인식했다. 『우리는 무엇을 위해 싸우고 있을까?*What Are We Fighting For?*』에서 조애너 러스는 SF가 그녀에게 "**모든 것은 정말로 다를 수 있다**"[ch. xv]라고 생각하도록 영감을 불어넣는 원천 중 하나라고 언급한다. 동료 저자 수지 맥키 차나스Suzy McKee Charnas도 마찬가지로, SF는 오늘날의 자유롭지 않은 사회에서 '현실성 있는' 자유로운 여성 캐릭터를 만들기 위해 '현실'을 왜곡하는 대신 '제한된 의미와 영향을 예외로 하지 않고도 건강하고 견고한 규범에 따라"[르파니, p. 158 재인용] 그러한 캐릭터를 구상할 수 있는 맥락을 제공한다고 주장한다. 이 장르적 세계관의 미학은 사회적 규범을 재고하는 데 이상적이다.

도나 해러웨이Donna Haraway는 「괴물들의 약속The Promises of Monsters」(1992)에서 SF는 "문제가 있는 자아와 예기치 않았던 타자들 간 경계의 상호 침투와 존재 가능한 세계의 탐색"에 관심이 있다고 주장한다. 그녀의 세 가지 중요한 비평 용어(자아, 타자, 세계)는 현상 유지의 접전이 벌어지는 장소이다. 해러웨이의 독창적인 이론 연구는 그 자체로 문화적 비평이 되는 일종의 SF다. 예를 들어 그녀의 「사이보그 선언Cyborg Manifesto」(1991)은 문화/자연, 남성/여성, 백인/흑인, 인간/기계의 대립을 넘어 주관성을 재인식할 수 있게 해 주는 이미지를 어느 한쪽이 아닌 둘 다 수용하는 제3의 성에 관련된 정치적 문제들을 해결하기 위해 SF 메가텍스트에서 가져온 이미지를 사용한다. 해러웨이의 설계 속에서 SF는 인간/기계, 인간/동물, 물질/가상의 경계가 기술 개발,

과학적 발견, 정보화 사회 속 노동의 사회적 관계 변화로 해소되는 세상에서 달리 이해할 수 없는 "사회 및 신체적 현실"[p. 457]의 지도를 작성할 수 있는 비판적 사고방식이 된다. 해러웨이의 사이보그는 가부장적 계층 구조에 노골적으로 도전하여 무엇이 "여성의 경험"[p. 456]과 "자연"[p. 460]으로 간주되는지 재고하고, "성별이 없는 세상"[p. 457]을 상상해 볼 수 있는 공간을 열어 준다. 해러웨이는 SF의 방식대로 외삽하면서 "과학소설과 사회 현실의 경계는 착시 현상"[p. 457]에 불과한 세상에 보내는 이 사회주의자 페미니즘 선언문을 쓴다. 그녀는 페미니스트들이 기술과학을 두려워하기보다는 오히려 그것에 관여하고, 혼종을 포용하는 사이보그 작문을 수행하고, "여성, 피부색, 자연, 노동자, 동물 지배(간단히 말해, 타자로 여겨지는 모든 대상에 대한 지배)에 관한 논리와 관행에 대해 모두 체계적인"[p. 471] 서양 전통의 이중성을 초월해야 한다고 촉구한다.

페미니즘 과학소설

페미니즘 SF는 해러웨이의 사이보그 글쓰기의 비전에 영감을 주는 동시에, 하이브리드 주제를 탐구하라는 그녀의 요청에 대한 답변이기도 하다. 이 장르에는 초창기부터 이 다양한 타자들에 대한 지배에 도전하는 작품들이 포함되어 있다. 예를 들어 레슬리 F. 스톤Leslie F. Stone의 「골라의 정복The Conquest of Gola」(1931)은 가장 초기의 젠더 역전에 관한 작품 중 하나이다. 인간을 다른 존재와 구분해 주는 "최근에 털을 뽑아낸 듯한 날것의 분홍빛 갈색 피부"[p. 100] 대신 모피나 깃털로 덮인 인간과 비슷한 종에 관한 비전 속에서, 가부장적 지배에 대한 이 비판적 이야기는 동물보다 인간을, 자연보다 문화를 더 중시하는 이분법적인 태도를 간접적으로 비난한다. 「골라의 정복」은 골라에 있는 모계 중심 사회의 한 여성 거주자의 관점에서 쓰였다. 그녀는 우리가 지구라고 이해할 수 있는 행성 디텍살의 실패한 침략에 관해 되짚어 본다. 이야기는 이 이상한 세상에 관한 질문을 촉발하기 위해 전형적인 SF적 소외로 시작하는데, 예를 들어 '타tas'를 측정 단위로 사용하는 것이 그 예이다. 그런 다음에는 다른 물리적 세계의 외삽에서 다른 사회 세계를 구성하는 외삽으로 빠르게 이동한다. 이때 화자는 수사적으로 "우리도 다른 세계, 다른 우주를 탐험하기 위해 떠날 수도 있었지만, 대체 무엇을 위해? 우리는 여기서 행복하지 않은가?"[p. 98]라고 질문한다. 골라의 사회는 디텍살의 삶을 특징짓는, 획득을 위한 경쟁적인 투쟁과 비교했을 때 공동체적 유토피아라 할 수 있다.

스톤은 신체적·사회적 표준에 대한 우리의 규범적인 인식에 계속 도전하면서, 골라에서의 다양한 삶의 구현과 조건이 다양한 가치와 사회구조 역시 가져온다는 것을 상기시킨다. 예를 들어 디텍살의 이상한 남성들은 "어떤 장기든 원하는 대로 끌어내고, 유용성이 다하면 폐기해 버리는"[p. 100], 능력이라기보다는 차라리 고정된 생물학적 특성을 가지고 있다. 그들은 골라 종족이 보기에는 문화적으로 해독할 수 없는, 역시 이상한 "탐험과 착취"[p. 103]라는 사명감도 느끼고 있다. 골라 행성을 인간들을 위한 고급 휴양지로 만들겠다는 남자들의 제안에 대해 골라인들은 "우리에게는 그저 헛소리로밖에는 들리지 않는다"라고 생각한다. 그들은 여자들이 즉각적으로 복종하지 않으면 무력을 사용하겠다고 위협하는 등, 여자를 진지하게 받아들이지도 못하면서 휴양지 "사업 준비며 상거래, 무역, 관광객, 수익, 클라우드 디스펜서니 뭐니 하는 것들"[p. 104]을 떠들어 대기 때문이다. 골라는 탁월한 기술력을 바탕으로 신속하게 디텍살 우주선을 진압한다. 그러자 디텍살인들은 보복을 해 오고 우리의 화자는 그녀의 배우자/노예인 존의 팔에 안긴 채 깨어나서 깨닫는다. "잠시 새로운 감정이 나를 휩쓸었다. 나는 강한 남자의 팔에 안겨 있는 기쁨을 처음으로 알게 되었다."[p. 107] 남성이 쓰는 많은 역할 역전극 속에서 이러한 장면은 대체로 여성이 다음의 사실, 즉 러스의 신랄한 표현에 따르자면, "이성애는 동성애보다 육체적으로 훨씬 행복하기에, 여성을 성적 쾌감뿐 아니라, 특히 한 남자와 전체 남성 지배의 이념에 얽매이게 한다"(「아모르Amor」, p. 9)라는 사실을 깨닫게 할 목적으로 사용된다. 하지만 우리의 화자는 존의 부드러운 포옹의 와중에도 그가 그녀의 두려움과 무기력함 속에서 느끼는 기쁨을 꿰뚫어 볼 수 있을 만큼 기민하다. 디텍살인들은 골라의 남성들을 회유해 그들 편으로 끌어들이는 데 잠시 성공하지만, 결국에는 여성들이 우월한 정신력을 발휘해 그들의 남성들을 다시 노예 상태로 돌아오게 하고 디텍살인들은 다시 지구로 돌려보낸다.

「골라의 정복」은 디텍살 남성들의 침략과 이들의 상업적 착취를 영원히 경계해야 한다는 다소 비관적인 언급과 남성과 여성의 사회적 평등이 불가능하다는 신념으로 끝이 난다. 골라의 모계사회는 디텍살의 부계사회를 억압하거나 그들에게 압제당하거나 둘 중 하나를 선택할 수밖에 없다. 이처럼 암울한 비전에 대해 스톤을 비난하는 것은 쉽지만, 그녀가 이 작품을 출간했을 당시의 상황, 당시 여성들은 투표권을 얻은 지 얼마 안되었으며 남성들에게는 열려 있던 대부분의 교육 및 직업의 기회에서 거부당해야 했다는 사실을 유념하는 것이 중요하다. 스톤, 클레어 윙거 해리스Clare Winger Harris, C. L. 무어, 리 브래킷Leigh Brackett, 릴리스 로레인Lilith Lorraine과 같은 일부 여성은 초기 SF 펄프 잡지에서 작품을 출간할 기회를 얻을 수 있었지만, 그 외의 많은 여성 작가는 성별을 숨겼고(무어의 이니셜 사용, 브래킷의 젠더 중립적인 이름 등), 해리스, 로레인 그리고 스톤 자신과 같은 다른 작가들은 캠벨에 의해 SF의 기술관료제적인 관점이 촉진되면서 1940년대가 될 때까지 거의 출간을 할 수 없었다. 실제로 『웨슬리언 과학소설 선집Wesleyan Anthology of Science Fiction』 편집 팀은 스톤이 자신의 경력이 끝난 데는 그러한 편집상의 편견이 작용했다고 직접적으로 비난했다고 적고 있다. 그러면서 캠벨이 그녀의 제출물 중 하나를 다음과 같은 메모와 함께 반환했다는 사실도 밝히고 있다. "나는 여성에게 과학소설을 쓸 수 있는 능력이 있다고 믿지 않는다. 그리고 찬성하지도 않는다!"[p. 96] 이 초창기 여성 작가 중 많은 이의 역할이 황금기 남성 작가들의 정전에 특권을 부여했던 선별적 역사 탓에 현장에서 잊히게 되는데, 이는 페미니즘 학문과 제2세대 페미니즘 물결에 적극적으로 관여한 작가와 비평가 세대가 그들의 작업을 회복시켜 놓을 때까지 계속되었다.

「골라의 정복」을 이해하는 중요한 방법은 가부장적인 SF 속에서 여성을 재현하는 전형적인 방식, 혹은 아예 여성의 존재를 지워 버리는 방식을 적극적으로 다시 쓰는 것이다. 러스는 장르적 비유의 전복적인 변신을 통해, 그리고 기술적 변화뿐 아니라 사회변혁도 충분히 구상해 내지 못한 SF의 실패에 대한 비판적 고발을 통해, SF 메가텍스트에 내재된 많은 가부장적인 추정을 가시화하고 다시 쓰기 위해 다른 어떤 작가나 평론가보다도 더 많은 일을 했다. 그녀의 에세이 「과학소설 속의 여성의 이미지The Image of Women in Science Fiction」(1971)는 여성의 캐릭터를 완전히 실현하기보다는 단지 여성의 이미지만을 제공하는 것이야말로 정확하게 이 장르에 넘쳐 나는 것이라고 논쟁적으로 주장한다. 러스는 이러한 이야기들을 "현재, 백인", 우주로 이주해 간 "교외 지역에 사는 중산층"[p. 81]의 이야기로 일축하면서, 그 대신 사회를 밑바닥부터 재건할 수 있는 이 장르의 능력을 더 야심 차게 사용할 SF, 다시 말해 정형화된 플롯에서 성적 편향성을 드러내지 않으면서 동시에 문화적 변화가 일어날 수 있는 공간을 상상해 나갈 SF를 소망했다. 이러한 두 가지 프로젝트의 핵심은 여성성 및 만연해 있는 이성애 규범이라는 가부장적인 사상이 여성에게 가하는 피해를 폭로하고 해부하는 것이었다. 러스는 여성의 통제력과 행복의 가능성을 넓혀 주는 SF를 꿈꾸었는데, 이 아이디어는 그녀의 유명한 포스트모더니즘 평행 우주 걸작 『여성 인간』(1975)에서 가장 잘 탐구되었다. 이 책은 급진적으로 다른 문화적 조건 탓에 삶의 모습이 달라진 같은 여성들의 네 가지 다른 버전의 이야기를 들려준다. 도서관 사서인 제닌은 제2차 세계대전이나 제2세대 페미니즘이 없는 세계에서 결혼을 통해 인생의 성공이 정의되는 문화적 압력에 맞서 싸우는 삶을 살아간다. 전사인 야엘은 절대적으로 양극화되고 성별로 분리된 맨랜드와 우먼랜드 사이에 전면전이 벌어지는 가까운 미래에 살고 있다. 다른 세상으로 여행해 다니는 일종의 외교관인 재닛은 먼 미래의 유토피아인 와일어웨이라는 곳에 살고 있는데, 그곳의 남자들은 남성에게만 전염되는 질병으로 전멸했다. 마지막으로 책의 저자 자신과 마찬가지로 영문학과 교수인 조애너는 현대 뉴욕에 살면서 여성운동의 필요성에 분투한다. 이들 모두는 같은 여성이지만, 뚜렷한 젠더 훈련 체제 탓에 달라졌으며, 따라서 소설은 여성의 삶을 손상시키는 기술로서 젠더 이데올로기를 의심한다.

조애너는 현재의 이데올로기 질서 속에서 완전한 사람이 되는 유일한 길이라고 자신이 결론 내린 '여성 인간'으로 자신을 설명한다. 야엘과 재닛은 이러한 가부장제 내의 여성 정체성 문제에 대해 각자 개별적인 해결책을 제시한다. 야엘은 모든 남성을 상대로 하는 교차 세계 혁명을 제안하면서 여성들을 하나로 모은다. 그녀는 감정을 억제하고 남성과 여성 사이의 화해를 헛된 것으로 보며, 침팬지 DNA로 만들어져 전두엽 절제술을 받은 인공 남성 데이비를 통해 성적 욕구를 충족한다. 재닛은 데이비에게 소름 끼쳐 하며, 호전적인 성차별이 완전한 인격을 향한 유일한 길이 된다면 여성도 인간성을 잃게 되리라고 믿는다. 오직 성차별이 없는 세상에서 온 재닛만이 자신감 넘치는 완전한 인간이다. 그녀는 육체적인 힘을 표현하는 것만큼이나 자신의 감정도 표현하고, 결혼과 직업 모두를 포용한다. 지금까지 남자에게 결코 타자가 될 필요가 없었던 재닛은 자신을 열등하거나 다른 존재로 생각하지 않는다. 야엘처럼 분노로 반응하든, 재닌처럼 절망적으로 반응하든, 어쨌든 다른 J들을 괴롭히는 문제들이 그녀에게는 아무 문제가 되지 않는다. 야엘은 재닛이 호전성을 거부하는 것이 시몬느 드 보부아르Simone de Beauvoir가 말한 '두 번째 성'의 부담에서 그녀를 해방시키기 위해 선조들이 밟았을지도 모를 극단적인 발걸음을 부인하는 특권의 장소에서 비롯된 것이라고 주장한다. 조애너의 세계에서 페미니즘의 문화적 변화를 통해 덜 극단적인 해결책이 생길 수 있기를 희망하며 마지막 단락에는 책 자체에 직접적으로 전달하는 메시지가 담겨 있는데, 당당하게 세상 밖으로 나가되 "무시당한다고 비명 지르지 말 것이며"[p. 213], 세상 사람들이 더는 이 책을 이해할 수 없는 때가 오면 그날이 바로 "우리가 자유로워지는 때"[p. 214]이므로 "이상하고 구식이 되는 때가 오더라도 불평하지 말라"[p. 213]라고 격려한다.

러스는 초기 단편소설 「그들이 돌아온다 해도When It changed」(1972)에서 여성으로만 이루어진 사회의 이상을 탐구하기 시작했다. 이 이야기는 와일어웨이의 버전을 대안적인 세상이 아니라 우연히 지구로부터 고립되어 바이러스에 감염된 남성들이 모두 사망한 후 오직 여성 인구만이 남은 한 정착지로 그린다. 그리고 성별이 없는 사회에서 완전한 인격의 가능성과 여성의 발달에 맞선 가부장적 문화의 장벽을 간결하게 포착해 낸다. 와일어웨이 정착지는 해러웨이의 용어로 사이보그 사회의

한 모델인데, 이는 장기간의 문화적 고립 후에 이 정착지에 도착한 "실제 지구 사람들!"[p. 509]에 의해 혼란스러워지는, 성별을 초월한 세상이다. 스톤과 마찬가지로 러스는 SF 기법을 효과적으로 사용하여 우리가 당연시하는 인식을 교란하고, 독자가 아니라 와일어웨이 사람들에게 정상적으로 느껴지는 관점에서 이야기를 서술한다. 첫 단락에서 1인칭 화자의 성별은 드러나지 않으며, 본문의 단서들은 우리가 가부장적 문화의 성별 고정관념에 의존해야 할지 말아야 할지 혼란스럽게 한다. 우리의 화자는 운전을 너무 빨리 하는 아내 케이티에 관해 이야기하는데, 그녀는 "하루 만에 차 한 대를 완전히 분해해서 다시 완벽하게 조립할 수 있는"[p. 508] 사람이지만, 총은 두려워한다. 반면에 화자는 기계와 관련된 능력은 부족하지만, 세 번의 결투를 경험했다. 심지어 "한 명은 그녀의 아이이고, 두 명은 내 아이"[p. 508]인 아이들에 관한 설명조차도 부부가 이성애자가 아니라는 사실을 굳이 드러내지 않지만, 가장 나이 많은 아이인 유리코에 관한 묘사는 비록 그 아이가 "케이티의 눈과 케이티의 얼굴"을 꼭 닮았음에도 화자가 "내 아이"[p. 509]라고 했던 이유에 관해 곰곰이 생각해보게 한다. 따라서 독자들은 자연적이지 않은 이상한 상황으로 성별의 차이를 경험할 수 있게 된다.

이 이야기는 와일어웨이 사람들에게 정상적이고 자연스러운 것과, 여성만으로 구성된 문화를 받아들이는 데 어려움을 겪는 지구 남자들에게 정상적이고 자연스러운 것 사이의 간극에 중심을 둔다. 우리의 화자 재닛은 남성성을 이상한 것으로 본다. 남자들은 "분명히 우리 종의 동물이지만, 우리와는 다르다.

설명할 수 없을 만큼 아주 멀다."[p. 509] 그들은 악수를 하는 등의 이상한 구식 관습에 빠져 있고, "분명치 않고 깊은 목소리"에 "짐 끄는 말처럼 무거운"[p. 509], 거의 동물 같은 외모를 가졌다. 이러한 묘사는 남성이 인류의 중립적 구현이며 여성은 그들의 규범에서 벗어나는 방식으로 정의된다는 자연스러운 가정을 소외시킨다. 러스의 이야기는, 예를 들어 인류라는 의미의 단어를 'humanity' 대신 'mankind'라고 적는 등, 남성적인 단어를 보편적인 것으로 사용하던 시기에 출간되었는데, 작품 속의 남성들은 바로 그 패러다임 내에서 기능함으로써 와일어웨이 사회에 혼란을 불러일으킨다. 많은 시민을 만나고 와일어웨이의 사회질서와 역사에 관해 배워 가고 있음에도 한 남자가 계속해서 "사람들은 다 어디 있습니까?"라고 질문하는데, 재닛은 마침내 "그는 사람이 아니라 남자를 말하는 것이었고, 그가 그 단어에 부여한 의미는 와일어웨이에서는 6세기 동안이나 없었던 것"[p. 511]이라는 사실을 깨닫는다. 성별 차이의 부재는 두 활동 사이의 어떤 모순도 인식하지 않고 결투를 하고 출산을 할 수 있는 재닛 같은 개인들보다 와일어웨이에 더 많은 중요한 변화를 만들어 낸다. 스톤의 골라처럼 와일어웨이 사회도 지구와 사회적·경제적인 구조가 다르다. 그들의 정부는 "직업과 지리적인 것"이라는 두 개의 의회로 조직되어 있는데, 그들은 오염의 원천이 되는 에너지보다 증기 동력에 의존하고 있으며, "산업화로 미친 듯이 뛰어들기 위해 삶의 질을 희생하는 것"[p. 511]을 경계한다.

재닛은 성차별화된 사회와의 접촉이 와일어웨이에 가져올 변화를 이러한 삶의 방식과 딸들의 발전 두 가지 측면에서 모두 두려워한다. 남자들은 스스로를 손상된 문화의 구세주라고 생각한다. 그들의 입장에서 와일어웨이 문화는 간신히 살아남았지만, "오직 절반의 종"[p. 513]만이 살아가는 "부자연스러운" 곳인데, 케이티는 이 말을 듣고 "인류야말로 부자연스럽다"[p. 512]라고 응수한다. 남자들은 또한 와일어웨이를 "지난 몇 세기 동안 방사능과 마약 등으로 너무 많은 유전적 손상을 겪어야 했던"[p. 512] 그들의 세상을 구원해 줄 새로운 번식용 혈통의 제공지로 여긴다. 남자 하나가 자신 있게 재닛에게 말한다. "지구에서 성평등이 다시 확립된 걸 알고 있어요?"[p. 512] 이 남성들에게 성적 평등이 무엇을 의미하든 간에, 그리고 그게 언제 처음 존재했다가 다시 돌아왔든 간에, 그들의 버전이 와일어웨이 사람들의 기준에 빈약하다는 것은 확실하다. 이 남자는 재닛과 케이티의 결혼을 "훌륭한 경제적 조처"로 보고 "유전의 무작위화"에 적절하다고 생각하지만, 이성애 규범성이 그들이 "반드시 놓쳤음"이 분명한, 그들의 딸들을 위한 "뭔가 더 좋은 것"[p. 513]을 제공할 수 있다고 가정한다. 따라서 러스는 가부장제하에서 여성의 정체성을 쌓아 올리는 것의 한계를 비판할 뿐 아니라, 초창기 남성 작가들이 그린 여성으로만 구성된 사회의 디스토피아를 풍자해서 비판한다. 예를 들어 필립 와일리Philip Wylie의 『실종*The Disappearance*』(1951)에서는 다시 돌아온 이성애 규범이 환영할 만한 안도감이었고, 존 윈덤John Wyndham의 『그녀의 방식을 고려하라*Consider Her Ways*』(1956)에서는 여성 주인공이 남성의 부재를 재앙으로 경험한다.

남자들은 억압적인 식민 통치자로서만 와일어웨이에 돌

아온다고, 재닛은 결론 내린다. "하나의 문화에 커다란 총이 여러 개 있는데 다른 문화에는 하나도 없다면, 그 결과는 어느 정도 예측할 수 있다."[p. 514] 이러한 예측 가능성은 성차별 사회로 귀환했을 때 와일어웨이 정착민들이 완전한 인간에서 이류 여성으로 변모하게 될 불가피성으로 확장된다. 재닛은 "단 한 순간일지라도 날 초라한 기분이 들게 한"[p. 514] 이 남자들의 태도에 맞서면서 "내가 조롱당하고, 케이티가 약한 것처럼 치부되고, 유리가 보잘것없고 어리석은 사람처럼 느끼게 되고, 내 다른 아이들이 그들의 완전한 인간성을 속이거나 낯선 사람으로 변하게"[p. 514] 될 미래에 관해 걱정한다. 러스의 이야기는 주로 여성이 쓴 SF 속에 등장하는, 남녀가 분리되거나 여성으로만 구성된 많은 사회에 관한 초기 소설[1]에 해당하는데, 이 소설들은 폭압적인 여성 지배를 그리는 디스토피아적인 초상에서부터 가부장제에 대한 날카로운 비판과 여성 문화에 대한 축하에 이르기까지 메가텍스트 내에 존재하는 비유를 변형시켰다. 해러웨이는 "사이보그 글쓰기는 생존하는 힘에 관한 것으로, 그 힘은 원래의 순수함에 근거하는 것이 아니라, 그들을 타자로 규정하는 세상을 드러내 줄 도구를 손에 넣는 것에 근거한다"[p. 469]라고 주장한다. 러스와 다른 페미니즘 SF 작가들이 지금은 거의 잊힌 여성혐오적 뿌리로부터 여성으로만 구성된 사회를 다시 써내면서 해낸 일이 정확히 이것이다.

이러한 개입은 SF를 크게 바꾸어 놓는데, 이때부터 SF는 기술관료제를 다루던 황금기 SF에서 흔히 볼 수 있었듯 여성의 기여와 페미니즘적인 관점이 주변부에만 머무는 장르에서, 페미니즘 비평이 중요한 도구로 이해되는 장르로 변화한다. 뉴웨이브의 심미적 변형과 동시대에 등장해 SF의 잠재력을 수용한 페미니즘은 새로운 창작자와 팬층을 이 분야로 끌어들였다. 가장 영향력 있는 인물 중 하나는 라쿠나 셸던Raccoona Sheldon이라는 필명으로, 더 중요하게는 제임스 팁트리 주니어라는 필명으로 작품 활동을 했던 앨리스 셸던Alice Sheldon이었다. 팁트리 주니어의 이야기는 그 분야에서 상당한 입지를 굳혔고, 1976년까지는 비록 필명이기는 했지만 성별을 바꾸어 출간했다는 사실이 알려지지 않았다(셸던은 죽을 때까지도 이 이름으로 출간을 했다). 팁트리 주니어의 작품은 종종 성별 차이라는 주제를 탐구하는데, 「보이지 않는 여자들The Women Men Don't See」(1973)은 지구를 방문하는 외계인 인류학자들을 우연히 목격한 비행기 추락 생존자들의 이야기이다. 성차별주의자인 돈의 관점에서 진행되는 이야기는 그의 신뢰할 수 없는 서술을 이용하여 왜 여성 생존자들이 가부장제에 의해 소외된 채로 지구상에서 살아가느니 외계인 행성으로 가려 하는지 그 이유를 이해할 수 있게 한다. 물론 돈은 독자들과는 달리 그들의 결정을 이해하지 못한다.

팁트리 주니어가 성공적으로 남성 작가의 정체성을 이어 나갈 수 있었던 것은 물론이고, 성별을 주제로 한 그녀의 소설이 남성 작가의 것으로 무리 없이 받아들여졌던 것은 이 분야에서 SF와 여성의 위치에 관한 논의를 혁신하는 데 이루 말할 수 없이 중요한 역할을 했다. 이 역사에서 가장 중요한 순간은 로버트 실버버그가 팁트리 주니어의 단편집 『따뜻한 세상과 그렇지 않은 세상Warm Worlds and Otherwise』(1975)의 서문을 써 준 것이다.

서문은 다음과 같이 시작한다.

> 팁트리 주니어가 여성이라는 말들이 있지만, 나는 이 사실이
> 부조리하다고 생각하는데, 왜냐하면 팁트리 주니어의 글쓰기
> 에는 뭔가 불가피하게 남성적인 면이 존재하기 때문이다. 나
> 는 제인 오스틴Jane Austen의 소설을 남자가 썼을 것으로 생각지
> 않으며, 어니스트 헤밍웨이Ernest Hemingway의 작품을 여자가 썼
> 으리라 생각지 않는 것처럼, 제임스 팁트리 주니어의 이야기
> 저자는 남성이라고 믿는다.[ch. xii]

성별은 이미 SF 공동체에서 뜨거운 주제였다. 두 개의 주요 학술
저널인 《과학소설 연구》와 《익스트래퍼레이션》이 페미니즘과
SF에 관한 논문들을 발표하고 있었고, 팬진도 역시 이러한 문제
에 관해 토론했다. 두 개의 페미니즘 팬진인 《와치*WatCh*》와 《야
누스*Janus*》는 1970년대 중반 팬 컨벤션에서 페미니즘 SF와 페미
니즘 주제를 장려하기 위해 창간되었으며, 1975년에 팬진 《카트
루*Khatru*》는 젠더, 페미니즘, SF에 관한 심포지엄을 개최했다. 참
가자에는 러스, 어슐러 K. 르 귄, 팁트리 주니어 등이 포함되었는
데, 팁트리 주니어가 여성이라는 사실은 그다음 해가 되어서야
밝혀진다. 실버그의 젠더에 근거한 작품 평가와 앨리스 셸던
이라는 팁트리 주니어의 정체성이 공개된 후로는 남녀의 이해
와 허구적 양식을 범주별로 구분하는 진술이 더는 설 자리를 찾
을 수 없게 되었다.

퀴어 과학소설

과학소설은 캠벨이 스톤을 일축한 이후로 상당한 발전을 이루어 왔다. 가장 중요한 연례행사 중 하나로 남아 있는 명백한 페미니즘 SF 컨벤션인 위스콘은 1977년 창설됐으며, 1991년에는 SF 작가인 캐런 조이 파울러Karen Joy Fowler와 팻 머피Pat Murphy가 이 분야에서 젠더에 관한 이해를 탐구하고 확대하는 SF와 판타지 작품을 선정하기 위해 제임스 팁트리 주니어상(이하 팁트리상)이라는 새로운 상을 출범시켰다. 현재 이 분야의 중심인 이 두 기관은 문화적 변화가 일어날 수 있는 곳을 상상할 뿐 아니라, 그 자체로 그러한 변화를 일으킬 수 있는 장르의 역량을 보여 주는 증거가 되었다. 성 정체성의 문제와 가부장적 성별 이데올로기의 한계는 페미니즘과 퀴어 SF 전통 양쪽에서 비판받는데, 이 둘은 똑같이 오늘날의 위스콘과 팁트리상 공동체의 일부이다. 팁트리상은 매년 새로운 작품에 주어지지만, SF의 한 측면을 정의할 수 있는 젠더 및 섹슈얼리티 규범에 도전할 길을 마련한 중요한 텍스트에 소급하여 주어지기도 한다. 「그들이 돌아온다 해도」와 『여성 인간』은 둘 다 과거의 작품이지만 그 의미를 인정받아 팁트리상을 받았고, 또 다른 《카트루》 심포지엄 참가자인 르 귄의 중요한 소설 『어둠의 왼손The Left Hand of Darkness』(1969)도 마찬가지였다. 행성 간 국제 연맹인 에큐먼을 통해 공동으로 느슨하게 묶여 있는 행성들의 우주를 배경으로 하는 그녀의 헤인연대기 시리즈의 한 편인 이 작품은, 외딴 행성 게센으로 파견된 겐리 아이 대사의 경험을 되짚어 보는데, 그는 게센의 성 중립적인 생물학을 정상적인 것으로 받아들이고 뚜렷한 남성적·

여성적 능력에 대한 자신의 기대를 포기하는 법을 배우면서 문화적인 변형을 겪어 간다.

게센 거주민들은 케머라고 불리는 짝짓기 기간에만 남성적이거나 여성적인 2차 성적 특징을 보이고, 그 외에는 성별 중립적인 상태로 삶 대부분을 보낸다. 케머 기간 동안 각각의 게센인들은 남성 또는 여성이 될 수 있으며, 자신이 어떤 성별을 표현하게 될지 미리 알 수는 없다. 작품의 서문에서 르 귄은 자신의 작품이 만약 성별이 문화의 바탕을 이루지 않는다면 나타날 수도 있는 세계를 "설명"하는 "사고 실험"이라고 언급한다. 이것은 『두 번째 성 *The Second Sex*』(1949년 출간, 1953년 번역)에서 시몬 느 드 보부아르가 탐구한 많은 우려와 겹쳐진다. 그녀는 가부장제 문화에서 이해되는 대로, 여성은 자신에 대한 실체나 정체성이 아니라 "남자와의 관련하에 결정되고 차별화된다. 하지만 그는 그녀와 아무 관련이 없다. 즉, 그녀는 본질적인 면에서 본질적으로 중요하지 않다. 그는 주체이고 절대자이다. 그녀는 타자이다"[p. 6]라고 주장한다. 드 보부아르의 작품은 생물학에서부터 신화와 정신분석학에까지 이르는 지적 담화 속에 등장하는 여성의 삶에 관한 포괄적인 연구이다. 그것은 역사적으로는 물론이고 지리적으로도 사방에 산재한 가부장제의 편재성에 대한 개괄이고, "여성"을 타자와 열등의 범주로 생산해 내는 데 종교와 문학이 담당하는 역할에 대한 심문이다. 제2세대 페미니즘의 필수적인 텍스트인 드 보부아르의 작품은 성별 차이의 이데올로기에 영향받지 않는 인간의 삶과 문화는 없다는 사실을 입증했다. 이 전제에서 출발하여, 르 귄은 성별 차이가 존재하지 않으면 인류의 문명이 얼마나 달라질지 보여 주기 위해 SF 외삽법을 사용한다.

러스의 작품처럼 『어둠의 왼손』은 성별 차이란 인간에 의해 구성된 것이기에 변화에 열려 있다는 사실을 우리가 볼 수 있도록 격려한다. 게센을 경험하는 동안, 겐리 아이는 자기 자신은 물론이고 독자에게도 성별 차이에 대한 기대에 따라 사람과 상황을 읽지 말아야 함을 상기시킨다. 겐리는 그 행성과의 협상에서 많은 정치적 실수를 범한다. 그중 많은 실수는 게센 거주민들에게 성적인 특질을 투영하려는 그의 경향 때문이다. 소설의 마지막에 그는 게센의 역사와 문화에 관해 교육받고 더는 세상을 성별 차이를 통해 바라보지 않게 된다. 이 변화를 통해 그는 성별 나누기가 얼마나 그 자신의 문화를 종종 대립적인 자아/타자의 구분에 따라 형성시켰는지 깨닫게 된다. 겐리의 첫 대면 임무는 소설 속 성별 실험을 SF 문학에서 이 모티프의 중심인 식민지 이데올로기 속에서 펼쳐지는 자아와 타자 간 관계에 관한 더 넓은 논의로 연결시킨다. 이 소설의 중심 주제는 개인적·문화적인 수준 양쪽에서 차이를 넘어 화합을 이루는 것이다. 그것은 겐리와 게센 거주민인 에스트라벤의 관계 속에서 구체화되는데, 처음에 겐리는 에스트라벤을 자신의 정치적 적대자라고 보지만 나중에는 그가 자신의 동맹이자 친구라는 사실을 인정한다. 훨씬 경험도 풍부하고 교육 수준도 높은 에스트라벤은 처음부터 겐리를 받아들였지만, 겐리는 에스트라벤과 그의 나라 카르하이드를 여성적이고, 따라서 이중적이라고 간주하기 때문에 그를 불신한다. 소설 마지막에서 헤인의 다른 인간들이 그 행성으로 찾아와 합류할 때, 겐리는 게센에서 지내는 동안 겪은 경험으로 너무도 변형되어 이상하게도 이제는 성별로 나누어진 인간들을 비인간적으로 바라보게 된다. 이는 러스의 재닛이 남성의 몸을 이상하게 보았던 것과 마찬가지다.

르 귄은 우리가 타인과 동등하게 관계를 맺는다면 가능해질 더 풍부한 삶을 증명해 보이기 위해 겐리의 경험을 이용한다. 드 보부아르가 분석한 바와 같이, 가부장적 문화는 필연적으로 계층적 관계일 수밖에 없는, 남성 주체와 여성 객체 사이의 차이에 근거한다. 게센 거주민들은 영구적인 성별이 없기에 이 문제로 고민하지 않지만, 그들의 해결책은 차이를 제거하여 계급을 피하는 것이다. 겐리는 동등성이 동일성을 요구하지 않는다는, 좀 더 어려운 통찰력을 얻고, 에스트라벤의 문화와 구현이 겐리 자신의 것과는 다름에도 에스트라벤의 인격을 존중할 수 있게 된다. 따라서 이 소설은 성별 이데올로기가 각각의 성별이 특정 감정만을 표현하도록 허용함으로써 자아의 일부를 차단해 남성과 여성의 삶을 둘 다 과도하게 제한한다는 사실을 암시한다. 영구적인 성별이 없는 게센인들의 특징은 자신 안의 남녀 양면을 모두 배양하고 보편적인 비율이 없다는 사실을 인식하면서 인간이 열망할 수 있는 이상이 된다. 이것은 자신과 타자의 계층 구조에 더는 투자하지 않음으로써 더 풍요로운 개인적 삶뿐 아니라 더 조화로운 문화 쪽으로 향하는 문을 열어 준다. 르 귄은 자신의 에세이 「성별은 필요한 것일까?Is Gender Necessary?」 (1976)에서 『어둠의 왼손』은 특별히 페미니즘적인 소설이 아니라, 이러한 대인 관계에 관한 소설이라고 주장했다.

비록 이 작품이 충분히 멀리 나아가지 않고 가부장제의 측면을 계속해서 영속시켰다는 비난을 불러일으키기는 했지만, 그럼에도 페미니스트들은 이 소설을 받아들였다. 모두가 우려한 부분은 작품 속 언어의 사용이다. 르 귄은 인류를 총체적으로 묘사할 때 남성 대명사를 사용하는 동시대의 경향을 반영하여, 번식기가 아닌 상태의 게센인들을 지칭하는 대명사로 "그(he)"를 사용한다. 더 나아가 일부 논평가들은 르 귄의 게센인들 묘사가 남성성을 기본으로 하고 있다고 생각했다. 따라서 남성성이 중립적이고 차별화되지 않은 반면, 여성성은 두드러진 구분이며 오직 번식기에만 나타나는 타자성이라는 사실을 강화한다고 봤다. 처음에는 이러한 비판을 무시했지만, 개정된 버전의 「성별은 필요한 것일까?」(1987)에서 르 귄은 이러한 비평의 몇 가지 장점을 인정한다. 그녀의 소설은 젠더와 섹슈얼리티의 탐색 쪽으로 길을 열어 놓음으로써 이 분야의 중요한 개입으로 남아 있는데, 그러한 탐색을 추구하는 많은 작품이 성별이 없거나 다양한 성별이 존재하는 세상의 소외된 경험을 전달할 새로운 대명사를 발명하기 위해 SF 신조어 기법을 사용한다. 예를 들어 마지 피어시Marge Piercy의 페미니즘 소설 『시간의 경계에 선 여자Woman on the Edge of Time』(1976)는 유토피아적인 미래의 보편적인 대명사로서 'per'를 사용하고, 라파엘 카터Raphael Carter의 사이버펑크 소설로 이성애 규범에 저항하는 내용을 다루는 『운 좋은 가을The Fortunate Fall』(1996)은 'zie/zir'를 사용한다.

자연적으로 발생하는 다섯 개의 성별에 관한 이론을 개괄하는 생물학자 앤 파우스토 스털링Anne Fausto Sterling의 작품 『몸

과 섹스하기*Sexing the Body*』(2000)를 끌어온 그레그 이건Greg Egan
의 포스트휴먼 소설 『고뇌*Distress*』(1995)와 멀리사 스콧Melissa Scott
의 스페이스 오페라 『그림자 인간*Shadow Man*』(1996)은 이성애자/
동성애자라는 이분법을 넘어 다양한 성적 파트너십을 의미하는
새로운 대명사와 이름을 이용해 여러 성별이 존재하는 세계를
그리고 있다. 『그림자 인간』은 LGBT[lesbian, gay, bisexual, transgender
등 성소수자] 주제를 탐구하는 작품(SF 장르에만 국한된 것이 아닌) 가
운데 선정하는 람다문학상을 받았다. 이 소설은 다중세계 콩코
드 사회를 구성하는 다섯 개의 성별을 섬세하게 묘사하는데, 이
때 생식기(난소/고환), 제2의 성징(가슴, 얼굴 털, 근골) 및 염색체의 가
능한 조합을 통해 성별마다 고유한 특수성을 부여하고 그에 해
당하는 대명사를 제공하면서, 각각이 별개의 성별이며 모든 성
별이 세계에서 균형적으로 발견된다는 사실을 우리에게 글자
그대로 상기시키는 역할을 한다. 다섯 개의 성별은 펨[fem](ðe, ðer,
ðerself), 험[herm](3e, 3er, 3imself), 맨[man: 남성](he, him, himself), 멤[mem]
(þe, þim, þimself) 그리고 우먼[woman: 여성](she, her, herself)이다. 이 다
섯 가지 성별 정체성은 "동일"하거나 "반대"되는 성별의 특정 조
합을 선호하는지에 따라 정의되는 아홉 가지의 알려진 성적 선
호(비[bi], 데미[demi], 디[di], 게이[gay: 동성애자], 헤미[hemi], 옴니[omni], 스트
레이트[straight: 이성애자], 트리[tri], 유니-디파인드[uni-defined])를 만들어
내는데, 동일성과 반대성을 강조하기 위해 사용된 인용부호 (" ")
는 단지 근사치를 나타낼 뿐임을 밝혀 둔다. 심지어 이 세계에서
조차 어떤 성 정체성은 소외되고, 옴니가 되는 것은 최악의 경우
문란하거나 적어도 우유부단한 정체성을 함의한다. 이러한 많은

순열 속에 남성과 여성, 동성애자와 이성애자 같은 친숙한 단어들이 포함된 것은 이러한 정체성이 자연의 필수적인 사실이 아니라 문화와 협약의 산물이라는 사실을 우리에게 상기시킨다.

콩코드 세계에는 많은 중성의 시민이 있다. 식민지 확장 기간에 널리 유행했던 초광속 여행을 참아 내기 위해 섭취했던 약물 하이퍼루민-A의 부작용 때문이다. 그러나 이 소설은 그 약물이 중성 출산율을 늘린다는 것과 다섯 가지 성별이 존재하는 현실이 인류에게도 해당하는 경우라는 것을 독자에게 조심스럽게 상기시킨다. 소설은 하이퍼루민-A가 유발하는 유산을 피할 목적으로 고안된 하이퍼루민-B가 개발되는 동안, 초광속 여행이 금지된 기간에 더 넓은 콩코드와 단절되어 오랫동안 고립 상태에 있던 하라 세계에서 시작한다. 콩코드 세계는 다섯 가지 성별과 아홉 가지 성적 선호의 현실을 받아들였지만, 하라는 오직 두 가지 성별(남성과 여성)의 법적 의제[법을 통해서 권리 의무의 주체로 간주하는 것]를 주장함으로써 다른 콩코드 세계와의 상호작용에 긴장감을 조성한다. 하라에도 다섯 성별에 해당하는 사람이 모두 존재하지만, 그들은 반드시 남자와 여자 중 하나를 선택해야 한다. 물론 법적으로 성별을 바꿀 수 있는 가능성은 이러한 정체성이 법적 의제라는 증거로 작용한다. 펨, 험, 멤들은 합법적으로 각각 남자이거나 여자이지만, 하라에서는 집합적으로 홀수체라고 불린다. 하라는 무역이라고 불리는 성매매가 이루어지는 주요 시장으로, 콩코드 시민들, 즉 "다섯 개로 구분되는 새로운 성역할을 받아들일 수 없는 사람들, 그리고 오직 두 개의 성별, 두 개의 역할, 두 개의 보완적인 역할만이 존재하던 옛날을 그리워하는 사람들"[p. 24]이 하라의 매춘부들과 함께 그들의 성적 판타지에 빠져들 수 있게 해 주는 곳이다. 그런 무역뿐 아니라 일부 시민들에게 그들의 고유한 성별(펨, 험, 멤)을 법적으로 인정받을 것을 촉구하는 분위기가 위기 상황을 불러오면서, 하라는 노골적인 폭력이 번져 가는 정치적 갈등의 현장이 된다.

현재 지도자 테미라스의 아들이자 후계자인 텐드레스는 무역을 싫어하고, 다섯 가지 성별의 존재를 부인하고 거부하며, 법적으로는 남성으로 분류되지만 고유한 성별은 험으로 알려진 어린 시절 가장 친한 친구 워레븐 때문에 자신의 성 정체성에 대해 극도로 방어적이다. 두 사람은 어린 시절에 가까웠으며 너무도 비슷해서 다들 형제처럼 생각했기에, 워레븐이 자신의 성 정체성과 퀴어 성적 선호에 대해 개방적인 것이 텐드레스의 남성성을 위협한다. 특히 한때 워레븐과 텐드레스의 결혼이 정치적으로 제안되었고, 워레븐은 합법적으로 성별을 여성으로 변경했기 때문에 더욱 그러하다. 둘 사이에 끌리는 감정이 존재한다는 것은 확실하지만, 텐드레스는 그것을 맹렬히 부인한다. 그는 하라에서 콩코드인들을 추방하기를 원하고 "그들이 어떻게든 무역을 막을 수만 있다면, 모든 험, 멤, 펨이 그냥 사라져 버릴 거라고 생각하는 것 같다."[p. 173] 그는 극단적 보수주의자들을 위한 정치적 기반을 조성하고, 그들의 군대는 무역에 관계하거나 이성애를 넘어 각자의 성적 선호를 탐닉하는 사람들을 공개적으로 괴롭히기 시작한다. 그러다가 텐드레스는 부친 테미라스가 극우 세력과 반군 동맹 사이에서 함정에 빠지게 만들고 결국 폭력적인 대결로 이어지게 해서 아버지를 살해한다. 반군 동맹은

하라의 성별 제도에 도전하기 위해 오랫동안 법적으로 투쟁해 온 워레븐 밑에 결집한 세력이다. 홀수체들은 "우리도 우리 자신의 이름이 필요하다"[p. 203]라고 요구하면서, 2성 체계의 법적 의제 때문에 그들의 정체가 투명인간처럼 변해 버리는 상황을 거부하고, 이 세상에는 두 개 이상의 성별이 존재한다는 것을 독자들이 지속해서 상기할 수 있도록 다섯 개의 성별 대명사를 모두 사용함으로써 본문에서 특히 강조되는 비가시성도 거부한다.

　　『그림자 인간』이라는 제목은 장르 독자들에게 러스의 『여성 인간』을 떠올리게 하며, 이 소설은 가부장적이고 이성애적인 성별 체계의 삭제와 왜곡에 그와 비슷한 비판을 기한다. 장을 오가며 바뀌는 두 서술자의 목소리, 즉 워레븐의 관점과 그의 동맹이 되는 콩코드 시민 타티안의 관점은 우리에게 두 서술자가 보는 세상 사이의 엄청난 간극을 능숙하게 상기시키는데, 오직 두 개의 성별만이 "존재"하는 체제에 대한 워레븐의 몰입도를 고려해 봤을 때, 그의 눈에 보이는 세상과 타티안의 눈에 보이는 세상 사이의 간극은 실로 대단하다. 타티안에게 다섯 가지 성별을 인정하는 것은 정상적이다. 하지만 그는 의복이 한쪽 성별의 합법성을 나타내는 핵심이고 홀수체의 형태를 논의하는 데 주의를 기울여야 한다는 등, 양성 세계만이 가진 여러 단서에 혼란스러워한다. 하지만 워레븐이 민병대에 심하게 폭행당한 후 타티안이 그의 목욕을 도울 때, 그의 몸에 대한 묘사는 타티안과 독자 모두에게 워레븐이 여성적인 남자도, 남성적인 여자도 아닌 완전히 다른 무엇임을 확실히 보여 준다. 즉, 그는 전통적으로 남성과 여성의 속성 둘 다를 동등하게 가진, 그리고 그렇게 정의되는 험[herm]이다.

> 3e가 특별히 여성스러웠던 것은 아니고, 그렇다고 딱히 남성
> 적인 것도 아니었다. 물 밑에 잠겨 있는 3er의 몸이 그의 눈길
> 을 끌었다. 긴 다리, 길고 뚜렷한 근육, 음경과 그 위로 숨어 있
> 는 부풀어 오른 갈라진 음낭. 3e는 어깨를 움츠리는 것을 잊었
> 고, 3er의 가슴, 즉 험의 가슴, 그 작고 분명한 가슴은 갈비뼈 사
> 이에서 완전히 노출되었다.[p. 253]

정치적 위기는 소설이 끝날 때까지도 해결되지 않는다. 텐드레스는 일시적으로 성공했으며 워레븐은 테미라스 살해 누명을 쓰고 자신의 안전을 위해 도주해야만 할 처지에 놓인다. 하지만 그는 이것을 기회로 삼아 그를 험으로 볼 수 있는 사회에서 어떻게 진정한 험이 될 수 있는지, 그리고 어떻게 하면 하라에서 멀리 떨어져 부재하는 또 하나의 전통인 혁명적 변화를 일으킬 수 있는지 배운다. 『그림자 인간』은 성별 정체성과 섹슈얼리티의 제한적인 개념이 저지른 피해를 철저히 조사하고, 인간 섹슈얼리티의 복잡한 다양성을 인식하기 위해 우리 세계가 얼마나 더 나아가야만 하는지 상기시킨다.

과학소설 속의 인종과 민족

최근 들어 SF가 인종과 민족적인 차이에 관한 우리의 이해를 변화시키는 방법을 다루기 위한 논의가 시작되었다. 새뮤얼 R. 델

라니와 옥타비아 버틀러 같은 저명한 유색인 작가들은 자신의 소설에서 오랫동안 인종 문제를 다루었지만, 그들은 자주 "최초의" 또는 "최초의 여성" 흑인 작가로 간주되었다. 《과학소설 뉴욕 리뷰*The New York Review of Science Fiction*(NYRSF)》에 실렸던 기사 〈인종차별주의와 과학소설Racism and Science Fiction〉(1998)[2]에서 델라니는 비록 그들이 그 분야에서 소수라는 것은 인정하지만, SF 기법을 사용하는 많은 비백인 작가들의 관심을 끄는 것으로 이러한 인식에 도전한다. 그의 에세이는 많은 개인의 선의에도 불구하고 제도로서의 SF가 어떻게 구조적 인종차별주의 문화에서 형성된 채로 계속 남아 있는지 보여 주는 일화를 더 자세히 서술한다. 편집자로서 캠벨의 영향력은 훗날 이 분야의 가장 유명한 작품 중 하나가 되는 소설인 『노바*Nova*』(1968)의 연재를 캠벨이 어떤 식으로 거절했는지 델라니가 회상하는 장면에서 매우 잘 드러나는데, 캠벨은 "그의 독자들이 흑인 주인공에게 감정이입을 할 수 있을 것 같다는 생각이 들지 않는다"라고 하며 그 제안을 거절했다. 그 소설의 성공은 캠벨의 예측이 잘못되었다는 것을 입증하지만, 캠벨의 편견은 《아날로그》에 델라니의 작품을 게재하지 못하게 하는 것을 넘어 그 분야 자체를 크게 제한했다. 델라니가 설명하듯이, 비록 페이퍼백 시장이 중요했고 『노바』가 큰 호응을 얻기는 했지만, 그가 연재를 통해 벌어들였을지도 모를 추가적인 수입을 얻지 못했다는 것은 곧 글쓰기로 자신을 부양하는 것과 다른 수입원을 필요로 하는 것 사이의 차이를 의미했다. 따라서 캠벨은 SF 공동체가 백인이 아닌 주인공을 포용하지 않는다고 가정하면서, 비백인 작가가 그 영역에 진입하지 못하도록 체계적인 장벽을 설치하고 그것을 영속시켰다.

또 다른 회상에서 델라니는 1968년 네뷸러상 시상식의 한 연설을 떠올리는데, 그 강연은 최근에 더 문학적으로 변모한 이 분야에 대해 맹렬하게 공격하면서 부분적으로는 델라니의 『아인슈타인 교차점 *The Einstein Intersection*』(1967)을 비난했다. 그 작품은 시상식에서 최고 작품상을 수상했으며, 고전문학과 정전 문학에 관한 언급으로 가득 차 있는 소설이었다. 대부분의 참석자는 이 폭언이 주장하는 견해를 공유하지 않았지만, 델라니의 지지자들은 그를 안심시키려는 노력의 일환으로, 그가 환영받는 것은 맞지만 그들이 추정하는 중립성에 비해 두드러지는 느낌이라는 사실을 강조하면서 그의 인종을 언급했다. NYRSF 에세이의 결론에서 델라니는 다음과 같이 주장한다.

> 우리가 여전히 인종차별적인 사회에 살고 있기에, 어떤 체계적인 방식으로든 이와 싸워 나가는 유일한 방법은 반인종주의적 제도와 전통을 수립하고 반복적으로 개선해 나가는 것이다. 그것은 비백인 독자와 저자 들의 컨벤션 참여를 적극적으로 권장하는 것을 의미한다. 또한 컨벤션 프로그램을 짜는 과정에서 이러한 문제를 정확하게 논의하기 위해 비백인 작가들이 적극적으로 포럼을 개최해야 함을 의미하기도 한다. (인종차별주의는 결코 흑/백의 차이에 의해서만 철저히 규명되는 것이 아니라는 사실을 지적하는 것은 사실상 터무니없어 보인다. 실제로 누군가는 그것이 단지 여기서만 다루어진다고 주장할 수도 있다.) 그리고 그것은 SF 공동체를 구성하는 여러 다양한 작가와의 대화

를 장려하고 그들과 섞이기를 격려하는 것을 의미한다.

이듬해 위스콘에서 한 SF 팬 모임은 1950년대 작가인 테리 카Terry Carr와 피터 그레이엄Peter Graham이 인종 토론을 자극하기 위해 만든 가상의 흑인 SF 팬의 이름을 딴 칼브랜든협회Carl Brandon Society를 설립하여 이러한 요구에 부응했다. 칼브랜든협회는 SF 작가 및 팬 공동체에서 인종 및 민족적 다양성의 증진을 도모한다. 그것은 인종과 인종차별에 관한 주제를 컨벤션 프로그램에 포함하기 위해 노력하고, 매년 두 가지 상을 수여한다. 먼저 패럴 랙스상Parallax Award은 스스로를 유색인으로 규정한 사람이 창작한 사변소설에 수여하는 상이고, 다음은 킨드레드상Kindred Award으로 인종과 민족 문제를 다루는 사변적인 작품에 주어진다. 이 협회는 또한 옥타비아 버틀러 기념 장학 기금을 운영하여, 이 분야의 새로운 작가를 육성하기 위한 중요 기관인 클라리온작가워크숍Clarion Writers' Workshop에 참가할 유색인 작가를 지원해 준다.

칼브랜든협회와 SF에서 유색인 작가의 가시성이 높아지는 것은 젠더와 섹슈얼리티의 문제에 관한 초기의 개입이 그랬던 것처럼 SF의 모양새를 급진적으로 바꿔 놓을 수 있는 계기를 마련한다. 최근에 많은 선집이 이러한 추세에 이바지하고 있다. 셰리 D. 토머스Sheree D. Thomas의 선집 『암흑 물질Dark Matter』(2000)은 "지금까지 직접 관찰되거나 완전히 탐구되지 않았던 SF 장르에 대한 흑인 작가들의 공헌"[ch. xi]을 눈에 띄게 한다. 『오랫동안 꿈꿔 온So Long Been Dreaming』(2004)에서 날로 홉킨슨Nalo Hopkinson은 탈식민주의 SF 이야기들은 "토착민을 식민지화하는 문화적 유행을 취한 후, 식민화된 토착민의 경험에서부터 역설과 분노와 유머로 그것을 비난하고 왜곡하고 곤란하게 하는데, 거기에는 그걸 가능하게 하는 과학소설 장르에 대한 사랑과 존중이 곁들여져 있다"[p. 9]라고 주장한다. 그레이스 딜런Grace Dillon의 토착민 미래파 선집인『구름 속 걷기Walking the Clouds』(2012)는 토착민의 과학과 지속 가능성에 관한 탈식민주의적인 관점과 이야기를 탐구하고, 토착민 미래주의를 "'우리 자신에게 돌아가는 과정'을 암시하는 아니시나베모윈Anishinaabemowin 단어인 비스카비양biskaabiiyang에 관한 서술이라고 묘사하는데, 그것은 식민지화가 한 개인에게 어떤 영향을 미치는지 알아내고, 그 영향에서 비롯된 감정적이고 심리적인 부담을 떨쳐 버리고, 우리의 토착민 종말 이후의 세계에 적응하기 위해 선조들의 전통을 회복하는 것을 포함한다."[p. 10] 라틴계 미래주의는 세슈 포스터Sesshu Foster의『아토믹 아즈텍Atomik Aztex』(2005) 같은 작품에서 분명히 드러난다. 슬립스트림 서술을 이용하는 이 작품의 주인공은 아즈텍인이 지구를 지배하고 유럽을 식민지화한 대안적인 현실과 동시대의 LA(이곳에서 주인공은 도살장의 불법 노동자로 일한다) 사이를 오간다. 알렉스 리베라Alex Rivera의 영화〈슬립 딜러Sleep Dealer〉(2009)는 미국이 멕시코 사람들 없이도 멕시코의 모든 노동력을 가질 수 있는 통신 시설을 이용한 재택근무의 환상을 전제로 한다. 그리고 사브리나 버불리아스Sabrina Vourvoulias의『잉크Ink』는 이민 비자가 영구적인 문신으로 새겨져 추적 가능한 기술이 될 가까운 미래의 차별을 탐구하는 소설이다. 이러한 새로운 목소리와 관점을 수용하는 것은 SF의 주제와 이데올로기적 지향뿐 아니라 우리가 그 장르를 보는 매체까지 변화시켜, 선 라Sun Ra 같은 아프리카 미래주의 작가의 작품 속에 SF 음악이 들어설 공간을 열어 주었고, 기예르모 고메즈페냐Guillermo Gómez-peña 같은 멕시코계 미국인 미래주의 작가의 작품 속에 SF 공연을 위한 공간을 열어 주었다.

좀 더 민족적·인종적으로 다양한 SF를 향한 프로젝트는 아직 끝나지 않았다. 2009년 발표되고 다음 해 출판된, 공연예술과 학술 강연 혼성 행사의 기조연설이었던 「미드나잇 행성에서 온 주저하는 대사A Reluctant Ambassador from the Planet of Midnight」에서 홉킨슨은 "사회적·경제적으로 구성된 인종 및 민족적 힘의 불균형을 조사하고 탐구하기 위해 신화 제작을 이용"[p. 347]하고, 이러한 잠재력을 저해하는 체계적인 인종차별주의에 대한 지속적인 표현을 질책하는 SF의 약속을 높이 평가했다. 홉킨슨은 연설의 앞부분에서 SF의 중요한 잠재력을 구현해 내기 위한 시도로 그녀의 몸을 소유한 외계인 페르소나를 연기해 보인다. '백인들을 찾아온 대변인'이라는 글귀가 적힌 티셔츠를 입고 등장한 이 존재는 자신의 행성이 지구로부터 어떤 통신을 받고 있으며, 그것이 그들을 혼란스럽게 하고 있음을 설명한다. 이것은 "우정의 몸짓일까, 아니면 공격의 몸짓일까?"[p. 339] 그녀는 궁금해한다. 그리고 독자들이 좀 더 포괄적이 되려고 애쓰는 와중에도 여전히 백인 특권의 근시안을 끈질기게 드러내 보이는 SF 문화의 사례 속으로 관객들을 이끌어 간다. 첫 번째 예는 홉킨슨의 소설 『자정의 강도Midnight Robber』(2000) 원작이다. 이 작품은 아프리카 캐리비아인 계통의 주인공 외모를 정확하게 묘사하지만, 이

탈리아 판본에서는 주인공의 모습이 유럽적인 특징을 보이는 푸른색 피부의 여성으로 그려진다. 카리브해 민간 전송 이야기에서 따온 원작의 제목은 이탈리아 사람들에 의해 『자정의 행성 *the planet of midnight*』으로 대체되고, 따라서 소설 이미지의 문화적 특수성이 지워져 버린다.

연설자는 인종적 경험의 특수성을 지우는 것이 인종차별에 대한 해결책이 아니라 그 예라는 것을 강조하기 위해, 인간의 언어를 번역하려는 그녀 문화의 몇 가지 노력을 계속해서 검토한다. 예를 들어 그들은 "이 이야기는 보편적인 것"이라는 말을 "이 이야기는 특별히 우리에 관한 것이고, 그렇기에 결국 우리야말로 유일하게 중요하다"라는 의미, 또는 "당신이 만든 것은 당신 것이 아니야. 그건 보편적인 거야"[p. 343]라는 의미로 해석해 왔다. 이런 방식으로 홉킨슨의 외계인 페르소나는 그들의 행동과 진술 일부가 공동체 내의 유색인들에게 어떻게 들리고 경험되는지에 관한 소외된 시각으로 백인 SF 공동체에 맞선다. 인종차별주의는 없지만 기본적으로 백인으로만 구성된 SF의 미래는 포괄적인 유토피아가 될 수 없다. 오직 백인 특권의 오만함만이 그럴 수 있다는 환상을 불러일으킬 뿐이다. 이 연사는 "우리 행성에서는 개체 하나하나가 나름의 민족성을 가지고 있다는 사실을 이해해야 합니다"[p. 344]라고 청중에게 충고한다. 외계의 방문객이 떠나고 나자, 홉킨슨은 자신이 가치 있다고 여기는 SF의 속성에 관해 계속 강의하는 동시에, SF가 그 잠재적 능력을 실현하기 위해서는 체계적인 인종차별, 문화적 전용 및 이질적인 공동체에 관한 솔직하고 열린 토론을 자주 해야만 한다는 사실을 지적한다.[3] 그리고 지금까지 SF 공동체 내의 일부 구성원의 맹목성과 무지가 변화를 방해해 왔지만, 그럼에도 SF 공동체는 분노를 억누르고 지금 이 대화를 나누고 있다는 긍정적인 언급으로 강의를 마무리한다. 페미니스트들의 개입으로 성취해 낸 이 영역의 변화도 마찬가지로 즉각적이거나 보편적으로 포용되지 않았으며, 응네디 오코라포르Nnedi Okorafor, N. K. 제미신N. K. Jemisin, S. P. 섬토S. P. Somtow, 대니얼 H. 윌슨Daniel H. Wilson과 같은 유색인 작가들이 이 분야에서 계속 두각을 나타내고 있다는 사실에는 의심의 여지가 없다.

　　SF의 페미니즘 전통처럼, 유색인 작가들의 작품은 잘 알려진 장르 모티프와 내러티브에 관해 종종 다시 쓰거나 아예 뒤틀린 관점을 제공한다. 예를 들어, 라리사 라이Larissa Lai의 「레이철Rachel」(2004)은 익명의 안드로이드의 관점에서 작품의 서사를 다시 쓰면서 〈블레이드 러너〉(1982)[4]의 테크노-오리엔탈리즘을 폭로한다. SF 영화 중에서 가장 인기 있는 작품 중 하나인 이 영화는 도주한 레플리칸트(복제인간)들을 "폐기"하는 임무를 맡은 현상금 사냥꾼 데커드(해리슨 포드Harrison Ford 분)를 중심으로 진행된다. 노동용으로 제조된 레플리칸트는 인간의 권리는 누릴 수 없으며, 지구로 돌아오는 것도 금지당한 상태다. 레플리칸트들은 공감 능력이 없는 것을 제외하고는 인간과 구분할 수 없기에, 데커드의 주요 도구는 자극에 대한 정서적 반응을 측정하는 보이트 캄프 기계이다. 레이철(숀 영Sean Young 분)은 자신이 복제인간을 제조하는 타이렐사 창립자의 조카라고 믿고 있지만, 데커드의 테스트 결과 그녀는 데커드가 죽이기로 되어 있는 도주자 중의 한 명과 동일한 인간 어린아이의 기억이 이식된 복제인간임이 밝혀진다. 그녀는 데커드의 수사를 돕도록 강요받지만, 자신을 인간이라고 믿고 있었기에 필연적으로 갈등하게 된다. 그들은 성적으로 얽히고, 영화 마지막에 데커드는 자신의 임무를 계속하기를 거부하고 레이첼과 함께 달아난다.[5]

　　라이의 이야기는 레이첼이 자신이 실제 인간이 아니며 자신과 같은 종을 죽여야 하는 임무를 맡은 사람과 섹스를 했다는 사실을 알게 된 후 느끼는 내적 상태를 더함으로써 영화 속의 특정 장면들을 다른 식으로 재현해 보인다. 그녀의 부모님은 "서양 남자를 만나서 결혼하기를 원하는 중국 여성들의 카탈로그"를 통해서 만나 "사랑에 빠졌고", "만난 지 일주일 만에 결혼했다."[p. 55] 그들의 결혼을 이런 식으로 낭만화하는 것은 경제적이고 민족적인 힘의 불균형이라는 맥락을 모호하게 하고, 고통스럽고 실용적인 선택을 인간적이고 자연스러운 것처럼 보이게 하면서, 우리가 레이첼의 취약성뿐 아니라 레이첼이 이 남성과 맺는 관계를 새로운 시각에서 읽도록 한다. 내면의 상실감과 이제는 죽은 가족에 대한 기억을 조화시키려 애쓰는 동안, 인간이 아닌 자신의 신분을 간단히 받아들이고 그 경찰(작품 속에서 이름은 밝혀지지 않는다)을 도우라는 요구를 받았을 때 레이첼은 심정적으로 압도된다. 그녀는 그를 미워하기 시작하지만, 그럼에도 자신의 인간성을 증명해 줄 다른 인간과의 연계에 대한 욕망으로 감정이 복잡해진다. 그녀는 "내가 추운 게 아니라 단지 슬프다는 사실을 알아볼 수 있는 유일한 사람"[p. 58]인 자신의 아버지를 그리워하고, 나중에 경찰관과 섹스하기 직전에 그를 해치려는 안드로이드를 죽이게 될 때[6]는 자기 자신의 충동을 완전히 이해하지 못한다. "경찰이 자신이 무엇을 원하는지 내게 말할 때", 그녀는 곰곰이 생각한다. "나는 그의 욕망을 다시 그에게 반영할 수 있을 뿐이다. 그게 내가 열여덟 살이고 경험이 없기 때문일까, 아니면 내가 태엽을 감는 인형 그 이상도 이하도 아니기 때문일까? 그는 나를 태엽 감는 인형처럼 대한다."[p. 59]

이 이야기는 낭만적인 도주로 끝나는 것이 아니라, 레이철이 산산이 조각난 자아감으로 고심하는 것으로 끝난다. 그와 함께 침대에 누워, "기계가 된다는 것이 무엇을 의미하는지 곰곰이 생각하면서"[p. 59], 그녀는 어머니가 죽던 날을 떠올린다. 그녀는 부모님의 결혼식 사진에 있던 자신과 닮은 사람을 떠올리고, 그녀의 부모님이 그에 관해 논쟁을 벌였던 날을 상기한다. "아빠는 그게 아빠의 조카라고 했어. … 엄마는 중국에서 온 그 소녀가 분명하다고 했지. 그리고 사실 그 소녀는 상하이 출신의 사업가와 결혼하기 위해 마을을 떠났던 엄마 친구의 딸이었어."[p. 59] 싸움의 격렬함이 어린 레이철을 혼란스럽게 했고, 당시 그녀는 "내가 이해하지 못하는 논쟁의 숨은 의미"[p. 59]가 있다는 의심을 하기에 이른다. 가족은 레이철의 스케이트 경기에 도착하여 논쟁을 끝내지만, 공연이 끝난 후 그녀는 엄마와 오빠가 먼저 일어났고, 자동차 사고로 사망했다는 사실을 알게 된다. 그녀는 그들을 다시 보지 못하고 사건에 대한 확신도 얻지 못한다. 이야기는 영화의 중간 지점에서 끝난다. 경찰관은 마지막으로 두 명의 안드로이드를 죽이기 위해 레이철의 침대를 떠나는데, 그중 하나는 그녀와 닮았다. 그녀는 경찰관에게 "이렇게까지 할 필요는 없잖아"라고 말하지만, 그는 대답한다. "당신은 기억할 필요 없어."[p. 60] 이 일화는 영화 속 레이철(타이렐의 조카딸)과 이야기 속 레이철(그의 딸)의 차이점으로 우리의 관심을 환기시킨다. 그들은 변경으로 내몰린 타자들을, 교체할 수 있고 주관성이 없는 존재로 보는 고정관념에 도전한다. 안드로이드들이 서로 비슷해 보일지는 모르지만, 중국 여성 카탈로그에서 고른 아내가 서양 사람들의 눈에는 비슷해 보인다고 할지라도 다른 사람과 교환할 수 없는 것처럼, 그들에게도 뚜렷한 정체성과 욕망이 있다. 라이의 다시 쓰기는 아시아인을 기계처럼 바라보는 고정관념에 도전하고, 〈블레이드 러너〉에 묘사된 LA의 누아르 버전을 포함한 대중문화 속에서 뚜렷이 드러나는 IT 기술과 과잉인구로 대변되는 아시아인의 이미지 혼용에 도전한다.

「레이철」은 레이철이 자신의 경험을 말할 수 있게 함으로써, 백인 문화 속의 유색인 묘사에 널리 퍼져 있는 문화적인 가정과 전망을 가시화한다. 이 이야기는 레이철의 정체성에 대한 질문(그녀는 자신의 이식된 추억이 만들어 놓은 자기 자신이 되는 것을 선택할까, 아니면 그 기억 또한 다시 쓸까?)을 열어 놓은 채로 남겨 둔다. 그리고 그녀가 경찰이 원하는 새 대본을 받아들일지는 결코 확실하지 않다. 레이철을 노골적으로 인종차별화함으로써, 라이는 또한 로봇이나 안드로이드 같은 일회용 개체에 대한 SF의 묘사에 영향을 미치는, 인종차별주의와 융합되고 연결된 계급 착취의 오랜 역사를 특히 중요하게 다룬다. 라이와 마찬가지로 홉킨슨은 권리를 박탈당한 대상들의 인종적 범주 구성에 노동 착취가 중심적 역할을 하는 것을 인식하고 있었는데, 이 분야에 로

봇이라는 용어가 카렐 차페크의 연극 〈로숨의 유니버설 로봇〉
(1920)을 통해 처음 등장하게 된다. 유기체를 제조하지만 인공물
인 그들은 자본주의의 꿈을 완수할 "값싸고 … 요구 조건은 가장
적은" 노동자들이고, "업무의 진전에 직접적으로 이바지하지 못
할 모든 것"[p. 237]을 가지지 않도록 단순화된 존재들이다. 그가
이 비인간화되고 소모적인 존재를 부르기 위해 사용하는 로봇
이라는 단어는 체코어로 노동자를 의미한다.

SF를 신념의 문학으로 생각할 때, 이 장르는 사회 비판의
중요한 장소이자 우리의 사회적 상상력을 넓히고 평등한 세상
을 구상하도록 돕는 중요한 도구가 된다. SF 장르는 가부장적 억
압과 조직적인 인종차별주의를 가시적으로 만드는 강력한 도구
로 입증되었으며, 이전에 비주류로 소외당하던 사람들이 상상한
미래를 분명하게 표현하는 목소리를 포용하면서 좀 더 포괄적
인 공동체가 되었다. 새롭고 더 나은 현실을 상상하는 SF 장르의
이러한 능력은 작가 존 브루너John Brunner와 킴 스탠리 로빈슨Kim
Stanley Robinson의 환경주의적인 작품이나, 예술가 나탈리 제레미젠
코Natalie Jeremijenko, 이오낫 주르Ionat Zurr, 오론 캐츠Oron Catts의 생명
윤리적 작품 등으로 그 영역을 계속 넓혀 가고 있다.

1　NYRSF에 실린 델라니의 기사를 읽어 보라(각주 참조). 1967년 네뷸러상 연회에서 겪은 그의 일화에 나타난 장르적 변화에 관한 불안과 인종 및 인종차별에 대한 불안이 뒤섞인 양상에 관해 생각해 보자. **변화의 문학**을 생산해 내는 것으로 추정되는 공동체에서 이러한 변화에 대한 저항을 발견하는 것이 놀라운가? 왜 그런가, 혹은 왜 그렇지 않은가?

2　다음의 두 문단을 살펴보자.

조애너 러스의 「그들이 돌아온다 해도」에서 재닛은 자신의 남성 대화자를 다음과 같이 묘사한다. "그는 낮고 점잖은 목소리로 계속 말을 이어나갔다. 나를 조롱하지도 않는 것 같다. 하지만 그의 태도에는 항상 돈과 힘이 남아도는 누군가, 이류나 주변인이 되는 게 어떤 건지 전혀 모르는 누군가의 자신감이 배어 있었다. 그것은 매우 이상하게 느껴졌는데, 이유인즉슨, 하루 전만 하더라도, 나는 그것이 나에 대한 정확한 묘사라고 말했을 것이기 때문이다."[p. 512]

「미드나잇 행성에서 온 주저하는 대사」에서 백인들을 찾아온 대변인은 자신의 행성 거주민들이 번역으로 힘들어하고 있음을 다음과 같이 설명한다.

당신들은 말한다	민족적인.
기본적으로 번역된다	저쪽에 있는 기이하고 다소 원시적인 사람들.
2차적으로 번역된다	'민족음식'처럼 자연스럽지 않고,
	비정상적이거나 역겨운 것."[p. 344]

이 두 문단에서 어떤 유사점을 볼 수 있는가? 성별 차이에 관한 러스의 개입과 인종과 민족적인 차이에 관한 홉킨슨의 개입 사이에는 어떤 연관이 있는가?

3　2008년 《와이어드 *Wired*》에 실린 기사에서 클라이브 톰슨^{Clive Thompson} 기자는 주류 문학 소설이 더 이상 크고 철학적인 사상을 의미 있게 탐구하지 않으며, SF는 그러한 글쓰기의 마지막 요새라고 주장한다(www.wired.com/techbiz/people/magazine/16-02/st_thompson). 하지만 그럼에도 SF 작가들은 형편없는 산문 스타일 때문에 진지하게 받아들여지지 않는다는 주장도 한다. 주류 문학이나 SF에 관한 그의 평가에 동의하는가? SF를 신념의 문학으로 생각하는 것이 독자가 문학적 가치와 스타일의 문제를 무시할 수 있는 변명이 된다는 주장에 일말의 장점이 있는가?

에스에이 피스프린

문학의 안쪽

8

과학소설 장르는 부분적으로 정의하기가 어렵다. 정의하는 사람의 선호도 및 의미 부여(예를 들어 과학에 강조점을 두는 장르인지, 사회적 변화에 강조점을 두는 장르인지)에 따라 변해 갈 뿐 아니라, 시간이 지나면서 새로운 작가들이 이미 출판된 작품에 반응하고 페미니즘과 반인종차별주의와 같은 새로운 관점들이 반영되며 점차 변해 가기 때문이다. 브룩스 랜던Brooks Landon은 "과학소설은 가장 명확하고 의식적으로 변화를 자신의 주제와 목적론으로 받아들이는 문학"[ch. xi]이라고 주장하는데, 이것이야말로 다음과 같은 여러 방면에서 중요한 기발한 정의라 할 수 있다. 우선 과학소설은 과학과 기술력이 일상에서 구현하는 변화에 반응하는 장르이다. 다음으로 그것은 인간 존재 조건의 변화에 관한 사고 실험을 가능하게 한다. 또한 변화하는 철학적 개념에 관한 명상을 가능하게 하는 장소로 기능하고, 장르 그 자체도 새로운 표현 매체와 미적 이상을 포용하면서 항상 변화한다. 이러한 정의는 SF의 취사선택하는 특성을 포착해 내는데, 특히 이 장르가 다양한 관객과 주제를 위해 리메이크될 때 그 특성이 잘 드러난다. 예를 들어, "다임 소설(싸구려 소설), 즉 젊은 공학도들에게 특히 인기를 얻은 펄프 잡지용 '사이언티픽션'"은 "페미니스트적인 표현, 생태주의적 항의, 그리고 상상할 수 있는 모든 종류의 차이와 한계성의 광범위한 탐색을 가능하게 하는 유용하고 강력한 수단"[랜던, ch. xiv]이 되는 SF의 일부이다. 결코 한마디로 정의할 수 없는 SF는 모든 것이 공통으로 가지고 있는 것, 즉 변화의 과정과 결과에 관한 관심이다.

　　최초의 SF 자리를 놓고 경쟁하는 후보자들을 고려할 때, 우리가 어떤 것을 우승자로 선택하든 SF가 중요한 문화적 변화에 대응하여 나타난다는 사실만은 분명하다. 예를 들어 신앙보다 이성을 우위에 두는 계몽주의와 그 뒤를 이은 과학혁명은, 인간의 힘으로 조작할 수 있는 물질세계를 이해할 공간을 만들어 주었다. 또한 산업혁명은 사회적 관계를 급진적으로 변화시켰고 도시 중심의 성장을 촉진했으며, 착취적인 노동 관행과 기술을 확고하게 연계시켰다. 고딕 낭만주의 문학 문화는 변혁적 상상력으로 세계를 변화시킬 수 있는 개인적인 천재성의 이상을 만들어 냈는데, 이 원형은 SF 속의 과학자 영웅에 영향을 미쳤다. 그리고 다윈의 진화론은 인간 존재의 본질과 과학과 종교의 관계에 대한 당대의 이해를 산산조각 냈다. 거대한 사회적·철학적·기술적 변화를 겪어 온 이 각각의 순간들은 SF의 기원으로 제시되는 다음과 같은 텍스트들을 생산해 냈다. 계몽주의 시대에 나온 조너선 스위프트Jonathan Swift의 풍자문학인 『걸리버 여행기』. 산업혁명 기간에 나온 산업화된 미래를 그리는 많은 비전 중 첫 번째였던 루이세바스티앵 메르시에Louis-Sebastien Mercier의 『서기

2440년 *L'An-2440*』. 고딕 문학과 SF 양쪽 모두의 기초가 되어 준 메리 셸리의 『프랑켄슈타인』. 그리고 인간의 미래에 대한 다윈 이론의 함의를 탐구하는 웰스의 많은 과학 로맨스. 이러한 경쟁적 기원과 심미적인 양식은 SF의 상상적 모드의 핵심으로서 변화에 관한 연구로 수렴한다.

철학적 변화

테드 창의 「네 인생의 이야기Stories of Your Life」(1998)는 지각이 현실을 탐구하는 방법을 탐색하기 위해 물리학에 뿌리내린 하드 SF적인 외삽을 사회과학인 언어학과 우아하게 융합하여 주제와 스타일 양쪽에서 변화의 핵심을 훌륭하게 포착해 낸다. 이것은 첫 조우의 이야기이자, 차이를 넘어 의사소통의 어려움을 열정적으로 헤쳐 나가는 딸과 어머니의 관계에 관한 개인적인 성찰이기도 하다. 이야기는 제목에 있는 2인칭 "당신"에게 건네는 내용으로, 언어학자인 루이스는 딸에게 **그녀**의 삶에 관한 이야기를 들려주는데, 여기서 '그녀'는 딸과 루이스 둘 다를 의미한다. 이야기는 딸을 잉태했던 어느 날 밤에 관한 내용으로 시작하지만, 몇 단락도 지나지 않아 다음과 같은 사실이 드러난다. "온통 타일과 스테인리스스틸뿐이었던 시체 안치실이 기억나는구나. 냉동장치의 윙윙거리는 소리와 방부제 냄새도 기억나. 직원 하나가 시트를 걷어 네 얼굴을 드러내 보여 줄 거야."[p. 617] 그 순간 거의 즉각적으로, 우리는 25세 딸의 죽음이라는 이야기의 결과를 알게 되는데, 그것은 **일어날지도 모르는 일**에 대한 긴장감이 이 이야기 세계의 일부가 아니라는 사실을 독자가 이해할 수 있게 돕는다. 더 나아가 이 이야기는 시간상으로 화자의 삶을 이리저리 가로질러 넘어 다니는 비순차적인 조각으로 서술되고, 더 중요하게는 어느 것이 회상이고 어느 것이 현재 서술 속에서 일어나는 일인지 구분하기 힘들도록 시제를 계속 바꾸면서 전달된다. 작품의 첫 단락은 "네 아빠가 내게 그 질문을 하려고 해"라는 말로 시작한다. 이것은 사건에 몰입하기보다는 사건을 예상하는 것이지만, 즉시 "이것은 우리 삶의 가장 중요한 순간**이야**"로 변화하고, 그다음에는 직전의 과거를 의미하는 "우리는 방금 돌아왔어"[p. 614]로 바뀐다. 이렇듯 동사의 시제를 신중하게 통제하여 사용하기 때문에, 이야기의 처음 세 문장에서 미래, 현재, 과거**뿐 아니라** 이 세 가지 시제를 동시에 경험하게 된다.

시간성의 이 소외된 경험은 외계인들, 즉 헵타포드들이 시간을 경험하는 방식을 포착해 낸다. 이 작품이 이야기 초반부터 연속적인 세계관이 아닌 동시적인 세계관을 포착해 내기는 해도, 헵타포드의 언어를 배우는 경험을 통해 변해 버린 루이스의 여정을 추적해 가면서 독자들은 점차적으로 이 스타일과 헵타포드들의 인식과 시간성 사이의 연관성을 배우게 된다. 테드 창은 물리학적 구현, 물리학의 보편적인 진리, 그리고 문화적으로 가변적인 기호학을 서로 연결하면서, 언어와 의사소통의 맥락적 본질을 탐구하기 위해 이러한 변화의 주제를 능숙하고 정확하게 사용한다. 헵타포드는 팔이나 다리 어느 쪽으로든 기능할 수 있는 "일곱 개의 팔다리가 뻗어 나온 교차점 위에 올라앉은 술통"처럼 생겼다. 그것은 몸통 꼭대기를 빙 둘러 "일곱 개의 눈꺼풀이 없는 눈"[p. 618]을 가지고 있고, 형태 자체에 딱히 앞뒤가 없기에 신체의 방향을 바꾸기보다는 단순히 움직임의 방향만 바꿔 이동한다. 루이스는 헵타포드의 언어를 이해하려 애쓰면서 그들에게 두 가지 분리된 의사소통 체계, 즉 발화 헵타포드 A와 문자 헵타포드 B가 있음을 알아차린다. 문자가 말을 그대로 옮겨 적은 형태인 인간의 언어와는 달리, 헵타포드 B는 "의미 표기 체계"[p. 625]의 문자로 그것은 "구성 요소와 특정 소리가 전혀 조응하지 않음"[p. 626]을 의미한다. 헵타포드 B의 신비한 작용에 관해 더 많은 것을 밝혀내는 동안, 루이스는 글자의 방향이 헵타포드 B의 구조 속에서 문법적 의미를 전달한다는 사실 또한 알게 되고, 헵타포드의 대칭적인 구현에 그들의 언어를 연결한다. 헵타포드에게는 그들의 지각 기관이 바라보는 모든 것과 마찬가지로 어느 방향으로 바라보든 다 똑같은 의미이다.

헵타포드 B는 단어의 순서는 중요하지 않지만, 인간의 언어에서 의미가 그렇듯이, 단어 사이의 관계에 관한 복잡한 감각을 요구한다. 헵타포드 B는 의미의 각 단위나 의미 기호[일종의 그림이나 상형문자]를 적는 데 사용하는 각각의 획 사이의 복잡한 상호관계가 문법을 전달한다. 의미는 "특정한 획의 휘어진 정도나 두께, 굴곡의 방식에 따라 달라진다. 또는 두 어근의 상대적 크기의 변화에 따라, 두 어근과 또 다른 어근 사이의 상대적인 거리나 방향성에 변화를 주는 방식으로도 달라진다. 그 밖에도 여러 수단이 있다."[p. 629] 하나의 선이 더 큰 의미의 단위 내에서 어떻게 그려져야 하는가에 영향을 미치는 다양한 변수와는 무관하게(문장, 단락, 페이지의 구분도 마찬가지로 무관하다), 헵타포드는 말이 되어 나가는 순간 바로 그 의미를 전달할 수 있을 만큼 빠르게 그것을 적을 수 있다. 그래서 루이스는 "헵타포드는 첫 획을 그리기도 전에 이미 전체 문장을 어떻게 배치해야 할지 알아야만 한다"[p. 635]라는 사실을 깨닫는다. 물리학과 헵타포드의 관계가 그들의 언어를 이해할 수 있는 돌파구가 되어 준다. 루이스는 딸의 아버지이자 전 남편인 게리와 함께한 작업을 통해 "거의 모든 물리학 법칙은 하나의 변분원리[어떤 양을 극대나 극소로 하는 현상이 나타나는 원리로, 일반 역학·상대성이론·양자역학 등에서 나타난다]로 재진술할 수 있다"[p. 633]라는 사실을 배운다. 그는 빛의 굴절을 예로 들어 다음과 같이 설명한다. 우리는 빛이 이동하는 경로를 인과관계로 이해한다. 빛이 물로 들어가면 굴절각을 변화시키는 **원인이 되지만**, 수학적으로 이 관계는 페르마의 변분원리에 따라 똑같이 설명될 수 있다. 빛은 "항상 **극단적인** 경로, 즉 이동 시간을 최소화하거나 최대화하는 길 중 하나를 따라간다." 그리고 최소와 최대 둘 다 "하나의 방정식으로 나타낼 수 있다."[p. 633] 이 빛 굴절의 예는 다른 물리법칙에서도 적용된다. 차이점이라면 광학에서는 시간이 변수이고, 역학이나 전자기학으로부터 도출된 예에서는 또 다른 속성이 극한까지 달라진다. 따라서 근본적인 물리적 사건은 동일하지만, 그것을 인지하고 기술하는 인간 특유의 방식(원인과 결과로 기술)은 헵타포드의 방식(최대/최소로 기술)과 다르다.

헵타포드는 인간 경험을 변성시키는 방식으로 인간과는 다르게 생각한다. 루이스에게 "페르마의 원리는 빛의 움직임을 목표 지향적 용어로 설명하기 때문에 이상하게 들리지만"[p. 636],

수학의 근본적인 대칭성은 현실에 대한 목적론적 이해가 인과적 이해만큼이나 유효하다는 가능성을 열어 준다. 루이스는 헵타포드 B를 쓰는 연습을 하는 동안 그녀 내면에서 벌어지는 변화를 통해 이러한 유형의 경험을 하기 시작한다. 헵타포드 B는 자유의지 개념에 대한 도전을 제시한다. 인간의 관점에서 볼 때, "자유의지는 의식의 본질적인 일부였다." 그러나 루이스는 우리에게 "직접적인 경험"[p. 641]이 있는 것인지, 아니면 우리가 단순히 이러한 추정에 근거해서 경험을 해석할 방법만을 가지고 있는 것은 아닌지 의문을 갖게 된다. 그녀는 자신의 변화된 시간 결정을 통해 현실을 경험하기 시작하면서, 헵타포드가 "반드시 해야 한다고 알고 있는 행동을 정확히 수행해야 할 의무감"[p. 641]으로 그들의 경험을 다르게 해석한다는 사실을 이해하게 된다. 우리가 물리적 우주를 언어와 비슷한 것으로 생각한다면, "모든 물리적 사건은 완전히 다른 두 가지 방식으로 해석될 수 있는 하나의 언술이다. 하나는 인과적이고, 다른 하나는 목적론적이다."[p. 643] 이 두 종류의 시간적 경험이 현실에 대한 다른 해석을 만들어 낼지라도, 둘 다 타당하다. 인간의 "순차적 의식"의 맥락에서 보면 자유의지는 의미가 있다. 하지만 헵타포드의 "동시적 의식"[p. 645]의 관점에서 자유의지의 개념은 환상이 아니라, 단지 아무런 의미도 갖지 않는다. 마찬가지로, 헵타포드는 이미 알고 있는 대로 정확하게 그들 자신의 삶을 수행함으로써 "미래를 창조하고, 연대기를 실천해 보여야 할"[p. 645] 의무를 경험하게 되는데, 이는 인간의 관점에서는 의미가 없는 지향이다. 이 작품은 미리 알게 된 내러티브에 대한 헵타포드의 충성심을 기계적이고 무의미한 것으로 이해하는 것은 헵타포드의 경험을 잘못 전달하는 것이라고.주장한다. 대신 그들은 헵타포드의 문화적 선물 교환에 대한 열망(여기서 헵타포드는 인간이 무엇을 제공할 것인지 미리 알고 있어야 한다)과 미국 국무부가 그러한 교환을 수익성 있는 신기술 획득의 기회로 삼도록 연구 팀에 가하는 압박의 차이가 시사하는 또 다른 가치 체계를 받아들인다.

테드 창은 이러한 시간성의 새로운 경험을 루이스와 그녀의 딸에 관한 사적인 이야기 속에 짜 맞춘다. 루이스가 헵타포드 언어를 배우는 방법을 설명하는 부분은 딸이 살아온 삶의 순간들과 뒤섞여 있다. 하지만 연대기순이 아니다. **나는 우리가 그것을 하게 될 때를 기억해.** 이 표현처럼 과거와 현재 시제가 다양하게 뒤섞여 있다. 엄마와 쇼핑하는 것을 부끄러워하는 10대 딸과의 일화 하나를 소개한 후에, 그녀는 말한다. "네가 성장의 한 국면에서 다른 국면으로 얼마나 빠르게 넘어가는지 보면서 나는 영원히 놀라게 될 거야. 너와 함께 살아간다는 것은 움직이는 목표물을 조준하는 것과 같을 거야." [p. 630] 따라서 이 이야기는 인간도 역시 시간을 과거, 현재, 미래의 뿌옇게 흐려진 혼합물로 경험하고, 그 속에서 변화는 유일한 상수이기 때문에 우리는 이 순식간에 지나가는 현재를 만끽해야 한다는 사실을 함축해 보인다. 이야기는 딸을 잉태하는 순간에서 시작하고 끝난다. 이미 대본을 알고 있음에도, 루이스는 자신에게 "주의를 기울이고, 모든 세부 사항에 주목하라"[p. 614]라고 상기시키면서 신생아 딸을 처음 만나던 순간과 딸의 시체를 확인하던 순간에 같은 구절을 가슴 아프게 반복한다. "네, 맞아요. 이 애가 내 딸이에요."[p.

617, 650] 루이스는 이야기를 끝내면서 딸에게 이렇게 말한다. "결국, 오랜 세월이 지난 후, 내 곁에는 네 아버지도 너도 없을 거야. 내게 남겨질 것이라곤 헵타포드 언어뿐일 거야."[p. 650] 하지만 이런 목적지를 알고 있음에도 그녀는 자신이 "기쁨의 극치를 향해 가는지, 고통의 극치를 향해 가는지"[p. 650] 확신하지 못한 채 길을 따라 계속 나아간다.

사회적 변화

창이 시간성과 자유의지의 변화하는 개념을 통해 현실의 본질에 의문을 제기하고자 변화를 이용한다면, 날로 홉킨슨은 그녀의 이야기 「살점을 붙들고 있는 것Something to Hitch Meat To」(2001) 속에서 사회적인 인식과 편견의 변화에 초점을 맞춘다. 이 이야기의 이미지는 피상적인 인식과 기저에 깔린 실재 사이의 간극을 우리에게 상기시키는 목적으로 수렴한다. 예를 들어 흑인 주인공 알소는 라틴계로 오해를 받기도 하고 상점에 쇼핑하러 갔다가 상점 직원에게 괴롭힘을 당하기도 하는데, 그 직원은 알소가 "일주일에 적어도 두 번"은 그곳을 방문함에도 그가 낸 50달러짜리 지폐가 혹시라도 위조지폐는 아닌지 매우 꼼꼼하게 들여다본다. "노부인과 정장을 입은 남자들"[p. 840]도 그런 지폐를 사용하지만, 점원은 그들이 낸 지폐는 그런 식으로 꼼꼼히 들여다보지 않는다. 그리고 그의 형제 아지만은 그를 마약상이라고 간주하는 또 다른 백인 남성에 관해 이야기하면서, 그자는 "타고난 금발에 폴로셔츠를 입고 제 잘난 멋에 사는 살찐 여피족"이며 자신이 생각하는 흑인들의 "언어"로 아지만과 대화를 하려 시도한다고 묘사한다. 하지만 아지만도 그자를 "보나 마나 MBA"이고 "버팔로 밖으로는 한 발자국도 나가 본 적이 없는"[p. 841] 사람이라고 가정함으로써 역시 고정관념의 틀 속에 그의 존재를 끼워 넣는다. 해골의 기능을 "살점을 붙들고 있는 것"으로 설명하는 한 아이의 묘사에서 나온 이 작품의 제목은 겉모습만을 중요하게 생각하는 우리의 경향을 지적하면서, 해골의 역할을 원칙적인 것이 아닌 지지대의 역할로 축소함으로써 눈에 보이지 않기에 쉽게 잊어버리는 근본적인 구조의 중요성을 우리에게 상기시킨다. 이 이야기는 관습적인 현실을 바라보는 우리의 인식을 변화시켜 그 안에서 새로운 가능성을 현실화하고, 표면 아래에 놓여 있어 눈에 보이지는 않지만 필수적인 구조물의 역할을 인정해야 할 필요성을 전달한다.

이 이야기는 알소가 자신의 일상적인 관찰이 갑자기 기이한 구성으로 변형되는 이상한 환각의 순간을 경험하기 시작하는 동안 지각과 현실 사이의 괴리를 소외시킬 것을 제안하면서, 외양과(또한 고정관념에 의해 그 외양에 투영되는 의미들과) 그 표면 아래 놓인 현실의 괴리를 보여 주는 사례들을 연결한다. 또한 우리가 정상이라고 생각하는 것의 우발성을 강조하기 위해, 평범한 대상에 대한 인식이 갑자기 이질적이고 무서운 인상으로 변하는 상황을 그려 낸다. 예를 들어 주인공이 노면 전차를 타고 집에 가다가 그레이트 피레네 한 마리를 보게 되었을 때, 그는 북실북실한 녀석의 털이 어떻게 네 다리를 감추는지 감상하면서 눈 덮인 지형을 무리 없이 다닐 수 있게 해 주는 그 체형의 효율성을 평가하기도 하고, 만약 녀석들이 "6개나 8개의 다리를 가지고 있는 것으로 그 형태를 바꾼다면, 얼마나 더 빠르고 매끄럽게 움직여 다닐지" 생각하면서 그레이트 피레네가 변형된 모습을 상상해 보기도 한다. 동시에 이 개를 산책시키는 사람의 모습은 휙휙 지나가는 영화 프레임처럼, "일반적인 여성의 다리로 걷는 여자"였다가 "타고난 네 다리의 자세가 뒤틀리고 왜곡되어 보기 흉한 두 다리가 할 수 있는 일이라고는 한 발 한 발 휙휙 비틀면서 걸어가는 것뿐"[p. 840]인 존재로까지 변형된다. 홉킨슨은 현실을 마치 SF인 것처럼 제시하면서 독자의 경험을 소외시킨다. 그래서 독자도 일반적으로 변하지 않는 것으로 생각했던 사물의 우발성과 가변성을 느끼게 된다. 요점은 인종적 고정관념을 전형적으로 드러내는 사건들을 뒤틀고 왜곡하는 바로 이러한 경향이다.

알소의 직업은 이러한 표면과 깊이의 이분법에 기술 문화적인 차원을 더한다. 알소는 'Tri-Ex 미디어'의 웹디자인 편집자로 일하는데, 포르노 기업인 이 회사의 명칭은 매우 교묘하게 그것이 하는 일을 감추면서도 동시에 드러낸다. 이 직업은 이 산업에 종사하는 사람들의 생활 방식과 도덕에 대한 다른 사람들의 선입견으로 인해 또 다른 오해의 상황들을 만들어 낸다. 알소는 광고 매체 회사인 조인트 프로덕션의 마케팅 업무 후보자와 잠시 추파를 던지며 시시덕거리지만, 그가 어디서 일하는지 알게 되자 여자의 태도는 금방 차가워진다. 광고의 윤리는 눈에 보이지 않고 아무런 의심도 없이 받아들여지지만, 포르노가 "우주에서 악의 근원이자 중심"[p. 844]이라는 것은 자명한 사실이기 때문이다. 마찬가지로, 알소는 "**아빠가 집에 없을 때, 이 금발의 자매가 서로를 탐닉하는 걸 봐요!**"[p. 846]라는 문구로 홍보되는 모델 타니아와 레이븐의 레즈비언 판타지와 두 여성의 실제 삶 사이의 역설적인 간극에 주목한다. 확실한 것은 두 사람은 자매가 아니고, 한 명만 레즈비언이며, 그녀의 "여자 친구들은 그녀가 손가락 끝에 칼을 든 채로(가짜 손톱을 붙인 채로)는 그들 곁에 얼씬도 못 하게 할 것이 분명하다." 한편 "CGA 학생인 다른 한쪽은 배가 나온 조용한 대머리 남자와 행복한 결혼 생활을 하고 있다."[p. 846] 그 포르노가 현실이 아니라는 사실은 대부분의 독자에게 놀랄 만한 일이 아니지만, 이 작품은 현실 또한 실제로 현실이 아니라는 사실을 암시하면서 한발 더 나아간다.

구조적 차별의 왜곡 너머에도, 광고와 포르노에서 생산된 유비쿼터스 이미지가 우리가 현실과 혼동하는 디지털 조작적이고 가상적인 세계를 만들어 낸다는 어려움 또한 존재한다. 알소는 온종일 육체를 응시하며 에어브러시를 사용해 수정하고, 그렇지 않으면 포르노 이미지에 강렬함을 추가하여 자신의 눈에 모든 육체가 이상하고 늘어나는 것처럼 보이게 작업한다. 그는 모델의 음경에 발기와 확장을 추가해서 시장성 있는 "오토펠라티오[Autofellatio, 남성이 자신의 성기를 스스로 입으로 애무하는 것]맨"[p. 845]을 만들어 자신의 눈에 "**정말 이상해 보인다**"[p. 844]라고 생각되는 순간과, 푸드코트에 가서 평범한 사람들의 몸을 바라보다가 "이상한 낯섦"[p. 842]이라는 감각을 경험하게 되는 순간을 관련짓는다. 그는 이따금 인간의 몸으로 가능한 움직임의 범위를 초월해 성적으로 유혹하는 자세를 취하고 있는, 거대한 가슴과 말도 안 되게 날씬한 몸매를 한 이미지들을 생산해 내는 데 자신의 삶을 소모한다. 그러는 동안 성적인 것과 관련되지 않은 신체 부위가 그의 눈에 갑자기 기괴하고 부자연스럽게 보이기 시작한다. 어느 날 그는 정상적인 귀를 바라보지만, 그것이 "머리 측면에서 돋아나는 뒤틀린 피하조직 덩어리인 것처럼 보이는 이상한 경험"을 하게 되고 "메스꺼운 느낌"[p. 842]을 얻게 된다. 가상으로 조작된 몸에 몰입하면서, 그는 자신의 몸에 관한 경험 또한 부자연스럽게 느낀다. 갑자기 걷는 방법을 잊어버리고, 몸의 다양한 구성 요소를 인식하기 시작하자 더는 몸의 움직임이 유동적이지 않게 된다. "힘을 싣고자 발가락을 구부리면서 왼쪽 다리에 힘을 싣는다. 오른쪽 다리를 뻗기 위해 오른쪽 무릎을 구부리고 발꿈치부터 바닥을 딛는다. 몸무게를 이동한다. 오른발로 선다. 오른 무릎을 구부린다. 반대쪽에서 반복한다."[p. 843] 그러나 알소가 디지털 방식으로 강화된 자기 이미지의 렌더링이 끝나기를 기다리며 "불가능할 정도로 단단한 가슴의 라라 크로포트로 가장해"[p. 846] 시간을 보내는 동안 또 다른 유체 이탈의 경험이 포착된다.

실제와 가상 세계의 흐려짐은 단순한 환상이 아니라, 21세기 기술 문화 속에서 살아가는 경험의 일부이다. 온라인이나 가상 세계에서 보내는 시간은 실제 현실에서 보내는 시간만큼이나 우리의 습관적인 인식에 이바지하고, 이러한 현실은 어떤 경우든 디지털로 강화된 그 자체의 버전으로 포화 상태이다. 현실을 그 표현에서 분리해 내는 것은 간단한 문제가 아니다. 하지만 외양과 그 기저에 놓인 현실을 혼동한 결과는 엄청날 수 있다. 알소의 감독관인 찰리가 오토펠라티오맨에 대해, "코는 매부리코 … 입술은 가느다랗지만" 피부는 반드시 검어야 한다고 주장하면서 더 나쁘게는 알소에게 "그렇다고 저 녀석의 거시기가 네 것과 같지는 않을 거야, 그렇지?"[p. 845]라고 농담을 할 때, 알소는 그 사실을 고통스럽게 깨닫는다. 이렇듯 홉킨슨은 포르노와 인종적인 고정관념을 유사하게 비현실적인 담론으로 연결하고, 각각은 표면적인 특징을 왜곡하고 강화하면서 그들이 재현하는 것의 거짓 인상을 만들어 낸다. 포르노와 구조적인 인종차별주의는 둘 다 실제 사람들의 삶과는 아무런 연관성이 없이 그러한 이미지들이 조작되고 배포되는 방식에만 기초하여, 포르노 스타는 부도덕하다거나 흑인은 범죄자들이라는 등의 편견과 서사를 부여하기 때문에 다른 사람들을 비현실적으로 만들어 버린다.

이 이야기가 가진 변혁의 힘은 알소가 스파이더맨 배낭을 멘 이상한 흑인 소녀와 마주치는 데서 비롯된다. 알소가 자신 앞의 세상을 단순히 받아들이기보다는 변화를 끌어낼 수 있다고 주장하면서 자신의 직업과 구조적인 차별의 경험에 대해 불만을 터트릴 때, 소녀는 슈퍼히어로로 전설과 사기꾼 신화를 합쳐서(그 형태의 하나가 거미 신이다) 그에게 맞선다. 소녀는 배낭으로 알소를 때리고 그의 머리에 상처를 입히는데, 그는 마치 스파이더맨의 피터 파커처럼 이 상처로 인해 초자연적인 능력을 얻게 된다. 그 사건 후에 회사로 돌아간 알소는 자신이 오토펠라티오맨의 이미지에 풍자적으로 붙여 놓은 "'항상 변화하는 자신'을 위한 서아프리카의 아딘크라 상징[Adinkra Symbol, 경구 등을 표현하는 시각적인 상징]인 'nkyin kyin'"[p. 845]을 떼어 버리기로 한다. 그러나 그가 마우스로 그 상징을 드래그하자, 그것이 가상의 세계에서 현실 세계로 움직여서 "화면 **밖으로 빠져**"나가 "그의 허벅지 위에 자리 잡게"[p. 849] 된다. 일전에 알소가 귀의 살점이 제멋대로 뒤틀리는 것을 보고 역겨움을 느꼈을 때는, "그가 화면상의 완전히 벌거벗은 모델들의 피하지방을 매끄럽게 가다듬고 근육을 단단하게 올려 주는 동안 마우스를 포인트하고 클릭하고 드래그하는 데 … 사용하게 될 그 손가락들이 자신도 모르게 꿈틀거렸었다."[p. 842] 아딘크라 상징이 화면에서 그의 육체로 이동한 후, 알소의 손은 마우스 클릭과 같은 디지털 편집 변형 능력을 얻게 된다. 문손잡이 쪽으로 손을 뻗을 때, 한 번의 클릭이면 그것을 "화려하게 장식된 황동"으로, 두 번 클릭하면 "평범한 알루미늄 조각"[p. 849]으로 바꿔 놓을 수 있다. 이 이상한 능력을 두려워하기는커녕 알소는 이상하게도 희망적인 호기심을 느끼는데, 다른 개발된 특징들도 비슷하게 잘 변하는 성질이 있다는 것이 증명되면서 이 호기심은 점점 커져만 간다.

알소는 디지털 이미지를 렌더링[Rendering, 컴퓨터 프로그램을 사용하여 모델로부터 영상을 만들어 내는 과정]하던 것처럼 현실도 새롭게 렌더링할 힘을 얻는다. 소녀는 어찌 됐든 변화는 일어날 것이기에 "대상을 변화시키는 건 **당신이** 할 일이 아니에요"라고 그를 안심시킨다. 하지만 그에게는 "가짜 피부를 벗겨 내고" 그 밑에 무엇이 감춰져 있는지 드러낼 힘이 있다. 그는 아딘크라 상징을 다른 사람에게 심어서 그들을 변형시키고, 그들의 삶이 새로운 미래로 향해 가도록 길을 열어 줄 수 있다. 단, 다른 사람이 그들에게 투영한 거짓된 인식에 짓눌리지만 않는다면 말이다. 알소는 또한 만화책 문화에서 도출한 또 다른 이미지인 '횃불 인간'에 동생 아지만의 이미지를 대입한다. 그는 동생의 내면이 차별의 경험(이 경험은 어느새 자기 파괴적인 음주 습관으로 변해 버렸다)에서 비롯된 억눌린 분노로 가득 차 있다고 생각하고, "어느 날 아지만의 내면을 채우고 있는 그 분노의 불길이 폭발해서 그가 늘 겉으로 보여 주는 공손한 태도를 날려 버리게 되기를"[p. 845] 소망한다. 그는 새로이 얻게 된 힘을 불행의 껍질 속에 숨어 있는 아지만과 숙모 디와 자기 자신에게 사용하여, "그를 보고 자기 지갑을 더 단단히 움켜잡는 백인 여성"[p. 850]이 뭔가 다른 것을 볼 수 있게 하는 상황을 상상해 본다. 그리하여 이 이야기는 표면 아래 어떤 "현실"이 놓여 있을까에 관한 특정 이미지가 아니라, 변화하는 지각의 놀라운 힘, SF가 가진 바로 그 힘에 대한 확신으로 끝을 맺는다.

　　존 리이더는 중요한 비평 작업 『식민주의와 과학소설의 출현Colonialism and the Emergence of Science Fiction』에서 공개 담론 아래 놓인 이데올로기를 드러내는 힘이 이 장르의 형성뿐 아니라 이 장르와 식민주의의 관계에도 결정적으로 중요하다고 설득력 있게 주장한다. 리이더는 서구 문화에서 식민주의 경험은 SF에서와 마찬가지로 하나의 변위, 즉 "그 자신의 문화는 가능한 많은 문화 중 하나에 불과하다는 관점"을 만들어 내는 "자민족 중심주의의 폐해"[p. 2]라고 제안했다. 이러한 관점을 달성한다고 해서 반드시 문화적 포괄성이 촉진되는 것은 아니며, 실제로 이는 유럽의 백인 문화가 항상 우월하다고 여기는 식민주의적 담론의 핵심이다. 그럼에도 이 문제의 소지가 많은 식민주의적 담론은 SF에서도 역시 볼 수 있는 "환상적인 욕망과 비판적 소외 사이의 망설임"[p. 6] 탓에 곤란해진다. "바라보는 주체에 힘과 지식을 분배하고, 그 주체가 바라보는 대상은 그 힘에 대한 접근을 거부하거나 최소화하는"[p. 7] 식민주의적 응시가 리이더 이론의 핵심이다. 모든 SF가 탈식민주의 SF처럼 명시적으로 제국 중심에 도전하는 것은 아니지만, 그럼에도 식민지 서술에서 이 장르의 변화된 문맥은 비평의 공간을 열어 준다. 예를 들어 리이더는 『우주 전쟁』에서 보여 주는 웰스의 역 서술 방식이 "전적으로 식민주의적 응시의 틀 안에 머물기"는 하지만(영국이 기술적으로 태즈메이니아인들을 능가하는 것처럼 화성인은 인간을 능가하는 진화 단계에 있다), 식민지화된 인류를 "지배적이고 비인도적인 식민지 주체"이자 화성 점령의 "과학적 관찰자" 둘 다로 만들면서 식민주의적인 가정을 소외시킨다는 사실에 주목한다. 그 소설은 식민주의 담론에 관한 "메타픽션적인 해설"[p. 14]을 제공하기 위해 그 자체의 허구적이고 판타지적인 구조를 사용하여 식민주의 담론의 비밀과 모순을 "과장하고 착취"[p. 10]한다.

따라서 리이더는 SF의 출현을 위한 또 다른 필수 조건인 식민주의와 그 이데올로기를 SF의 구성 요소로 간주한다. 그는 SF가 항상 그리고 필수적으로 식민주의에 비판적이라고 주장하는 것이 아니라, 오히려 그러한 서술이 재현되든 저항을 받든 간에 "식민지 역사와 이데올로기의 서술"[p. 15]이 그것을 구성하는 허구 중 하나로서 그 장르 속에 지속된다고 주장한다. 리이더의 말에 따르면, "그것은 마치 과학소설 그 자체가 환상적인 대본 밑에서 고집스럽게 식민지 시나리오의 흔적을 드러내는 일종의 팔림프세스트[palimpsest, 본디 문장을 지우고 그 위에 여러 번 다시 쓴 양피지]라도 되는 것처럼 … 식민주의가 내세우는 것을 폭로한다."[p. 15] 식민주의가 SF의 표면 아래 "감춰져 있는 진리"라는 게 아니라, 오히려 식민주의의 유산(그것이 문화적 차이에 가져다주는 변화되고 소외된 관점)이 계속해서 이 장르의 "가능하고 상상할 수 있는 구성"(15)을 형성한다는 것이라고, 리이더는 조심스럽게 주장한다. 따라서 이 장르는 식민주의의 역사적 경험에서 비롯된 사상적 변화를 파악하기 위한 신화, 즉 유럽의 정복과 부의 전용의 합리화에서부터 토착민 미래주의의 종말 이후 생존[1] 서사에 이르기까지 정치적 스펙트럼을 관통하는 신화이다. 또한 식민주의에 따라 만들어진 인간 문화의 심오한 변화를 설명하기 위한 상상력의 도구이다.

기술적 변화

뒤엉킨 문화와 기술적 변화는 또한 존 캐서데이John Cassaday가 그린 워런 엘리스Warren Ellis의 만화 시리즈 '플래너터리*Planetary*'(1999~2009)의 초점이기도 하다. 그들은 첫 번째 호 표지에서 이 작품이 일단의 "불가능에 도전하는 고고학자들"에 관한 이야기라고 설명한다. 플래너터리 조직에 속해 일하는 엘리야 스노, 야키타 바그너, 드러머 그리고 (몇몇 사건에 참여하는) 앰브로즈 체이스와 같은 탐험가들은 평범한 현실에서 일어나는 이상한 사건들을 조사하게 된다. 1925년부터 매년 발간되는 스노의《플래너터리 안내》에 기록된 이러한 사례들이 20세기의 대중과 대중문화 간의 상호관계에 관한 고고학이라는 사실은 금방 자명해진다. 그들의 세계에서 이러한 사건들은 그 세기의 "비밀스러운 역사"이며, 독자들의 세계에서는 대중문화가 어떻게 우리의 상상력과 실제 세계를 형성해 왔는지에 관한 분석이다. 엘리스가 SF에 지대한 관심을 보인다는 것은 그가 선택한 많은 사례를 통해 (그리고 그가 자신의 첫 책을 마이클 무어콕에게 헌정하고 있다는 사실을 통해서도) 명백히 알 수 있다. 이들의 모험에는 평행 우주 사이를 옮겨 다니는 방사선 여행(제4호 『이상한 항구 *Strange Harbours*』)으로 탄생한 거대한 괴물(제2호 『섬 *Island*』), 쥘 베른의 우주 대포의 작동 버전(제18호 『건 클럽 *The Gun Club*』), 아서의 『라마와의 랑데부』(1972)(제20호 『랑데부 *Rendezvous*』)를 반향하는 게 분명한 의문의 외계인 우주선, 그리고 새로운 세계의 나노 기술적인 건축물(제21호 『죽음의 기계 텔레미트리 *Death Machine Telemetry*』)과의 만남이 포함된다. 이 시리즈는 20세기의 기술 문화를 둘러싼 윤리적 문제를 탐구하며, 플래너터리 조직의 호의적인 기술 사용과 더 불길한 사례 사이의 갈등을 중심으로 구성된다.

작품 속에는 21세기를 "과학소설" 속에서 살아간다고 묘사한 초인 세비지(제5호 『굿 닥터 *The Good Doctor*』)의 한 버전인 독 브라스를 비롯하여 SF와 다른 인기 있는 소설에서 끌어온 다양한 등장인물의 인유 또한 등장한다. 쥘 베른의 소설에 등장하는 로버, 셜록 홈스(그는 죽기 직전에 스노를 훈련하는 인물로 등장한다), 빅터 프랑켄슈타인도 등장하며, 론 레인저는 가족의 채굴 작전에서 나온 부산물인 수은을 사용해 자신의 은색 총알에 독을 묻히는

데, 이는 이 시리즈의 많은 회차에서 다루는 기술 문화의 어두운 일면에 관한 조사의 일환이기도 하다(제22호 『윌리엄 레더의 고문*The Torture of William Leather*』). 다임 소설로 명성을 얻었던 『대평원의 증기 인간*The Steam Man of the Prairies*』의 증기 인간도 등장하고, 드라큘라도 등장한다. 타잔의 한 버전인 블랙스톡 경은 자신의 인종적 우월성을 가정하지만, 그것은 그의 아프리카인 연인에 의해 신랄하게 거부당한다(제17호 『오페크레*Opak-Re*』). 닌자 전사들도 등장하고, 잭 카터라는 이름의 제임스 본드 같은 슈퍼 스파이도 있다. 그러나 '플래너터리'의 가장 핵심적인 상호텍스트는 슈퍼히어로 만화책인데, 이들 만화가 특히 초인적 힘의 원천으로 과학과 기술(인간과 외계인)을 다루고 있는 까닭에, 마블의 〈판타스틱 포〉의 위협적인 버전이자 주요 악당으로 등장하는 더 포를 통해 그 특징이 구현된다. 이러한 더 포의 버전은 아폴로 작전[1961년부터 1972년까지 미항공우주국이 시행한 유인 우주 비행 탐사 계획으로 달 착륙 후 무사히 지구로 귀환하는 것이 목표였다]과 유사한 아르테미스 비밀 작전의 일부인 우주 임무를 통해 태어난다. 이 우주 비행사들은 원래 나치였지만, 나사의 로켓 프로그램의 중심이었던 독일 과학자 베르너 폰 브라운Werner von Braun과 마찬가지로 제2차 세계대전 이후 미국으로 불려 온다. 따라서 엘리스는 20세기 기술 문화의 가장 유명한 업적 아래에 놓인 어두운 역사, 즉 미국이 전후 기간에 그들 자신의 군사 및 우주 프로그램에 전문 지식이 필요해지자 편의상 잊어버린 과거의 어두운 역사를 분명히 하는데, 이 경우에는, 독일에서 폰 브라운의 V2 로켓 연구의 핵심이자 소모품이나 다름없던 유대인 강제 수용소의 노동자들이다.

스노도 초인적인 능력을 지닌 등장인물 중 하나인데, 초인들 대부분이 1900년 1월 1일에 태어난 것으로 그려진다. 시리즈 마지막에는 그는 물론이고 그때 태어난 다른 초능력자 모두가 진화된 행성계 방어 체계의 일부임이 드러난다. 복수심으로 불타는 배신당한 홍콩 경찰 유령과 모든 정보를 감지할 능력이 있는 드러머 등이 포함된 이 초능력자들은 "정의"를 이해하기에 "살아 있는 세상을 치유할 수 있는 가능한 최고의 기회"에 헌신하도록 선택된다(제24호 『시스템Systems』). 대조적으로 더 포는 평행 우주에서 그들의 힘을 얻는데, 그들의 지구에서는 초인적인 능력이 기술력에 의해 정기적으로 생산된다. 우주 사이의 포털을 건너다니며 자신들의 임무를 수행하는 더 포는 이 편집증적이고 군대화된 평행 우주 내 지구와의 거래를 통해 우리 지구의 과학 발전을 저해하고, 대신 평행 지구에 그 정보를 제공한다. 그들은 초인적인 힘을 얻는 조건으로 마침내 50년 후에는 지구를 완전히 넘겨줄 계획이다. 더 포는 제국주의자들의 목적 달성을 위해 효율적으로 사용된 서양 과학의 역사를 비판하고,[2] 동시에 SF와 다른 대중문화가 이 비판을 시연하는 데 오랫동안 해 왔던 역할을 폭로하는 이야기 속에서 전제정치적 목적을 위해 그들의 힘과 전체 과학의 힘을 사용한다. 예를 들어 제8호 『지구가 더 천천히 돌아간 날The Day the Earth Turned Slower』(2000년 2월)은 1950년대의 영화 〈괴물〉(1951, 니비·혹스)과 〈신체 강탈자의 침입〉(1956, 시겔) 등에서 표현된 공산주의자와 다른 반체제 인사들에 대한 냉전 피해망상을 비판한다.

제8호의 제목은 또 다른 1950년대 SF 영화 〈지구가 멈추는 날〉(1951, 와이즈)을 연상시키는데, 이 작품 속에서 외계인 우주선은 우리에게 핵전쟁을 포기하고 평화롭게 살아야 하며 그렇지 않으면 은하계를 위협하는 존재로서 파국을 맞이하리라고 경고하기 위해 찾아온다. 제8호의 내용은 시티 제로라는 배경 속에서 1950년대 SF 문화의 이러한 두 가지 측면을 연결하는데, 비밀스러운 미군 연구 기지인 시티 제로는 나치 수용소에서 요제프 멩겔레Josef Mengele가 저지른 실험을 연상케 하는 포로 실험을 통해 새로운 무기와 기타 기술을 개발하는 곳으로, 현대의 매카시 추종자들의 과대망상하에 표적이 된 노조 조직책, 공산주의에 공감하는 것으로 의심되는 시나리오 작가 및 다른 작가들, 그리고 동성애자들을 포함하는 "미국 반체제 인사들"이 이곳에 투옥된다. 제8호의 주인공인 앨리슨은 정부가 "침대 밑에 숨어 있는 빨갱이로 추정되는 우리 모두를 제거하기를 원했"을 뿐 아니라, 과학 연구를 추진하는 동안 "그들이 계획했던 것을 실행하기 위해 따뜻한 시체들"도 필요로 했다고 설명한다. 워런 엘리스가 붙인 제8호의 제목은 핵무기로 지구상의 모든 생명체를 파괴할 수 있는 물리적 능력이 1950년대의 기술 문화에서 유일하게 끔찍한 측면은 아니라는 사실을 보여 준다. 미국은 하원의 반미활동조사위원회 청문회, 블랙리스트 작성, 투옥 등을 통해 생명을 파괴했을 뿐 아니라 민간인에 대한 실험도 수행했는데, 1932~1972년에 터스키기연구소가 아프리카계 미국인 남성들을 대상으로 그들의 동의 없이, 치료되지 않은 매독 감염의 결과를 수집한 일이 악명 높은 예이다.[3] 앨리슨은 자신이 시티 제로에서 목격한, 〈투명인간The Invisible man〉(1933, 웨일)과 〈50피트 우먼Attack of the 50 Foot Woman〉(1958, 유란) 같은 다른 SF 영화들을 상기시키는 수많은 끔찍한 실험들을 회상한다. 그녀도 역시 총에 맞은 후 방사능 실험에 이용되고, 제8호의 마지막쯤에 만료되는 반감기 동안 부활한다.

과학과 기술이 사용되는 방식이 종종 디스토피아적인 물질적 결과를 가져오는 것과는 달리, '플래너터리'의 서술이 그리는 호는 SF와 여타의 다른 대중문화에서 구상된 기술 문화의 약속으로 자주 되돌아간다. 제10호 『마법과 상실Magic and Loss』(2000년 6월)은 DC의 슈퍼맨(자신이 태어난 문화의 모든 과학적 지식을 가지고 있는 존재), 원더우먼(기술력이 군사화되지 않은 섬에서 온 인물), 그린 랜턴(정의를 위해 헌신하는 행성 간 경찰력에 속해 있다)의 대안 버전이 제안하는 약속을 검토한다. '플래너터리'의 우주에서 더 포는 인간 문화와 접촉하기 전에 이러한 친숙한 슈퍼히어로가 되었을지 모를 개인들을 파괴한다. 남은 것이라고는 플래너터리의 고고학자들이 발견한 유물, 즉 빨간 망토, 랜턴 그리고 황금 팔찌뿐이다. 제16호 『하크Hark』(2003년 10월)는 한때 스노의 라이벌이었으나 결국 파트너가 되는 애너 하크의 합리성에 의문을 제기한다. 그녀는 더 포와 협력하기 시작하는데, 그게 그들을 제압할 수 있는 기술력을 얻을 유일한 방법이라고 믿기 때문이다. "더 포의 그… 의심스러운 활동은 1950년대 이래로 우리가 참여했던 기술적 교류와 견주어 봐야만 해요"라고 그녀는 스노에게 말한다. "더 포의 존재에도 불구하고 나는 세상 사람들에게 많은 것을 주었어요." 제16호의 마지막에서, 그는 윤리적 교훈이 결여된 기술적인 성취는 단지 파괴적일 뿐임을 그녀에게 확신시키고, 이야기의 마지막쯤에 그들은 더 포를 물리치기 위해 힘을 합친다.

'플래너터리'는 특히 20세기 과학 문화의 고고학으로, 스노를 19세기 전통과의 뚜렷한 결별점으로 제시하면서 21세기 과학의 더 나은 사용을 꿈꾼다. 스노는 '플래너터리' 시리즈의 『세계 전역*All Over the World*』(1999년 4월)의 시작부에서 100세가 되어 등장하고, 야키타는 그를 "20세기의 유령"으로 묘사한다. 제13호 『세기*Century*』(2001년 2월)에서 스노는 19세기 조직인 더 컨스피러시에 참여했던 셜록 홈스를 만난다. 컨스피러시 멤버에는 빅터 프랑켄슈타인, 존 그리핀(웰스의 『투명인간』의 등장인물), 토마스 카르나키(윌리엄 호프 호지슨William Hope Hodgson의 초자연적인 탐정), 베른의 로버와 드라큘라가 포함된다. 플래너터리와 마찬가지로 컨스피러시도 자신들이 "특별"하며 "세상을 더 좋은 곳으로 만들기 위해 음모를 꾸미는" 사람이라고 생각하는 미래 지향적인 협회였다. 홈스는 그들이 "우리의 마음이 인간 사회의 문제들을 받아들이고, 과거의 잔재로부터 용감한 새로운 세계를 건설하기를" 바랐다고 설명한다. 안타깝게도 19세기 세상은 준비가 되어 있지 않았으며, "우리의 개념 중 어떤 것은 신문에서 토론하기에는 안전하지만, 현실에서는 너무 급진적이라는 사실이 곧 자명해졌다. 우생학, 재교육, 통제 경제, 정상적인 세계는 바로 이러한 개념에 기반을 둔다." 이러한 19세기 프로젝트의 어두운 측면이 한때는 유토피아적이라고 여겨졌다. 스노는 홈스에게 "새로운 세기"는 "다른 규칙"과 "음모론 같은 것"의 종말이 필요하다고 말하지만, '플래너터리'를 마지막까지 읽은 독자들은 유사하게 실패한 20세기 기술 과학적 제안에 관해 익히 잘 알고 있다. 이 시리즈는 스노가 더 포를 물리치고 그들의 데이터베이스에서 가져온 모든 기술력에서 나온 항암 치료법, 건설 비용을 절감하는 전기적 부상 시스템, 가난한 사람들에게 자유롭게 물, 단백질, 음식, 빛을 제공하는 "생명 스테이션" 등을 통해 더 나은 방향으로 변한 세상을 보여 주면서, 21세기가 과학의 긍정적인 잠재력을 더 잘 깨닫기를 바라는 조심스러운 낙관을 언급하며 끝이 난다. 작품의 마지막 장면에서 고고학자 팀은 타임머신을 사용해 버블 우주에서 정지 상태로 있는 앰브로즈를 회복시키고 "우리 앞에 있는 머나먼 미래"를 고대한다.

따라서 '플래너터리'의 기술력에 관한 최종적인 이미지는 긍정적이지만, 전반적으로 이 시리즈는 기술력이 사용되는 목적, 유토피아적 꿈이 신속하게 악몽의 현실로 바뀔 수 있다는 사실을 지속적으로 경계하도록 이끈다. 캐서데이의 삽화는 종종 이전 시각 문화의 팔레트 및 다른 양식적 특징을 포착해 내는데, 예를 들어 앨리슨의 시티 제로 회상 장면을 흑백과 누아르적인 색조로 그려 낸 것이나, '에일리언' 시리즈(1979~1997)를 연상시키는, 우주 프로젝트 아르테미스 장면 속의 녹색과 불길한 색조도 그러하다. 또는 쥘 베른이나 닥터 새비지를 상기시키는 세피아톤도 마찬가지다. 이 시리즈의 표지들은 제13호 『세기』의 19세기 정기간행물 스타일과 제17호 『오페크레』의 펄프 잡지 미학에서부터, 제19호 『우주의 신비 Mystery in Space』의 《옴니》잡지 스타일이나 제21호 『죽음의 기계 텔레미트리』의 환각적인 왜곡에 이르기까지, 각각의 호가 다루고 있는 다양한 장르와 기간을 아름답게 포착해 낸다. 제13호에서는 제임스 웨일의 영화 〈프랑켄슈타인)의 스타일을 지극히 효과적으로 포착했는데, 몇 페이지 만 지나가면 인공으로 제작된 괴물 같은 생물체들이 스노를 공격하는 것도 전혀 놀랍지 않게 해 주는, 전체 페이지에 꽉 차는 이미지들을 볼 수 있다. 과거 대중문화 유령들과의 이렇듯 강렬한 상호작용은 '플래너터리'에 심미적으로뿐 아니라 주제적으로도 매우 중요한데, 제9호 『플래닛 픽션Planet Fiction』(2000년 4월)에서는 명시적으로 허구 세계의 일부를 만들어 낸다. 더 포는 다중 우주와 나노 기술력을 사용하여 전적으로 허구의 세계를 만들고 그곳에서 누군가를 돌려보내려고 시도한다. 이 '허구의 인물'은 왜 그가 발명되었는지 묻고, 다음과 같은 대답을 듣는다. "보다시피, 우리는 우리의 허구와 이상한 관계에 있지. 때로 우리는 그것이 우리를 점령할까 봐 두려워하기도 하고, 때로는 제발 점령해 달라고 애원하기도 하네. … 때로 우리는 그 안에 무엇이 있는지 보기를 원하기도 하지." '플래너터리'는 우리가 이 기술력 포화의 세기를 정의하는 많은 변화(좋은 것이든 악한 것이든)를 헤쳐 나가는 데 도움을 주는 대중소설과 기술 혁신 사이의 복잡하고 변증법적인 관계를 보여 주면서 우리를 20세기의 인기 있는 소설들 속으로 이끌고 들어간다.

미적 전통의 변화

변화의 문학으로서 SF를 받아들이는 랜던의 공식에는 변화를 주제로서 명시적으로 받아들이는 작품 이외의 작품도 포함된다. 이 장르는 끊임없이 변하고 있을 뿐 아니라, 그 자체로 기술

과학, 인간 존재의 조건, 그리고 철학적 개념의 변화에 관한 것이기도 하다. 미샤 노가Misha Nogha의 이야기 「미세한 먼지 조각 Chippoke Na Gomi」(1989)은 간단히 몇 페이지 만에 이러한 각각의 차원을 포착해 낸다. 생략된 산문 속에서 이 작품은 어느 진애학자, 즉 먼지를 연구하는 전문가의 경험을 이야기한다. 그는 정확한 위치는 알 수 없지만, 태평양 시간대에 있는 어느 역에서 열차를 기다리는 중이다. 그는 멍한 기분이고, "지금껏 이렇게 피곤한 적이, 또는 이렇게 목이 마른 적이 있었는지 기억할 수 없다."[p. 632] 그러면서 그는 한 의문의 여인과 대화를 나누려고 시도하는데, 그녀는 때때로 물리적으로 눈에 보이지만, 또 때로는 그림자 속으로 사라지는 듯하다. 여자는 "아이누 선주민 같은 외모에 피부색도 어둑하지만, 그는 그녀가 아메리카 원주민이라고 결론 내린다."[p. 632] 이야기는 먼지의 이미지로 가득 차 있다. 이 진애학자는 먼지 표본을 가지고 일본으로 방금 돌아왔다. 비록 그의 표본이 진공 밀폐된 병에 들어 있기는 해도, 그의 코트는 "진흙 비"[p. 631]로 뒤덮여 있고, "누더기옷을 입은 부랑자"[p. 631]가 비틀거리며 걸어 들어와 너풀거리는 그의 옷에서 떨어져 나온 먼지가 "역에 있는" 다른 "먼지들"[p. 631]과 합쳐지고, 여자의 작업복은 "두꺼운 흰색 재"[p. 632]로 얼룩져 있고, "희끄무레한 물질"[p. 632]이 그녀의 눈가에 달라붙어 있다. 심지어 기차의 지연조차도 "50킬로미터 정도 떨어진 곳의 심한 먼지 폭풍"[p. 633] 탓으로 설명되고, 그가 기차의 지연을 설명하기 위해 아내에게 전화를 걸 때, 전화기 다이얼 위에도 "먼지가 떡이 되어"[p. 633] 덮여 있다. 여인은 그의 직업에 별다른 인상을 받지 못하는 듯하지만, 그는 "먼지는 매혹적인 것"[p. 634]이라고 주장한다.

진애학자가 자신의 작업을 설명하는 동안, 이 이야기의 기술 과학적 변화와의 관련성이 분명해진다. 과학적 관점에서 보면 먼지는 단순한 쓰레기가 아니라, 인간의 눈에는 보이지 않는 전적으로 미시적인 삶의 세계이다. "사악한 턱과 털이 많은 다리에 포도송이처럼 보이는 혐오스러운 덩어리가 달린 괴생물체"인 호랑이 진드기는 오직 현미경으로만 볼 수 있지만, 그것 역시도 "심지어 자기보다 더 작은 자체 기생충을 가지고 있다."[p. 635] 먼지는 우리의 역사를 포착하고, 그 기원에 있는 사건(인간 인식의 규모로 봤을 때는 파괴되었지만, 이 미시적인 세계 속에서는 여전히 남아 있는 것들)을 구체화하는 동시에 여기저기 옮겨 다니는 동안 더 넓은 지리적 지형에 그 흔적을 퍼트린다. 나가사키의 먼지가 조심스럽게 밀봉된 항아리 속에는 엄청난 변화가 보존되고 있다. 그것은 여전히 방사능을 띠고 있고, "분쇄된 건물, 책, 식기, 대나무 줄기, 쌀알 같은 거대한 도시의 잔해들"[p. 635]로 구성되어 있다. 제2차 세계대전 중 핵무기의 발명과 사용은 인간 조건에 중대한 변화를 가져왔다. 이러한 폭격은 이전에는 볼 수 없었던 엄청난 규모의 파괴를 가져왔을 뿐 아니라, 생존자들이 앞으로 몇 세대에 걸쳐 지속적으로 방사능에 고통당하게 만들었다. 더욱이 그들은 인류가 거대한 잔악 행위를 저지를 수 있게 해 주었을 뿐 아니라, 모든 인간의 삶, 어쩌면 지구 위 모든 생명체의 삶을 파괴할 수 있는 힘을 갖게 해 줄 인간 문화와 정치의 새로운 시대를 열어 놓았다. 1940년대 후반에서 1950년대 초반의 많은 SF 프로젝트는 핵무기로 인해 생겨난 인간 문화적 조건의 거대한 변화와 관련이 있었다. 「미세한 먼지 조각」은 핵폭발로 인한 방사성 먼지와 마찬가지로 그 순간의 문화적 결과가 현재에도 그대로 남아 있다는 사실을 우리에게 상기시켜 준다.

그 먼지는 작품 속의 여자가 재빨리 지적하는 것처럼, 호랑이 진드기는 상대도 되지 않는 끔찍한 것들을 숨기고 있다. 남자는 과학 표본용 먼지보다 더 많은 것을 가져왔으며, 여자는 그의 신발을 바라보며 주장한다. "당신 신발은 나가사키의 희생자들로 덮여 있어요."[p. 635] 그가 대꾸하기도 전에 그들의 대화는 열차의 도착으로 중단되고, 그가 그녀의 손으로 팔을 뻗는 동안 "손의 피부가 마치 장갑처럼 벗겨지"고 그녀는 그의 눈앞에서 타올라 불기둥이 된다. 남은 것이라고는 또 다른 종류의 먼지뿐이다. 그녀의 "화장한 잿더미"도 기차역 바닥에 있는 다른 쓰레기와 뒤섞이고, 무릎을 꿇고 앉아 헛되이 그것을 움켜쥐려 노력하는 동안 그는 그것이 "여전히 따뜻하다"[p. 636]라는 사실을 알게 된다. 그 이상한 여인은 다시 한 번 "기차역 벽에 영원히 그을린"[p. 636] 그림자가 되어, 이제 원자폭탄 피해자의 운명과 명확히 연결된 이미지가 되었다.[4] 나가사키에서 온 먼지가 도시의 물질문화뿐 아니라 완전한 인간 생활의 잔재를 담고 있음을 상기시켜 줌으로써, 이 이야기는 먼지에 대한 우리의 이해를 다시 한 번 변화시킨다. 이 작품의 제목 '미세한 먼지 조각Chippoke Na Gomi'은 변화하는 철학적 개념의 차원과 관련이 있다. 'chippoke na'는 일본어로 미세하거나 작거나 사소한 것을 의미하고, 'gomi'는 쓰레기, 폐기물 또는 먼지를 의미한다. 이 복잡한 제목 속에는 여러 가지 의미가 담겨 있다. 우선 먼지 한 톨 속에도 전 세계가

들어있음을 드러내면서, 작음이 덜 중요함을 전달할 필요는 없다는 것을 우리에게 상기시킨다. 또한 먼지와 쓰레기의 등식은 한 도시와 그곳 사람들의 전체 문화라는 이 먼지의 내용에 도전받는다. 그리고 마침내 일본인들의 삶이 너무도 쉽게 먼지로 축소된다는 사실은 그런 거대한 파괴라도 승리를 거머쥐기 위해서는 용인할 수 있는 전쟁의 이념에 의문을 제기한다. 우리가 기꺼이 먼지로 축소해 버릴 수 있는 이들은 일본인, 미국 원주민(또한 대량 살상 전쟁 관행의 표적이기도 하다), 그림자 여인이나 그녀가 닮은 것처럼 보이던 아이누Ainu 사람[5]처럼 하찮게 여겨지고 차별당하는 사람들이라는 사실을 이 이야기는 함축해 보여 준다.

이 이야기는 또한 시와 산문이 결합한 그 혁신적인 구조 속에서 변화의 문학으로서의 SF를 예시해 보인다. 작중 시의 구절들이 이야기 전반에 걸쳐 분포되어 있는데, 격식에 얽매인 대화와 먼지로 뒤덮인 역의 묘사 사이사이에 배치되어 있다. 전부 더해 보면, 이 조각들은 피해자의 관점에서 폭격에 관한 이야기를 전달한다.

> 자줏빛과 주황색의 거대한 화염이 피어오른다.
> 탄화된 목재와 보들이 땅 위 수백 미터에서 뒤틀리고 불탄다.
> 손가락 마디만큼 두꺼운 잿가루가 모든 것을 뒤덮는다. 그가 그녀에게 편지를 쓰려고 애쓰는 동안, 붓은 얇은 종이 위로 떨어지는 재 속으로 끌려 들어간다.
> 그는 폐허 속에서 그녀의 재를 그러모을 힘이 없다.
> 끔찍한 갈증.

연등을 밝힌 나룻배들.

열기와 먼지로 뒤덮인 공기.

번갯불, 굉음, 쌀처럼 새하얀 산화물, 검은 흙.

그는 잿더미 속에서 인간을 의미하는 간지를 그린다.

죽은 곤충의 무리.

탄산가스로 포화한 뼈의 밭.

서쪽에서 불어오는 지독한 아리미타마 바람.

하나의 시로 읽어 본다면, 이 조각들은 감각 과부하와 신체적인 붕괴의 공포, 사랑하는 이들의 상실, 그리고 인류가 먼지라는 일시적인 매체로 쓰인, 인간을 의미하는 간지[kanji, 일본어의 한자]로 축소되어 버린 것에 따르는 두려움을 전달한다. 이 시는 진애학자의 설명에서 누락된 정서적 차원을 추가하고, 덧붙여 이 폭격에 암호화되어 있는 종의 잠재적 파괴를 핵전쟁의 일반적인 상징으로 암시하고 있는지도 모른다. 그것은 또한 마지막 행의 "아리미타마arimitama[6] 바람"에 문화적으로 특별한 의미를 담고 있다. 일본어인 '아리미타마'는 '미타마' 또는 정신/영혼의 한 버전으로 '아리'는 재난이나 전쟁의 시기에 나타나는 폭력적인 측면을 상징한다. 바람은 실제로, 그리고 비유적으로도 불안한 영혼들의 먼지를 운반하는데, 그것은 미국인들의 머릿속에서 떠나지 않고 떠도는 핵전쟁의 유산이다. 이 이야기는 시의 각 행을 다른 사건들과 병치하여 폭격의 경험에 재가 된 여성과 진애학자의 상호작용을 연결하는 의미의 층위를 만들어 낸다. 예를 들어 "번갯불, 굉음, 쌀처럼 새하얀 산화물, 검은 흙"이라는 행이 나오기 바로 직전에, 여자는 역에서 "갑자기 나타난 밝은 빛줄기를 받아 어른거리고" 그 직후에 학자에게 말한다. "내 생각에는 그 먼지 중 일부가 빠져나간 것 같아요."[p. 634] 산문과 시, 현재의 인식과 과거의 사건, 실재론과 사변적인 기법이 뒤섞이면서 우리는 폭격이 초래한 변화와, 만약 이 사건을 이해하기 위해 우리의 상황을 바꾼다면 맞이할 수 있을지도 모를 새로운 미래에 관해 되새기게 된다.

노가는 그 다양한 의미에서의 변화를 효과적으로 활용하여 우리가 어디서나 볼 수 있지만 먼지로 간과하는 것을 새로운 방식으로 볼 수 있게 한다. 변화의 다른 예들처럼, 이 시가 표현하는 종말론적 서사의 전통은 이전에 보이지 않았던 것을 보이게 하는 하나의 방식이다. '아포칼립스[apocalypse, 파멸·종말·대재앙 등을 의미한다]'의 그리스 어원은 '벗겨 내다, 드러내다' 등을 의미하고, 오늘날 사용하는 '세계의 종말'이라는 의미는 성서의 요한계시록에서 유래했다. 즉, 요한계시록에 따르면 요한은 인류가 모르고 있던 지구 종말의 날에 관한 지식을 알게 된다. 따라서 이 용어에는 이중적인 의미가 있는데, 하나는 어떤 것의 종말이 종종 새로운 것의 출현을 위한 불씨가 된다는 것이고, 또 하나는 SF의 집약적인 변화의 많은 예가 종말론적이거나 종말 이후의 서술이라는 것이다. 옥타비아 버틀러의 단편소설 「말과 소리Speech Sounds」(1983)가 훌륭하게 전달해 주듯이, 비록 새로운 것의 출현이 고통스러우면서 동시에 희망적일지라도, 문제적 세상의 종말이 단지 파괴의 시간인 것은 아니다. 이 이야기는 바이러스가 사람의 읽기, 쓰기, 말하기 능력을 파괴해 버린 가까운 미래의 LA를 배경으로, 이러한 의사소통의 도구가 없는 세상에서도 문명이 가능할지를 질문한다.

　　버틀러의 다른 많은 작품과 마찬가지로 「말과 소리」도 인간이 차이를 두려워하기보다 받아들이는 것이 얼마나 어려운지, 그리고 그렇게 하는 법을 배우는 것은 또 얼마나 필요한지를 탐구한다. 바이러스에서 살아남지만 언어장애와 함께 남겨진 사람들은 이전 세계에서 남겨진 것은 무엇이든 유지해 가려 애를 쓰지만, 그들이 의사소통을 할 수 없다는 것이 공동체를 불가능하게 만든다. 외딴 상태에서 "외로움과 절망"[p. 567]에 고통받는 주인공 라이는 패서디나로 떠나기로 마음먹는다. 비록 그 여행이 극도로 위험해서 목숨까지 위협받을 가능성이 있음에도 남동생을 찾아야 한다는 사실이 그녀에게 동기를 부여한다. "누군가가 제한된 의사소통 능력의 한계에 도달"[p. 567]해서 오해가 순식간에 격렬한 언쟁으로 변하더라도 서로의 상호작용이 손동작과 끙끙거림으로만 제한된다면 그 갈등은 쉽게 해결될 수 없고, 심지어 가끔은 아예 이해될 수도 없게 된다. 게다가 더 큰 역량을 가진 사람들은 그들의 소통 능력이 감사보다는 분노를 불러일으킬 가능성이 크기 때문에 섣불리 개입할 수도 없어 오히려 더 불리한 입장에 처하게 된다. "유일한 공통 언어라고 할 수 있는 것은 몸짓언어"[p. 570]이고, 그 안에서 가장 모호하지 않은 표현은 무장하는 것이다. 예를 들어 버스에서 두 남자 사이의 갈등을 목격했을 때, 그녀는 나서서 갈등 해결에 도움을 줄 수 있음에도 단순히 뒤로 물러나 상황이 어떻게 해결될지 보기 위해 기다린다. 비이성적인 분노로 반응하기보다는 의사소통하려는 시도가 다른 사람들의 눈에는 "우월한 태도"로 인식되고 있으며, "그런 '우월감'은 종종 구타뿐 아니라 죽음으로 처벌받는다"[p. 570]라는 사실을 잘 알고 있기 때문이다. 말이라는 매개체 없이 남겨진 인류는 공포, 원망, 공격이라는 가장 부정적인 감정들만 남은 상태로 전락하는데, 이러한 감정들은 언어의 부재만큼이나 문명의 분열과 관계있는 충동이다.

　　　라이는 버스에서의 갈등 상황 이후에 한 남자를 만나고 그를 옵시디언으로 부르게 된다. LAPD(로스앤젤레스 경찰청) 유니폼을 입고 있는 그는 스스로 법과 질서를 유지하는 임무를 받아들이고 다른 사람들을 버스에서 안전하게 내보내지만, 최루탄을 사용하여 버스를 한동안 사용할 수 없게 만든 까닭에 그가 받은 보상은 버스 운전사의 분노뿐이다. 라이는 옵시디언과 함께 떠나고, 그들의 교류는 차이를 넘어서 의사소통하고 공동체를 형성하는 어려움뿐 아니라 가능성 또한 증명해 보인다. 바이러스는 개개인에게 다양한 방식으로 영향을 미친다. 라이는 말을 할 수 있고, 듣고 이해할 수도 있지만, 읽거나 쓸 수 없다. 옵시디언의 손상은 그와 정반대다. 둘이 함께라면 완전한 의사소통 능력을 대표하므로, 한 팀으로서는 매우 강력하게 받아들여질 수 있다. 그러나 버틀러는 매우 영리한 작가이기에, 이성뿐 아니라 감정이 인간 행동을 형성하는 정도를 인식한다. 라이는 이전 UCLA 역사 교수였던 까닭에 읽고 쓰는 것을 매우 중요하게 생각한다. 그래서 옵시디언이 그런 능력을 보유하고 있음을 알게 되었을 때, 라이의 첫 번째 반응은 폭력적이다. "갑작스럽게 그녀는 그를 증오했다. 아주 깊이 쓰라리게 증오했다. 읽고 쓴다는 게 그에게 무슨 의미가 있다는 걸까. 경찰과 강도 놀이나 하는 다 큰 어른에게? 그러나 그는 읽고 쓸 줄 알았지만, 그녀는 그렇지 않았다. 앞으로도 절대 그렇지 않을 것이다. 그녀는 증오와 좌절감과 질투심으로 속이 뒤집히는 것 같았다. 그리고 손만 뻗으면 닿을 만큼 가까운 곳에 장전된 총이 한 자루 놓여 있었다."[p. 573] 옵시디언도 라이가 말할 수 있다는 사실을 알게 되었을 때 비슷하게 질투의 순간을 경험했지만, 둘 다 본능적인 반응을 통제할 수 있었다. 버틀러는 인간이 차이를 인정하고 변화에 대처하는 것이 얼마나 어려운지 보여 주지만, 동시에 이것이 우리의 유일한 희망이라고 주장한다.

라이(호밀)와 옵시디언(흑요석)은 이름이 상징하는 것을 통해 서로의 이름을 배운다. 그녀는 밸러리 라이라는 자신의 이름을 연상시키는 호밀 줄기 모양의 핀을 착용하고, 그는 "부드러움, 유리, 검은 돌"을 연상시키는 펜던트를 착용하는데, 그녀는 그것을 옵시디언(흑요석)으로 읽으며, 그의 이름이 "록 또는 피터 또는 블랙"[p. 572]일지도 모른다는 사실을 알아차린다. 이 기호 체계는 모호하지만 효과를 나타내는데, 이는 차이점을 없애기보다는 차이에도 불구하고 성취해 낸 공동체 이상의 또 다른 이미지이다. 또한 그것은 모든 언어 체계의 모호함, 즉 어떻게 의사소통이 완벽한 정보 전달보다는 항상 그 근사치에서 이루어지는지 우리에게 인식시킨다. 라이는 처음에는 언어가 없는 세상에서 미래가 가능하리라는 사실을 확신하지 못한다. 옵시디언이 섹스를 원할 때, 그녀는 깊은 외로움에도 불구하고 임신의 위험 때문에 두려워하면서 저항하고, "아버지가 기꺼이 머물면서 아이를 키우는 데 도움을 준다고 할지라도, 이런 세상에서 어떻게 아이를 낳을 수 있겠는가?"[p. 574]라고 생각한다. 언어 부재로 인한 변화는 너무도 커서 라이는 그러한 세상에 태어난 아이들이 완전한 인간이 될 리 없다고 생각한다. 역사도 부족하고 책을 장작쯤으로 취급할 테니 당연히 "그들에게는 미래가 없다. 지금 이 상태에서 더는 아무것도 될 수 없다."[p. 574] 그들이 만난 후 얼마 지나지도 않아, 옵시디언이 한 여성을 공격으로부터 보호하려다가 헛되이 죽음을 맞이하게 되었을 때(여자도 살해당하고, 옵시디언과 공격을 해 온 남자도 서로를 살해한다), 라이는 그 폭력 사건에서 고아가 된, 죽임을 당한 여성의 어린 두 아이를 처음에는 버리고 달아나고 싶은 유혹을 느낀다. 라이는 주장한다. "그녀는 더 이상 슬픔 같은 건 필요 없었다", "그녀는 털 없는 침팬지로 성장할지도 모르는 낯선 이의 아이는 필요치 않았다."[p. 577] 언어 없이는 변화도 있을 수 없으며, 변화 없이는 미래도 없을 것이다.

그러나 격렬한 질투에 사로잡히기를 거부했던 것처럼, 라이는 마찬가지로 개인주의보다는 공동체의 가치에 따라 살기를 선택한다. 이제 겨우 아장거리며 걷는 두 아이를 죽게 내버려 두도록 자신을 이끌어 갈 수는 없기 때문이다. 그녀는 아이들을 찾으러 간다. 그리고 아이들이 말을 할 수 있다는 사실을 알게 되고는 놀란다. 아이들은 낯선 사람 앞에서는 말하지 말라고 훈련받았음에도 그녀 앞에서 말을 한다. 라이는 "여자가 말을 할 수 있기 때문에 죽었고, 자기 아이들에게 말을 가르친 것인지"[p. 578], 절망적인 현재와 불가능한 미래를 계속 재생산하는 익숙한 패턴 속에서 파트너의 질투와 분노 때문에 살해된 것인지 궁금해한다. 아이들의 말하기 능력에 라이는 "질병이 자연스럽게 사라지고 있다" 또는 "단지 이 아이들은 면역이 된 것이다"[p. 578] 라고 여기면서, 언어를 배우고 미래를 새로운 가능성 쪽으로 열어놓을 수 있으리라는 희망을 품는다. 그러한 아이들에게는 교사이자 보호자가 필요하다. 비록 역사 교수 시절처럼 더 이상 글을 읽을 수는 없더라도, 이 통찰력은 라이에게 이전 삶의 가치 있는 측면으로 돌아갈 수 있다는 희망을 준다. 그녀는 또한 자기 자신만을 보호할 때 표현했던 개인주의 대신에 공동체를 강조하면서 아이들의 대리인이 될 것을 맹세한다. 그녀가 아이들이 말을 할 수 있다는 사실을 알기도 전에, 아이들을 거두기로 결정했다는 것은 중요하다. 이 아이들이 그녀에게 새로운 목적과 희망을 제시하기 전에, 그녀는 개인주의보다는 공동체를, 분노보다는 연결을 선택하도록 자신의 정신적인 규율을 강조했다. 따라서 버틀러의 이야기는 더 나은 세상을 만들기 위한 변화의 힘뿐 아니라, 차이를 두려워했던 한 인간이 제시한 도전들을 보여 준다.

변화의 문학으로서 SF의 이러한 성격 묘사는 다양한 주변 세상을 향한 장르의 방향성을 포착하고, 그것의 광범위한 스타일, 설정, 플롯, 주제를 설명한다. SF를 변화의 문학으로 개념화하는 것은 일련의 정형화된 협약이라기보다는 현실에 관한 사고방식이라 할 수 있는데, 이는 현대 문화 속의 변화에 대한 장르의 반응과 변화가 일어날 수 있는 장소에 대한 기대감을 우리가 볼 수 있도록 허락한다. 그 많은 징후들 속에서, SF는 평범한 현실과 다른 무언가, 즉 변화할 수 있는 어떤 것에 관심이 있다.

1   인간이 되는 가장 중요한 자질은 무엇일까? 옥타비아 버틀러의 「말과 소리」가 때때로 제안하는 것처럼, 언어가 없으면 인류가 불가능하다는 데 동의하는가? 그녀의 세계에서는 왼손잡이가 다른 사람들보다 장애를 덜 겪게 된다. 작가가 왜 이런 세부 사항을 포함했다고 생각하는가?

2   과학소설을 정의하는 위키백과 페이지를 보고, 이 장르를 설명하려는 사람들이 변화의 아이디어를 얼마나 자주 언급하는지 알아보자. 이러한 계속되는 변화의 논의에도 불구하고, SF는 때때로 변화를 꺼려 왔다. 왜 그렇다고 생각하는가? 캠벨이 편집장으로 있던 황금기의 SF와 같은 종류의 SF를 사수하는 것이 몇몇 실천공동체에 중요한 이유는 무엇일까? 이 장르의 역사에 관해 생각해 보는 동안, 로저 럭허스트의 「과학소설의 많은 죽음The Many Deaths of Science Fiction」(www.depauw.edu/sfs/backissues/62/luckhurst62art.htm)을 읽어 보라.

3   베로니카 홀링거는 자신의 논문 「미래에 관한 이야기들: 기대 패턴에서 패턴 인식까지Stories about the Future: From Patterns of Expectation to Pattern Recognition」(SFS 33.3, 2006. 11., pp. 452~472)에서, 윌리엄 깁슨의 『패턴 인식Pattern Recognition』(2003)을 사실주의 소설이자 SF로 읽는다. 그 배경이 출판과 동시대로 설정되어 있기에, 즉 일종의 미래완료 또는 과학소설로서는 현재 시제이기 때문이다. 그녀는 그러한 작업이 현재와 미래의 차이를 전제로 할 수 없고, 대신에 "그 현재는 현재와는 다른 현재"[p. 465]이기 때문에 근본적으로 SF를 변화시킨다고 주장한다. 변화의 빠른 속도가 미래의 투영이라기보다는 일상의 경험인 상황에서도 SF가 여전히 중요한 역할을 할 수 있을까? 이 장르가 그런 현재에 대한 우리의 경험을 여전히 소외시킬 수 있을까? 어떻게 그럴 수 있을까? 그럴 수 없다면, 그 이유는 무엇인가?

과학소설은 많은 것이 될 수 있다. 이 장르는 그 출판의 역사와 함께 변화를 거듭해 왔다. 인쇄 매체를 넘어 미디어로 옮겨 갔고, 작가, 팬, 편집인 그리고 학자 등 다양한 실천공동체가 그 안에서 다양한 자질을 중시한다. 많은 기준 사이의 차이를 예시하고, 이 장르의 경계를 주장하기 위해 많은 비평이 생산되었다. 이 책에 제시된 다양한 틀은 몇 가지 겹치는 부분이 있지만 조화롭게 일치하지는 않으며, 특정 실천공동체에서는 SF로 탐구된 예시 중 일부를 쉽게 받아들이지 않으려 할지도 모른다. 예를 들어 여러 중요한 실천공동체가 여전히 인쇄된 SF물을 다른 매체로 제작된 이 장르의 표현물보다 필연적으로 우월하다고 여기지만, 또 다른 공동체들은 그런 경향을 우스꽝스럽다고 여긴다. 마찬가지로, SF의 비판적 잠재력과 판타지의 현실 도피적 항복 사이의 수비니언[3장에서 다루었던 다코 수빈의 '인지적 소외'의 정의에 속하거나 그것과 관련되어 있음을 의미한다] 구분의 장악력이 더는 지배적이지 않더라도, 하드 SF가 이 장르의 다른 모든 양식보다 어떤 면에서는 훨씬 더 과학소설적이라는 견해도 여전히 발견할 수 있다. 통계적으로는 하드 SF가 이 장르의 우세적인 양식을 나타내지 않는데도 말이다.

현대 SF의 범위는 SF 감성의 대명사로 오랫동안 찬양받아 온 톰 고드윈Tom Godwin의 「차가운 방정식The Cold Equations」(1954)[1] 과, 「공룡처럼 생각하라Think Like a Dinosaur」(1995)를 통해 SF 영역으로 장난스럽게 돌아온 제임스 패트릭 켈리James Patrick Kelly의 비교에서 암시된다. 고드윈의 이야기에서 소녀 메릴린은 우주 변경의 전초기지인 외딴 워덴에 열병 퇴치용 혈청을 운반하는 비상 파견선(EDS)에 몰래 올라탄다. 메릴린은 10년 동안이나 만나지 못한 정부 조사단의 일원인 오빠 게리를 방문하고 싶어 하고, 여성이기 때문에(이야기 속의 논리상 물리학이나 변경 생활의 가혹한 현실을 이해할 수 없기에) 자기 행동의 결과를 깨닫지 못한다. 그녀는 일종의 벌금을 물어야 할 것으로 예상하지만, "행성 간 규약 제8장 L절, 밀항자는 발견 즉시 제거되어야 한다"[p. 447]라는 규칙에 직면한다. "그것은 인간이 선택한 법은 아니었다"[p. 447], 단지 물리학의 냉정한 방정식을 표현했을 뿐이라고 이 이야기는 주장한다. EDS 프로토콜은 운항 중량을 목적지에 도달하는 데 필요한 만큼의 연료로 제한할 것을 요구하고, 소녀의 중량이 추가되었다는 것은, 그들이 사명을 완수하지 못하고 결국 남자들이 죽을 것임을 의미한다.

이야기 대부분은 메릴린의 마지막 시간에 대한 진부한 묘사로 채워진다. 소녀는 "죽을 만한 짓은 아무것도 하지 않았"[p. 453]음에도 자신의 운명을 받아들인다. 조종사 바턴은 여자를 죽여야 한다는 사실에 곤혹스러워하지만(남자라면 문제가 덜했을 것이다) 그래도 반드시 해야만 하고, 소녀는 눈물을 흘리며 무전으로 오빠와 작별 인사를 나눈다. 이 모든 감상적인 상황을 만들어 내는 것은 "EDS는 오직 물리적 법칙만 준수하고, 소녀에 대한 인간적 동정심이 아무리 많다 한들"[p. 458] 연료, 중량, 거리의 "냉정한 방정식"[p. 469]을 "변경할 수 없기"[p. 458] 때문에 소녀의 죽음을 피할 수 없다는 주장이다. 그 방정식은 반드시 균형을 이루어야 하기에, 소녀는 이성적인 평온함을 유지하면서 에어 로크로 나가고, 조종사는 남자다운 애석함으로 그녀를 처형한다. 이 이야기는 처음에는 SF와 다른 문학작품을 구분하는 예로 유명했다. 이 장르는 이처럼 전통적인 소설에서 탐구된 인간의 현실보다 좀 더 근본적인 현실, "자연의 법칙, 돌이킬 수 없는 불변의 법칙"[p. 460]을 다루었다는 것이다. 그러나 이 이야기에 대한 비판적인 반응은 재빨리 이 작품이 게임을 조작하는 방식을 지적했다. 분명히 소녀 대신 희생될 수도 있는 다른 중량이 있었을 것이다. 또는 본부에서 혈청을 가지고 조금 늦게 워덴에 도착할 수 있는 다른 파견선을 보낼 수도 있었을 것이다. 이 모든 것을 물리학 탓으로 돌리는 것은 EDS가 얼마나 많은 연료를 운반하는지, 우주선은 얼마나 자주 외딴 식민지들을 방문하는지에 관해 인간이 만든 프로토콜의 역할을 무시한다. 그러한 희소성의 프로토콜은 최대 이익에 관한 상당히 다른 방정식의 균형을 잡는다. 존 헌팅턴이 적절하게 표현했듯이, 이 이야기는 우주의 냉정한 방정식뿐 아니라, "노골적인 정치적 의제와 더욱 공격적이면서 덜 명확하게 드러나는 정치적 환상을 숨길 수 있는 교묘한 속임수"[p. 79]를 요약해 보여 준다. 이러한 비평 반응들은 이 장르를 형성하는 수학뿐 아니라 이데올로기를 인식하면서, SF를 어떻게 읽어야 하는가와 관련된 하나의 프로토콜(이 이야기의 결과 가 과학적으로 필요하다는 주장)에 도전했다.

켈리의 이야기 「공룡처럼 생각하라」는 고드윈의 이야기 와 정확히 반대되는 주제를 전달하는 SF를 창작하는 데 어떻게 또 하나의 유사한 제로섬 게임 시나리오를 사용할 수 있는지 교 묘하게 보여 준다. 이 작품 속에서는 카말라의 죽음이 반드시 필 요하다. 그녀는 도마뱀 같은 하넨이 인간에게 준 순간이동 기기 기술력을 이용해 젠드로 이주해 온 인류학과 학생이다. 우리는 카말라가 "방정식의 균형을 이룬다는 게 무엇을 의미하는지 이 해한다"[p. 700]라는 사실을 알게 된다. 그녀의 몸이 스캔되어 목 적지에서 재구성될 때, 그녀의 원본은 출발지에서 파괴된다. 인 간 이주 기술자인 마이클에 의해 다이노스(공룡)라는 별명을 얻 게 된 하넨은 "오염되지 않은 실재"를 바꾸기 위해 개인의 여러 사본이 존재하지 않도록 보장하여 "조화를 보존"[p. 708]하는 것 이 이 기술력을 사용하는 데 반드시 중요한 부분이라고 주장한 다. 하넨은 일단 이주를 마치고 나서 그들 자신의 죽음을 시작하 지만 유기적인 삶에 대해 아직 감상적이며, 하넨에게 윕스라고 불리는 인간들은 그것을 행할 용기가 부족하다. 따라서 하넨의 관점에서 볼 때 마이클의 역할은 각각의 전환 후 "방정식의 균형 을 잡는 것"[p. 708]이지만, 인간의 관점에서 볼 때 그의 역할은 이 주자들이 그 과정을 거치기 전에 대화를 통해 마음의 안정을 얻 고 생각을 다른 곳으로 돌리도록 하는 것이다. 내가 원래 몸속에 서 죽은 후 다시 만들어진다는 사실을 아는 것과 그것을 경험하는 것은 완전히 다른 문제다.

켈리의 이야기는 마이클이 방금 알게 된 사람들을 반복적으로 살해하면서 얻는 심리적 결과에 초점을 맞춘다. 절차는 고통스럽지 않다. 버튼을 누르면 "전리방사선 진동이 대뇌피질을 통해"[p. 708] 전송되고, 개인은 복제인간 속에서 살아남는다. 하지만 마이클은 적어도 초기에는 자신의 작업을 충격적으로 받아들인다. 카말라의 이송 과정에서 이상이 발생하는데, 그것은 사본이 성공적으로 수신되지 않은 탓으로 보인다. 카말라는 장비에서 빠져나오고 마이클은 어쩔 수 없이 그녀와 더 많은 시간을 보내야 하지만, 얼마 후 결국 이송이 성공했다는 것을 알게 되고, 이제 그는 방정식의 균형을 맞추어야만 한다. 마이클은 이주자와의 추상적인 거리 없이 그녀를 죽이는 것을 주저하지만, 하넨은 그가 조화의 의무를 이행하지 않으면 인간이 이 기술을 더 이상 사용하지 못하게 될 것이기에 어떤 경우에도 카말라를 죽여야 한다는 사실을 분명히 한다. 「차가운 방정식」의 바턴과 마찬가지로 마이클도 더 숭고한 목적에 부합하기 위해 살인을 해야 할 필요성에 직면한다. 그리고 역시 바턴과 마찬가지로, 마이클도 이 역할을 수행하면서 "조화를 유지하고, 우리와 행성들과의 연결 고리를 계속 열어 둔" 자기 자신을 "영웅"[p. 715]으로 간주한다.

결정적인 차이점은 두 주인공이 그러한 행동을 하도록 이끌어 가는 이야기의 태도에 있다. 「차가운 방정식」에서 바턴은 추정상 중립적인 물리학 법칙을 수행하는데, 이야기는 그의 행동을 불가피한 것으로 만드는 인간 이데올로기의 모든 선택을 조심스럽게 은폐한다. 한편 「공룡처럼 생각하라」는 마이클이 하넨의 윤리적 규범을 수행하게 하면서, 독자들에게 문화적 가치가 살인에 아무런 영향도 미치지 않는다는, 위안이 되는 환상을 제공하기를 거부한다. 켈리는 또한 죽음의 불쾌한 부분을 제거하는 것도 거부한다. 마이클은 우리에게 이렇게 말한다. "나는 항상 우주로 노출되면 즉각적으로 죽음을 맞이하게 된다고 생각했었다."[p. 714] 하지만 그는 이 미몽에서 빠르게 깨어난다. 카말라는 우주정거장에 매달린 채 문을 쾅쾅 두드리면서 "적어도 1분에서 2분 정도"[p. 715] 살아남으려고 애를 쓴다. 가장 중요하게는 「차가운 방정식」의 등장인물 모두가 메릴린의 죽음에 대한 문제를 통제와 감정의 결여, 즉 유감스럽기는 해도 단지 방정식의 수학적인 균형의 관점에서 다루는 반면, 「공룡처럼 생각하라」는 우주 전선을 정화하고 고드윈의 이야기에서 용납되지 않는 반항적인 여성들을 처벌한다는 공격적인 환상을 드러낸다. 마이클은 카말라가 문을 두드리는 동안 '넌 이미 죽은 거야, 이 징징거리는 망할 년아!'[p. 715]라고 생각하면서 미친 듯이 웃어 대는데, 이것은 이성적인 반응과는 거리가 멀다. 두 이야기 모두에서 인류는 SF의 거듭되는 꿈을 성취하며 우주로 나가지만, 켈리의 교묘한 상호텍스트에서 "다른 행성으로 가는 표 값"[p. 708]은 단지 방정식의 균형을 맞추기 위한 요구 조건의 수용만을 의미하는 것이 아니라, 인간의 삶을 이전처럼 소중히 여기는 우리의 능력을 의미하는 것이기도 하다. 바턴은 과학자처럼 생각하기 때문에 영웅이지만, 마이클은 공룡처럼 생각하기 때문에 외계인이다.

과학소설의 세계에서 살아가기

과학소설은 기술 문화의 새로움에 계속 반응하고 그 자신을 쇄신하면서 서로만이 아니라 다른 현대 문화에 관해서도 소통해 나가는 동안, 앞서 다룬 두 가지 이야기와 그것에 관한 다양한 해석을 포함해 더 많은 것을 담아낼 수 있는 충분히 넓은 교회와도 같다. SF는 우리가 누구인지, 즉 1940년에 자신의 진지한 문학 장르를 벅 로저스[1979~1981년까지 방영된 미국의 TV 프로그램 〈별들의 전쟁〉의 주인공] 장난감과의 비교에서 구별하기 위해 글을 쓰는 팬인지, 최근에 브랜드 이미지를 쇄신한 SyFy 네트워크에서 일하는 '고스트 헌터스'[Ghost Hunters, 2004~2016년까지 방영된 미국의 시즌제 프로그램] 홍보 담당자인지, 또는 클라리온워크숍에서 피드백을 구하는 작가인지에 따라 매우 다르게 받아들이게 되는 장르이다. 이러한 각각의 공동체가 이 장르 레이블을 사용한다고 할 때, 그것이 정확히 같은 것을 의미하지는 않으며, 나 역시 이 책에서 SF라는 레이블을 사용하지 않으면서 동일한 기법과 관심사를 수용하는 공동체들을 논의해 왔다. 비록 우리는 SF라는 장르의 모양을 대충만 짐작할 수 있지만, SF에는 탐구할 만한 설득력이 있는 무언가가 남아 있다. 이렇듯 SF의 서로 다른 제작 현장은 서로 간의 대화와 생산적인 긴장 관계 속에 놓여 있다.

이 장르를 정의하려는 여러 노력에도 불구하고, 우리가 SF라고 부르는 것은 대중적인 장르의 마케팅 및 학술 연구 분야에서 하나의 거대한 범주로 자리 잡았다. 현재의 대중문화에서 SF의 중심성, 즉 잡지와 월드콘 전통에서부터 할리우드와 게임 문화는 물론이고 광고 이미지에 이르기까지 모든 것 속에 널리 퍼져 있는 그 영향력은 한편으로는 건스백과 그의 초기 독자들(그들은 스스로를 전문적이고 엘리트적인 실천공동체의 일원이라고 생각했다)에게는 놀라움이었을 테지만, 다른 한편으로 SF가 더는 진보적인 사상가의 소규모 실천공동체에만 알려진 장르가 아니라는 점을 고려하면, 현세와 미래의 새로운 문학을 창간하려던 건스백의 야망은 이미 실현된 것인지도 모르겠다. 동시에, 건스백 시대의 독자들은 기술 과학 사회와 미래주의뿐 아니라, 뉴웨이브, 페미니스트 운동, 반인종차별주의 정치에 의해 형성된 오늘날의 SF 속에서 그들이 알던 그 장르를 알아보려고 고생깨나 하고 있을지도 모른다. 다른 인기 있는 장르에 맞서는 SF의 새로운 지위 또한 나름의 영향력을 미쳐 왔다. 비록 SF와 판타지, 또는 SF와 주류 문학 사이의 구별이 흔히 주장되는 것처럼 자연스럽거나 명백했던 적은 한 번도 없었지만, 어떤 작품에 SF나 판타지 또는 단순히 문학작품이라는 꼬리표를 붙이는 것이 다소 쉬웠던 시기도 상당 기간 지속되기는 했었다. 물론 더는 그렇지 않다.

작가들은 추상적이고 정제된 장르 범주의 규칙에 따라 사변적이고 소외시키는 기법을 사용하는 것을 거부하며, 과학적이고 초자연적인 모호함(이는 앤절라 카터Angela Carter, 캐런 조이 파울러, 엘리자베스 핸드Elizabeth Hand, 날로 홉킨슨, 조너선 리섬Jonathan Lethem, 켈리 링크Kelly Link, 차이나 미에빌, 크리스토퍼 프리스트Christopher Priest와 더 많은 작가의 작품 속에서 볼 수 있다)을 설명하는 것도 고집스럽게 거부한다. 판타지, SF, 공포물 또는 주류 문학 등으로 묘사할 수 있는 양식으로 글을 쓰는 작가들의 작품은 사실주의를 넘어서는 표현 방식에 대한 공통된 관심이 특정한 일반 경향보다 훨씬 중요하다는 것을 암시한다. 동시에 마이클 섀본Michael Chabon, 미헬 파버르Michel Faber, 레베카 골드스타인Rebecca Goldstein, 콜슨 화이트헤드 Colson Whitehead, 캐런 테이 야마시타Karen Tei Yamashita처럼 이 장르의 밖에 있다고 생각되는 작가들이 SF 기법을 널리 사용하는 것은 일상생활에서 과학기술의 중심성과 미디어 포화 환경에서 사는 부조리를 반영한다. 사실주의는 더 이상 서구의 산업화 문화 속에서 일상을 포착해 낼 수 없고, 재현에 관한 SF의 관심과 방법은 더 큰 허구의 범주로 수렴되고 있다. 게리 K. 울프Gary K. Wolfe는 이것을 장르 증발genre evaporation이라고 부르는데, 이는 SF가 "더욱 확산되면서 주변 공기 속으로 스며들어, 문학적 분위기에 이상한 냄새를 전달하는"[ch. viii] 방식이다. 현대 생활이 SF와 비슷해지면서 이 장르는 점차 사라지기는커녕, 울프가 "재조합 장르 소설"[p. 13]이라고 부르는 양식이 되어서 갈수록 더 많은 문화 제작에 영향을 미치고 있다.

켄 리우Ken Liu의 「사랑을 위한 알고리즘Algorithms for Love」(2004)은 장르와 주류 문학 양식 사이를 원활하게 움직여 다니는 이러한 새로운 소설을 예증해 보인다. 이야기는 컴퓨터 프로그래머인 엘레나의 직업에서 중요한 단계들을 추적하는데, 엘레나는 '낫 유어 에버리지 토이 컴퍼니'에서 실물 크기의 인형을 디자인한다. 이 이야기는 엘레나의 디자인이 훨씬 효과적으로 인간처럼 받아들여지면서, 시뮬레이션된 인간성과 진정성의 차이점에 관해 의문을 제기한다. 그러나 시작 부분에는 이것이 SF임을 시사하는 단서란 아무것도 없다. 이야기는 엘레나의 직업이 아니라, 정신적으로 무너진 채 요양원에 갇혀서 자신을 해치지 않도록 지속적인 감시와 옥세틴 복용을 필요로 하는 엘레나의 상태를 보여 주며 시작한다. 남편 브래드와의 주말 나들이에서 엘레나는 "그동안 그가 알고 지냈던 바로 그 여자"[p. 416]가 되기 위한 자신의 과장되고 인위적인 연기를 처음에는 은유적인 것처럼 들리는 과학적인 언어, 즉 "그건 사랑을 위한 알고리즘이야"[p. 417]라는 말로 설명한다. 엘레나의 문제는 인간에 관한 새로운 과학적 이해에 대한 철학적 반응이 아니라, 우울증으로 인한 정신 건강인 것으로 보인다. 이야기는 그녀가 디자인했던 첫 번째 인형인 '클레버 로라TM' 쪽으로 일시적으로 이동하면서 SF 모드로 전환된다. 로라는 전동식으로 연결된 관절, 음성 합성기, 비디오카메라, 온도 센서가 장착되어 있고, 마이크를 사용하여 이해력을 흉내 내고 대화와 상황 조건에 응답할 수 있다. 그녀는 영어 단어와 문법 및 문장 구성의 규칙을 이용해 말을 하고 "대화 알고리즘"과 다른 코딩을 사용하여 인간을 대화에 끌어들이는 것처럼 보이며, 소름 끼치게도 대화를 나누는 동안에는 고개를 돌려 사람들의 얼굴을 마주 보기까지 한다. 소비자들은 로라를 바라보며 심란해할지 모르지만, 엘레나에게는 로라의 동작 기저에 있는 기계적인 부분이 여전히 눈에 띈다.

그러나 대화를 모방하는 것은 위험한 시도임이 증명된다. 다음 모델인 '위티 킴벌리TM'은 지능을 모방하고, 어린아이의 장난감 이상의 시장성을 증명한다. 낫 유어 에버리지 토이는 컴퓨터 과학을 공부하는 학생들에게 많은 상품을 판매하고, 곧 인형 그 자체뿐 아니라 "괴짜들을 위한 개발자 키트"[p. 420]도 판매하기 시작한다. 그러나 대부분의 이야기는 이러한 디자인 세부 사항이 아니라 엘레나의 개인적인 삶, 즉 그녀와 브래드가 만나서 결혼하고, 아이를 가졌다가 잃게 되는 과정에 초점을 맞춘다. 이러한 과거의 가족생활 이야기 및 그녀의 로봇공학 작업과 관련된 설명을 감정적으로 공허한 현재-엘레나 부분과 병치하면서 그녀의 가족 드라마는 마치 로라가 고개를 돌리고 말을 하는 것처럼 으스스하게 변해 버린다. 예를 들어, 엘레나는 로라를 판매하기 위한 홍보용 행사에 반복적으로 참석하게 되면서 "자동 조종 장치에 관한 전체 인터뷰"[p. 419]를 로라의 대화만큼이나 "기계적인" 것이자 조립 공정을 통해 생산하는 수공예품쯤으로 간주하게 되는데, 현재-엘레나는 이 수공예품을 "아주 단순한 알고리즘"을 통해 만들어서 "너무나도 인간적인" … "고대의 노동 착취 현장에서 나온 싸구려 수출품"[p. 421] 같은 것으로 묘사한다. 엘레나의 과거와 현재 그리고 공학자로서의 삶, 이 세 가지 서술 부분이 합쳐져서 어떻게 의미를 창출해 내는지에 관한 힌트는 심지어 그녀의 가장 행복한 순간을 묘사하기 위해 사용되는 언어 속에서도 암시된다. 예를 들어 신혼여행에서 돌아온 엘레나는 자신의 집에서 사는 것이 처음에는 "소꿉놀이"[p. 419]를 하는 것 같은 느낌이라고 말한다. 그녀는 "내가 그를 너무도 잘 알고 있어서 그가 말을 하기도 전에 그가 무엇을 말하려고 하는지 안다는 사실이 너무 좋았다"라고 회상한다. 그리고 그들이 딸을 잉태했던 밤을 떠올린다. "우리 아기 갖자. 나는 그가 말하는 것을 상상했다. 그것이 그 순간에 어울리는 유일한 말이었을 것이다. 그리고 그는 그렇게 했다."[p. 420] 그러나 다른 종류의 소설 속에서라면 사랑스럽고 감미로운 순간이었을 이 부분이 성격 알고리즘을 다루는 이 SF 이야기 속에서는 으스스하게 그려진다.

과도기적 순간은 엘레나가 그녀 자신처럼 아기를 잃은 엄마들을 위한 치료 보조 목적으로 인형 '에이미TM'을 발명하고 그것이 논란을 불러일으키면서 찾아온다. 에이미는 "원치 않는 근육 경련"[p. 421]과 학습을 위한 알고리즘을 가지고 있어서 진짜 인간의 유아처럼 느껴지고, 엘레나와 슬픔에 빠진 다른 엄마들에게 "내 품을 채울 어떤 것, 말하고 걷고 내게 작별 인사를 할 수 있을 만큼 조금 성장할 무언가"[p. 422]를 준다. 엘레나는 자신의 슬픔을 처리하기 위해 남편보다 기술 쪽으로 눈길을 돌렸고, 그 인형은 또 하나의 마케팅 성공 신화를 쓴다. 남편과의 관계와 엘레나의 경력에서 이런 과도기적 순간은 또한 장르와 비장르 양식이 수렴하는 순간을 가져온다. 엘레나의 다음 인형인 네 살짜리 아이 같은 타라는 너무나 성공적이어서 그녀는 브래드를 완전히 속일 수 있게 된다. 그리하여 엘레나는 이 "친구의 딸"[p. 423]이 진짜가 아니라는 비밀을 깨트리기까지 꼬박 일주일을 기다린다. 타라는 엘레나를 놀라게 할 수 없다. 엘레나가 "그녀의 모든 것을 코딩"[p. 424]했기 때문이다. 타라와 함께한 엘레나의 경험은 브래드와 함께해 온 일상의 친숙함을 편안함에서 공포로 바꾸어 놓는다. 그녀의 연구는 인공지능의 승리가 아니라, 오히려 인간의 지위를 기계적인 것으로 축소해 버린다. 즉, 인간의 두뇌는 "이미 결정된 과정을 실행하고 생각은 궤도를 돌아가는 행성들처럼 기계적이고 예측 가능한 방식으로 서로를 뒤따르는"[p. 425], 단순히 뉴런을 기반으로 한 계단식 정보 전달 기관일 뿐이다. 딸의 죽음이 아닌 이러한 깨달음이 엘레나를 "고통, [그녀] 주위로 심연이 열리는 것 같은 두려움"[p. 425] 속에 고립시킨다. 그리고 남편과의 주말여행에서 그녀는 다시 자살을 시도하는데, 죽음을 향한 그녀의 무의식적인 바람은 다른 모든 것만큼이나 예측 가능하다.

이 이야기를 SF로 읽거나 단순히 소설로 읽거나 별 차이는 없다. 작품이 외삽하는 기술력이 우리가 상상할 수 없는 시장으로 확장되기는 해도, 가까운 미래에 일어날 일이고 현재 진행 중인 제품 개발 상황을 반영하기 때문이다. 작품의 포스트휴먼 주제는 인간이 된다는 게 무엇을 의미하는지 그 철학적·신경학적 개념을 변화시키는 것에 관한 것이자(타라의 성공에서 얻은 인간 인식에 관한 함의는 과학적으로 유효하다), 동시에 인간 상호작용을 대신하는 기술적인 대체물로 넘쳐 나는 문화에서 인간의 사회적 관계의 소외에 관한 것이기도 하다(인형들은 기술로 철수하는 것에 대한 은유이다). 그렇다면 울프가 제안하는 재조합 장르적인 의미에서 이 이야기를 SF라고 부르는 것이 왜 유용할까? 우리가 이 이야기를 SF로 읽는다면, 인간이 된다는 게 무엇을 의미하는지에 관한 오랜 외삽의 전통과 그 연관성이 강조된다. 이러한 창의적이고 학구적인 전통과의 연결은 엘레나의 내면성과 개인적 고통에 대한 우리의 이해뿐 아니라, 로봇공학과 대화형 미디어 기술의 발전 결과를 우리가 어떻게 평가해야 하는지에 관해서도 이야기가 함축하고 있는 방식을 두드러지게 만든다. 따라서 이 이야기는 사고방식으로서 SF의 사례이다.

이슈트반 치체리로나이는 SF가 세상을 경험하는 방법이

라고 주장한다. 그는 현실이 SF와 더 비슷해졌다는, 자주 거론되는 현대적 관찰에서 출발한다. SF에서 가져온 이미지는 스마트폰에서 군용 드론과 유전자 변형 식품에 이르기까지 대중매체 문화와 우리의 일상 경험 전반에 흩어져 있다.

> 근본적으로 소외와 위치 바꿈의 한 양식인 이러한 광범위한 표준화가 과학소설적인 정신 습관의 발전을 자극하여, 이제 우리는 더 이상 SF를 순수하게 공식적인 효과를 생산하는 장르 엔진으로 취급하지 않고, 오히려 우리가 과학소설성(마치 그것이 한 편의 과학소설이 가진 여러 단면인 것처럼 경험의 틀을 짜고 실험하는 반응 방식)이라고 부르게 될지도 모를 일종의 인식으로 취급한다.[p. 2]

과학소설성이 우리가 현대 문화를 체험하는 유일한 방법은 아니다. 그러나 동시대의 현실을 묘사하고 그 현실에 반응할 수 있는 어휘를 제공하는 SF와 새로운 장르 텍스트를 알려 주는 우리의 기술 포화 경험 사이의 변증법적 교류는, 오늘날 서구 산업화 국가의 일상적인 삶과 계속 성숙해 가는 SF 장르 양쪽의 핵심이다. SF를 현실을 경험하고 생각하는 방식으로 간주한다면, 21세기 삶 속에 편재하는 기술의 보편성, 지식과 가치에 대한 현대적 이해에서의 과학의 패권, 세계화된 의사소통이 우리에게 더 넓은 범위의 문화적 규범에 접근할 수 있도록 해 주기 전에는 우리가 한때 생경한 것으로 생각했을지도 모르는 다양성을 더 넓게 수용하고, 웹 2.0 세계에서의 가상과 실세계의 흐려짐을 포착해 낼 수 있다. 만약 SF가 변화의 속도를 따라잡기 위해 고군분투하던 19세기 말에 새로운 문학으로서 두각을 나타냈다면, 아마도 변화가 유일한 상수인 21세기 초에는 보편적인 것이 되었을 것이다. 이러한 사실은 SF의 마지막을 고하는 것이 아니라, 이 유동적인 장르의 새로운 장을 시작한다.

과학소설의 지속성

존 케셀John Kessel의 이야기 「침략자들Invaders」(1990)은 왜 많은 사람이 이 장르를 계속 사랑하고 그 안에서 일반적인 현실에 도전하게 해 줄 건설적인 도구를 찾는지 증명해 보임과 동시에 SF가 단지 현실 도피 수단의 역할만 할지도 모른다는 가능성을 인식하면서, SF의 가능성과 함정을 자세히 설명한다. 「침략자들」은 SF의 하위 장르인 시간 여행의 일환이며, 대체 역사와 마찬가지로 세상이 다른 식으로 전개됐을 수도 있었다는 사실을 우리가 볼 수 있게 해 주고, 세상을 지금 상태 그대로 만드는 특정 선택과 우발적인 상황의 결과들을 탐구할 수 있게 해 준다. 이 이야기는 또한 영화 〈금지된 행성〉(1956, 윌콕스)에 등장하는 외계인들의 이름을 따서 작품에 등장하는 외계인 이름을 크렐로 명명함으로써 장난스럽게 SF 메가텍스트에 참여한다. 이 영화에서는 괴물 하나가 지구에서 도착한 탐험대를 공격하는 것으로 보이지만, 결국 이 괴물이 인간 과학자 모비어스 박사(월터 피전Walter Pigeon 분)의 잠재의식을 투사한 것에 불과하다는 사실이 드러난다. 모비어스 박사는 자신의 딸 알타이라(앤 프랜시스Anne Francis 분)

와 함께 20년 동안이나 이 행성에 고립되어 있었다. 크렐은 그들의 기술력을 뒤로하고 더 고귀한 존재의 상태로 오래전에 승화되었는데, 모비어스는 그들의 기술력이 자신의 IQ를 향상하고 오직 의식적이고 합리적인 사고방식만을 투사해 준다고 믿는다. 이러한 상호텍스트성의 암시는 독자들에게 어떤 행위에 대해 단순히 논리적인 설명만이 아닌 비이성적이고 감성적인 설명 또한 고려해 보길 촉구한다. 켈리의 이야기가 고드윈의 이야기 속 이러한 차원을 우리에게 연상시켰던 것과 마찬가지다. 케셀의 이야기는 스페인 침략자들이 페루를 침략하는 1532년의 장면과 2001년 워싱턴에서 크렐이 레드스킨스 게임에 코카인을 요구하며 난입하는 장면을 병치하면서, 풋볼 팀의 인종차별적인 이름[레드스킨스는 '붉은 피부'라는 뜻으로 아메리칸 인디언을 경멸하는 인종차별적 단어이다]은 말할 것도 없고 현재 진행 중인 코카인 거래에서 식민주의의 지속적인 유산을 우리에게 상기시킨다. 이 이야기는 또한 "오늘날"[p. 657]을 배경으로 하는 3인칭 서술 부분에서 메타픽션적인 차원도 드러내는데, 여기서 한 SF 작가는 잉카 사람들과 크렐의 내러티브 양쪽과 관련해 자신의 글쓰기를 돌아본다.

따라서 「침략자들」은 SF에 관한 SF로, 이 장르의 출현 조건 중 하나인 식민주의에 대한 우리의 경험을 소외시키는 장르의 힘의 예이자, SF 장르의 비평적 잠재력과 한계 모두에 대한 반영이다. 신의 개념은 잉카제국과 미래의 서술 모두에서 환기된다. 스페인 사람들은 피자로가 아타우알파[Atahualpa, 페루 잉카제국의 최후의 왕]를 패배시킨 것은 "전 세계 사람을 굴복시키고 그들을 진정한 신앙으로 개종시켜라"[p. 658]라는 신의 명령에 근거한 것이라고 믿는다. 한편 플래시라는 이름을 가진, 의상 자체도 DC코믹스의 슈퍼히어로 플래시를 연상시키는 크렐도, 신이 그들에게 "은하계 오리온 팔에서 16개의 태양계 이상으로 뻗어 나가는 제국"[p. 659]을 양도했다는 비슷한 주장을 한다. 게다가 플래시는 하이젠베르크의 관찰자 효과[observer effect, 양자역학의 이중 슬릿 실험을 통해 나타난 효과로 관찰자가 바라보지 않을 때는 파동으로만 존재하던 미립자가 관찰자가 바라보면 입자로 변하는 현상을 의미한다]에 관한 물리학을 확장해서 "우리 우주선은 기도의 힘으로 성간 공간을 통과한다"[p. 660]라고 설명하는데, 이는 수적인 열세에도 불구하고 스페인이 승리를 확신하게 된 것과 같은 힘이다.

케셀은 식민주의 이데올로기에 가려진 물질만능주의에 관해 논평하려는 의도로 이러한 합리화를 장난스럽게 사용한다. 스페인 군대는 개종의 사명을 주장하지만, 그들의 서사는 금을 얻기 위해 아타우알파의 몸값을 요구하는 데 초점을 맞추고, 크렐은 단순한 소모품이 아닌 "미학적인 이유"(660)로 코카인을 찾는다. 이러한 비유는 잉카 사람들에게는 "단지 장식품으로만 … 가치가 있는" 몸값용 금으로 관심을 끌어 가는데, 이 금은 유럽에서 화폐로 사용되기 시작하고, 이러한 잉카 금의 거대한 흐름이 시장가격을 불안정하게 만들어 유럽에 "경제적 재앙"[p. 661]을 불러오게 된다. 이와 유사하게, 크렐은 일주일에 500억 프랑을 사들이기 위해 "도시에서 가장 무자비한 화폐 상인"[p. 661]인 제이슨 프레스콧을 고용하는데, 그는 이 계획이 "범죄적으로도 무책임할 뿐 아니라 어리석기까지 하다"[p. 662]라는 사실을 인정하면서도 수수료를 벌기 위해 그 제안을 받아들인다. 이렇게 뒤얽힌 역사적이고 SF적인 서술은 식민지 재산의 전용과 좀 더 최근의 시장 착취를 비판하면서, 그러지 않았다면 눈에 띄지 않고 지나갔을 수도 있는 가시적인 평행선을 만드는 SF의 힘을 보여준다.

케셀의 메타픽션적인 서술은 SF의 힘으로 우리의 손쉬운 쾌락을 복잡하게 만들어 우리가 새롭게 볼 수 있도록 한다. 작가는 "나는 오랫동안 SF에 중독되어 있었다"라고 우리에게 말하면서, SF의 호소력 중 일부는 다음의 사실에서 나온다는 것을 인정한다. "SF 이야기 속의 상황이 현실보다 너 깔끔하게 해결된다. SF 속에는 불가능이란 없다. 우주선은 빛보다 빠르게 움직인다. 핵무기는 무력화된다. 질병은 파괴된다."[p. 664] 그의 잉카 이야기 속에서 서기관 페드로 산초는 아타우알파의 현명함과 포로 상태에서도 위엄을 잃지 않는 태도를 존중하지만, 현실에서 아타우알파의 후손들은 북미와의 코카인 무역만이 경제를 지탱하는 상황에서 "뼈를 깎는 듯한 빈곤 속에"[p. 664] 살아간다. 허구적인 미래에 상황은 훨씬 깔끔하게 해결된다. 시적인 정의라고 하기에는 너무 단정한 이미지이기는 하지만, 어쨌든 크렐의 시장 상인들이 그런 위기의 유럽을 방문하고, 유럽인들은 그들의 예술품을 팔아 치우는 상태로까지 전락한다. 크렐의 기술 덕에 여전히 지급 능력이 있는 미국인들은 이 "문화적 제국주의"에 맞서 싸우지만, 크렐은 참석자들에게 "[예술품들은] 훌륭한 박물관을 방문할 여유가 있는 사람들뿐 아니라 모든 인간이 볼 수 있는 곳에 전시될 것"[p. 665]이라고 약속함으로써 그들의 도덕적 고지를 교묘하게 약화한다. 작가는 SF도 중독이라며 우려하고, 작품 속 크렐은 독서가 도피주의의 관문이라고 주장하며 전혀 글을 읽지 않는다. "당신들은 논픽션 작품만 읽으리라고 스스로에게 다짐하겠지만, 이내 허구의 이야기 쪽으로 넘어가고 말걸."[p. 668] 허구는 중독성이 있다. "인간은 너무 많은 현실을 견뎌 낼 수가 없기 때문이다."[p. 672] 현실을 회피하는 것은 크렐이 마약을 찾는 진정한 이유이기도 하다. 그들은 마약을 처음 접한 지 10년이 지난 후에야 마침내 그 사실을 인정한다.

과학소설이 그런 가혹한 현실로부터 일시적인 탈출 이상의 것이 될 수 있을까? 우리가 이 책 전체에서 탐구했듯이, SF는 여러 면에서 그 자신을 표현한다. SF는 페미니즘과 탈식민주의 작가들이 손에 쥐고 있던 강력한 도구였지만, 한편으로 기술관료적인 규칙이라는 엘리트주의적 환상 또한 촉발시켰다. 그러나 케셀의 이야기가 제안하듯이, SF의 가장 공식적이고 진부한 환상조차도 현재의 불만을 표현하기 때문에 현재 상황에 대한 저항의 씨앗을 품고 있다. 비록 그 저항이 그렇지 않으면 아직 살아 있을지도 모를 세상의 비전을 지키는 작은 공헌에 불과할지라도 말이다. 마지막 "오늘날" 부분에서, 저자는 SF가 어려운 세상의 현실적 인식의 고통을 줄여 주는 위안과 행복감을 제공하는 방법에 대해 논평한다. 그는 다음과 같이 결론 내린다.

다른 마약 중독자들과 마찬가지로, SF 독자는 그 자신의 습관을 정당화할 방법을 필사적으로 찾는다. 예를 들어 SF는 그에게 과학을 가르친다. SF는 그가 '미래의 충격'을 피하도록 도와

준다. SF는 세계를 더 나은 방향으로 변화시킨다. 맞다. 코카인도 그렇다.

하지만 나 역시도 SF 독자이기에, 이 말은 반드시 해야만 하겠다. 우리 뒤로 홍적세까지 뻗어 있는 파괴의 역사와 함께, 냉혹한 기계처럼 사람들을 물고기 먹이로 갈아 버리는 문화에 빠져든 채 잔인한 세상에서 살아가는 동안, 나는 도망치려는 욕구를 비웃기가 어렵다는 것을 알게 되었다. 비록 그 도주가 망상일지라도.[p. 637]

크렐이 인간에게 판매하는 기술 중에는 후기구조주의 문학 분석의 원리에 따라 작동하는 시간 여행 방식이 있다. 글쓰기에서 "과거는 또 다른 임의의 구성이다. 언어는 현실을 창조한다."[p. 668] 따라서 크렐의 시간 여행 기술은 사용자를 "그들이 믿는 과거"[p. 672]로 데려간다. 이야기의 마지막 부분에서, 작가와 닮은 이상한 인물이 페루 부분에서 서술된 피자로와 아타우알파 사이의 사건이 일어나기 5년 전인 1527년 페루에 도착한다. 그는 잉카 국민에게 다가오는 침공에 대해 경고하고, 그들은 잉카에 도착한 최초의 스페인군을 죽일 수 있게 된다. 그리하여 작가와 닮은 남자와 모든 사람이 "그 후로도 계속 행복하게"[p. 674] 살 수 있게 된다.

과학소설은 이데올로기적 비평의 반사실적 도구인가, 아니면 그저 코카인이나 다를 바 없는가? 둘 다이고, 어느 것도 아니고, 그 이상이기도 하다. 케셀의 이야기는 과거로 도피하고 잉카제국의 파괴를 되돌리는 것은 불가능한 판타지이지만, 아직은 신자유주의의 새로운 경제 제국 아래 사는 잉카의 후손들을 위해 뭐라도 할 만한 시간이 남아 있음을 안다. 케셀의 이야기와 같은 SF의 반사실적인 비전이 우리가 현재 현실을 새로운 시각으로 바라보고 미래의 결정에 비판적으로 개입할 동기를 부여할 수 있다면, 도피하려는 욕구는 망상 이상이 된다. 그것은 잠재적으로 더 나은 세상을 만드는 쪽으로 나아가기 위한 충동이지만, 우리가 SF에서 나가 실세계 속으로 들어가 행동으로 옮길 때에만 그렇다.

과학소설은 특유의 비유와 모티프의 장르다. 또한 기술, 주관성, 역사 및 사회적 힘에 관해 생각하는 방식이고, 너무도 당연하게 여겨 온 가치와 구조를 소외된 관점으로 바라볼 수 있게 해 주는 세계관이다. 그뿐 아니라 늘 그 자체의 역사 그리고 가까운 형태와 대화를 나누는 심미적 전통이고, 우리가 상상적인 비전과 실세계 사이에서 펼쳐지는 변증법적 교류를 탐구하고 성찰하는 데 도움을 주는 정치적 신화 만들기를 가능하게 하는 방법이다. 과학소설은 이러한 면들 가운데 어느 하나만으로는 이해할 수 없으며, SF의 어떤 작품도 그것 하나만으로 모든 서술의 기준을 완전히 충족시키지는 못한다. 그러나 이러한 관점 각각을 생산적인 긴장 상태로 유지함으로써, 우리는 그들의 교류를 통해 SF에 대한 완전한 이해에 가까이 다가가기는 해도 결코 도달하지는 못하는 무언가를 파악하기 시작한다. 이 책은 이 장르의 모든 중요한 창작자와 비평가를 논하는 것이 아니며, 새로운 생산 기술과 새로운 물질적 환경이 대중문화를 재창조함에 따라 이 장르가 취할 수 있는 모든 새로운 방향을 기대하지도 않는다. 이 책은 이 다양하고 매혹적인 장르를 탐구하기 시작하도록 도울 광범위한 개념과 도구를 제공한다. 새로운 작가, 새로운 학자적 패러다임, 새로운 표현 매체, 기술 문화의 새로운 발전은 모두 계속해서 SF를 풍성하게 만들며 변화시키고 있다. SF의 과거는 오직 불규칙하게만 파악할 수 있고, 그것의 미래는 아직은 보이지 않는 방향으로 움직일 수도 있지만, 상상력의 자원으로서 과학소설의 중요성은 의심의 여지가 없다.

1   케셀이 「침략자들」에서 제공하는 SF에 대한 비판 중 하나는 그것이 상
    황을 '깔끔하게' 해결한다는 것이다. 제프 리먼Geoff Ryman이 2007년
SF 컨벤션에서 자신의 '현세의 SF' 프로젝트에 관해 발표했던 주빈 연
설문 「세 번째 별에서 왼쪽으로 돌아서 아침까지 계속 가Take the Third
Star on the Left and on til Morning」[디즈니 영화 <피터팬>에 나오는 대사
를 인유한 제목](http://mundane-sf.blogspot.com/2007/09/take-third-star-on-left-
and-on-til.html)를 읽어 보라. 그의 생각에 동의하는가? 그러한 SF는 케셀
이 풍자하는 도피의 문제를 피할 수 있을까? 도피주의가 반드시 문제가
되는 걸까?

2   폴 킨케이드Paul Kincaid는 M. 존 해리슨M. John Harrison의 소설 『텅 빈 우
주Empty Space』(2013)에 관한 비평을 다음과 같은 말로 끝맺고 있다.
"M. 존 해리슨은 과학소설의 무한한 가능성에 대해 우리가 흥분을 느끼
게 하는 동시에 과연 과학소설이란 무엇인지 멈춰서 생각해 보게 하는
작품을 탄생시켰다"(http://lareviewofbooks.org/article.php?type&id=1687&full
text=1&media#article-text-cutpoint.). 이 진술에 대해 토의해 보라. 무한한 가
능성의 장르가 정의를 가질 수 있을까? 당신은 SF를 어떻게 정의하겠는
가?

3   지난 3개월 동안 개봉한 영화 목록 또는 초연한 TV 시리즈 목록을 확인
해 보라. 그중 얼마나 많은 작품이 SF인가? 현대 대중문화에서 SF의 위
치는 어디인가?

감사의 말

이 책의 내용은 관대한 과학소설 학술공동체에서 오랜 세월에 걸쳐 쏟아져 나온 것이다. 나는 그동안 학습의 빚을 져 온 분들에게 감사의 인사를 전하고자 하지만, 이 목록이 어쩔 수 없이 불완전할 수밖에 없으리라는 사실 또한 미리 밝혀 두고사 한다. 이 목록은 나의 박사 학위 지도교수인 더글러스 바버Douglas Barbour 박사에서 시작한다. 그분이 내게 과학소설 연구의 가능성을 소개해 주었다. 다음으로 이 책은 《과학소설 연구Science Fiction Studies》를 나와 공동 편집했던 이슈트반 치체리로나이 주니어 Istvan Csicsery-Ronay Jr, 아서 B. 에번스Arthur B. Evans, 조앤 고든Joan Gordon, 베로니카 홀링거Veronica Hollinger, 라브 래섬Rob Latham, 캐럴 맥귀크 Carol McGurik뿐 아니라, 『과학소설 영화 및 텔레비전Science Fiction Film and Television』을 나와 공동 편집한 마크 볼드Mark Bould의 지식에서도 엄청난 도움을 받았다. 폴 앨콘Paul Alkon, 제임스 앨러 드James Allard, 앤드루 M. 버틀러Andrew M. Butler, 테드 창Ted Chiang, 주디 콜린스Judy Collins, 멀리사 콘웨이Melissa Conway, 닐 이스터브룩 Neil Easterbrook, 칼 프리드먼Carl Freedman, 파벨 프레리크Pawel Frelik, 네타 고든Neta Gordon, 배리 그랜트Barry Grant, 캐런 헬렉슨Karen Hellekson, 데이비드 히긴스David Higgins, 날로 홉킨슨Nalo Hopkinson, 앤 하우이 Ann Howey, 케이티 킹Katie King, 브룩스 랜던Brooks Landon, 짐 리치Jim

Leach, 마이크 레비Mike Levy, 로저 럭허스트Roger Luckhurst, 디윗 킬고어DeWitt Kilgore, 케빈 마로니Kevin Maroney, 하비에르 마르티네스Javier Martinez, 파라 멘들슨Farah Mendlesohn, 차이나 미에빌China Miéville, 그레이엄 J. 머피Graham J. Murphy, 웬디 피어슨Wendy Pearson, 존 리이더John Rieder, 조 서틀리프 샌더스Joe Sutliff Sanders, 패트릭 B. 샤프Patrick B. Sharp, 샤론 샤프Sharon Sharp, 스티븐 샤비로Steven Shaviro, 데이비드 위튼버그David Wittenberg, 리사 야젝Lisa Yaszek 등의 분들에게는 가치의 보존, 유쾌함, 예리하고 비판적인 통찰력을 크게 빚지고 있다. 이분들이 SF와 다양한 실천공동체에 관해 내게 많은 것을 가르쳐 주었고, 이 책은 그들의 전문 지식에 무한한 혜택을 입은 작품이다. 따라서 이분들의 그 모든 좋은 영향에도 불구하고 책 속에 나타나는 모든 오류는 나의 불찰임을 밝혀 둔다.

이 책의 초기 연구 부분은 브록대학교 교직원조합의 보조금 지원을 받았다. 그분들의 지원에 감사의 말을 전하고, 연구비 지원과 관련해 실질적 업무를 담당해 준 말리사 커츠Malisa Kurtz의 훌륭한 업적에도 감사드린다.

언제나 그랬듯이, 뛰어난 편집 능력과 기한 내 마감이라는 마법을 보여 준 리사 라프람보이즈Lisa LaFramboise에게도 감사드린다.

변화하는 과정으로서
SF 장르 읽기

정소연 (SF 작가)

과학소설이라는 장르

장르는 이름이 붙기 전부터 존재한 어떤 고정된 실체가 아니라 계속되는 협상과 생산 과정이다(Mark&Vint, 2011). 과학소설 또한 마찬가지다. SF라는 장르에 대한 설명도 크게 두 가지로 나눌 수 있다. 계속된 협상의 흐름에 중점을 두고 장르의 계보를 따라가는 시간적 설명과 협상으로 생산된 결과에 중점을 두는 개념적 설명이다. 셰릴 빈트는 대중 독자를 위한 SF 개론서를 두 권 썼다. 2011년에 마크 볼드와 함께 쓴 『라우틀리지 간략 역사 시리즈: 과학소설 *Routledge Concise History of Science Fiction*』이 시간적 개론서이고, 2014년에 출간된 단독 저서인 이 책이 개념적 개론서다.

이 책은 SF라는 장르가 특히 작가와 독자 간의 협상 내지는 상호작용을 통해 발전해 왔고, 작가와 독자, 때로는 출판사와 시장, 이론가들이 함께한 이 실천공동체들이 바로 오늘날 SF라는 장르를 만들어 온 과정을 여러 작품과 에피소드로 흥미진진하게 소개한다. 『에스에프 에스프리』는 아주 친절한 책이다. 그럼에도, 이 첫 번째 정석의 출간을 축하하고 보충하는 의미에서 본문을 보충하는 해제를 덧붙인다.

신념의 투쟁 – 실천공동체로서의 SF

소위 SF의 황금시대를 지배한 편집자, 캠벨이 SF에 미친 영향은 아무리 강조해도 지나치지 않다. 캠벨리언 SF를 극복한 실천공동체들에 훨씬 더 주목한 이 책에서조차도, 캠벨은 자그마치 37번이나 언급되는 편집자다. 저자가 테크노크라시적 SF라고 요약하고 있는 캠벨리언 SF의 조건은 정리하자면 네 가지다. ① 지금 이곳과 다른 조건이 존재할 것 ② 이 새로운 조건이 플롯을 추동할 것 ③ 이 새로운 조건으로 인해 인간에게 문제가 발생할 것 ④ 어떤 과학적 사실도 합리적 설명 없이 파괴하지 않을 것.

캠벨은 독재적인 편집자로서 이 네 가지 조건에 맞는 글을 출판함으로써 SF를 다임 소설 중 살아남은 장르로 만들었고, 그와 동시에 캠벨에 반발한 실천공동체들을 통해 SF를 현대문학으로 완성시켰다.

캠벨의 이 네 가지 조건이 갖는 한계는 이 책 곳곳에서 설명된다. 캠벨은 대단히 보수적인 유대계 백인 남성 편집자였고, 캠벨 시대 SF작가 중 주디스 메릴 정도만이 여성 작가 이름으로 캠벨의 시험을 통과해 출판에 이르렀다. 빈트는 이 책 7장 신념의 문학에서 캠벨이 "여성에게 과학소설을 쓸 수 있는 능력이 있다고 믿지 않는다(202쪽)", "독자들이 흑인 주인공에 감정 이입을 할 수 있을 것 같다는 생각이 들지 않는다(222쪽)"라고 작품을 거절했던 사건을 소개하고 있는데, 캠벨은 이외에도 "아프리카 대륙에 초고도 기술사회가 발전한다는 설정은 비합리적이다"라는 이유로 투고 작품을 거절한 적도 있다.

6장 실천공동체에서 언급되는 퓨처리안 운동 또한 캠

벨과 연관이 있다. 캠벨이 《어스타운딩 스토리》를 인수했던 1937년 미국은 대공황기였다. 많은 출판사와 잡지들이 망했지만 《어스타운딩 스토리》는 휴간하지 않았을 뿐 아니라 심지어 다들 어려운 와중에 시장을 장악하는 데 성공했는데, 이는 캠벨이 원고료를 아주 적게 책정하고 늑장 지급한 덕분이기도 했다. 새로운 물결이자 현대 SF의 주류로 이어지는 신념공동체들은 글로는 캠벨의 기술중심주의와 합리성을 가장한 차별에 저항했고, 글 밖에서는 낮은 고료와 지연 지급에 저항했다.

건스백과 캠벨의 전통과 새로운 실천공동체 간의 충돌이 가장 극명하게 드러난 사건 중 하나는 미국의 베트남전 참전이었다. 주디스 메릴, 데이먼 나이트, 케이트 윌헬름 같은 SF작가들은 미국의 참전이 SF가 지향하는 가치에 반한다고 생각했고, 참전 반대 성명을 조직했다. 주디스 메릴은 당시 SF작가라면 100퍼센트 반전에 동의하리라고 믿었다고 한다. 그러나 실제로 서명 운동이 시작되자, 보다 전통적인/보수적인(SF사에서 이 두 집단은 캠벨의 전통을 따라 종종 겹친다) 작가들은 베트남전 참전이 SF의 가치에 반하지 않는다고 생각했고, 양측은 결국 제각기 서명 운동을 조직해 연명한 전면 광고를 SF 잡지 《갤럭시》에 게시하기에 이르렀다. 왼쪽에는 '아래 서명한 우리들은 미국이 책임을 다하기 위해 베트남에 남아야 한다고 믿는다', 오른쪽에는 '우리는 미국의 베트남전 참전에 반대한다'라는 문구가 있다. 참전 찬성 작가 중 한국에도 소개된 작가로는 (당연하게도) 존 W. 캠벨, 래리 니븐, 아이작 아시모프, 로버트 하인라인, 잭 밴스 등이 있다, 참전 반대 작가 명단에 우리가 아는 SF 작가들 대부분이 속해 있는데, 몇 명만 꼽자면 레이 브래드버리, 새뮤얼 R. 델라니, 필립 K. 딕, 할란 엘리슨, 어슐러 K. 르 귄, 진 로덴버리, 조애너 러스 등이다. 서명운동을 주도했던 두 작가, 주디스 메릴과 케이트 윌헬름 중 주디스 메릴은 바로 이 사건을 계기로 미국 국적을 버리고 캐나다로 이민했다. 여담이지만, 이때 메릴이 SF 황금시대에 관해 수집했던 방대한 자료를 모두 가지고 캐나다로 이민하는 바람에 초기 미국 SF에 관한 자료들 중 상당량이 미국이 아니라 캐나다에 보존되어 있다. 케이트 윌헬름은 데이먼 나이트와 함께 창작공동체 교육에 보다 적극적으로 투신하여 밀퍼드 콘퍼런스(165쪽)를 조직했고, 이는 오늘날까지 옥타비아 버틀러, 킴 스탠리 로빈슨, 날로 홉킨슨, 테드 창 등 수많은 SF작가들의 산실이 된 클라리온워크숍의 전신이 되었다.

이 사건에서 흥미로운 점은 어느 쪽도 연명 자체에는 반대하지 않았다는 것이다. 양쪽 모두 베트남전이 SF작가들이 이름을 걸고 입장을 밝힐 만한 사건이라고 생각했다.

2004년에 비슷한 일이 다시 벌어졌다. 이때는 이라크전이었다. SFWA가 이라크전 참전에 대해 작가협회 차원에서 (반전) 입장을 밝혀야 한다는 회원들의 요구를 부결하자 협회 간부가 이에 반발해 사임하는 사건이 있었다. 이에 SF 작가 마이클 스완윅이 나서서 개별 연명을 받았고, SF 작가 백수십 명이 《갤럭시》 때와 같은 방식으로, '과학소설 및 판타지 종사자인 우리들은 이라크전 참전에 반대한다. 일부는 이것이 국제법 위반이기 때문이고, 일부는 이것이 미국이 수호하는 가치에 반하기 때문이고, 일부는 전쟁 자체가 잘못이라고 믿기 때문이다. 우리는 함께, 전쟁을 막을 것을 요구한다'라는 문구 아래 실명으로 서명했다. 이 중 역시 한국에 소개된 작가들을 몇 꼽아 보자면 코리 닥터로, 날로 홉킨슨, 낸시 크레스, 프레데릭 폴, 조 왈튼 등이 있다.

참전이라는 정치적 이슈가 문학 장르인 SF계의 주요 의제가 된 것은 SF가 투쟁의 장르이고 실천공동체들간의 대립과 성장, 경합이 장르 자체의 개념과 결합해 있었기에 가능했으리라. 이 책이 SF를 설명하면서 사용하고 있는 실천공동체라는 틀은 이처럼 대단히 구체적이고 현실적인 개념이다.

우리 세계와 텍스트의 세계 – 인지적 소외와 노붐

이 책 3장 인지적 소외는 다코 수빈이 SF를 정의하며 도입한 개념인 '노붐'을 소개한다. 노붐은 인지적 소외를 일으키는 장치이자 SF의 핵심적 장치다. 노붐이라는 용어는 본래 마르크시스트 철학자 에른스트 블로흐Ernst Bloch에게서 가져온 것이다. 블로흐는 '인류를 현재에서 아직 실현되지 않은 곳을 향하여 고양시키는 예상치 못한 새로움'을 '노붐'이라고 지칭하였다. 즉, 블로흐의 맥락에서 노붐이란 긍정적인 역사적 변화에 대한 희망을 가져오는 변화다(Csicsery-Ronay Jr, 2008). 수빈은 라틴어로 새로운 것을 의미하는 노붐을 SF 해석에 도입하여, 어떤 이야기가 SF이려면 그 안에는 반드시 하나 이상의 노붐이 있어야 한다고 주장했다. 우리 세계와 텍스트의 세계의 차이인 노붐은 두 가지 측면을 갖고 상호작용한다. 이 두 가지 측면을 물질적 노붐novum material과

윤리적 노붐novum ethical이라고 하는데, 노붐은 텍스트 안에서 이 두 가지 측면을 갖고 상호작용한다. 저자가 본문에서 영화 〈디스트릭트9〉과 〈아바타〉, C. L. 무어의 단편소설 「기념할 만한 계절」을 통해 노붐을 설명했는데, 여기서는 한국에서 널리 읽힌 소설들을 설명에 보탠다.

노붐의 가장 직관적인 예는 소위 '거대하고 단순한 물체a big dumb objec'다. 아서 C. 클라크의 소설 『라마와의 랑데부』는 거대하고 인공적인 원통형 구조물(혹은 우주선)이 어느날 지구에 다가온 이야기이다. 인류는 '라마'라고 이름 붙인 이 구조물에 일군의 탐사대를 파견한다. 『라마와의 랑데부』는 소설 전체가 이 낯설고 거대한 물체를 인간들이 조금씩 탐험하여 나아가는 이야기로, 라마는 이 소설에서 서사의 핵심이다. 클라크는 라마라는 노붐을 우리 세계에 불현듯 던져 넣음으로써, 낯선 존재와 접촉한 인간이 갖는 호기심, 경이감, 발견의 신비로움과 존재의 외로움 등의 새로운 경험을 이끌어 낸다.

래리 니븐Larry Niven의 소설 『링월드Ringworld』에는 항성 주위를 둘러싼 띠 모양의 거대한 인공 구조물이 등장한다. 수많은 행성들을 부수어 만든 어마어마한 규모의 거주지역이라는 '거대하고 단순한 물체'는 우리 지구인들의 세계에는 존재하지 않지만 링월드라는 소설 내에서는 과학적으로 존재하고, 독자들에게도 그 존재가 논리적으로 설명된다. 이 인지적 소외에서 『링월드』 시리즈의 매력이 탄생한다. '링월드'는 소설의 전개에 필수적이지만, 그 자체로도 흥미롭다. 링월드에서 계절은 어떻게 바뀔까? 하늘은 어떻게 보일까? 중력과 대기는 어떻게 유지

될까? 시간감과 공간감은 어떻게 다를까? 링월드의 존재와 인류가 만난다면 어떤 일이 일어날까? 링월드가 없는 세계의 독자인 우리는 정교하게 구성된 링월드가 자연스럽게 존재하는 세상으로 들어가면서 이 책을 즐기게 된다.

보다 근간의 예로는 미국 SF 작가 엘리자베스 문Elizabeth Moon의 『어둠의 속도 The Speed of Dark』가 있다. 이 소설은 아주 가까운 미래의 미국이 배경으로, 거의 모든 면에서 우리 세계와 비슷하지만 딱 한 가지가 다르다. 지금은 아직 원인이 규명되지 않은 장애인 자폐를 치료할 수 있게 되었다는 점이다. 이 소설은 의학의 발전이 단계적으로 이루어지는 우리 세계의 현실을 그대로 반영한다. 30대 후반인 주인공 루는 자폐인으로, 어렸을 때부터 조기 개입 치료와 사회 적응 훈련을 받아 사회적으로나 경제적으로나 자립하여 살고 있지만, 비장애인은 아닌 자폐인이다. 그런데 성인인 자폐인의 자폐를 외과적 수술로 '완치'할 수 있게 되고, 주인공 루는 이 새로운 외과 수술의 임상실험에 참가할지 고민한다. 이 소설은 자폐 치료 수술이라는 노붐을 통해 물리적 노붐(외과 수술)과 윤리적 노붐(장애와 정상성) 두 가지 측면을 보여 주는 작품이다.

한국의 SF와 실천공동체

과학소설은 문학 장르이자 예술로서 역사와 계보가 있고, 영미문학연구의 주제로서의 과학소설에는 확고한 비평과 이론이 있다. 이를 마침내 한국 독자들에게 한국어로 소개하는 책이 나온 것은 대단히 기쁜 일이다. SF라는 장르가 '과학소설이란 무엇인가', '무엇이 과학소설인가'라는 중요하되 다소 소모적인 두 가지 질문에 오랫동안 거듭 답해야 했던 입장에서는 더없이 반가운 소식이기도 하다.

한국의 SF 작가와 독자들은 어떤 실천공동체를 만들어 왔고, 만들어 갈까? 한국 SF가 선택하는 좋은 과학소설은 어떤 것이 될까? 우리 SF계 사람들은 어떤 투쟁을 할까? 우리의 인지적 소외는 어디에서 올까? 한국의 SF 작가들은 어떤 노붐을 썼거나 쓰고 있을까? 이 책 각 장의 예로 한국의 SF를 활용한다면, 어떤 작품들을 어디에서 언급할 수 있을까? 이 책의 출간은, 이와 같이 보다 보편적이고 발전된 질문을 향해 나아가는 큰 첫걸음이 될 것이다.

부록   옮긴이의 말

연대기

이 연대기는 인쇄물, 영화, 텔레비전 SF의 가장 중요한 작품 중 일부를 발행(상영, 방영) 일자순으로 나열한다. 책에서 자세히 논의한 텍스트는 굵게 표시했다. 이 목록은 포괄적이지 않고 선택적이며, 독자들이 SF의 더 큰 역사 내에서 논의된 텍스트를 맥락화하는 것을 돕기 위한 것이다. 일부 텍스트는 시리즈 중 첫 번째 것인데, 이 책에서 시리즈의 다음 권들을 논의하지 않은 경우에 첫 권만을 썼다. 또한 작품들을 상황과 좀 더 관련시키기 위해 현대 기술문화의 몇 가지 주요 사건들을 포함했다.

1931	<프랑켄슈타인Frankenstein> (영화, 제임스 웨일James Whale)
1931	**레슬리 F. 스톤Leslie F. Stone, 「골라의 정복The Conquest of Gola」**
1932	올더스 헉슬리Aldous Huxley, 『멋진 신세계*Brave New World*』
1933	<킹콩King Kong> (영화, 감독의 이름은 크레디트에 포함되지 않음)
1934	**스탠리 와인바움Stanley Weinbaum, 「화성의 오디세이A Martian Odyssey」**
1936	<다가오는 것들Things to Come> (영화, 윌리엄 멘지스William Menzies)
1936	<제국의 종말Flash Gordon> (영화 시리즈)
1937	존 W. 캠벨John W. Campbell,
	《어스타운딩 사이언스 픽션*Astounding science fiction*》 편집 시작
1938	**존 W. 캠벨(돈 A. 스튜어트Don A. Stuart라는 이름으로), 「거기 누구냐?Who Goes There?」**
1939	**<별들의 전쟁Buck Rogers> (영화 시리즈)**
1940	**로버트 하인라인Robert Heinlein, 『길은 움직여야 한다*The Roads Must Roll*』**
1941	**아이작 아시모프Isaac Asimov, 「허비: 마음을 읽는 거짓말쟁이Liar!」**
1941	**아이작 아시모프, 「큐티: 생각하는 로봇Reason」**
1944	**C. L. 무어C. L. Moore, 『여자는 태어나지 않는다No Woman Born』**
1945	일본에 원자폭탄 투하
1946	최초의 범용 컴퓨터 에니악(ENIAC)의 존재 발표
1946	**C. L. 무어, 『기념할 만한 계절*Vintage Season*』**
1948	**주디스 메릴Judith Merril, 「오로지 엄마만이That Only a Mother」**
1949	조지 오웰George Orwell, 『1984*Nineteen Eighty-Four*』
1949	리 브래킷Leigh Brackett, 『화성 카타콤의 여왕*Queen of the Martian Catacombs*』
1950	<데스티네이션 문Destination Moon> (영화, 어빙 피첼Irving Pichel)
1950	<우주사관생도Space Cadet> (tv)
1950	레이 브래드버리Ray Bradbury, 『화성 연대기*The Martian Chronicles*』
1951	A. E. 밴보트A. E. van Vogt, 『슬랜Slan』
1951	존 윈덤John Wyndham, 『트리피드의 날*The Day of the Triffids*』
1951	<지구가 멈추는 날The Day the Earth Stood Still> (영화, 로버트 와이즈Robert Wise)
1951	<괴물The Thing from Another World>
	(영화, 크리스천 니비Christian Nyby & 하워드 호크스Howard Hawkes)
1951	아서 C. 클라크Arthur C. Clarke, 「파수병The Sentinel」
1953	아서 C. 클라크, 『유년기의 끝Childhood's End』
1953	프레데릭 폴Frederik Pohl & C. M. 콘블루스C. M. Kornbluth, 『우주상인*The Space Merchants*』
1953	**윌리엄 텐William Tenn, <지구 해방The Liberation of Earth>**
1953	시어도어 스터전Theodore Sturgeon, 『인간을 넘어서*More Than Human*』
1954	**톰 고드윈Tom Godwin, 「차가운 방정식The Cold Equations」**
1954	<스페이스 패트롤Space Patrol> (tv)
1954	**앨프리드 베스터Alfred Bester, 「즐거운 기온Fondly Fahrenheit」**
1954	<그들!Them!> (영화, 고든 더글러스Gordon Douglas)

1954	<고지라Gojira> (영화, 혼다 이시로本多猪四郎)
1956	<금지된 행성Forbidden Planet> (영화, 프레드 M. 윌콕스Fred M. Wilcox)
1956	<신체 강탈자의 침입Invasion of the Body Snatchers> (영화, 돈 시겔Don Siegel)
1957	앨프리드 베스터Alfred Bester, 『타이거! 타이거!The Stars My Destination』
1957	소련이 지구 궤도에 최초의 인공위성인 스푸트니크 쏘아 올림
1959	<환상특급The Twilight Zone> (tv)
1959	월터 M. 밀러Walter M. Miller, 『리보위츠를 위한 찬송A Canticle for Lebowitz』
1959	<더 월드, 더 플래시 앤 더 데빌The World, the Flesh and the Devil>
	(영화, 래널드 맥도우걸Ranald MacDougall)
1961	로버트 하인라인, 『낯선 땅 이방인Stranger in a Strange Land』
1961	스타니스와프 렘Stanislaw Lem, 『솔라리스Solaris』
1961	유리 가가린Yuri Gargarin, 첫 번째 우주인이 됨
1962	앤서니 버지스Anthony Burgess, 『시계태엽 오렌지A Clockwork Orange』
1962	<활주로La Jetee> (영화, 크리스 마르케Chris Marker)
1962	J. G. 밸러드J. G. Ballard, 「모래로 만든 새장The Cage of Sand」
1963	<제3의 눈The Outer Limits> (tv)
1963	<닥터 후Doctor Who> (tv)
1964	마이클 무어콕Michael Moorcock, 《뉴 월즈New Worlds》편집 시작
1964	J. G. 밸러드, 「터미널 해변The Terminal Beach」
1965	프랭크 허버트Frank Herbert, 『듄Dune』
1965	<알파빌Alphaville> (영화, 장 뤽 고다르Jean-Luc Goddard)
1965	윌리엄 버로스William Burroughs, 『노바 익스프레스Nova Express』
1965	<로스트 인 스페이스Lost in Space> (tv)
1966	프레데릭 폴, 『데이 밀리언Day Million』
1966	'스타 트렉: 오리지널 시리즈Star Trek: The Original Series' (tv)
1966	로버트 하인라인, 『달은 무자비한 밤의 여왕The Moon is a Harsh Mistress』
1967	아폴로 1호 발사 예정, 발사대 시험 도중 화재로 우주 비행사가 사망
1967	할런 엘리슨Harlan Ellison (편집), 『위험한 비전Dangerous Visions』
1967	파멜라 졸린Pamela Zoline, 『우주의 엔트로피성 종말The Heat Death of the Universe』
1967	새뮤얼 R. 델라니Samuel R. Delany, 『아인슈타인 교차점The Einstein Intersection』
1968	아폴로 7호가 첫 우주비행사를 우주로 쏘아 올림, tv 생중계
1968	필립 K. 딕Philip K. Dick, 『안드로이드는 전기 양의 꿈을 꾸는가?
	Do Androids Dream of Electric Sheep?』
1968	마이클 무어콕Michael Moorcock, 『더 파이널 프로그램The Final Programme』
1968	<2001 스페이스 오디세이2001: A Space Odyssey> (영화, 스탠리 큐브릭Stanley Kubrick)
1968	주디스 메릴Judith Merril (편집), 『잉글랜드 스윙 SFEngland Swings SF』
1968	<혹성탈출Planet of the Apes> (영화, 플랭클린 J. 샤프너Franklin J. Schnaffner)
1969	아폴로 11호, 달에 첫 인류 닐 암스트롱 착륙시킴

1969	어슐러 K. 르 귄Ursula K. Le Guin, 『어둠의 왼손*The Left Hand of Darkness*』
1969	노먼 스핀래드Norman Spinrad, 『버그 잭 배런*Bug Jack Barron*』
1969	커트 보니것Kurt Vonnegut, 『제5도살장*Slaughterhouse Five*』
1970	J. G. 밸러드, 『잔혹 전시회*The Atrocity Exhibition*』
1970	로버트 실버버그Robert Silverberg (편집),
『SF 명예의 전당*The Science Fiction Hall of Fame*』, Vol. 1
1971	<시계태엽 오렌지A Clockwork Orange> (영화, 스탠리 큐브릭Stanley Kubrick)
1971	<안드로메다의 위기The Andromeda Strain> (영화, 로버트 와이즈Robert Wise)
1972	조애너 러스Joanna Russ, 「그들이 돌아온다 해도When It Changed」
1972	존 브루너John Brunner, 『더 쉽 룩 업*The Sheep Look Up*』
1972	로버트 실버버그, 『다이 인사이드*Dying Inside*』
1972	<사일런트 러닝Silent Running> (영화, 더글러스 트럼블Douglas Trumbull)
1972	로버트 실버버그, 「우리가 세상의 종말을 보러 갔을 때
When We Went to See the End of the World」
1973	토머스 핀천Thomas Pynchon, 『중력의 무지개*Gravity 's Rainbow*』
1973	제임스 팁트리 주니어James Tiptree Jr., 「보이지 않는 여자들The Women Men Don't See」
1973	제임스 팁트리 주니어, 「접속된 소녀The Girl Who Was Plugged In」
1973	<최후의 수호자Soylent Green> (영화, 리처드 플라이셔Richard Fleischer)
1974	토머스 디쉬Thomas Disch, 『334』
1975	새뮤얼 R. 델라니Samuel R. Delany, 『달그렌*Dhalgren*』
1975	<죽음의 경주Death Race 2000> (영화, 폴 바르텔Paul Bartel)
1975	조애너 러스, 『여성 인간*The Female Man*』
1975	<스텝포드 와이프The Stepford Wives> (영화, 브라이언 포브스Bryan Forbes)
1976	마지 피어시Marge Piercy, 『시간의 경계에 선 여자*Woman on the Edge of Time*』
1976	새뮤얼 R. 델라니, 『트리톤*Triton*』
1976	<로건의 탈출Logan's Run> (영화, 마이클 앤더슨Michael Anderson)
1976	<지구에 떨어진 사나이The Man Who Fell to Earth> (영화, 니콜라스 뢰그Nicolas Roeg)
1976	애플 1 개인용 컴퓨터 출시
1977	제임스 팁트리 주니어, 『휴스턴, 휴스턴, 들리는가?*Houston, Houston, Do You Read?*』
1977	<미지와의 조우Close Encounters of the Third Kind>
(영화, 스티븐 스필버그Steven Spielberg)
1977	<스타워즈: 새로운 희망Star Wars: A New Hope> (영화, 조지 루커스George Lucas)
1978	'배틀스타 갤럭티카Battlestar Galactica' (tv)
1978	존 발리John Varley, 『잔상The Persistence of Vision』
1979	옥타비아 버틀러Octavia Butler, 『킨드레드*Kindred*』
1979	<에어리언Alien> (영화, 리들리 스콧Ridley Scott)
1979	<스타 트렉Star Trek: The Motion Picture>(영화, 로버트 와이즈Robert Wise)
1979	'별들의 전쟁Buck Rogers in the 25th Century' (tv)

1979	VCR 첫 대량 판매 개시
1980	진 울프Gene Wolfe, 『처형인의 그림자*The Shadow of the Torturer*』
1980	러셀 호번Russell Hoban, 『리들리 워커*Riddley Walker*』
1981	윌리엄 깁슨William Gibson, 「건스백 연속체*The Gernsback Continuum*」
1981	수지 맥키 차나스Suzy McKee Charnas, 『더 뱀파이어 태피스트리*The Vampire Tapestry*』
1982	<이티E.T.> (영화, 스티븐 스필버그)
1982	<블레이드 러너Blade Runner> (영화, 리들리 스콧)
1982	<트론TRON> (영화, 스티븐 리스버거Steven Lisberger)
1982	<괴물The Thing> (영화, 존 카펜터John Carpenter)
1982	**윌리엄 깁슨, 「크롬 태우기Burning Chrome」**
1983	<비디오드롬Videodrome> (영화, 데이비드 크로넨버그David Cronenberg)
1983	**옥타비아 버틀러, 「말과 소리Speech Sounds」**
1984	윌리엄 깁슨, 『뉴로맨서*Neuromancer*』
1984	옥타비아 버틀러, 「블러드 차일드Bloodchild」
1984	킴 스탠리 로빈슨Kim Stanley Robinson, 『황량한 해변*The Wild Shore*』
1984	〈터미네이터The Terminator〉(영화, 제임스 카메론James Cameron)
1984	<다른 행성에서 온 형제The Brother from Another Planet> (영화, 존 세일즈John Sayles)
1984	첫 번째 매킨토시 출시, 조지 오웰의 작품에서 영향받은 TV 광고 방영
1985	그레그 베어Greg Bear, 『블러드 뮤직*Blood Music*』
1985	오슨 스콧 카드Orson Scott Card, 『엔더의 게임*Ender's Game*』
1985	브루스 스털링Bruce Sterling, 『스키즈매트릭스*Schismatrix*』
1986	조안 슬롱츄스키Joan Slonczewski, 『바다로 가는 문*A Door into Ocean*』
1986	브루스 스털링 (편집), 『미러쉐이즈*Mirrorshades*』
1986	프랭크 밀러Frank Miller, 『다크 나이트 리턴즈*The Dark Knight Returns*』 (만화)
1986	**팻 카디건Pat Cadigan, 「프리티 보이 크로스오버Pretty Boy Crossover」**
1987	옥타비아 버틀러, 『새벽*Dawn*』
1987	앨런 무어Alan Moore·데이브 기번스Dave Gibbons, 『왓치맨*Watchmen*』 (만화)
1987	잭 워맥Jack Womack, 『앰비언트*Ambient*』
1987	**'스타 트렉: 넥스트 제네레이션Star Trek: The Next Generation' (tv)**
1987	이언 M. 뱅크스Iain M. Banks, 『플레바스를 생각하라*Consider Phlebas*』
1988	C. J. 체리C. J. Cherryh, 『사이틴*Cyteen*』
1988	<에일리언 네이션Alien Nation> (영화, 그레이엄 베이커Graham Baker)
1989	'에일리언 네이션' (tv)
1989	**미샤 노가Misha Nogha, 「미세한 먼지 조각Chippoke Na Gomi」**
1990	'트윈 픽스Twin Peaks' (tv)
1990	**존 케셀, 「침략자들Invaders」**
1990	<사이보그 하드웨어Hardware> (영화, 리처드 스탠리Richard Stanley)
1991	마지 피어시, 『그, 그녀, 그리고 그것*He, She and It*』

1991	귀네스 존스Gwyneth Jones, 『화이트 퀸White Queen』

1991 팻 카디건, 『시너즈Synners』

1991 미샤 노가, 『레드 스파이더, 화이트 웹Red Spider, White Web』

1991 최초의 상업용 휴대전화

1992 모린 맥휴Maureen McHugh, 『차이나 마운틴 장China Mountain Zhang』

1992 닐 스티븐슨Neal Stephenson, 『스노 크래시Snow Crash』

1992 존 발리John Varley, 『스틸 비치Steel Beach』

1992 캐런 조이 파울러Karen Joy Fowler, 『사라 카나리Sarah Canary』

1992 최초의 www 브라우저와 인터넷의 폭넓은 사용

1993 낸시 크레스Nancy Kress, 『스페인의 거지들Beggars in Spain』

1993 킴 스탠리 로빈슨, 『붉은 화성Red Mars』

1993 '**X-파일The X-Files**' (tv)

1993 '스타 트렉: 딥 스페이스 나인 Star Trek: Deep Space Nine' (tv)

1994 귀네스 존스, 『**북풍North Wind** 』

1994 '바빌론5Babylon 5' (tv)

1994 제프 리먼Geoff Ryman, 「예기치 못한 상황을 위한 죽은 공간Dead Space for the Unexpected」

1995 그레그 이건Greg Egan, 『액시오매틱Axiomatic』

1995 조너선 리섬Jonathan Lethem, 『암네시아 문Amnesia Moon』

1995 켄 매클라우드Ken MacLeod, 『더 스타 프랙션The Star Fraction』

1995 '스타 트렉: 보이저Star Trek: Voyager' (tv)

1995 <스트레인지 데이즈Strange Days> (영화, 캐스린 비글로Kathryn Bigelow)

1995 제임스 패트릭 켈리James Patrick Kelly, 「공룡처럼 생각하라Think Like a Dinosaur」

1996 멀리사 스콧Melissa Scott, 『그림자 인간Shadow Man』

1997 귀네스 존스, 『**피닉스 카페Phoenix Cafe**』

1997 <가타카Gattaca> (영화, 앤드루 니콜Andrew Niccol)

1998 <다크 시티Dark City> (영화, 알렉스 프로야스Alex Proyas)

1998 테드 창Ted Chiang, 『**네 인생의 이야기***Story of Your Life*』

1999 <매트릭스The Matrix> (영화, 워쇼스키 형제The Wachowskis)

2000 차이나 미에빌China Miéville, 『퍼디도 스트리트 스테이션Perdido Street Station』

2000 인간 게놈 프로젝트, 인간 유전자 지도 만듦.

2001 날로 홉킨슨Nalo Hopkinson, 『**자정의 강도Midnight Robber**』

2001 '스타 트렉: 엔터프라이즈Star Trek: Enterprise' (tv)

2001 <도니 다코Donnie Darko> (영화, 리처드 켈리Richard Kelly)

2001 날로 홉킨슨, <살점을 붙들고 있는 것Something to Hitch Meat To>

2002 그레그 이건, 『실드의 사다리Schild's Ladder』

2002 M. 존 해리슨M. John Harrison, 『라이트Light』

2002 <28일 후28 Days Later> (영화, 대니 보일Danny Boyle)

2003 '배틀스타 갤럭티카Battlestar Galactica' (tv 리부트 시리즈)

주석

1. 'SF 명예의 전당' 시리즈 표지에 인쇄되어 있다.

2. SF 팬들 사이에서 '진짜' 과학소설은 'sf'로 줄여 쓰고, 저속한 상업물은 'sci-fi'로 적고 조롱하듯이 '스키피skiffy'라고 발음하는 전통이 생겨났다.

3. 이 용어는 1851년 윌리엄 윌슨William Wilson이 처음 사용하였기에 건스백이 발명했다고 말하는 것은 적절하지 않겠지만, 그래도 그가 이 용어를 20세기적인 의미로 정의하고 홍보한 공적은 인정받고 있다.

4. 브라이언 애트버리는 『판타지의 전략Strategies of Fantasy』에서 장르를 퍼지 집합(명확히 정의된 경계를 가지지 않은 집합)으로 정의한다. 존 리이더가 간결하게 설명했듯이, "수학에서 퍼지 집합은 포함 또는 제외라는 단일 이항 원리에 의해 결정되는 것이 아니라, 그러한 작업을 여러 번 수행하는 것으로 구성된다. 따라서 퍼지 집합에는 다양한 특성이 있는 요소가 포함되며, 일부 요소는 필요한 특성의 대부분 또는 전부를 가지지만 다른 요소들은 오직 하나만 가질 수 있기에 집합의 구성원은 매우 다양한 강도의 수준을 가질 수 있다. 또한 집합의 한 구성원은 a, b, c라는 속성 덕분에, 또 다른 구성원은 d, e, f라는 속성 덕분에 포함될 수 있으므로, 그 집합에서 충분히 주변적인 두 구성원은 공통 특성을 가질 필요가 없다."[p. 194]

5. 이것은 1926년 4월 《어메이징 스토리Amazing Stories》 창간호에 실린 건스백의 사설 제목이다. 사설 전문은 다음에서 확인할 수 있다. http://en.wikisource.org/wiki/Page:Amazing_Stories_Volume_01_Number_01.djvu/5.

6. 물론 이것들은 베른의 작품의 한 측면일 뿐이며, 그것들을 논한다고 해서 문학에 대한 베른의 공헌을 축소할 수는 없다. 이는 웰스의 가장 잘 알려진 SF 작품들을 논하는 것이 그의 지적인 경력을 압축해 보여 주지 못하는 것이나 마찬가지다. 특히 후기 작품들 속에서 베른은 기술과 그것이 초래한 사회 변화에 대해 더 비관적인 태도를 보여 주었다. 더 나아가 영어권 독자들은 처음 베른의 작품이 어린이를 대상으로 판매되었던 까닭에 제대로 번역이 되지 않았을 뿐 아니라, 작품의 주제 또한 단순화되어 제대로 그 의미를 파악하며 읽을 수가 없었다. 나는 이 책의 제한된 공간 속에서, 이 장르의 본질에 관한 결정적인 진술이 아니라 그것이 20세기로 전개되는 동안 끼친 역사적인 영향을 포괄적인 필치로 표현하고자 한다.

7. 이런 포괄적인 견해를 제공할 이 장르의 많은 역사가 있다. 내가 마크 볼드Mark Bould와 함께 쓴 『라우틀리지 간략 역사 시리즈: 과학소설Routledge Concise History of Science Fiction』(2009)에서는

SF가 다중적이며 그것의 정의와 핵심 텍스트는 주어진 사실이 아닌 지속적인 투쟁의 현장이라는 인식과 함께 포괄적인 조사의 균형을 맞추려고 했다.

8. 가능한 한 나는 최근에 나온 두 편의 유익한 교육 선집인 『웨슬리언 과학소설 선집』(2010)과 『과학소설: 이야기와 맥락Science Fiction: Stories and Contexts』(2009)에서 예제를 사용했다.

2장

1. 에디슨이 많은 특허를 소유하고 백만장자로 세상을 떠나기는 했지만, 그는 형편없는 사업 관리 능력뿐 아니라 제조에 완전히 성공하기도 전에 미리 발명품이나 제품에 관해 발표했던 탓에 상당한 재정적 어려움을 겪었다. 이러한 사실에도 불구하고 에디슨의 신화는 기념비적이다.

2. 『식민주의와 과학소설의 출현Colonialism and the Emergence of Science Fiction』을 참조하라.

3. 세계정책연구소. www.worldpolicy.org/journal/fall2011/innovation-starvation.

4. 프로젝트 상형문자. 애리조나주립대학교. http://hieroglyph.asu.edu/about/.

5. 작가는 로버트 하인라인, 그레그 베어Greg Bear, 그레고리 벤포드Gregory Benford, 딘 잉Dean Ing, 스티븐 반스Steven Barnes, 래리 니븐, 제리 포어넬Jerry Pournelle이었다.

6. 루이스 패짓Lewis Padgett의 이야기 「밈지는 보로고브였다Mimsy Were the Borogoves」도 포함되어 있다. 루이스 패짓은 팀을 이루어 작업했던 C. L. 무어와 헨리 쿠트너Henry Kuttner 부부가 사용했던 여러 필명 중 하나이다.

3장

1. 여기서는 제작 방식 또한 중요하다. 이 장면 중 일부와 블롬캠프의 단편 영화 <얼라이브 인 요하네스버그Alive In Joburg>(2006)에서 사용된 장면 중 일부는, 사람들에게 이민자들에 관해 물어본 다음 그 반응을 마치 그들이 외계인에 관해 논평하는 것처럼 사용한다.

2. 이에 관한 좋은 리뷰를 읽어 보고 싶다면, 《사펀디: 남아프리카 및 미국 연구저널Safundi: The Journal of South African and American Studies》 11(1-2) (2010)에 게재된 <'디스트릭트 9' 원탁회의[District 9]: A Roundtable>를 참조하라.

3. 식민지 모험 소설과 SF에 등장하는 이러한 패턴에 관한 논의는 라이더의 『식민주의와 과학소설의 출현』[pp. 34~60]을 참조하라. <아바타>는 백인/인간 문명이 나비 문화의 진정한 기원이었다는 과거를 추정하지 않는다는 점에서는 뚜렷이 구분되지만, 나비족으로 전향한 제이크를 그 문화에서 태어난 사람들의 능력 이상 가는 영웅으로 찬양한다. 카메론은 특히 에드거 라이스 버로스의 '바숨Barsoom' 시리즈[채프먼과 컬, p. 206]를 인용하면서 이 식민지 모험 소설이 그의 상상력에 미치는 영향을 주목해 왔다.

4. www.cnn.com/2010/SHOWBIZ/Movies/01/11/avatar.movie.blues/index.html에 들어가서 CNN 보고서와 뒤따르는 논평을 보면, 그중 많은 사람이 이러한 반응에 이의를 제기하는 것을 확인할 수 있다.

5장

1. 영국 드라마 시리즈 '닥터 후*Doctor Who*'(1963~1989, 2005~)는 어린이 대상 시리즈에서 성인 시
    청자를 대상으로 하는 시리즈로 변화한 특이하고 변칙적인 경우이다. 물론 작품의 내용은 닥터의
    새로운 화신이 등장할 때마다 조금씩 바뀌어 왔다.

2. 이 태평양 섬은 제2차 세계대전 이후 정착지의 일부로 미국의 통치 아래 있던 1948~1958년 사
    이 미국의 주요 핵실험 장소였다. 1986년에 독립했지만, 핵실험으로 인한 환경 파괴 때문에 논란
    의 현장으로 남아 있다. 2000년에는 마셜 제도 핵무기 청구 재판소에 의해 섬 주민들에게 보상금
    지급이 결정되었지만, 2008년 주식 시장의 붕괴로 실제 지급된 돈은 거의 없었다. 2010년 미국
    대법원은 이 미지급금과 관련된 소송에 관한 청문회를 거부했다.

3. 이 이야기는 1973년에 출판되었다. 닉슨은 1969년부터 1974년까지 대통령직을 수행하면서 자
    신의 정치적 경쟁자들의 사무실을 도청하고 민주당 본부의 침입 사실을 은폐하는 등 불법 행위와
    관련된 추문으로 사임했다. 이 헤드라인은 그의 재임기 동안 인기를 얻지 못했던 다수의 정책을 언
    급하는 것일 가능성도 있지만, 그가 인플레이션과 싸우기 위해 부과한 가격 통제를 언급하고 있을
    가능성이 크다. 그는 또한 금 보유고에서 미국 달러의 가치를 분리했는데, 이것은 21세기에도 금
    융 위기마다 우리가 계속해서 보게 되는 경제 정책의 변화이다. 1969년 그가 당선된 것은 보수와
    기업 세력의 승리였으며, 보비 케네디^{Bobby Kennedy}(1968년 암살) 같은 후보들이 제시한 사회 정의의
    꿈과 희망이 실패한 것으로 보였다.

4. 이 용어는 움베르토 에코^{Unmberto Eco}에서 유래하였으나, 보드리야르의 작품에서 대중화되고 재정
    의되었다.

6장

1. 빈지의 웹사이트 www.rohan.sdsu.edu/faculty/vinge/misc/singularity.html을 참조하라.

2. 인류미래연구소 웹사이트 www.fh.ox.ac.uk/about를 참조하라.

3. 이 역사에 관한 개요는 스테이시 혼^{Stacy Horn}의 『믿을 수 없는 현상들: 듀크 초심리학 연구소의 유
    령, 폴터가이스트, 텔레파시 및 기타 보이지 않는 현상에 관한 조사*Unbelievable: Investigations into
    Ghosts, Poltergeists, Telepathy, and Other Unseen Phenomena, from the Duke Parapsychology
    Laboratory*』(2009)를 참조하라. 19세기 영국의 심리학적 연구의 기원과 그것을 과학적이거나 초자
    연적인 현상으로 분류하기 위한 노력에 관해서는 로저 럭허스트의 『텔레파시의 발명*The Invention
    of Telepathy*』(2002)을 참고하라.

4. 1986년에 공개된 레이건 재임기 동안의 정치 스캔들이다. 이는 미 행정부 고위 관리들이 무기 판
    매가 금지되어 있던 이란으로 무기를 판매한 후, 그 수익금을 의회에 의해 더 이상의 재정 지원이
    금지되어 있던 니카라과의 콘트라(니카라과 정부를 전복시키기 위해 미국의 지원을 받는 반란 단체들)를 위해
    사용하려던 계획과 관련이 있었다.

5. 시리즈 웹사이트 www.defiance.com/en/을 참조하라.

7장

1. 샬롯 퍼킨스 길먼의 중요한 유토피아 소설인 『여자만의 나라』(1915)가 이보다 앞서지만, 1980년 대 문학 정전의 페미니즘적 변혁이 일어나기 전까지는 대체로 잊혀졌다.

2. 기사는 www.nyrsf.com/racism-and-science-fiction-.html에서 읽을 수 있다. NYRSF는 세미프로진 *Semiprozine*으로, 전문 잡지와 팬진 사이에 위치한다. 세미프로진은 그 분야에서 확실히 자리 잡았 으며, 매년 휴고상을 받는다.

3. 그녀의 발언 중 일부는 레이스페일RaceFail이라는 이름으로 불리게 된 다수의 온라인 장소에 관한 최근의 열띤 토론을 다루고 있다. 글 속에서 타자성을 표현하는 방법에 관한 논의로 시작된 이러한 교류의 역사 중 일부는 http://fanlore.org/wiki/RaceFail_'09에서 검토할 수 있다. 홉킨슨이 지적한 것처럼 많은 사람이 "공동체 내 유색인이 보여 주는 분노"에 분노하며 자신들의 언급 속에서 극도 의 무지와 무감각함을 드러내 보였다.

4. 이 영화는 필립 K. 딕의 소설 『안드로이드는 전기 양의 꿈을 꾸는가?』(1969)를 채택해 줄거리와 주 제를 크게 변경했다.

5. 영화가 여러 가지 컷으로 순환하기 때문에 정확히 어떻게 끝나는지 말하기는 불가능하다. 어떤 버 전에서는 레이철이 다른 레플리컨트처럼 유통기한이 없다는 것을 명시적으로 드러낸다. 또 다른 버전에서는 데커드도 레플리컨트지만 그 사실을 모른다는 듯한 암시를 준다.

6. '레플리컨트'라는 용어는 스콧의 영화를 위해 만들어진 것이다. 딕의 소설은 안드로이드 또는 앤디 라는 용어를 사용하고, 라이는 안드로이드라는 용어를 사용했다.

8장

1. 이 용어는 제럴드 비즈너Gerald Vizenor의 『도망자 포즈: 아메리카 원주민의 부재와 존재의 풍 경*Fugitive Poses: Native American Indian Scenes of Absence and Presence*』에서 유래했다. 'Survivance[사전에는 없지만 북미 원주민 연구에서 중요한 용어로, 산 것도 죽은 것도 아닌 유령 같은 존재로 생존 하는 것을 의미한다]'란 "생존 이상의 것, 인내 이상의 것"이며, "지배, 비극, 희생에 대한 적극적인 거 부"(p. 15]를 의미한다.

2. 엘리스는 정치, 언론, 연예 문화 속 진실이 부재하는 것에 강박적으로 사로잡힌 채 부패한 정치 질 서에 맞서 싸우는 미래의 저널리스트인 일명 스파이더 예루살렘에 관해 다루는 자신의 사이버 펑크 '트랜스메트로폴리탄*Transmetropolitan*' 시리즈(1997~2002)와 정부가 해결할 수 없는 기 술 문제의 위기를 해결하는 민간 정보기관의 자원 요원들에 관해 그리는 '글로벌 프리퀀시*Global Frequency*'(2002~2004)에서 이 주제에 관해 좀 더 탐구한다. '트랜스메트로폴리탄'에는 나노 테크 데이터 클라우드에 의식을 다운로드하는 인간-외계인 혼종, 암 유전자 농장(그들의 문화를 키우기 위해 글로벌 사우스 출신의 아이들을 이용한다), 다시 깨어난 극저온 냉동 인간, 그리고 '파사이트'라고 불리는, 개발 중인 미래형 기술에 기반을 둔 "보존" 공동체에 관한 이야기가 포함되어 있다. 미래의 황량한 비전을 보여 주는 스파이더의 세계에서는 과학과 기술이 주로 문제를 일으킨다. 마찬가지로, '글로 벌 프리퀀시' 또한 1회 차에서 그 임무를 "우리가 살아가는 방식에서 나오는 쓰레기, 불발탄"을 다

루는 것으로 정의하는데, 거기에는 정신 나간 바이오닉맨, 인터넷 추종자, 테러리스트 에볼라 폭탄, 그리고 불법 줄기세포 연구의 결과물이 포함된다. 이 작품의 절정을 이루는 내용은 SDI 프로그램의 일환으로 배치된 미국 군사 기술에 의해 시카고가 파괴되는 것을 막는 것과 관련되는데, 현재 SDI 프로그램은 그 개발자들의 통제를 벗어나 있다.

3. 이러한 실험들은 다른 만화책에도 영향을 미친다. 예를 들어, 루크 케이지[Luke Cage, 마블 코믹스의 히어로 중 한 명으로 동명의 만화책과 TV 시리즈 등이 나와 있다]는 교도소 수감 중에 실험을 통해 초능력을 얻게 되었으며, 카일 베이커Kyle Baker가 그린 로버트 모랄레스의 『진실: 레드, 화이트, 그리고 블랙 Truth: Red, White & Black』(2003)에서는 이전에 슈퍼 군인을 만들 수 있는 혈청을 개발하려는 실패한 실험의 대상이었던 흑인 남성들에게 이야기의 초점을 맞추면서 캡틴 아메리카의 기원에 관한 이야기를 복원한다.

4. 제4장에서도 논했듯이, SF에 익숙한 독자들에게 이 이미지는 SF 메가텍스트 속의 다른 그림자 이미지를 환기시킬 것이다. 그중 가장 유명한 사례 하나는 레이 브래드버리의 「부드러운 비가 내린다 There Will Come Soft Rains」(1950)인데, 이 이야기는 핵전쟁에서 살아남는 자동화 주택에 관한 내용이며, 결국 그 집주인은 살아 돌아오지 못한다.

5. 이 단어는 서구에서는 다른 철자[앞에서 언급할 때는 'Aino'로 적었다]로 사용하지만, 'Ainu'가 가장 흔하게 사용된다.

6. 이것도 또 다른 일본어로 서양에서는 때로 'aramitama'로 쓴다. http://eos.kokugakuin.ac.jp/modules/xwords/entry.php?entryID=1180에서 『신토 백과사전Encyclopedia of Shinto』을 참고하라.

9장

1. 이 이야기는 여러 차례 각색되었다. 1962년 TV 선집 시리즈 '이 세계 밖으로Out of This World'의 에피소드로, 1989년 재출시된 '환상특급'의 에피소드로, 1996년 피터 가이거Peter Geiger 감독이 연출한 장편 영화 등으로 제작되어 비디오가 출시되었고, 오디오로는 1955년 '엑스 마이너스 원X Minus One', 1958년 존 W. 캠벨의 '내일 탐험Exploring Tomorrow', 1989년 NPR의 사이파이 라디오 에피소드 등으로 각색되었다.

더 읽어 보기

역사

Alkon, Paul, *Science Fiction Before 1900: Imagination Discovers Technology* (New York: Routledge, 2002).

Bould, Mark, *Science Fiction: Film Guidebook* (London: Routledge, 2012).

Bould, Mark and Sherryl Vint, The Routledge Concise History of Science Fiction (London: Routledge, 2011).

Cheng, John, *Astounding Wonder: Imagining Science and Science Fiction in Interwar America* (Philadelphia: U of Pennsylvania P, 2012).

Clute, John and Peter Nicholls (eds), The Encyclopedia of Science Fiction. Online at www.sf-encyclopedia.com.

Disch, Thomas M., 『SF 꿈이 만든 현실』 채계병 옮김(이카루스미디어, 2017) 원저 *The Dreams Our Stuff is Made Off: How Science Fiction Conquered the World* (New York: Free Press, 1998).

Haywood Ferreira, Rachel, *The Emergence of Latin American Science Fiction* (Middletown, CT: Wesleyan UP, 2011).

Hunter, I. Q, *British Science Fiction Cinema* (London: Routledge, 1999).

Landon, Brooks, *Science Fiction after 1900: From the Steam* Man to the Stars (New York: Twayne Publishers, 1997).

Luckhurst, *Roger, Science Fiction* (London: Polity Press, 2005).

Pruscher, Jeff (ed.), *Brave New Words: The Oxford Dictionary of Science Fiction* (Oxford: OUP, 2007).

Telotte, J. P, Replications: *A Robot History of the Science Fiction Film* (Bloomington: Indiana UP, 1995).

Telotte, J. P (ed.), *The Esssential Science Fiction Television Reader* (Lexington: U of Kentucky P, 2008).

참조

Bould, Mark, Andrew M. Butler, Adam Roberts, and Sherryl Vint, The Routledge Companion to Science Fiction (London: Routledge, 2009a).

Fifty Key Figures in Science Fiction (London: Routledge, 2009b).

Clute, John and Peter Nichols, The Encyclopedia of Science Fiction. Online at http://sf-encyclopedia.com.

Hubble, Nick and Aris Mousoutzanis, The Science Fiction Handbook (London: Continuum, 2013).

Latham, Rob, The Oxford Handbook to Science Fiction (Oxford: OUP, 2014).

이론 연구

Attebery, Brian and Veronica Hollinger (eds), *Parabolas of Science Fiction* (Middletown: Wesleyan UP, 2013).

Csicsery-Ronay Jr, Istvan, *The Seven Beauties of Science Fiction* (Middletown: Wesleyan UP, 2008).

Freedman, Carl, *Critical Theory and Science Fiction* (Middletown: Wesleyan UP, 2000).

Gomel, Elana, *Postmodern Science Fiction and Temporal Imagination* (London: Continuum, 2010).

Jameson, Fredric, *Archaeologies of the Future: The Desire Called Utopia and Other Science Fictions* (London: Verso, 2005).

Landon, Brooks, *The Aesthetics of Ambivalence: Rethinking Science Fiction Film in the Age of Electronic (Re)Production* (Westport: Greenwood Press, 1992).

Moylan, Tom, *Scraps of the Untainted Sky: Science Fiction, Utopia, Dystopia* (Boulder: Westview Press, 2000).

Nama, Adilifu, *Black Space: Imagining Race in Science Fiction Film* (Austin: U of Texas P, 2008).

주제 연구

Attebery, Brian, *Decoding Gender in Science Fiction* (New York: Routledge, 2002).

Butler, Andrew M, Solar Flares: *Science Fiction in the 1970s* (Liverpool: Liverpool UP, 2012).

Clarke, I. F, *Voices Prophesying War: 1763~1984* (London: OUP, 1966, 2nd edn, 1992).

Dery, Mark, Escape Velocity: *Cyberculture at the End of the Century* (New York: Grove, 1996).

Donawerth, Jane, *Frankenstein's Daughters: Women Writing Science Fiction* (Syracue: Syracuse UP, 1997).

Foster, Thomas, *The Souls of Cyberfolk: Posthumanism as Vernacular Theory* (Minneapolis: U of Minnesota P, 2005).

Greenland, Colin, *The Entropy Exhibition: Michael Moorcock and the British "New Wave" in Science Fiction* (London: Routledge, 1983).

Hayles, N. Katherine, 『우리는 어떻게 포스트휴먼이 되었는가 : 사이버네틱스와 문학, 정보 과학의 신체들』 허진 옮김(열린책들, 2013), 원저 *How We Became Posthuman: Virtual Bodies in Cybernetics, Literature and Informatics* (Chicago: U of Chicago P, 1999)

Huntington, John, *Rationalizing Genius: Ideological Strategies in the Class American Science Fiction Short Story* (New Brunswick: Rutgers UP, 1989).

DeWitt Kilgore, Douglas, *Astrofuturism: Science, Race, and Visions of Utopia in Space* (Philadelphia: U of Pennsylvania P, 2003).

Merrick, Helen, *The Secret Feminist Cabal* (Seattle: Aqueduct Press, 2011).

McCaffery, Larry (ed.), *Storming the Reality Studio: A Casebook of Cyberpunk and Postmodern Science Fiction* (Durham: Duke UP, 1991).

Mieville, China and Mark Bould (eds), *Red Planets: Marxism and Science Fiction* (London: Pluto Press, 2009).

Otto, Eric C, *Green Speculations: Science Fiction and Transformative Environmentalism* (Columbus: Ohio State UP, 2012).

Pearson, Wendy, Veronica Hollinger, and Joan Gordon (eds), *Queer Universe: Sexualities in Science Fiction* (Liverpool: Liverpool UP, 2008).

Rieder, John, *Colonialism and the Emergence of Science Fiction* (Middletown: Wesleyan UP, 2008).

Ross, Andrew, *Strange Weather: Culture, Science and Technology in the Age of Limits* (New York: Verso, 1991).

Sharp, Patrick B, *Savage Perils: Racial Frontiers and Nuclear Apocalypse in American Culture* (Norman: U of Oklahoma P, 2007).

Sobchack, Vivian, *Screening Space: The American Science Fiction Film* (New Brunswick: Rutgers UP, 1987).

Vint, Sherryl, *Animal Alterity: Science Fiction and the Question of the Animal* (Liverpool: Liverpool UP, 2010).

Wolfe, Gary K, *The Known and the Unknown: The Iconography of Science Fiction* (Kent: Kent State UP, 1979).

Yaszek, Lisa, Galactic Suburbia: Recovering Women's Science Fiction (Columbus: Ohio UP, 2008).

참고 문헌

Alkon, Paul, *Science Fiction Before 1900: Imagination Discovers Technology* (New York: Routledge, 2002).

Angenot, Marc, "The Absent Paradigm: An Introduction to the Semiotics of Science Fiction." *Science Fiction Studies* 6.1 (March 1979): 9-9.

Altman, Rick, *Film/Genre* (London: BFI, 1999).

Asimov, Isaac, 「스피디_술래잡기 로봇」 『아이, 로봇』 김옥수 옮김(우리교육, 2008) 원저 "Runaround." *I Robot* (New York: Bantam, 1991) 25-5.

──────, 「허비_마음을 읽는 거짓말쟁이」 『아이, 로봇』 김옥수 옮김(우리교육, 2008) 원저 "Liar." *Science Fiction: Stories and Contexts.* Ed. Heather Masri (New York: St. Martin's Press, 2009) 282-95.

──────, 「큐티_생각하는 로봇」 『아이, 로봇』 김옥수 옮김(우리교육, 2008) 원저 "Reason." *The Wesleyan Anthology of Science Fiction.* Ed. Arthur B. Evans, Istvan Csicsery-Ronay Jr., Joan Gordon, Veronica Hollinger, Rob Latham, and Carol McGuirk (Middleton: Wesleyan UP, 2010) 160-76.

Attebery, Brian, *Strategies of Fantasy* (Bloomington: Indiana UP, 1991).

──────, "Science Fictional Parabolas: Jazz, Geometry, and Generation Starships." *Parabolas of Science Fiction.* Ed. Brian Attebery and Veronica Hollinger (Middletown: Wesleyan UP, 2013) 3-23.

Ballard, J. G, "Which Way to Inner Space?" New Worlds 118 (May 1962): 2-3, 116-18.

──────, "Terminal Beach." *Science Fiction: Stories and Contexts.* Ed. Heather Masri (New York: St. Martin's Press, 2009). 921-37.

──────, "The Cage of Sand." *The Wesleyan Anthology of Science Fiction.* Ed. Arthur B. Evans, Istvan Csicsery-Ronay Jr, Joan Gordon, Veronica Hollinger, Rob Latham, and Carol McGuirk (Middleton: Wesleyan UP, 2010). 337-58.

Barth, John, "The Literature of Exhaustion." *The Friday Book: Essays and Other Nonfiction* (New York: G. P. Putnam's Sons, 1984). 62-76.

Bester, Alfred, 「즐거운 기온」 『SF 명예의 전당 2』 최세진 옮김(오멜라스, 2010) 원저 "Fondly Fahrenheit" *The Wesleyan Anthology of Science Fiction.* Ed. Arthur B. Evans, Istvan Csicsery-Ronay Jr, Joan Gordon, Veronica Hollinger, Rob Latham, and Carol McGuirk (Middleton: Wesleyan UP, 2010). 283-302.

Broderick, Damien, *Reading by Starlight: Postmodern Science Fiction* (New York: Routledge, 1995).

Butler, Octavia, "Speech Sounds." *The Wesleyan Anthology of Science Fiction.* Ed. Arthur B. Evans, Istvan Csicsery-Ronay Jr, Joan Gordon, Veronica Hollinger, Rob Latham, and Carol McGuirk (Middleton: Wesleyan UP, 2010). 566-79.

Cadigan, Pat, "Pretty Boy Crossover." *The Wesleyan Anthology of Science Fiction.* Ed. Arthur B. Evans, Istvan Csicsery-Ronay Jr, Joan Gordon, Veronica Hollinger, Rob Latham, and Carol McGuirk (Middleton: Wesleyan UP, 2010). 588-97.

Campbell, John W. Jr., 「거기 누구냐」『SF 명예의 전당 4』박상준 옮김(오멜라스, 2011) 원저 "Who Goes There?" *A New Dawn: The Complete Don A. Stuart Stories* (Framingham: The NESFA Press, 2003). 335-84.

_____, Karel, "R.U.R." *Science Fiction: Stories and Contexts.* Ed. Heather Masri (New York: St. Martin's Press, 2009). 231-81.

Chapman, James and Nicholas J. Cull, *Projecting Tomorrow: Science Fiction and Popular Cinema* (London: I.B. Taurus, 2013).

Chiang, Ted, "Story of Your Life." *Science Fiction: Stories and Contexts.* Ed. Heather Masri (New York: St. Martin's Press, 2009). 614-50.

Chu, Seo-Young, *Do Metaphors Dream of Literal Sleep? A Science-Fictional Theory of Representation* (Harvard: Harvard UP, 2010). Kindle.

Clarke, Arthur C., 『유년기의 끝』정영목 옮김(시공사, 2016) 원저 *Childhood's End* (New York: Del Rey, 1987).

_____, "The Sentinel." *The Wesleyan Anthology of Science Fiction.* Ed. Arthur B. Evans, Istvan Csicsery-Ronay Jr, Joan Gordon, Veronica Hollinger, Rob Latham, and Carol McGuirk (Middleton: Wesleyan UP, 2010). 241-9.

Csicsery-Ronay Jr, Istvan, *The Seven Beauties of Science Fiction* (Middletown: Wesleyan UP, 2008).

de Beauvoir, Simone, 『제2의 성 1·2』이희영 옮김(동서문화사, 2017) 원저 *The Second Sex.* Trans. Constance Borde and Sheila Malovany-Chevallier (New York: Vintage, 2011).

Delany, Samuel R, "About Five Thousand, Seven Hundred, and Fifty Words." *The Jewel-Hinge Jaw: Notes on the Language of Science Fiction* (Pleasantville: Dragon Press, 1977). 1-16.

De Lauretis, Teresa, "Signs of W[o/]ander." *The Technological Imagination: Theories and Fictions.* Ed. Teresa de Lauretis, Andreas Huyssen, and Kathleen Woodward (Madison: Coda Press, 1980). 159-74.

Dillon, Grace, "Imagining Indigenous Futurisms." *Walking the Clouds: An Anthology of*

Indigenous Science Ficton. Ed. Grace Dillon (Tucson: U of Arizona P, 2012). 1-12.

Doctorow, Cory, *Down and Out in the Magic Kingdom* (New York: TOR, 2003).

Ellis, Warren and John Cassaday, *Planetary Volume 1: All Over the World and Other Stories* (New York: DC Comics, 2000).

_____, *Planetary Volume 2: The Fourth Man* (New York: DC Comics, 2001).

_____, *Planetary Volume 3: Leaving the 20th Century* (New York: DC Comics, 2004).

_____, *Planetary Volume 4: Spacetime Archaeology* (New York: DC Comics, 2010).

Ellison, Harlan, "Introduction: Thirty-Two Soothsayers." *Dangerous Visions.* Ed. Harlan Ellison (Sherman Oaks: The Kilimanjaro Corporation, 2009). xxxiv-xlv.

Franklin, Bruce, "America as Science Fiction: 1939." *Science Fiction Studies* 9.1 (1982): 38-50.

Freedman, Carl, *Critical Theory and Science Fiction* (Middletown: Wesleyan UP, 2000).

Gernsback, Hugo, "A New Sort of Magazine." *Amazing Stories* 1.1 (April 1926): 3.

_____, *Ralph 124C 41+: A Romance of the Year 2660* (Lincoln: Bison, 2000).

Gibson, William, "Burning Chrome." *The Wesleyan Anthology of Science Fiction.* Ed. Arthur B. Evans, Istvan Csicsery-Ronay Jr, Joan Gordon, Veronica Hollinger, Rob Latham, and Carol McGuirk (Middleton: Wesleyan UP, 2010). 547-65.

Godwin, Tom, 「차가운 방정식」『SF 명예의 전당 1』 고호관 옮김(오멜라스, 2010) 원저 "The Cold Equations." *The Science Fiction Hall of Fame.* Ed. Robert Silverberg (New York: Doubleday & Company, 1970). 447-69.

Haraway, Donna, "The Promises of Monsters." *The Cultural Studies Reader.* Ed. Lawrence Grossberg, Cary Nelson, and Paula Treichler (New York: Routledge, 1992). 295-337.

_____, "A Cyborg Manifesto." *Science Fiction: Stories and Contexts.* Ed. Heather Masri (New York: St. Martin's Press, 2009). 455-75.

Heinlein, Robert A., 「길은 움직여야 한다」『SF 명예의 전당 2』 최세진 옮김(오멜라스, 2010) 원저 "The Roads Must Roll." *The Science Fiction Hall of Fame.* Ed. Robert Silverberg (New York: Doubleday & Company, 1970). 52-86.

Hopkinson, Nalo, "Introduction." *So Long Been Dreaming: Postcolonial Science Fiction and Fantasy.* Ed. Nalo Hopkinson and Uppinder Mehan (Vancouver: Arsenal Pulp Press, 2004). 7-9.

_____, "Something to Hitch Meat To." *Science Fiction: Stories and Contexts.* Ed. Heather Masri (New York: St. Martin's Press, 2009). 838-50.

_____, "A Reluctant Ambassador from the Planet of Midnight." *Journal of the Fantastic in the Arts* 21.3 (2010): 339-50.

Horn, Stacy, *Unbelievable: Investigations into Ghosts, Poltergeists, Telepathy, and Other Unseen phenomena, from the Duke Parapsychology Laboratory* (New York: HarperCollins, 2009).

Huntington, John, *Rationalizing Genius: Ideological Strategies in the Classic American Science Fiction Story* (New Brunswick: Rutgers UP, 1989).

Jameson, Fredric, "Progress versus Utopia, or Can We Imagine the Future?" *Science Fiction: Stories and Contexts.* Ed. Heather Masri (New York: St. Martin's Press, 2009). 876-91.

Jenkins, Henry, *Textual Poachers: Television Fans and Participatory Culture* (New York: Routledge, 1991).

Jones, Gwyneth, *White Queen* (New York: TOR, 1991).

_____, *North Wind* (New York: TOR, 1994).

_____, *Phoenix Cafe* (New York: TOR, 1998).

Kelly, James Patrick, "Think Like a Dinosaur." *The Wesleyan Anthology of Science Fiction.* Ed. Arthur B. Evans, Istvan Csicsery-Ronay Jr, Joan Gordon, Veronica Hollinger, Rob Latham, and Carol McGuirk (Middleton: Wesleyan UP, 2010). 698-716.

Kessel, John, "Invaders." *The Wesleyan Anthology of Science Fiction.* Ed. Arthur B. Evans, Istvan Csicsery-Ronay Jr, Joan Gordon, Veronica Hollinger, Rob Latham, and Carol McGuirk (Middleton: Wesleyan UP, 2010). 654-74.

Lai, Larissa, "Rachel." *So Long Been Dreaming: Postcolonial Science Fiction and Fantasy.* Ed. Nalo Hopkinson and Uppinder Mehan (Vancouver: Arsenal Pulp Press, 2004). 53-60.

Landon, Brooks, *Science Fiction After 1900: From the Steam Man to the Stars* (New York: Twayne Publishers, 1997).

Lefanu, Sarah, *In the Chinks of the World Machine: Feminism and Science Fiction* (London: The Women's Press, 1988).

Le Guin, Ursula K., 『어둠의 왼손』 최용준 옮김(시공사, 2014) 원저 *The Left Hand of Darkness* (New York: Ace Books, 1969).

_____, "Is Gender Necessary?" *The Language of the Night: Essays on Fantasy and Science Fiction* (New York: G. P. Putnam's Sons, 1979). 161-9.

_____, "Is Gender Necessary? Redux." *Dancing at the Edge of the World: Thoughts on Words, Women, Places* (New York: Grove Press, 1989). 7-16.

Liu, Ken, "The Algorithms of Love." *Science Fiction: Stories and Contexts.* Ed. Heather Masri (New York: St. Martin's Press, 2009). 415-27.

Luckhurst, Roger, *The Invention of Telepathy* (Oxford: OUP, 2002).

_____, *Science Fiction* (London: Polity, 2005).

_____, "Pseudoscience." *The Routledge Companion to Science Fiction.* Ed. Mark Bould, Andrew M. Butler, Adam Roberts, and Sherryl Vint (New York: Routledge, 2009). 403-12.

Malzberg, Barry, *Galaxies* (New York: Pyramid, 1975).

Merril, Judith, 「오로지 엄마만이」『SF 명예의 전당 2』 최세진 옮김(오멜라스, 2010) 원
저 "That Only a Mother." *The Wesleyan Anthology of Science Fiction.* Ed. Arthur B.
Evans, Istvan Csicsery-Ronay Jr, Joan Gordon, Veronica Hollinger, Rob Latham,
and Carol McGuirk (Middleton: Wesleyan UP, 2010). 211-20.

Miéville, China, "Afterword: Cognition as Ideology: A Dialectic of SF Theory." *Red Planets:
Marxism and Science Fiction.* Ed. Mark Bould and China Mieville (London: Pluto
Press, 2009). 231-48.

Mittel, Jason, *Genre and Television: From Cop Shows to Cartoons in American Culture* (New
York: Routledge, 2004).

Moorcock, Michael, "A New Literature for the Space Age." *New Worlds* 142 (1964), http://
realitystudio.org/criticism/a-new-literature-for-the-space-age/.

Moore, Catherine L., 「기념할 만한 계절」『SF 명예의 전당 3』 김지원 옮김(오멜라스, 2011)
원저 "Vintage Season." *Science Fiction: Stories and Contexts.* Ed. Heather Masri
(New York: St. Martin's Press, 2009). 517-50.

Nogha, Misha, "Chippoke Na Gomi." *The Wesleyan Anthology of Science Fiction.* Ed. Arthur B.
Evans, Istvan Csicsery-Ronay Jr, Joan Gordon, Veronica Hollinger, Rob Latham,
and Carol McGuirk (Middleton: Wesleyan UP, 2010). 630-6.

Nye, David, *American Technological Sublime* (Cambridge: MIT Press, 1994).

Penley, Constance, "Feminism, Psychoanalysis, and the Study of Popular Culture." The
Cultural Studies Reader. Ed. Lawrence Grossberg, Cary Nelson, and Paula
Treichler (New York: Routledge, 1992). 479-94.

Poe, Edgar Allan, 「병 속에서 발견된 원고」『에드거 앨런 포 단편선』 전승희 옮김(민음사,
2013) 원저 "M.S. in a Bottle." *The Science Fiction of Edgar Allan Poe.* Ed. Harold
Beaver (London: Penguin, 1976). 1-11.

Pohl, Frederick, "Day Million." *The Wesleyan Anthology of Science Fiction.* Ed. Arthur B. Evans,
Istvan Csicsery-Ronay Jr, Joan Gordon, Veronica Hollinger, Rob Latham, and
Carol McGuirk (Middleton: Wesleyan UP, 2010). 379-84.

Rieder, John, *Colonialism and the Emergence of Science Fiction* (Middletown: Wesleyan UP,
2008).

_____, "On Defining SF, or Not: Genre Theory, SF, and History." *Science Fiction
Studies* 27.3 (July 2010): 191-209.

Russ, Joanna, "The Image of Women in Science Fiction." *Images of Women in Fiction: Feminist
Perspectives.* Ed. Susan Koppleman Cormillion (Bowling Green: Bowling Green
UP, 1972). 79-94.

_____, "Amor Vincit Foeminam." *Science Fiction Studies* 7.1 (1980): 2-15.

_____, *What Are We Fighting For? Sex Race, Class and the Future of Feminism* (New
York: St. Martin's Press, 1998).

_____, *The Female Man* (Boston: Beacon Press, 2000).

_____, 「그들이 돌아온다 해도」『혁명하는 여자들』신해경 옮김(아작, 2016) 원
저 "When It Changed." *The Wesleyan Anthology of Science Fiction.* Ed. Arthur B.
Evans, Istvan Csicsery-Ronay Jr, Joan Gordon, Veronica Hollinger, Rob Latham,
and Carol McGuirk (Middleton: Wesleyan UP, 2010). 507-15.

Ryman, Geoff, "Dead Space for the Unexpected." *Science Fiction: Stories and Contexts.* Ed.
Heather Masri (New York: St. Martin's Press, 2009). 826-38.

Scott, Melissa, *Shadow Man* (New York: TOR, 1995).

Shelley, Mary, 『프랑켄슈타인』오숙은 옮김(열린책들, 2018) 원저 *Frankenstein.* 3rd edn. Ed.
D. L. Macdonald and Kathleen Scherf (Peterborough: Broadview, 2012).

Silverberg, Robert, "Introduction." *Warm Worlds and Otherwise.* By James Tiptree Jr (New
York: Ballantine, 1975). iii-xviii.

_____, "When We Went to See the End of the World." *Science Fiction: Stories and
Contexts.* Ed. Heather Masri (New York: St. Martin's Press, 2009). 561-8.

Stone, Leslie F, "The Conquest of Gola." *The Wesleyan Anthology of Science Fiction.* Ed. Arthur B.
Evans, Istvan Csicsery-Ronay Jr, Joan Gordon, Veronica Hollinger, Rob Latham,
and Carol McGuirk (Middleton: Wesleyan UP, 2010). 96-109.

Stone, Roseanne Allucquere, "Will the Real Body Please Stand up? Boundary Stories about
Virtual Change." *Cyberspace: First Steps.* Ed. Michael Benedikt (Cambridge: MIT
Press, 1991). 81-118.

Suvin, Darko, *Metamorphoses of Science Fiction: On the Poetics and History of a Literary Genre*
(New Haven: Yale UP, 1979).

Tenn, William, "The Liberation of Earth." *The Wesleyan Anthology of Science Fiction.* Ed.
Arthur B. Evans, Istvan Csicsery-Ronay Jr, Joan Gordon, Veronica Hollinger, Rob
Latham, and Carol McGuirk (Middleton: Wesleyan UP, 2010). 266-82.

Thomas, Sheree, *Dark Matter: A Century of Speculative Fiction from the African Diaspora* (New
York: Warner Aspect, 2000).

Tiptree, James Jr., 「접속된 소녀」『체체파리의 비법』이수현 옮김(아작, 2016) 원저 "The
Girl Who Was Plugged in." *Science Fiction: Stories and Contexts.* Ed. Heather
Masri (New York: St. Martin's Press, 2009). 342-70.

Varley, John, 『잔상』안태민 옮김(불새, 2015) 원저 "The Persistence of Vision." *Science
Fiction: Stories and Contexts.* Ed. Heather Masri (New York: St. Martin's Press,
2009). 774-811.

Vizenor, Gerald, *Fugitive Poses: Native American Indian Scenes of Absence and Presence* (Lincoln:
U of Nebraska P, 1998).

Weinbaum, Stanley G., 「화성의 오디세이」『SF 명예의 전당 2』최세진 옮김(오멜라스,
2010) 원저 "A Martian Odyssey." *The Wesleyan Anthology of Science Fiction.* Ed.

Arthur B. Evans, Istvan Csicsery-Ronay Jr, Joan Gordon, Veronica Hollinger, Rob Latham, and Carol McGuirk (Middleton: Wesleyan UP, 2010). 136-59.

Wells, H. G., 『타임머신』 김석희 옮김(열린책들, 2011) 원저 *The Time Machine*. Ed. Nicholas Ruddick (Peterborough: Broadview, 2001).

_____, 『우주 전쟁』 손현숙 옮김(푸른숲주니어, 2007) 원저 *The War of the Worlds. Modern Library Classics* (New York: Random House, 2002).

Wolfe, Gary K, Evaporating *Genres: Essays on the Fantastic* (Middletown: Wesleyan UP, 2011).

Yaszek, Lisa, *Galactic Suburbia: Recovering Women's Science Fiction* (Columbus: Ohio State UP, 2008).

Zoline, Pamela, "The Heat Death of the Universe." *The Wesleyan Anthology of Science Fiction.* Ed. Arthur B. Evans, Istvan Csicsery-Ronay Jr, Joan Gordon, Veronica Hollinger, Rob Latham, and Carol McGuirk (Middleton: Wesleyan UP, 2010). 415-29.

찾아보기

ABC

123

옮긴이 전행선

연세대학교 영문학과를 졸업하고 2007년 초반까지 영상 번역가로 활동하며 케이블 TV 디스커버리 채널과 디즈니 채널, 그 외 요리 채널 및 여행 전문 채널 등에서 240여 편의 영상물을 번역했다. 지금은 바른번역 회원으로 활동하는 출판 전문 번역가이다. 옮긴 책으로는 『허풍선이의 죽음』, 『마지막 별』, 『아도니스의 죽음』, 『미라클라이프』, 『예쁜 여자들』, 『전쟁 마술사』 등이 있다.

에스에프 에스프리
SF를 읽을 때 우리가 생각할 것들

1판 1쇄 인쇄 2019년 8월 9일
1판 1쇄 발행 2019년 8월 19일

지은이 셰릴 빈트
옮긴이 전행선
해제·감수 정소연
펴낸이 김영곤
펴낸곳 아르테

편집 전민지 **인문교양팀** 장미희 박병익 김지은 김은솔 **디자인** oddhyphen **교정교열** 양선화
미디어사업본부 본부장 신우섭 **영업** 김한성 오서영 **마케팅** 김한성 황은혜
해외기획 임세은 장수연 이윤경 **제작** 이영민 권경민

출판등록 2000년 5월 6일 제406-2003-061호
주소 (10881) 경기도 파주시 회동길 201(문발동)
대표전화 031-955-2100 팩스 031-955-2151 이메일 book21@book21.co.kr

ISBN 978-89-509-8254-6 03840

아르테는 ㈜북이십일의 문학·교양 브랜드입니다.

㈜북이십일 경계를 허무는 콘텐츠 리더

아르테 채널에서 도서 정보와 다양한 영상자료, 이벤트를 만나세요!
방학 없는 어른이를 위한 오디오클립 〈역사탐구생활〉
페이스북 facebook.com/21arte **블로그** arte.kro.kr
인스타그램 instagram.com/21_arte **홈페이지** arte.book21.com